Catherine Asaro

POINT D'INVERSION

Saga de l'empire Skolien

Traduit de l'américain par Xavier Spinat

ICARES

Une collection grand format pour
les romans événements de l'imaginaire.

Titre original :
Primary Inversion

POINT D'INVERSION
est le quatre-vingt douzième ouvrage
des Éditions Mnémos.

32, bd de Ménilmontant
75020 PARIS
info@mnemos.com
www.mnemos.com
✷
ISBN : 2-911618-96-3

PREMIÈRE PARTIE

DÉLOS

CHAPITRE I

L'ÎLE DU SANCTUAIRE

J'avais déjà entendu parler de Délos quand j'étais encore une jeune femme, mais c'était ma première visite sur cette planète. Délos fait partie des Mondes Alliés de la Terre, qui tentent résolument de maintenir leur neutralité dans la guerre qui oppose les Troqueurs et mon peuple, les Skoliens. Bien que nous soyons tous humains – Alliés, Troqueurs ou Skoliens –, nous n'avons pas grand-chose en commun. Donc la Terre a déclaré que Délos était une zone neutre, un sanctuaire, un lieu où les soldats troqueurs et skoliens pouvaient se croiser en toute harmonie.

Ce sont eux qui avaient choisi le mot harmonie, pas nous. Jamais on n'aura vu l'un des nôtres croiser un soldat troqueur, ni en harmonie, ni autrement, d'ailleurs.

Mais Délos était la planète la plus facile à atteindre depuis les régions de l'espace où mon escadron avait effectué les vols d'entraînement pour intégrer Taas, notre dernière recrue, dans notre groupe. C'est donc à Délos que nous étions venus pour prendre un repos bien mérité et un peu de détente.

La soirée était chaude et nous marchions tous les quatre le long des Arcades. Un fatras d'étalages et de boutiques s'étendait tout le long des planches de la promenade, à l'ombre des auvents chargés de carillons de bois claquant dans le vent et des banderoles teintes en vert, jaune, bleu ou vermillon. Au sommet de chacun des toits en pointe, un mât s'élançait vers le ciel. Des plaques de métal accrochées aux mâts tintaient gaiement quand les bourrasques les poussaient les unes contre les autres, leur bruit se mêlant aux voix des gens qui flânaient parmi les boutiques et les jeux. C'était un lieu de fête et de rires, un havre pour les femmes radieuses dans leurs jupes jaunes virevoltantes et pour les jeunes gaillards en pantalons bouffants qui les pourchassaient.

Alors que nous nous promenions sur les planches, leur surface en nervoplex s'ajustait sous nos pieds, ce qui me faisait grincer des dents. Je n'ai jamais compris pourquoi les gens aimaient ce truc. Non, ce n'est pas vrai, je l'ai compris, mais je n'ai jamais partagé cette attirance. Le nervoplex est censé augmenter le confort et le plaisir. Le réseau de fibres moléculaires et les nanoprocesseurs tissés à l'intérieur réagissent à la répartition du poids qu'ils subissent, permettant ainsi au trottoir d'analyser la circulation des piétons et d'interagir avec eux presque comme s'il percevait leurs émotions.

Sur une place à ciel ouvert, sur notre droite, des gens s'agglutinaient autour de deux lutteurs en tenue rouge et verte qui faisaient une démonstration. Comme la foule tournait sur place et piétinait, le nervoplex ondulait en réaction, augmentant leur intérêt pour le spectacle.

Tous les quatre – Rex, Helda, Taas et moi-même –, nous marchions seuls. La promenade autour de nous était raide et immobile. J'aurais aimé que nous ayons des tenues civiles. Après tout, nous n'étions pas en service. Mais nous portions tous nos uniformes de Jagernautes : des pantalons noirs enfoncés dans des bottes noires, des vestes noires, des blousons noirs. Dans la foule colorée, notre noirceur sans concession attirait l'attention comme des pierres tombant dans l'eau. Le flot des piétons s'écartait autour de nous comme une rivière autour de rochers. C'était principalement des citoyens de la Terre, des gens qui vraisemblablement n'avaient jamais vu un Jagernaute en chair et en os, et encore moins quatre d'entre nous.

Rex me regarda, son beau visage s'éclairant d'un sourire en coin.

— Tu devrais commencer à hurler et à baver, Soz. Ça devrait dégager rapidement les environs.

Je le dévisageai. Les histoires de « Jagernaute fou furieux » faisaient fureur dans les holofilms en ce moment. Nous étions des pilotes de guerre génétiquement modifiés, des officiers d'élite des Forces Spatiales de Skolia. L'idée que l'un d'entre nous puisse devenir fou et attaquer tout le monde autour de lui avait rendu beaucoup de producteurs d'holofilms bien trop riches à mon goût.

— Je vais te faire baver, maugréai-je.

Rex sourit.

— Ça a l'air intéressant…

Helda parla avec son accent guttural.

— Vous vous souvenez de Garth Byler ?

Rex la regarda.

— Il est entré comme cadet à l'Académie Militaire Dieshane l'année où j'ai eu mon diplôme.

Helda acquiesça. Elle était aussi grande que Rex et nous dominait largement, Taas et moi. Sa chevelure tombait de chaque côté de son visage comme de la paille de blé jaune.

— Il est allé chez un requin-cœur.

Le nervoplex se raidit sous mes pieds. Je ralentis, essayant de me détendre. Il n'y avait aucune raison pour s'agiter ; requinqueur, ou plutôt « requin-cœur », était seulement le terme argot que nous utilisions pour parler des psychiatres soignant les Jagernautes qui craquaient sous la pression d'une guerre où les combats demandaient d'aller bien au-delà des capacités des humains normaux. Mais si l'un d'entre nous cédait, et cela se produisait plus souvent que les Forces Spatiales ne l'avouaient, nous le faisions souvent tranquillement. Toute violence était presque toujours dirigée vers l'intérieur, et pas vers d'autres personnes.

— Qu'est-ce qui lui est arrivé ? demanda Taas.

— Il est allé à l'hôpital, expliqua Helda. Puis il a pris sa retraite.

Je frottai le dos de ma main sur mon front, incapable de me concentrer sur la conversation. Mon pouls et ma respiration s'accéléraient et la sueur perlait sur mes tempes, mouillant des mèches de mes cheveux. Qu'est-ce qui m'arrivait ?

Puis je les vis. De l'autre côté des Arcades, deux personnes nous observaient, un jeune homme et une femme, tous deux vêtus de jeans importés et de chemises légères scintillantes. On aurait dit des étudiants, peut-être des amoureux en ballade. Aucun des deux ne souriait. Ils restaient juste là, à nous regarder, et ils en oubliaient les bâtonnets de friandises qu'ils tenaient à la main.

Une pression écrasait ma poitrine comme un cerceau de métal. J'arrêtai d'avancer et pris une grande inspiration. *Blocage*, pensai-je.

Je n'obtins pas la réponse que j'espérais. Tout ce que j'aurais dû voir en donnant l'ordre de Blocage était une psicône, une petite image comparable aux icônes des ordinateurs, sauf que les psicônes apparaissent dans l'esprit. Elle aurait dû s'allumer puis disparaître. Au lieu de cela, l'image d'un menu d'ordinateur se forma dans mon esprit. Je fermai les yeux et le menu vacilla comme l'image résiduelle d'une lumière vive sur mes paupières. Quand j'ouvris à nouveau les yeux, ma perception s'ajusta pour que je puisse voir le menu, suspendu dans les airs devant moi, comme une image holographique. Il indiquait trois commandes :

Transfert

Blocage

Fin

Les caractères étaient ceux de ma police préférée : ils avaient l'air d'être gravés dans de l'ambre. Près du mot **Blocage**, je vis l'image d'une synapse nerveuse avec un mur entre l'axone et la dendrite. Cette image était la psicône de Blocage que j'avais espéré voir dans mon esprit. Mais elle restait là, flottant dans l'air, au milieu d'un grand menu qui attendait que je m'intéresse à lui. Rex et Helda s'étaient arrêtés près de moi et ils se parlaient, sans prêter attention à la liste de mots que je voyais en surimpression devant eux.

Les gens de la Terre ont une bonne expression pour les moments comme ça. Foutue fusée. Ou même mieux, putain de foutue fusée. Qu'est-ce que ce menu faisait là, suspendu dans le vide ? Non, ce n'était pas la bonne question. Je savais pourquoi il était là. L'ordinateur de jonction implanté dans ma moelle épinière l'avait créé quand j'avais envoyé un ordre en pensant le mot Blocage. Il était passé par mon nerf optique pour faire apparaître le menu devant moi.

Sauf que cela n'aurait pas dû se produire. J'avais configuré mon système pour éliminer cette procédure. C'était bien trop inefficace – et déroutant – de refaire le processus complet chaque fois que je donnais un ordre à ma jonction nerveuse. La seule réponse que j'aurais dû avoir après mon ordre de Blocage était l'apparition de la psicône synapse-et-mur qui m'aurait fait savoir que la jonction fonctionnait.

Je pensais toujours à l'ordinateur dans ma moelle épinière comme « la jonction ». J'avais donné des noms à la plupart des ordinateurs avec lesquels j'avais travaillé, mais pas celui-là. J'aurais trop eu l'impression de me désigner avec le nom de quelqu'un d'autre, comme si j'avais une personnalité double ou divisée.

J'envoyai une autre pensée à la jonction.

— *Passage en mode Abrégé.*

Sa réponse vint dans mon esprit comme si c'était mes propres pensées, mais formulées avec le langage sec propre à la jonction.

— **Mode de Vérification recommandé. Trop de temps écoulé depuis la dernière confirmation de l'ordre de blocage.**

Bon. Elle voulait que je fasse un contrôle. Je connaissais la routine, la jonction me montrerait chaque étape par laquelle elle passait pour exécuter l'ordre de Blocage. Habituellement, le processus se déroulait à une vitesse proche de celle de la lumière, qui était la limite à laquelle des signaux pouvaient circuler le long du réseau de fibres optiques dans mon corps. Mais cette fois, elle voulait que j'avance pas à pas dans toute cette atroce opération pour m'assurer qu'il n'y avait aucune erreur.

— *Très bien,* pensai-je, *Fais la vérification.*

Le menu disparut. Puis la jonction généra une nouvelle image. Elle flottait aussi dans l'air comme un hologramme : c'était une silhouette bleue des deux étudiants qui nous observaient toujours. La jonction superposa la silhouette sur eux deux. On aurait dit qu'ils luisaient d'une lueur bleue.

— **Les émissions de ces deux sources dépassent les normes de sécurités**, formula la jonction.

— *Je sais bien.*

Pour une empathe comme moi, leurs « émissions » étaient leur peur : je la sentais si intensément que de la sueur perlait sur mes tempes et me coulait dans le cou.

— *Bloque leur émission*, ordonnai-je.

— **Je libère une drogue qui inhibera l'action de la psiamine sur les neurones des zones secondaires de ton cerveau, ce qui inclut la fixation sur les récepteurs P1. Cette inhibition durera jusqu'à ce que les émissions externes descendent en dessous des normes de sécurité fixées.**

Je râlai.

— *Tu ne peux pas dire simplement que tu les bloques ?*

— **Je les bloque**, admit la jonction.

La marée de peur reflua. Pendant que mes épaules se détendaient et que mon rythme cardiaque ralentissait, je songeai :

— *Procédure vérifiée. Maintenant, passe en mode Abrégé.*

— **Mode Abrégé activé**.

Enfin, je regardai les autres autour de moi. Taas se tenait près de moi, observant le toit pointu d'une échoppe. La peur des étudiants irradiait de lui comme la chaleur d'un bout de métal chauffé à rouge.

Je posai ma main sur son bras.

— Bloque-leur l'accès.

Il ne bougea pas. Son visage était blafard sous son teint olivâtre.

— C'est un ordre, dis-je. Active le blocage.

Taas sursauta. Puis il ferma les yeux. Après un instant, il me regarda, reprenant des couleurs.

— Tout va bien ? demandai-je.

— Oui, grimaça-t-il. C'était trop fort. Ils m'ont pris par surprise.

— Moi aussi.

Rex posa son regard sur moi, puis sur Taas. Il se tourna vers les étudiants et je le sentis bloquer leurs émissions. Bien que je ne puisse pas déchiffrer Helda aussi facilement, son regard brièvement figé me dit qu'elle aussi avait contacté sa jonction nerveuse. Aucun d'eux n'eut besoin de plus qu'un moment pour lancer le blocage ; apparemment, leur jonction ne les harcèlerait pas avec des procédures de vérification aujourd'hui.

Bon, peut-être qu'« harceler » n'était pas le bon mot. Après tout, c'était moi qui lui avais demandé de m'alerter quand trop de temps se passait sans aucune vérification.

Taas parla à voix basse.

— Je ne sais pas pourquoi je me suis laissé avoir comme ça.

— C'est ce satané nervoplex.

Je désignai les planches de la promenade.

— Il agit sur la foule comme un intensificateur d'émotion.

Taas et moi étions plus sensibles à cet effet, lui parce qu'il était le membre le moins expérimenté de l'escadron, moi parce que j'étais la meilleure empathe.

Helda fit un geste montrant les étudiants.

— Pourquoi ces deux-là sont-ils si nerveux ? Qu'est-ce qu'ils croient qu'on leur fera, de toute façon ?

Rex se retourna vers nous, parlant d'une voix étrangement calme.

— J'en ai marre d'avoir à composer avec ce genre de réaction.

Il passa une main dans ses cheveux, remontant ses boucles noires. Non, pas noires. Il y avait chaque jour de plus en plus de blanc sur ses tempes.

Mais qu'est-ce que c'était que ça ? Et pourquoi Taas souriait comme ça ?

— Qu'est-ce qui est si drôle ? demandai-je.

— Principale ? rougit-il.

— Pourquoi affiches-tu ce grand sourire ?

Il cessa immédiatement de rire.

— Pour rien, Principale.

J'éclatai de rire.

— Taas, tu n'as pas besoin de m'appeler Principale.

Dans un groupe aussi soudé que le nôtre, ça ne rimait à rien d'être si formel.

— Qu'est-ce qui était drôle ?

Il hésita puis désigna les étudiants.

— Ce garçon avait une réaction différente envers toi et envers nous autres.

— Différente ? cillai-je. En quoi ?

— Il trouve que tu es – euh…

J'attendais.

— Oui ?

Taas rougit.

— Il trouve que tu es sexy.

Je sentis mon visage s'empourprer à son tour.

— Je suis assez vieille pour être sa mère.

Helda rit.

— Ya, mais tu ressembles toujours à une jeune fille, Soz.

Je souris.

— Mais non.

En fait, elle n'était pas la première à me faire cette remarque.

Rex s'amusait et je sentis Taas se détendre. La tension de notre groupe s'évanouit. Alors que Rex commençait à parler, son regard se déplaça vers un point derrière moi – et son sourire disparut comme une porte qui claque. Je me tournai à mon tour.

Des Troqueurs.

Bien sûr, ils ne se baptisaient pas eux-mêmes « Troqueurs ». Ils étaient des Eubiens, membres du bien mal nommé « Concordat » d'Eubée. Ils étaient cinq, tous revêtus d'uniformes gris avec des motifs bleus sur le pantalon et des tresses pourpres sur les manches. Bien qu'il fût difficile de déterminer la couleur de leurs yeux à cette distance, je pensai qu'aucun d'entre eux n'avait les yeux rouges caractéristiques des Aristos, les membres de la plus haute caste de la hiérarchie si stricte du Concordat. L'un d'entre eux cependant avait bien les traits finement ciselés, les cheveux noirs et même l'attitude arrogante des Aristos.

Peut-être étaient-ils les gardes du corps d'un Aristo. C'était un des postes les plus prestigieux accessibles aux membres des classes inférieures des Troqueurs. J'aurais dit qu'ils étaient des contremaîtres, nés de l'union d'un Aristo avec un Troqueur d'une classe inférieure.

Ils se tenaient de l'autre côté des Arcades et nous observaient. La foule continuait à s'affairer, se bousculant sur la promenade entre notre groupe et les Troqueurs.

Une peur étrange me saisit ; elle avait une force grandissante qui, bien qu'elle me touchât profondément, ne me paraissait pas familière. Comme mon pouls s'accélérait, je regardai autour de moi et vis une femme qui éloignait plusieurs enfants des environs. Elle jeta un coup d'œil aux Troqueurs, puis à nous, et elle demanda à ses petits protégés de se dépêcher. Le plus petit des garçons rechignait, essayant de se diriger vers une échoppe où des chandelles en sucres d'orge étaient suspendues à un fil ; ces bonbons dégoulinaient de sucre et non de cire. La femme éloigna l'enfant en le tirant, ignorant ses cris de protestation tandis qu'elle l'emmenait à travers la foule.

Taas grimaçait en regardant les Troqueurs.

— Ils ne peuvent pas venir se balader ici.

— Quoi ? Tu voudrais qu'ils demandent une autorisation, demanda Helda avant d'ajouter, on vit en harmonie, ici, tu n'as pas oublié ?

— Ils sont peut-être en train d'espionner, suggéra Taas.

Rex me regardait.

— Qu'est-ce qui ne va pas ?

Je déglutis.

— Le grand. Il ressemble à Tarque.

Rex se raidit.

— Tarque est mort.

Mort et enterré. Depuis dix bonnes années. Je l'avais tué.

— Qui est Tarque ? s'enquit Helda. C'est un nom aristo ?

Je parvins à garder une voix calme.

— C'en est un.

Rex frôla mon esprit. Après tant d'années passées à travailler ensemble, lui et moi étions assez proches pour que je fusse capable de capter ses pensées s'il me les envoyait avec suffisamment de force.

— *Tout va bien ?* me demanda-t-il.

Je pris une inspiration, m'efforçant de réguler mon pouls.

— *Oui.*

— Où as-tu connu ce Tarque ? m'interrogea Helda.

— J'étais infiltrée sur la Station Tams, il y a dix ans.

— Tams ? s'étonna Taas. Tu veux dire, la planète troqueur ?

Je hochai la tête.

— J'ai été... capturée.

— Ils ont percé ta couverture ?

— Non, je ne voulais pas dire « capturée » dans ce sens-là.

Il me fallut un instant avant de pouvoir reprendre.

— Il y a dix ans, les Troqueurs ont placé un gouverneur aristo à la tête de Tams, un homme du nom de Kryx Tarque. Ses hommes faisaient des rafles dans les villes, choisissant des serviteurs pour ses domaines.

« Serviteur » était le terme générique utilisé par les Aristos pour désigner les castes inférieures, ce qui, en ce qui les concernait, incluait tous ceux dans l'univers qui n'étaient pas aristos.

— J'ai été prise dans une rafle.

Taas me regardait avec de grands yeux.

— Tu as été la *domestique* d'un Troqueur ?

— Non, répondis-je avec un calme que je ne ressentais pas. J'étais une donneuse.

Taas pâlit et les muscles des épaules d'Helda se tendirent, déplaçant sa veste. « Donneur » était un des euphémismes utilisés par les Aristos, un de ceux auxquels je ne voulais plus penser.

Helda fit bouger ses épaules comme un guerrier qui veut soulager ses muscles noués.

— Comment t'es-tu échappée ?

Je secouai la tête pour toute réponse. Je ne pouvais pas en parler. De l'autre côté des Arcades, les Troqueurs parlaient entre eux, toujours en train de nous surveiller.

Taas s'excusa maladroitement.

— Je suis désolé, Principale Valdoria. Pour Tams.

J'essayai de garder un ton détaché.

— Taas, appelle-moi Soz, d'accord ?

Je lui avais déjà répété ça tellement de fois que j'avais perdu le compte.

Il rougit.

— Oui, Principale.

Les pensées d'Helda effleurèrent mon esprit, bien plus faibles que celles de Rex :

— *Moi aussi je suis désolée.*

Puis, plus doucement :

— *Laisse un peu de temps à Taas. Tu lui fous vraiment les chocottes.*

Taas cilla.

— *Les chocottes ?*

Rex m'adressa un rire mental.

— *Quel genre d'animal ça peut bien être ?*

Je m'efforçai de sourire. Je savais que Rex tentait de désamorcer la tension. Et j'aurais dû être contente ; c'était la première fois que Taas réussissait à se lier avec nous sans l'aide de l'équipement de nos vaisseaux. Mais je ne pouvais m'empêcher de regarder les Troqueurs. Ils recommençaient à avancer, tout en continuant à nous observer tandis qu'ils s'éloignaient dans la foule.

— On dirait qu'on les ennuie, déclara Helda.

Taas déplaçait ses pieds d'avant en arrière comme un sportif qui attend une ouverture dans le jeu de son adversaire.

— Nous ne pouvons pas les laisser partir comme ça.

— Et pour quelle raison devrions-nous agir autrement ? rétorquai-je.

— Ce sont des Troqueurs, répondit Taas. Ce n'est pas suffisant ?

J'indiquai d'un hochement de tête les policiers alliés qui s'étaient rassemblés non loin. Leurs uniformes bleu et argent étaient faciles à repérer dans la foule.

— Je ne crois pas qu'ils seraient d'accord.

Taas maugréa.

— Sans nous, les Troqueurs auraient conquis les Mondes Alliés depuis longtemps. Ils devraient nous remercier d'être ici.

— Sans les Troqueurs pour nous occuper, affirmai-je, nous aurions peut-être conquis les Mondes Alliés depuis longtemps.

Le front plissé, Taas reprit :

— Tu ne détestes pas les Troqueurs ?

Il hésita avant de continuer.

— Surtout après ce qu…

— Se battre en pleine rue ne servirait à rien, expliquai-je. En plus, c'est illégal ici.

Helda donna une bourrade à Taas.

— Nous ferions mieux de trouver d'autres façons de nous occuper, hoiya. J'aimerais bien boire quelque chose, pour ma part.

Je n'avais jamais bien compris ce que « hoiya » voulait dire dans le langage d'Helda, mais je croyais que c'était quelque chose comme « beau gosse. » Taas n'avait pas encore compris que ce n'étaient pas de simples mots sans signification qu'elle ajoutait à ses phrases. Quand il comprendrait qu'elle l'appelait « beau gosse », les choses deviendraient intéressantes. J'avais presque hâte de la voir essayer de s'expliquer devant lui.

Rex plaisanta :

— Ohé, Helda hoiya, tu veux te saouler ?

— Hoiya toi-même, maugréa Helda.

Puis elle sourit.

— Quelques verres, peut-être, hein ?

— Moi aussi, je boirais bien quelque chose, ajoutai-je.

Quelque chose de fort, assez pour effacer des souvenirs.

La nuit pesait sur le soleil couchant depuis plus d'une heure et la bande de ciel rouge et violet s'assombrissait le long de l'horizon. Ici, un jour durait soixante-deux heures, si bien que le crépuscule s'éternisait comme si la lumière refusait de céder. Les Arcades étaient encore plus bondées à présent, les gens profitant de ce répit que leur laissait la température. Avec trente heures de soleil par jour, il faisait normalement juste assez frais en extérieur pour que des humains se sentent à l'aise pendant les heures de la soirée, de la nuit et de l'aube.

Au-dessus, le ciel était violet foncé. Le soleil de Délos émettait plus de lumière violette que la moyenne, pour les planètes habitables par des humains, et la mince atmosphère la dispersait très peu. Cela donnait au ciel une teinte violette, comme si nous étions en altitude en montagne et pas au niveau de la mer. Les nuages parsemaient l'horizon et leur bord inférieur était souligné d'un rose brillant qui s'obscurcissait maintenant que le soleil se retirait derrière les toits des Arcades.

Nous marchions dans le crépuscule le long d'un alignement de bars. Les enseignes holo éclairaient la pénombre : une fleur d'un rose étourdissant suspendue au-dessus d'une porte, des insectes dorés décrivant des ellipses en volant, un amas de planètes bleu-vert orbitant près d'une étoile géante bleue, qui en réalité n'aurait jamais pu avoir un tel système solaire. Des écrans hologrammes encadraient aussi la plupart des bars, générant des holos partout, si bien que des tubes de lumières tournaient entre les bâtiments, mêlant des éclats violets criards et des bandes rouges tandis que des arches de lumières enjambaient les toits. Des animaux au galop surgissaient et explosaient comme des pétards, courant de haut en bas sur les façades des bâtiments ou bien changeant peu à peu de forme et d'espèce.

La musique résonnait autour de nous, les airs rauques se mêlant à des mélodies aguichantes. Les sons se détachaient plus clairement quand nous approchions puis retombaient dans le vacarme ambiant après que nous étions passés. Des rabatteurs haranguaient la foule sur des porches dans un tas de langues différentes. Ceux que je comprenais tentaient d'attirer les clients, pour « plonger en plein rêve », ou encore « passer des heures entières à faire l'amour ». Le parfum de la viande cuite et des épices flottait partout.

Je ne pouvais pas lire la plupart des enseignes holo. Appelant le menu de traduction dans mon esprit, je le superposai à une enseigne élégante qui disait « CONSTANTINIDES ».

— *Traduction*, commandai-je mentalement.

— **Grec**, répondit la jonction. **Traduction : Constantinides**.

— Ça m'aide beaucoup, murmurai-je.

— Où veux-tu aller ? demanda Helda.

Je désignai un bâtiment rouillé. Accrochés à un mât qui surplombait le toit, quelques cercles dépareillés tintaient au vent. L'enseigne holo au-dessus de la porte était en anglais, la seule langue que j'avais vue dans les bars jusqu'ici et que j'étais capable de lire sans traducteur.

— « Jack's Place », dis-je.

Rex jeta un coup d'œil au bar.

— Ça a l'air d'un bar typiquement terrien.

Helda rétorqua d'un air mécontent :

— Ça a surtout l'air d'un bar typiquement sordide.

— Allez Helda, plaisanta Rex. Sois courageuse.

— Pourquoi veux-tu aller dans ce bar ? questionna-t-elle.

— Parce que, répondit Rex, on dirait qu'il y a une ambiance terrienne authentique.

— Et c'est une bonne chose ? interrogea Helda.

Je souris.

— Essayons pour voir.

Nous rentrâmes donc, poussant les portes sous l'enseigne. À l'intérieur, un comptoir s'étendait le long d'un des murs et sa surface noire était marquée par l'âge. Des tabourets bordaient le comptoir, chacun recouvert d'une matière rouge rendue brillante par l'usure. La pièce était pleine de tables couvertes de nappes rouge et blanc. Un homme se tenait derrière le comptoir, nettoyant un verre. Des taches étaient visibles sur son torchon comme sur le tablier blanc attaché sur son gros ventre.

Un groupe jouait sur une estrade dans un coin. Les instruments étaient inhabituels : des boîtes en forme de gourdes avec des cordes tendues dessus, des instruments à vent dorés avec des pistons qui entraient et sortaient, des tambours ventrus. La musique avait un rythme lancinant, avec une pointe de sonorité sensuelle qui me donnait envie de danser avec le jeune homme qui chantait. Des dessins holo tapageurs vacillaient devant les panneaux qui encadraient l'estrade.

Une femme en jupe courte assurait le service aux tables. Taas la regardait en souriant.

— J'aime bien cet endroit, fit-il.

Rex acquiesça avec un air ravi.

— Asseyons-nous à une table.

Helda adressa un sourire à Taas et inclina la tête vers la serveuse.

— Mignonne, hmmm ? Mais pas la peine de se battre. Gardons ça pour les Troqueurs. Je suis bien trop grande pour toi de toute façon.

Taas la regarda avec surprise.

— Quoi ?

— Elle ne veut pas se battre avec toi pour la serveuse, commentai-je.

— Pourquoi Helda et moi nous battrions-nous pour la serveuse ?

Je haussai les épaules.

— Aucune idée.

Je ne savais pas évaluer la beauté chez une femme. Chez un homme, en revanche, c'était différent. Mais pour moi, la serveuse ressemblait seulement à une fille trop jeune en jupe trop serrée. Le vêtement devait sans doute lui bloquer la circulation sanguine.

Rex éclata de rire.

— Peut-être qu'on devrait proposer nos services tous les trois et la laisser choisir.

Je souris.

— Qu'est-ce qui te fait croire qu'elle choisira l'un d'entre vous ?

— Tous les trois ? articula Taas.

Helda se pencha vers lui.

— Moi, toi, Rex. Compris ?

Taas devint rouge comme une pivoine.

— Tu aimes les femmes ? Pas les hommes ?

— Bien sûr, répondit Helda.

— Oh, fit Taas en se grattant le menton. Ben peut-être que tu es plus grande que moi, mais j'ai plus de style.

La serveuse s'approcha et demanda timidement à Rex en anglais :

— Aimeriez-vous une table ?

Rex répondit en skolien, en lui décochant son sourire en coin.

— Je ne sais vraiment pas ce que vous dites, mais ça a l'air merveilleux.

— Elle veut savoir si nous aimons les tables, dis-je.

Ou quelque chose comme ça. J'ouvris mon menu de traduction. Il restait en surimpression sur la serveuse dont le regard passait de moi à Taas et Helda. Je savais que j'avais sans doute la même expression figée que je voyais sur leur visage.

— **En attente**, me signala ma jonction nerveuse.

Rex sourit à la serveuse.

— Ils méditent, déclara-t-il en skolien.

Elle le dévisagea sans comprendre, puis regarda autour d'elle pour trouver quelqu'un qui pourrait l'aider.

— *Traduis « Nous voudrions avoir à boire et à manger »*, pensai-je.

La serveuse parla à Rex.

— Que puis-je faire pour vous ?

La traduction en skolien de ses paroles apparut dans mon esprit, interférant avec ma tentative de traduire ce que je voulais dire en anglais. Pendant ce temps, la serveuse rougissait de plus en plus.

— Peuh, maugréai-je.

Ma jonction nerveuse était optimisée pour le combat, pas pour la traduction. Peut-être aurais-je dû prendre ce module diplomatique finalement. Cela aurait augmenté mes compétences sociales et amélioré mes capacités linguistiques. Mais ma jonction nerveuse était chargée de modules et de bibliothèques de combat, et je n'avais pas l'intention d'en enlever ne serait-ce qu'un seul. Ma vie pourrait bien en dépendre un jour. Je ne voulais pas agrandir la jonction non plus. Mes systèmes bioméca avaient atteint la limite de ce qui était considéré comme sûr, même dans le cadre des technologies de bio-ingénierie de pointe.

Et puis cela ne me ferait aucun mal de pratiquer mon anglais sans un ordinateur qui me « soufflerait » mes mots à l'oreille.

— *Fin de programme*, conclus-je.

Comme le menu disparaissait, je m'adressai à la serveuse avec le meilleur anglais que je puisse utiliser sans aide.

— C'est d'accord nous asseoir là ?

Je lui montrai une alcôve près du mur du fond.

— Tout à fait.

La couleur rouge disparut de son visage et je sentis mes joues se rafraîchir également. Elle regarda Helda et Taas, qui avaient à nouveau tous deux l'air normal, et ses épaules s'abaissèrent légèrement. Les muscles des miennes se détendirent aussi.

Elle prit des grandes cartes sur une table voisine et se dirigea vers l'alcôve. Quand nous la suivîmes, elle se retourna vers Rex et rougit à nouveau.

En suivant son regard, je remarquai combien le pantalon d'uniforme de Rex était serré. Il moulait ses jambes bien musclées comme du cuir souple noir, et tout cela semblait à la fois menaçant et sexy. Et ces grandes mains… Comment étaient-elles quand elles…

— Pourquoi tu me regardes comme ça ? s'enquit Rex.

— Quoi ?

Je baissai la tête.

— Non, rien.

— *Blocage*, pensai-je.

Alors que la psicône de Blocage apparut dans mon esprit, les réactions de la serveuse envers Rex s'effacèrent de mes pensées. Son pantalon m'avait à nouveau l'air normal. Bon, presque normal. Elle avait raison ; la façon dont il le moulait était sexy. Je ne l'avais jamais remarqué auparavant, du moins pas consciemment.

— Toujours, marmonna Helda pendant que nous entrions dans l'alcôve. Toujours elles le préfèrent lui.

— Quoi, tu veux dire Rex ? demanda Taas.

— Ya. Toujours.

Elle me désigna d'un signe de tête.

— Et les garçons préfèrent toujours elle.

Je ris.

— Je crois me souvenir que quelques-uns préféraient Rex aussi.

En m'entendant rire, la serveuse sursauta comme un animal effrayé. Elle s'arrêta dans l'alcôve et posa maladroitement les cartes qu'elle avait apportées sur la table éraflée. Puis elle resta là à nous regarder. Nous nous arrêtâmes aussi et nous l'observions, attendant de voir ce qu'elle ferait ensuite. Après un moment, son teint recommença à rosir.

— Elle veut qu'on s'asseye, décida Taas.

— Alors asseyons-nous.

Rex se glissa derrière elle, posant sa main sur sa fine taille au passage. Le visage de la serveuse passa du rose au violet. Puis nous nous assîmes.

La serveuse parla à Rex.

— Vous voulez boire quelque chose ?

Il répondit en skolien.

— Cette voix qui est la tienne me donne envie de te serrer contre moi toute la nuit.

— Si jamais tu te lasses de lui, ajouta Helda, tu peux toujours venir nous voir.

Elle indiqua Taas de l'autre côté de la table.

— Moi et lui. Il a le style, j'ai les muscles.

— Pardon ? s'excusa la serveuse, en anglais.

— Laissez-la tranquille, répliquai-je.

Je pris l'une des cartes qu'elle avait posées sur la table. Le titre était écrit en tubes remplis d'un gaz jaune fluorescent. « Jack's Place », rappelait-il. Des projections holo flottaient au-dessus des zones tachetées du menu, chaque image 3D montrant un type de plat. En tournant la carte, les holos montraient différentes vues des mets proposés.

Mon programme de traduction me fournit « sandwich à la viande synthétique » comme signification de « Hamburger ». Je tentai « hot-dog » et obtins « sandwich à la viande synthétique ».

Après que « beef-bliss » me revint aussi comme « sandwich à la viande synthétique », j'abandonnai. Est-ce que « Jack » ne servait rien d'autre ? Je regardai les autres.

— Qu'est-ce que vous voulez ?

— La bière me semble un bon choix, dit Rex.

Helda et Taas hochèrent la tête pour approuver.

Je dis en anglais à la serveuse :

— Vous faites cervoise?

Elle me dévisagea.

— Je suis désolée. Qu'avez-vous dit ?

— Cervoise, répétai-je. Vous avez ?

— Vous voulez dire de la bière ?

Je lui lançai un regard interrogateur.

— Je crois.

— Brune ou blonde ?

Qu'est-ce que ça voulait dire ?

— N'importe. La plus conne.

Non, ce n'était pas ça. Elle recommençait à rougir.

— La plus bonne.

Je montrai les autres d'un geste de main.

— Quatre bières.

— D'accord.

Et elle s'en alla, mais pas avant d'avoir lancé à Rex un autre de ses sourires timides.

De l'autre côté de la salle, la porte s'ouvrit. Un groupe entra dans le bar – et cette fois quand mes épaules se figèrent, c'était sous le coup de ma propre réaction, et pas de celle de quelqu'un d'autre.

Des Troqueurs. Ils étaient six cette fois, les cinq que nous avions vus auparavant plus un homme qu'ils protégeaient. Un homme à la chevelure noire brillante et aux yeux rouges.

Un Aristo.

Dès qu'ils nous virent, les Troqueurs s'arrêtèrent. Nous nous regardions tous les uns les autres. Le barman cessa de nettoyer son verre et le rangea sous le comptoir.

Tu ne les détestes pas ? avait demandé Taas. « Détester » était un mot trop faible. Je vis l'Aristo et mon cerveau s'enflamma des souvenirs de Tarque, le gouverneur aristo de Tams. Trois semaines de torture. Cet Aristo me regardait avec ses yeux rubis parfaits, sa parfaite chevelure noire brillante, et son corps parfait totalement détendu. Je voulais briser chacun des os parfaits de son visage parfait.

— Du calme, me soufflai-je à moi-même, du calme.

Un des gardes du corps de l'Aristo se pencha vers lui pour lui parler. Il n'y avait pas besoin d'être télépathe pour comprendre qu'il lui suggérait de trouver un bar avec une clientèle de plus haut standing. Mais l'Aristo secoua la tête. Puis il s'installa sur un des tabourets au comptoir.

— Je ne peux pas rester assis là à les regarder boire, fit Taas en froissant son menu entre ses mains. Je ne peux pas.

Rex acquiesça.

— Allons-y.

Helda se leva.

— Assis, ordonnai-je.

Ils me regardaient tous. Puis Helda s'assit.

Je sentis Rex frôler mon esprit, mais je gardai la porte fermée. Mes pensées envers les Troqueurs étaient mon domaine privé, même pour Rex. Dire que je n'avais aucune envie de rester dans ce bar maintenant était l'euphémisme du siècle. Mais cela ne comptait pas.

— Les Aristos ne viennent pas à Délos pour y passer des vacances, expliquai-je. Il doit être ici pour une bonne raison. Et nous devons la découvrir.

Un muscle de la joue de Rex tressaillit. Il avait ce tic depuis qu'il avait vu ce que Tarque m'avait fait sur Tams, qu'il m'avait vu si figée par le traumatisme et la peur que je ne pouvais même pas parler.

Helda indiqua sa ceinture, là où son holster était normalement accroché. Mais aucun d'entre nous n'était armé si ce n'est de petits couteaux dissimulés. Même sans module diplomatique, je savais à quel point nous aurions semblé menaçants si nous nous étions promenés sur les planches de Délos avec des pistolets mélangeurs à la ceinture.

Aucun des Troqueurs n'était armé quand nous les avions vus auparavant. Mais à présent, ils avaient quelqu'un à protéger, quelqu'un d'apparemment assez haut placé dans leur hiérarchie sociale pour les inciter à porter des brûleurs lasers, avec les batteries attachées à la ceinture.

— Surveillez-les, murmurai-je. Et voyez si vous pouvez découvrir quelque chose.

La serveuse revint à notre table et posa une boisson devant moi, un verre rempli d'un liquide ambré. Je ne connais pas grand-chose des procédés de distillation terriens, mais je sais reconnaître de l'alcool. Ce qu'elle me donnait n'était pas de la bière, c'était du rhum.

Mon anglais devait être encore pire que ce que j'imaginais. Je fis non de la tête à la serveuse.

— Nous demandons bière.

Je fis un geste pour montrer les autres.

— Bière. Pour tous.

Elle déglutit.

— C'est une…

Sa voix monta dans les aigus.

— L'homme… il a commandé pour vous.

— Quel homme ?

Elle désigna l'Aristo d'un signe de tête.

— Lui.

Je la regardai. Puis je lui rendis le verre de rhum. Je dus faire un effort de volonté pour ne pas lui mettre le verre si violemment dans les mains qu'il ne se renverse.

Rex se leva et lui reprit le verre. Puis il la prit par le coude et la conduisit au bar, où il posa le rhum. Il l'emmena vers le fond de la salle et sortit avec elle par une porte qui conduisait sans doute à la cuisine. Je comprenais pourquoi il voulait la faire partir d'ici. Si elle avait le même effet sur l'Aristo que sur notre groupe, elle allait avoir des ennuis.

Mais l'Aristo ne l'avait même pas regardée. J'étais la seule qu'il observait. C'était comme si des insectes grouillaient sur ma peau.

Taas tordait son menu, déformant les holos qui faisaient d'étranges fouillis de couleurs.

— Que faisons-nous ?

— Enregistrez tout ce que vous pouvez à leur sujet, commandai-je. Ce qu'ils portent, comment ils s'asseyent, comment ils bougent, comment ils parlent. Stockez tout ça en mémoire et faites-en une copie. On l'enverra sur le réseau plus tard et on verra ce qu'on en tire.

Helda m'indiqua des holojeux dans un coin de la pièce.

— De là-bas, j'aurais un angle de vue différent.

J'approuvai.

— Vas-y.

À l'autre bout de la salle, les musiciens finissaient leur morceau. Ils se tenaient sur la scène et regardaient les Troqueurs, puis nous, puis ils se regardaient entre eux. Le batteur dit quelque chose au joueur d'instrument à vent et une soudaine envie de « me casser d'ici » fit se contracter les muscles de mes jambes, comme si je me préparais à courir. Je dus faire un effort de volonté pour rester assise.

Mais bon, peut-être que rester assise n'était pas la meilleure solution. La scène avait une meilleure vue sur le groupe des Troqueurs.

— Je peux couvrir ce côté de la salle, offrit Taas.

— Bien.

Je souris un peu.

— Je pense que je vais aller profiter de la musique.

Comme je traversais la pièce, je sentis l'Aristo m'observer. Quand j'atteignis la scène, je parlai au chanteur, un homme aux cheveux sombres.

— Peux-tu une chanson jouer ?

— Qu'est-ce que vous aimeriez ? demanda-t-il.

— N'importe.

Il hocha la tête, mais j'eus l'impression que ce qu'il voulait vraiment, c'est que nous partions tous, aussi bien mon escadron que les Troqueurs. Je ne pouvais pas lui en vouloir.

Le groupe commença à jouer encore, un morceau plus lent avec une mélodie douce. L'homme chantait avec la voix d'un baryton bien entraîné. Si la situation avait été différente, j'aurais pu apprécier cet air.

Je regardai le groupe des Troqueurs avec ma vision périphérique. Je vis donc l'Aristo quand il se leva et vint vers moi. Comme il s'approchait, je me tournai pour lui faire face.

Il s'arrêta devant moi et dit, dans un skolien parfait, mais avec un certain accent :

— C'est agréable, n'est-ce pas ?

L'accent était aristo, du plus pur aristo de la caste de l'élite Highton, l'aristocratie de l'aristocratie, les seigneurs de la hiérarchie aristo.

Je fis tout ce que je pus pour ne pas tirer mon couteau caché dans ma botte.

— Que voulez-vous ?

— Vous rencontrer.

— Pourquoi ?

Il hésita.

— Je ne veux en aucun cas vous offenser.

Ça ne collait pas. J'avais rencontré beaucoup d'Aristos, habituellement en communication à distance, mais aussi en personne au cours des pourparlers sporadiques et systématiquement vains que les Troqueurs et nous avions tenus pour établir la paix. Ils parlaient toujours avec arrogance et souvent même avec un mépris affiché. Celui-ci semblait pourtant avoir manqué les cours donnés pour afficher un air supérieur.

Mais ses gardes n'avaient rien manqué. Ils se tenaient en formation près du bar avec leurs pistolets dégainés, visiblement prêts à faire feu. L'Aristo devait leur avoir ordonné de rester tranquilles, sinon ils n'auraient jamais laissé une Jagernaute lui parler seul à seul.

— *Blocage*, pensai-je.

Leur hostilité décrut, mais la psicône de Blocage continuait à clignoter dans mon esprit, me prévenant que mes systèmes ne pouvaient pas retenir toute la force de leurs émotions. Pour ce faire, il aurait fallu libérer dans mon cerveau tellement de drogues pour inhiber les capteurs psi de mes neurones que cela aurait interféré avec ma capacité de raisonnement.

Les autres clients de « Jack » étaient soit partis, soit en retrait dans le fond du bar. Rex était revenu, tenant un lourd couteau qu'il avait dû prendre en cuisine. Taas et Helda avaient aussi dégainé leurs lames, des petits couteaux comme celui que je portais dans ma botte. Il y avait cinq Troqueurs avec des lasers et seulement quatre d'entre nous avec des armes blanches, mais nous avions un avantage : l'Aristo était tout à fait à ma portée. Sa personne si parfaite ferait un parfait otage.

— Pourquoi voulez-vous me rencontrer ? lui redemandai-je.

— Ce sont vos cheveux.

Son expression s'éclaircit.

— Je n'ai jamais rien vu de pareil.

Je me raidis. Tarque m'avait dit la même chose. Mes cheveux, noirs et bouclés, descendaient un peu au-dessous de mes épaules. Mais aux deux tiers de leur longueur, ils prenaient une teinte cuivrée et finissaient dorés. Ils avaient fasciné Tarque. Est-ce que cet Aristo cherchait des donneurs ? Il était jeune, pas tellement plus que la vingtaine, mais il était déjà assez vieux pour cela. Les Aristos prenaient en général leurs premiers donneurs à la puberté.

Mais quelque chose ne marchait pas dans son cas. Je n'arrivais pas à comprendre quoi. Les traits ciselés de son visage correspondaient à ceux d'un Highton. Son accent le corroborait, son allure le corroborait, sa voix le corroborait. Pourtant, quelque chose ne passait pas.

— Qu'est-ce que vous voulez à mes cheveux ? grognai-je.

— Ils sont splendides, fit-il en secouant la tête. Vous êtes si belle. Pourquoi voulez-vous être un soldat ?

Dans mon esprit, je revis une image, celle qui hantait mes souvenirs. Tarque levant ses longs doigts pour me désigner. *Celle-là. C'est elle que je veux.*

Je dus lutter pour que ma voix ne me trahisse pas.

— Et je suppose que vous seriez heureux de me montrer les autres options que j'ai dans la vie, c'est ça ?

Il sourit.

— Peut-être pour ce soir ? Nous sommes à Délos après tout. Ici nous pouvons, pour une nuit au moins, nous rencontrer comme des amis.

Bien sûr, pensai-je. Les Aristos n'avaient de relation qu'avec ceux de leur caste. Point final. Le seul usage qu'ils faisaient de nous autres était en tant que marchandises à troquer. Pensait-il vraiment que j'allais sortir avec lui cette nuit ? Si j'acceptais, jamais je ne retrouverais la liberté.

— Non merci, dis-je. Je suis déjà prise ce soir.

Il sembla déçu mais pas vraiment surpris.

— Peut-être un autre jour.

Puis il s'inclina et retourna vers son groupe. Pendant que je l'observais, ses gardes l'encerclèrent et le conduisirent rapidement vers la porte.

Ce n'est qu'une fois qu'ils furent sortis que je réalisai vraiment la manière dont il m'avait salué. Les Aristos ne s'inclinaient ainsi qu'entre eux, c'était un signe de respect. Tous ceux que je connaissais auraient préféré mourir plutôt que de s'incliner devant l'un d'entre nous.

Rex me rejoignit, son énorme couteau toujours à la main.

— Tout va bien ?

— Parfaitement, l'assurai-je.

— Qu'est-ce qu'il voulait ?

J'écartai les mains en signe d'impuissance.

— Il essayait de me séduire.

Rex se tendit.

— Il t'a menacée ?

— Non. Pas du tout. Je n'ai jamais entendu un Aristo parler comme lui. Il semblait normal. Très poli.

Helda et Taas s'approchèrent eux aussi.

— Tu crois que c'était un piège ? demanda Helda.

— Je ne sais pas, soufflai-je. Mais si je n'avais eu une certaine expérience des Troqueurs, il m'aurait peut-être convaincu d'aller avec lui.

— Nous devrions prévenir la police des Arcades, suggéra Taas. Avant qu'il ne trouve quelqu'un par ici qui accepte d'aller avec lui.

J'acquiesçai. Taas avait raison, bien sûr. Bizarrement cependant, je ne pensais pas que l'Aristo parlerait à quelqu'un d'autre. Quelque chose chez lui était anormal, vraiment anormal.

Chapitre 2

La Station Tams

La ville d'Athènes bordait les limites nord et sud des Arcades. Je ne savais vraiment pas pourquoi les Alliés avaient appelé cet endroit Athènes, car il était aussi laid que son homonyme sur Terre était réputé être beau. La ville avait été organisée en carrés délimités par des rues en nervoplex, le tout illuminé par des lampadaires massifs. Pendant que Rex et moi marchions dans les rues de plus en plus obscures, des aéromobiles passaient en vrombissant près de nous et leur coussin d'air activait le nervoplex noir, agité par des formes ondulantes qui rebondissaient encore et encore entre les trottoirs. Peut-être que ceux qui vivaient ici appréciaient cet effet, mais il me donnait mal à la tête.

Le poste de police était un bâtiment d'un étage, décoré des même bleu et argent que portent les policiers des Arcades. Nous entrâmes dans un hall avec un comptoir au bout de la pièce. Pendant que nous traversions le hall, une holocam suivit nos mouvements du haut de son perchoir dans un coin du plafond.

Une femme aux cheveux grisonnants nous accueillit au comptoir.

— Boro na sas voetheso ? déclara-t-elle.

— *Traduction*, pensai-je.

— **Grec**, répondit ma jonction nerveuse. **Traduction : Puis-je vous aider ?**

La femme regarda Rex, puis moi, son regard passant sur nos uniformes avant de revenir à nos visages. Elle répéta sa question, la voix un peu plus aiguë, cette fois. Que voulions-nous, en venant ici habillés de cette façon…

— *Blocage*, commandai-je.

La psicône s'alluma et je cessai de me sentir comme une coupable.

— *Traduire « Nous voudrions faire un rapport. » en grec*, commandai-je mentalement.

Comme ma jonction nerveuse me donnait la traduction, je parlai lentement, reproduisant chaque mot du mieux que je pouvais. Mais cela ne sonnait pas exactement de la façon dont la jonction l'avait prononcé.

— Ti ? demanda la femme.

La jonction nerveuse traduisit.

— **Quoi ?**

Je passai ma main dans mes cheveux.

— Skolien ?

Elle secoua la tête.

— Okhi skolian.

— **Pas de skolien**, expliqua ma jonction.

— Anglais ? insistai-je.

— Okhi anglais.

— *Comment dit-on « interprète » en grec ?* demandai-je mentalement.

— **Diermeneas**, répondit la jonction.

Je regardai la femme.

— Diermeneas ? Skolien. Diermeneas.

— Epanalabete ? répliqua-t-elle, ce que ma jonction nerveuse me fournit comme **Répétez ?**

J'essayai encore une fois.

— Diermeneas.

— Ah.

Les plis soucieux sur son front s'effacèrent. Elle nous fit signe de la suivre.

Elle nous conduisit dans une petite pièce avec une table entourée de chaises en nervoplex. Trois des murs étaient nus, mais sur le quatrième, il y avait un grand panneau de verre opaque. Je me doutais que le verre devait être transparent pour ceux qui se tenaient de l'autre côté ; la pièce avait l'air d'une salle d'interrogation.

Quand la femme fut partie, Rex jeta un regard mauvais sur les chaises.

Je souris.

— *Tu n'aimes pas le mobilier ?*

Il grimaça.

— *C'est déjà assez difficile d'atténuer les réactions des gens quand elles ne sont pas multipliées par ce sur quoi on est assis.*

Je passai mon doigt sur le dossier en nervoplex d'une chaise et il réagit en durcissant. En réalité, il ne faisait rien de plus que réagir à notre tension musculaire. Nous, les empathes, avions tendance à interférer avec le nervoplex, se raidissant quand il essayait de détendre nos muscles et se relaxant quand il se durcissait. Cela faisait comme une boucle de rétroaction qui intensifiait tout ce que nous ressentions. Donc en réalité, il ne faisait que décupler nos propres émotions. Mais les Jagernautes sont comme des éponges, les sentiments des autres deviennent les nôtres. Même les plus disciplinés d'entre nous, des soldats qui semblent ne réagir à rien pour la plupart des observateurs, éprouvent des modifications minimes d'attitude et de tension musculaire quand ils captent des émotions.

La porte s'ouvrit et un jeune homme entra dans la pièce. Il s'approcha de Rex et sourit, tendant la main.

— Enchanté de faire votre connaissance, commença-t-il dans un skolien parfait. Je m'appelle Tiller Smith.

Rex le regarda sans comprendre, puis se tourna vers moi.

— *Mets ta main dans la sienne et bouge-la de haut en bas*, conseillai-je mentalement.

Rex saisit la main de Tiller et l'agita vigoureusement.

— Gracias, déclara-t-il, utilisant un des seuls mots terriens qu'il connaissait.

Tiller ouvrit de grands yeux et dégagea sa main de la poigne de Rex.

— Mme Karpozilos dit que vous vouliez rapporter un crime.

— *Pourquoi me parle-t-il ?* émit Rex. *Il ne voit pas que tu es plus gradée ?*

— *Peut-être qu'il ne connaît pas le protocole militaire.*

À haute voix, je déclarai :

— Non, pas un crime. Mais nous espérons en empêcher un.

Tiller m'observa, rougit et détourna le regard. Il observa les manches de la veste de Rex, puis les miennes, puis à nouveau celle de Rex. Finalement, il reprit :

— Je suis désolé... Je n'ai jamais vraiment travaillé en tant qu'interprète auparavant. Je suis juste un agent d'entretien, ici. Je... Eh bien, je ne sais pas trop comment m'y prendre.

Il fit un geste d'impuissance.

— Je ne peux même pas lire vos identifications.

Identifications ? Je regardai ma veste. Les seules marques sur le tissu noir étaient une ligne de clous argentés et bien sûr la bande dorée entourant mes bras, au-dessus de mes coudes, qui indiquait mon rang. La veste de Rex était identique, si ce n'est qu'il avait deux bandes plus fines à chaque bras.

— Je suis la Principale Sauscony Valdoria.

Je désignai Rex.

— Voici le Second Rex Blackstone.

Tiller me regarda avec des grands yeux.

— Vous êtes un Amiral Impérial ?

— Principale. Ce n'est pas la même chose.

— Mais Principal n'est pas un autre mot pour Amiral ?

— Le rang est similaire, expliquai-je. Mais ce n'est pas pareil. Les Principaux sont des Jagernautes. Et seulement des Jagernautes.

— Des cybersoldats, fit Tiller avec une certaine excitation dans la voix. Des ordinateurs télépathiques, c'est ça ? J'ai lu des détails sur vous dans... Ah !

Il frappa sa paume contre son front.

— Mais je m'égare. Vous n'êtes pas venus ici pour que je vous interroge. Toutes mes excuses.

— Tout va bien, le rassurai-je.

C'était plutôt agréable de rencontrer quelqu'un qui ne voulait pas que nous allions voir ailleurs.

Il désigna les chaises.

— Et si nous nous asseyions ?

Rex et moi nous dévisageâmes. Aucun de nous ne fit de mouvement pour s'asseoir. Après un instant, Tiller reprit :

— J'ai une meilleure idée. Pourquoi ne viendriez-vous pas dans mon bureau ? J'y ai d'excellents fauteuils.

Il regarda les sièges en nervoplex et ajouta :

— Les miens ont des housses de tissu.

— D'accord, répondis-je.

Le « bureau » de Tiller était un cagibi entre les toilettes et un placard. Des étagères couvraient les murs, pleines à craquer d'hololivres et de textes à l'ancienne sur des pages en papier. Il y avait du matériel partout : des outils optiques, des écrans holo démontés, des morceaux de consoles d'ordinateur, des prises d'interface homme-machine, des pièces de brûleurs laser. Ce fatras était posé sur toute la surface disponible ou était suspendu à tout ce qui ressemblait de près ou de loin à un crochet. Une vague odeur d'huile flottait dans l'air. Les fauteuils promis étaient là, enterrés sous des boîtes de films holo.

— Là.

Tiller dégagea trois des fauteuils, posant les boîtes sur son bureau déjà encombré.

Je choisis un fauteuil au revêtement usé qui fit des craquements quand je m'assis. Rex prit un fauteuil vert. Quand Tiller avança son siège, nous fîmes un petit cercle. Il sortit une mince baguette de sa poche et la tapota contre son genou. La baguette se mit à bourdonner puis se déroula pour former un écran qui s'étala devant lui. Des lettres sombres apparurent, suspendues à un millimètre environ devant l'écran. Une icône d'holocam brillait dans un coin, ce qui à mon avis signifiait qu'il faisait aussi un enregistrement vidéo.

— OK.

Quand Tiller parla, ses mots se formèrent au-dessus de l'écran.

— Dites-moi ce qui s'est passé.

— Un Troqueur aristo visite les Arcades, rapportai-je.

Tiller se tendit.

— Et ?

Je le dévisageai pendant un instant.

— Vous savez pourquoi nous désignons les Eubiens du terme de « Troqueur » ?

Il hocha la tête.

— Je connais – connaissais – quelqu'un qui était à bord d'un vaisseau capturé par un chasseur eubien. Sa famille essaie de le retrouver depuis six ans maintenant. Les autorités disent qu'il a sans doute été vendu à un Aristo.

— Désolée.

Je savais que les chances de sauver cet ami étaient nulles.

— Nous pensons que c'est sans doute pour cela que cet Aristo est ici. Pour trouver des donneurs.

Alors que la main de Tiller se crispait sur le bras de son fauteuil, mes propres phalanges commencèrent à me faire mal.

— Vous pensez qu'il envisage de kidnapper quelqu'un ? demanda Tiller.

Rex se frotta les mains, se massant les doigts.

— C'est possible.

— Je ne comprends pas, hésita Tiller. Pourquoi un Aristo viendrait-il à Délos pour cela ?

— Les donneurs doivent être des empathes, répliqua Rex. Et les empathes son rares, particulièrement chez les Troqueurs. Il a peut-être pensé qu'il aurait de meilleures chances d'en trouver ici.

— Des empathes ? interrogea Tiller prudemment. La position officielle des Alliés est qu'ils n'existent pas.

Rex haussa les épaules.

— C'est votre problème.

Tiller leva les mains pour protester.

— Je n'ai pas dit que nous pensions tous cela. C'est seulement que les experts ne sont pas encore officiellement convaincus que de vrais empathes existent.

Je me demandai en quoi une conviction officielle différait d'une officieuse.

— Il en existe tout un spectre, des simples empathes jusqu'à ceux qui peuvent même parfois lire les pensées qui vont avec les émotions.

Une montée d'adrénaline secoua mon estomac, comme si des libellucioles tournoyaient à l'intérieur. Au même moment, Tiller s'exclama :

— Vous parlez de la télépathie, c'est ça ? Vous êtes… ?

Puis il s'arrêta de lui-même.

— Je ne voudrais pas sembler curieux. C'est juste que je n'ai jamais vu de télépathes auparavant. Parce que vous devez en être, non ? Si vous êtes Jagernautes ?

Je ne pus m'empêcher de sourire. J'aimais bien Tiller. La plupart des gens voulaient être aussi loin de nous que possible, de peur qu'on viole leur intimité ou pire. J'avais entendu parler des fabuleux talents des Jagernautes, capables de déplacer des montagnes aussi bien que de modifier l'avenir. En vérité, le mieux que nous puissions faire était de capter les pensées inhabituellement fortes, et même cela était difficile à moins que l'émetteur ne soit un empathe assez puissant pour envoyer ses pensées aussi bien que ses émotions.

— Un Jagernaute doit avoir cinq au moins sur l'échelle, précisa Rex.

— L'échelle ? questionna Tiller.

— L'Échelle de Réception et d'Expression Empathiques de Kyle, détaillai-je. La plupart des gens l'appellent juste l'échelle psi. Elle mesure la puissance d'un empathe. L'échelle est à décroissance exponentielle, alors des résultats élevés sont rares. Quatre-vingt-dix pour cent de tous les humains sont entre zéro et deux. Seule une personne sur cent mille est au-dessus de cinq. Ce que les gens appellent des télépathes sont à six ou plus.

Le regard de Tiller passa de Rex à moi.

— Et vous êtes à six tous les deux ?

Ni Rex ni moi ne répondîmes. Après un instant, Tiller demanda :

— Qu'y a-t-il ?

— Que diriez-vous, l'interrogeai-je, si je vous demandais combien de fois vous avez fait l'amour la nuit dernière ?

Il rougit et je me sentis soudain très gênée, comme si je l'avais espionné dans sa chambre.

— Je suis désolé, s'excusa-t-il. Je ne me rendais pas compte que c'était si personnel.

— Je suis évalué à dix, révéla soudain Rex.

Je le fixai du regard. Qu'est-ce qui lui avait pris de révéler cela ? Je connaissais les scores de mon escadron. Taas était à sept, Helda six. À dix, Rex était un télépathe comme il en existe un pour dix milliards de personnes. Mais connaître leur score faisait partie de mon métier de chef d'escadron. Je ne croyais pas que Rex en ait déjà parlé à Taas et peut-être même pas à Helda.

Tiller me regarda – et je captai. Rétroaction. Il me renvoyait ma propre surprise.

— *Tu le sens toi aussi ?* pensa Rex. *J'essayais de le faire s'exprimer.*

— *Tu aurais pu lui demander*, accusai-je mentalement.

— *C'est trop personnel.*

— *Je pense qu'il veut savoir. Et il a l'air plus à l'aise avec toi.*

Rex y réfléchit. Puis il parla à Tiller.

— Depuis combien de temps savez-vous que vous êtes un empathe ?

— Quoi ? s'écria Tiller en rougissant. Je n'ai jamais dit que…

— Vous êtes en boucle de rétroaction avec nous, expliqua Rex. Vous captez nos émotions et vous nous les renvoyez.

Tiller nous regardait, bouche bée.

— Vous *plaisantez*.

— Pas du tout, confirmai-je. Vous ne le saviez pas ?

— Bien sûr que non.

Il marqua une pause.

— Eh bien, je veux dire, je m'en étais toujours douté, du moins je pensais… Mais on ne peut pas trop parler de ce genre de choses par ici. Les gens se moqueraient de vous.

Une sensation haletante s'empara de moi, comme un mélange de peur et d'espoir. C'était un sentiment étrange, agréable d'une certaine façon, mais aussi totalement étranger. À ce moment précis, Tiller demanda :

— Vous croyez vraiment que je pourrais être un empathe ?

Rex sourit, fronçant les plis autour de ses yeux.

— Vous pourriez vous faire tester.

— J'y ai pensé. C'est pour ça que je passe tant de temps à apprendre le skolien. Mais je ne peux pas me payer le billet pour un monde skolien.

Il nous regardait, Rex et moi.

— Je me fais peut-être seulement des idées, de toute façon. Je veux dire, je ne vois pas de preuve attestant cette différence.

— Ce n'est pas quelque chose qui se voit, rappela Rex. C'est votre cerveau.

— Il y a quelque chose qui marche mal dans mon cerveau ?

— Pas mal, le rassurai-je.

Encore que je supposais que cela dépendait du point de vue.

— Il contient deux organes supplémentaires.

Tiller rit.

— Dans mon crâne ? Il n'y a pas la place !

Je souris.

— Ils sont microscopiques. Bien des gens les possèdent sans jamais le réaliser. Le corps afférent de Kyle et le corps efférent de Kyle. Le CAK reçoit les données et le CEK les émet.

— Quelles données ? demanda Tiller.

— Quand vous pensez, les neurones crépitent dans votre cerveau, expliqua Rex. Mon CAK capte cela.

— Pourquoi ? interrogea encore Tiller. Comment sait-il que mes neurones crépitent ?

— Les molécules dans votre cerveau sont décrites par une distribution de probabilités quantique…

— Attendez, fit Tiller en l'arrêtant d'un geste de la main. Je ne comprends rien à la mécanique quantique.

— Imaginez un pic invisible centré sur votre cerveau, dit Rex. C'est la distribution de probabilités. Ses « pentes » s'étendent dans toutes les directions. Elles se réduisent si vite qu'elles sont presque réduites à rien au bout d'une centaine de mètres de distance. Plus vous êtes près de moi, plus elles recouvrent mon cerveau. Quand vous pensez, la forme de ce pic change et mon CAK s'en rend compte.

Tiller l'étudia un instant.

— Mais alors pourquoi ce pic quantique ne recouvre pas tout le monde ?

— Mais c'est ce qu'il fait, répondit Rex. Cependant sans CAK, une personne n'a pas les moyens de la lire. Plus vos sentiments sont intenses, plus de sites moléculaires sont stimulés dans mon CAK. Le CAK envoie ensuite des messages à des structures nerveuses de mon cerveau appelées les paracentres. Seuls les empathes en ont. Mes paras interprètent ces influx comme vos émotions.

— Et le CEK ? dit Tiller.

— Un amplificateur, fis-je. Il augmente la portée et l'intensité du signal que vous émettez aux autres empathes, si fort qu'ils peuvent même parvenir à déchiffrer vos pensées grâce à lui. Le CEK émet, le CAK reçoit.

Tiller prit un air réjoui.

— Pas étonnant que je sois si lent. Avec toutes ces choses en plus qui se passent dans ma tête, je n'ai jamais le temps de penser tout court.

Rex éclata de rire.

— En fait, le nombre supérieur de neurones dans votre cortex fait que vous êtes plus intelligent que la moyenne.

— Pas moi, soupira Tiller. Pas comparé à mes proches. Ma sœur est un génie des maths et mon frère est un philosophe.

— Ne vous sous-estimez pas, l'encouragea Rex. Ces traits sont héréditaires.

— C'est ce qui est bizarre, fit Tiller en écartant les mains en signe d'impuissance. Mes parents sont des gens normaux. Ils sont aussi surpris que les autres par ce que sont devenus leurs enfants.

— Les gènes sont récessifs, commentai-je. Peut-être qu'ils ne les portent qu'une fois, comme pour les gens aux yeux bleus qui ont des parents aux yeux marron. Avec les psions, on sait qu'il faut des centaines de gènes pour obtenir la capacité.

— Si vous savez lesquels sont en cause, demanda Tiller, pourquoi ne pas fabriquer une race de super-télépathes ?

— Cela a déjà été tenté.

Ma grand-mère était « née » de cette façon.

— Mais les gènes sont liés à des anomalies récessives mortelles. Même si le fœtus survit, son cerveau est souvent anormal. La Convention skolienne a été établie pour éviter que des gouvernements fabriquent des psions.

Tiller pencha la tête.

— Je pensais qu'elle avait été écrite pour protester contre la formation du gouvernement aristo des Troqueurs.

Une perle de sueur coula le long de ma nuque.

— En effet.

— Les Aristos ont été créés dans le projet Rhon, expliqua Rex. Rhon essayait de créer des humains ayant une haute résistance à la douleur. L'autre but du projet était de sélectionner le gène de l'empathie.

— Rhon ? s'étonna Tiller en se redressant. Vous voulez dire comme le gouvernement *skolien* ?

— Non, asséna Rex.

— Votre gouvernement ne s'appelle pas les Rhon ?

— *Soz ?* hésita Rex, *tu veux que je m'arrête ?*

J'essayai de me détendre.

— *Non. Continue.*

— Notre gouvernement s'appelle l'Assemblée, poursuivit Rex. C'est un conseil rassemblant les chefs d'État des principaux mondes skoliens.

— Alors, qui est ce Rhon ?

— C'était un généticien, raconta Rex. Mais ce nom est également utilisé pour désigner les quelques descendants encore en vie d'une dynastie humaine qui a régné sur la planète Raylicon, il y a cinq mille ans.

— Et cette dynastie est antérieure à votre gouvernement actuel ? demanda Tiller.

— Tout à fait, dis-je. Il y a six mille ans, une race inconnue a pris des humains d'Amérique centrale, sur Terre, puis en a peuplé la planète Raylicon avant de disparaître.

— Pourquoi ? insista Tiller.

Je haussai les épaules.

— Nous ne l'avons pas encore compris.

Je ne croyais pas que les Mondes Alliés se soient encore remis de ce choc. Au vingt-et-unième siècle de la Terre, quand ils sont enfin parvenus à envoyer des émissaires vers les étoiles, ils avaient pris un sacré coup. Nous étions déjà là. Les Alliés et nous avons rapidement assimilé nos cultures et nos ADN, si bien qu'aujourd'hui, deux siècles plus tard, il semblait difficile de croire que nous avions été séparés pendant des millénaires. Mais les différences étaient toujours là, cachées en profondeur sous la surface. Il faudrait encore longtemps avant que nous cessions d'être méfiants les uns envers les autres.

Rex se pencha vers l'avant.

— Les humains abandonnés sur Raylicon ont découvert le vol spatial et sont partis à la recherche de la Terre. Mais ils ne l'ont jamais trouvée. Leur civilisation fragile s'est développée -– et effondrée – pendant votre âge de pierre.

Il s'interrompit.

— Ce n'est que des siècles plus tard que nous sommes finalement repartis vers les étoiles. C'est alors que Rhon a commencé ses études. Il travailla sur les descendants de la dynastie raylicane pour tenter de faire ressurgir les traits empathiques qui les avaient rendus légendaires. C'est pour cela que les gens appellent ceux qui vivent encore « les Rhon ». En référence à leur score psi. Quand Rhon en a eu fini avec eux, leur score était trop élevé pour être mesuré.

— J'ai toujours supposé que Rhon était leur nom, s'excusa Tiller.

Rex secoua la tête.

— Leur nom de famille est Skolia. C'est pour cela que l'Imperium est l'Imperium skolien.

Il jeta un coup d'œil dans ma direction.

— Même si tous les membres de la famille Skolia n'utilisent pas leur nom dans leur vie quotidienne.

Tiller nous étudia un moment.

— Donc Rhon a fait des sélections génétiques basées sur l'empathie et a obtenu les Skoliens, et il a fait des sélections basées sur la résistance à la douleur et ça a donné les Aristos ? Mais je ne comprends toujours pas. Qu'est-ce que les Aristos veulent aux empathes ?

— Les Aristos ont un CAK mais pas de CEK ou de paras, expliquai-je. Et leur CAK est anormal. Il ne détecte que les émotions causées par la douleur. Mais ils ne peuvent pas interpréter cet influx. Leur thalamus essaie de diminuer leur sensibilité en transférant ces données aux centres de plaisir de leur cerveau. Cela provoque un orgasme.

Je grinçai des dents.

— C'est une bande de sadiques. Ils prennent leur pied à torturer des gens.

— Mais pourquoi des empathes ? insista Tiller.

Un ventilateur au mur ronronnait chaotiquement et ses hoquets me tapaient sur les nerfs. J'avais de la peine à respirer.

— Nous émettons des signaux plus puissants.

Je ne pouvais plus maîtriser ma voix.

— Nous… sommes d'excellents donneurs. Plus l'empathe est puissant… plus le lien est intense… et plus l'Aristo en profite.

Mes poings se crispèrent et mes mots restèrent coincés dans ma gorge nouée.

Tiller attendit. Mais ni Rex ni moi ne continuâmes. Tiller s'agita sur son siège. Finalement, il regarda son écran et déplaça son doigt jusqu'à une icône ailée.

— Je viens d'envoyer une copie de votre rapport au chef.

Il me regarda, un peu mal à l'aise.

— Mais à moins que cet Aristo n'enfreigne la loi, nous ne pouvons pas faire grand-chose.

Je lui fis signe que je comprenais. C'était à eux de voir ce qu'ils feraient de notre avertissement. Au moins, nous les avions prévenus.

Nous nous dirigeâmes vers le hall après avoir quitté le bureau de Tiller, mais je m'arrêtai au bout de quelques mètres.

— Rex, je te retrouverai à l'auberge.

— Qu'est-ce qui ne va pas ?

— Rien. J'ai juste oublié de dire quelque chose à Tiller.

Il toucha ma joue.

— Soz…

— Je vais bien. Vraiment.

— Tu es certaine ?

— Oui. Ça va.

Il écarta une mèche de cheveux qui retombait sur mes yeux. Puis il prononça doucement :

— Je te vois plus tard, alors ?

Pourquoi me regardait-il avec cet air étrangement tendre ?

— Bien sûr.

Ce n'était pas comme si je m'en allais quelque part.

Je trouvai la porte de Tiller toujours ouverte. Il était assis sur un coin de son bureau, en train de lire un livre.

— Tiller ? commençai-je.

Il releva la tête et fut agréablement surpris, ce qui tonifia mon humeur, comme une brise fraîche par un jour de canicule.

— Vous avez oublié quelque chose ?

— Non.

Je m'approchai de lui.

— J'ai pensé que vous vouliez que je revienne.

Il cilla.

— Suis-je si facile à déchiffrer ?

Je souris.

— Seulement pour un autre empathe.

— Je pensais que…

Sa voix s'adoucit.

— Ça n'a pas été facile de venir ici et de faire ce que vous avez fait.

— Nous n'avons fait que parler.

Il murmura :

— Quelque chose vous a blessé et notre discussion a ravivé la douleur.

Je me raidis.

— Je vais bien.

— Je voulais vous remercier, c'est tout.

Tiller me montra l'enregistreur sur son fauteuil.

— Et pour ça aussi. Avec l'enregistrement de deux officiers militaires impériaux de haut rang disant que je suis un empathe, je serais peut-être capable de convaincre une commission de financement de l'université de me prendre au sérieux, et même sans doute de prendre en charge mon évaluation.

— Eh bien, tant mieux.

Je ne savais pas quoi dire d'autre. J'étais habituée à ce que les gens s'éloignent quand je m'approche. *Merci* n'était pas un mot auquel j'avais eu beaucoup affaire.

— Tenez.

Tiller me tendit son livre.

Je le pris maladroitement, me demandant ce qu'il voulait que je fasse avec. C'était un livre à l'ancienne, relié avec un tissu couleur ivoire et des pages parcheminées à l'intérieur, au lieu d'un écran holo. Mon traducteur m'expliqua que le titre était *Poèmes à la fenêtre*, écrit en anglais.

— C'est magnifique, dis-je.

Il sourit.

— Gardez-le. C'est un cadeau, pour vous remercier.

Un cadeau ? Ce citoyen allié qui ne me connaissait pas m'offrait un cadeau simplement parce que je lui avais parlé. Pour une obscure raison, mes yeux se mouillèrent.

— *Blocage*, ordonnai-je mentalement.

Mais la psicône ne s'alluma pas.

La nuit déployait sa noirceur rafraîchissante sur la ville quand je retournai à l'hôtel. Je pris les trottoirs rapides qui bordaient les rues pour éviter le nervoplex. Je n'avais pas envie de ressentir ce qu'il me révélerait sur moi-même. Je le savais déjà. J'avais menti à Rex et Tiller. Je n'allais pas bien. Mon esprit commençait à rejouer cette scène une fois de plus, celle que je voulais oublier, celle que j'avais revécue dans mes cauchemars depuis tant d'années.

Je marchais sur un chemin de terre battue ce jour-là, sur Tams, il y a dix ans, et j'avais tout l'air d'une citoyenne normale qui vaquait à ses occupations. L'aéromobile m'avait dépassé en ronronnant, puis elle s'était arrêtée et avait fait marche arrière. Au ralenti, je voyais la scène se dérouler encore et encore : Kryx Tarque, le gouverneur aristo de Tams, se penchait pour me regarder, pointant son long doigt pendant que ses lèvres prononçaient : « Celle-là. C'est elle que je veux. »

Celle-là. Moi. Sauscony Valdoria. C'est elle qu'il voulait.

J'avais couru. Mais même pour une Jagernaute, il n'y avait pas moyen d'échapper à six soldats et un Aristo armé dans une aéromobile. Quand ils m'avaient attrapée, j'avais dû prendre une décision qui hantait toujours mes souvenirs : *Faut-il que je me batte ?* Je voulais leur faire du mal autant que je savais que Tarque voulait m'en faire. Mais j'aurais révélé mon entraînement militaire. Ils auraient su que j'étais bien plus qu'une simple citoyenne de Tams. Ils auraient enquêté jusqu'à découvrir ma véritable identité, non seulement mon grade militaire, mais aussi le titre civil que je portais. À moins d'attendre une meilleure occasion, je n'avais aucune chance de m'échapper.

Donc je m'étais débattue comme une civile effrayée et pas comme une Jagernaute. Tarque s'en était amusé. Il m'avait emmené sur son domaine, dans les collines au-dessus de la ville, et m'avait gardée prisonnière trois semaines. Il était tard, au cours d'une longue nuit sur Tams, à mi-chemin entre le crépuscule et l'aube, quand j'étais finalement parvenue à me libérer des liens dont il se servait pour attacher mes poignets au lit.

Puis je l'avais étranglé.

C'est Rex qui m'avait retrouvée cette nuit-là, après que je me fus enfuie de la maison. Il m'avait cherché, essayant désespérément de s'infiltrer dans le domaine. Il m'avait attrapée alors que je courais aveuglément dans un champ, mon esprit hurlant encore en réaction à la douleur. Il m'avait serrée très fort, si fort, comme s'il croyait que j'allais disparaître si son étreinte se desserrait ne serait-ce qu'un peu. Sa voix tremblait pendant qu'il me répétait, encore et encore, que tout irait bien, tout irait bien, tout irait bien.

Mais je n'allais pas bien. Tarque était l'opposé d'un empathe, c'était un être humain avec un grand vide là où aurait dû se trouver la compassion. Sadique et empathe, parasite et hôte : son esprit était le contraire du mien. Quand il se concentrait sur moi, je ressentais son vide, je le remplissais pour lui, ce qui nous liait dans un lien qu'il désirait plus encore que l'orgasme. Il murmurait doucement et tendrement pendant que je hurlais et hurlais et hurlais encore…

Nous quittâmes Tams cette nuit-là. Je passai quelques jours à l'hôpital. Tarque ne voulait pas que ses donneurs soient endommagés, donc mes blessures physiques étaient mineures. Mais les docteurs me conseillèrent d'aller voir un requinqueur. Comme je ne voulais pas y aller, mon supérieur me l'ordonna. Donc je m'y rendis et dis au requin-cœur tout ce qu'elle voulait entendre : après tout, je suis une empathe. Dans son rapport, elle écrivit que tout irait bien, que j'avais juste besoin de temps pour guérir.

Mais mes vrais sentiments sur ce qui s'était passé, ils n'appartenaient qu'à moi.

Pas à mon supérieur, ni au requin-cœur, ni à personne.

CHAPITRE 3

PSIBERNAUTE

Le couloir devant la chambre de Rex était recouvert d'un tapis si épais qu'il étouffait le bruit de mes pas comme un nuage rouge vif. Le revêtement rouge lustré des murs était en bois véritable. Près de la porte de Rex, un communicateur de la taille d'une main représentait un homme avec une queue de poisson. Il surgissait dans une gerbe d'eau, projetant de grosses gouttes brillantes autour de sa tête, et il brandissait bien haut un trident. Quand je touchai le communicateur, la porte sonna doucement, comme des cloches qu'on aurait entendues à travers le murmure des vagues de la mer qui vient lécher le rivage.

La voix de Rex sortit d'un haut-parleur dissimulé.

— Entre.

Je posai ma paume sur la porte et elle s'ouvrit, révélant une salle décorée avec la même surabondance honteuse de bois que dans le couloir. Le sol était couvert d'un tapis apparemment en velours rouge sombre. La seule source de lumière était une lampe en verre teinté rose. Rex était assis en tailleur au milieu de son lit, sur le couvre-lit bordeaux, la tête penchée sur sa besogne. Il nettoyait son mélangeur. Des morceaux du pistolet étaient posés partout autour de lui sur le lit, le métal noir brillant dans la pénombre.

— Tu prévois de descendre quelqu'un ? demandai-je.

Il releva la tête pendant que je fermais la porte.

— C’est toi qui insistes pour que nous nettoyions ces satanés trucs si souvent.

Je m’assis sur le lit près de lui.

— J’ai ouvert un compte temporaire dans le système de l’hôtel. On pourra envoyer nos informations sur les Troqueurs dès que Taas et Helda seront revenus de leur dîner.

Rex acquiesça. Il polissait l’éjecteur qui s’emboîte dans les boucles accélératrices à l’intérieur de la partie principale du mélangeur.

— J’aurais cru que tu serais sorti avec cette fille du bar, ajoutai-je.

Il termina l’éjecteur et s’attaqua à la poignée.

— Elle est jeune.

— Je pensais que c’était ce qui te plaisait chez les femmes.

Il continua à frotter.

— J’imagine que je suis juste un peu fatigué ce soir.

Je m’interrogeais sur son humeur. Il avait l’air si abattu. Était-ce à cause de ce qui s’était passé au bar ? Mais ça n’avait aucun sens. Connaissant Rex, voir un Aristo aurait dû le remonter. Quelque chose d’autre le dérangeait. Je frôlai son esprit, mais il me bloquait dehors, gardant les portes de son esprit fermées.

— Rex.

Je posai ma main sur la poignée, arrêtant ses mouvements.

— Qu’est-ce qui ne va pas ?

Il releva la tête. Pendant un instant, il ne fit que regarder mon visage. Puis il dit :

— Je vais prendre ma retraite.

— *Quoi ?*

Il soupira.

— J’y pense depuis un moment maintenant. J’aurais bientôt quarante-sept ans. Tous les autres officiers qui étaient cadets dans ma classe à l’AMD ont déjà pris leur retraite.

Aucun d’entre nous n’ajouta ce qu’il avait tu : *ou bien ils sont morts.*

— Tu ne peux pas prendre ta retraite.

J’essayai de ne pas me rappeler qu’il était entré à l’Académie Militaire Dieshane un an après moi.

— J’ai besoin de toi.

Il passa sa main dans ses cheveux grisonnants.

— Je ne suis pas comme toi, Soz. Je ne peux pas oublier que je vieillis.

Il soupira.

— J'en ai fait assez. Je veux rentrer chez moi, fonder une famille, travailler la terre dans mon jardin.

— Tu peux fonder une famille en ce moment.

Je parlais trop vite.

— Tu n'es pas obligé de prendre ta retraite pour ça. Et tu peux travailler la terre n'importe où. Je t'obtiendrai une autorisation spéciale de travail de la terre, si nécessaire.

Il n'était pas vieux. Il était plus jeune que moi. Bien sûr, oui, mes gènes me donnaient une durée de vie potentielle du double de la moyenne. Mais de nos jours, la plupart des humains vivaient largement au-delà de cent ans. Rex avait encore beaucoup de temps devant lui.

Rex sourit, mais son sourire était comme l'humeur inhabituelle qui l'animait ce soir, plein de douceur au lieu d'être sauvage. Puis il franchit vraiment le pas. Il glissa sa main autour de mon cou, attira ma tête près de la sienne – et m'embrassa.

— Hé !

Ma protestation s'étouffa entre ses lèvres.

— Qu'est-ce que tu fais ?

Il se recula et sourit.

— Je t'embrasse.

— Pourquoi ?

— Eh bien, voyons voir. Peut-être que c'est une nouvelle façon de voir le temps qu'il fait.

— Très drôle. Pourquoi est-ce que tu te comportes si bizarrement ?

Il parlait doucement.

— Soz, je veux que tu m'épouses.

Foutue fusée.

— Tu as trop bu au bar.

— Je n'ai rien bu. On n'a jamais eu nos bières.

Il était devenu fou. Je ne savais pas quoi répondre.

— Je ne peux pas t'épouser. C'est contraire aux règlements.

Il y avait de bonnes raisons pour interdire la « fraternisation ». Elle remettait en cause la capacité des gens à accomplir leur devoir. Cela se produisait quand même parfois, malgré les règlements, mais cela tournait souvent au désastre. Si j'épousais Rex, je ne pourrais jamais l'envoyer au combat. Je serais tout le temps obsédée par l'idée qu'il puisse être blessé. Ou même pire.

Sauf qu'il voulait prendre sa retraite.

— Je ne veux pas prendre ma retraite, affirmai-je.

Je n'étais pas vraiment sûre que ça soit vrai, mais pour l'instant, c'était plus simple.

— Je ne te le demande pas, répondit Rex.

Alors voilà. Il ne me laissait aucune issue. Est-ce que je voulais une issue ? J'essayai de démêler mes pensées. Est-ce que je pouvais voir Rex comme un mari ? Il avait été mon ami le plus proche depuis quinze ans, mon confident, quelqu'un sur qui je pouvais toujours compter. Il était comme un frère. En fait, j'étais plus proche de lui que de la plupart de mes nombreux frères.

— Je ne comprends pas, m'exclamai-je. Qu'est-il arrivé à toutes ces femmes qui t'attendent dans tous les coins de la galaxie ?

— Tu esquives ma question.

— Pourquoi veux-tu m'épouser ?

Il fit un bruit exaspéré.

— Parce que je suis maladivement attiré par les femmes qui sont aussi romantiques qu'un tire-bouchon.

Je ne pus m'empêcher de sourire.

— Alors je crois que nous sommes compatibles.

— Sauscony, je ne plaisante pas.

S'il m'appelait Sauscony, il devait être sérieux. Personne ne m'appelait Sauscony à part mes parents.

— Je ne supporterais pas que tu me quittes.

— Pourquoi ferai-je une chose pareille ?

Pouvais-je l'avouer ? Seize ans avaient passé, assez longtemps pour atténuer la douleur.

— C'est ce que mon premier mari a fait.

Sa voix s'apaisa.

— Je ne savais pas que tu avais été mariée plus d'une fois.

— Deux fois.

Mon second époux était mort il y a quelques années, peu de temps après notre mariage. Mais je ne voulais pas penser à ça maintenant. Et peut-être plus jamais.

— Pourquoi t'a-t-il quittée ? demanda Rex.

— C'est une histoire idiote. Je suis sûre que tu ne préfères pas savoir.

Rex caressa une boucle de cheveux qui retombait sur mon visage.

— Raconte-moi.

Il y eut un silence avant que je reprenne la parole.

— Il détestait ce que je faisais pour vivre. Il avait peur que je meure. Il m'a demandé de démissionner.

— Je croyais qu'on ne pouvait pas démissionner.

Je me crispai.

— Je n'ai pas d'obligation. Je peux partir quand je veux.

— Mais si tu le fais, tu ne perds pas ta place sur la liste de succession de l'Imperator ?

J'avais envie de répondre : « Et alors ? » Je n'avais pas demandé à naître dans les vestiges d'une dynastie morte depuis trois mille ans. En ce moment, le titre d'imperator appartenait à mon demi-frère Kurj.

— Techniquement, Kurj n'a aucun héritier pour lui succéder. Il est le seul fils de ma mère et de son premier mari, et il n'a aucun enfant.

Aucun enfant légitime, en tout cas.

— Je croyais qu'il t'avait choisie pour lui succéder.

Je haussai les épaules.

— J'ai sept frères et deux sœurs. Il pourrait avoir choisi n'importe lequel d'entre nous. Merde, il peut même avoir choisi ma mère, si ça lui chante.

Rex me lança son sourire caustique.

— Personne ne se battrait. On serait tous amoureux, trop occupés à la regarder pour penser à partir en guerre.

Je soufflai en signe de dédain.

— Il n'y a bien que les hommes pour faire ce genre de remarque.

Il rit.

— Je ne crois pas. Helda pourrait en faire autant.

Je ne pus retenir un sourire. En fait, moi non plus je n'imaginais vraiment pas ma mère comme chef de guerre. C'était une excellente diplomate et une superbe danseuse étoile, mais le domaine militaire lui était totalement étranger.

Avant d'épouser qui que ce soit, en tout cas, je devais faire le point sur mon attitude face à mon héritage. Je replaçai mes pensées à ce sujet comme un joueur d'échecs qui installe une partie sur son plateau. Il y avait trois pièces principales : l'Imperator, la Clé de l'Assemblée et la Clé du Réseau. Ou, plus familièrement, le Poing, le Cerveau et le Cœur de Skolia. La Triade. En tant qu'imperator, mon demi-frère Kurj commandait l'armée skolienne. Ma tante présidait l'Assemblée. Comme héritier, elle avait choisi ma mère. Mon père était le troisième côté de la Triade, la Clé du Réseau, un titre qui pour lui était surtout honorifique.

Je savais que ma mère avait épousé mon père parce qu'il était un psion Rhon, ce qui impliquait qu'il pouvait engendrer des enfants Rhon. Kurj le détestait, cet homme qui était devenu son beau-père alors qu'il était moitié moins vieux que lui. Si j'épousais Rex, que deviendrait-il dans tout ça ? Le fait qu'il ne soit pas Rhon rendrait sa position dans ma famille encore moins confortable que celle de mon père.

Mais est-ce que la comparaison était vraiment juste ? Quand mes parents s'étaient rencontrés, mon père vivait dans un monde primitif. Son peuple descendait d'une colonie fondée par les anciens spationautes raylicans, puis isolée pendant des millénaires après le déclin de cette fragile civilisation. Au cours des siècles, ce peuple avait tellement régressé qu'ils n'avaient plus l'électricité, la vapeur ou même une langue écrite. Son mariage avec ma mère avait arraché mon père à cette culture toute simple pour le propulser dans le fatras byzantin de la politique Rhon.

Rex avait bien plus d'expérience des intrigues impériales, peut-être même plus que moi. Mes parents nous avaient élevés dans le monde de mon père, espérant nous préserver des machinations de la politique skolienne. Ils n'avaient pas prévu les conséquences. Seuls quelques-uns de mes frères et moi avions réussi à nous adapter à la vie loin de la simplicité de notre foyer, et cela n'avait pas été facile pour nous.

Dans la vision intransigeante de l'univers selon Kurj, tous les enfants engendrés par mon père étaient gravement imparfaits. Mais nous étions malgré tout les meilleurs candidats pour sa succession.

— Kurj cherche un successeur militaire, déclarai-je finalement. Quelqu'un qui comprenne les Forces Spatiales.

— Toi.

— Non.

— Mais je croyais…

— Il a choisi trois héritiers. Moi et mes deux autres frères qui sont devenus Jagernautes.

— Pourquoi trois ? Seul l'un d'entre vous peut devenir imperator.

Je serrai les dents.

— C'est exact.

Rex m'observa. Après un moment, il parla d'une voix posée.

— Celui qui survivra.

— Oui. Il ne reste que deux d'entre nous maintenant.

Les muscles de mes épaules étaient crispés sous ma veste.

— Kurj sait que je ne peux pas rester en service actif pour toujours. Et j'ai fait mes preuves pendant plus d'un quart de siècles. Mais il y a seize ans, c'était différent.

— C'est à ce moment que ton mari a voulu que tu démissionnes ?

Je hochai la tête.

— Si j'avais démissionné quand Jaro me l'avait demandé, alors oui, tu as raison, cela aurait impliqué de renoncer à toute prétention de devenir imperator.

Rex fit un petit bruit pour montrer son incrédulité.

— À quoi ce Jaro s'attendait-il en épousant une héritière impériale ?

Je baissai la tête et regardai mes mains.

— J'étais enceinte. Je ne le savais pas. J'ai été blessée au combat et j'ai perdu l'enfant.

Je me forçai à dévisager Rex.

— C'était vraiment trop. Jaro est resté avec moi le temps que je me rétablisse. Puis il m'a quitté.

— Soz, murmura Rex.

Il essaya de passer ses bras autour de moi, mais je reculai. Je m'étais toujours demandé si mon frère savait combien Jaro et moi désirions cet enfant. Mais c'était un autre point caché dans mes fichiers mentaux auquel je ne souhaitais pas penser.

— Tu devrais savoir que je ne t'abandonnerai pas, dit Rex. Je ne m'attends pas à ce que tu prennes ta retraite.

Je tournai et retournai l'idée dans mon esprit comme un enfant jouant avec une pièce neuve. Kurj ne pourrait pas me garder au service actif pour toujours. Avec mon grade et mon expérience, il était plus logique de me mettre derrière un bureau, maintenant, pour concevoir des stratégies. S'il éliminait tous ses héritiers, il avait peu de chances d'en trouver d'autres rapidement, en tout cas pas des adultes. Aucun autre de mes frères et sœurs n'avait vraiment les qualifications requises.

Rex était un type bien, je le savais depuis que je l'avais rencontré. C'était aussi un télépathe puissant, sans doute le plus fort que je rencontrerais jamais. Ce n'était pas un Rhon, mais je pouvais passer le reste de ma vie à chercher cette personne, une sur mille milliards, dont l'esprit ressemblait au mien.

La seule fois où j'avais jamais partagé mon esprit avec un autre psion Rhon avait été un accident. Habituellement, seuls les amants étaient assez proches pour établir ce genre de lien. Mais une fois, quand mon petit frère Kelric avait sept ans et moi seize, nous étions partis en randonnée. Nous avions été surpris par une tempête, la neige fondue bleu pâle tombant du ciel en lourd paquet. Nous avions trouvé refuge dans une caverne cachée dans les contreforts des montagnes Dorsales. Pendant que Kelric et moi étions tapis dans la grotte, serrés l'un contre l'autre pour nous tenir chaud, nos esprits avaient fusionné.

Cela avait duré quelques heures, et ce fut le lien le plus épanouissant que j'eus jamais avec un autre être humain. Et cela ne se reproduisit plus ; ce lien était trop intime pour être partagé avec un frère. Mais aucun de nous n'oublia. Après ce jour, je sus que je chercherais partout un compagnon Rhon.

Sauf qu'il n'y en avait aucun. De toutes les tentatives de manipulations pour créer un psion Rhon sain, ma grand-mère avait été le seul succès. Dans les générations après sa naissance, sur plus de mille mondes et un milliard de personnes différentes, nous savions que seuls deux individus étaient nés de façon naturelle – et avaient survécu – avec la panoplie complète des gènes Rhon : mon grand-père et mon père. Les autres d'entre nous, quatorze en tout, étions leurs descendants.

— Soz ? fit Rex en touchant ma joue. Où es-tu ?

Je le regardai, le *regardai* vraiment, comme je ne l'avais jamais fait avant. C'était l'homme qui avait été à mes côtés depuis quinze ans, qui m'avait accompagnée au combat, qui avait ri avec moi, pleuré avec moi. Nous avions voyagé dans tout Skolia ensemble, à la fois pendant le service et en dehors, apprenant à nous connaître dans une intimité qui n'avait rien à voir avec le sexe. Pouvais-je être sa femme ? La réponse était simple, maintenant que j'y réfléchissais. La seule surprise venait du fait qu'il m'ait fallu tant de temps pour m'en rendre compte.

Je souris.

— Qui d'autre pourrait vouloir me supporter pour le reste de sa vie ?

— Qu'est-ce qu'il faudra supporter ?

— Mon sens de l'humour.

Rex fit une grimace.

— J'essaierai d'y résister.

— Oui.

— Oui ?

Il pencha la tête.

— Oui, quoi ?

— Faisons-le.

— Faisons quoi ?

— Tu sais. Le truc.

— Quel truc ?

— Tu sais bien.

Il mit ses mains de chaque côté de ma tête et joua avec mes cheveux.

— Dis-le.

— Tu sais ce que je veux dire.

— Continue.

Il riait maintenant.

Je grondai un peu.

— Continue comme ça et je vais changer d'avis.

— Je ne sais pas, Soz. Si tu ne peux pas le dire, comment puis-je croire que tu vas le faire ?

— D'accord. Je veux t'épouser. Tu es content ?

Il arrêta de ricaner et parla de cette voix étrangement douce avec laquelle il avait parlé ce soir.

— Oui.

Alors voilà. Ça ne me semblait pas du tout bizarre finalement, maintenant que c'était dit. Je touchai sa poitrine, glissant ma main sur le maillot noir qu'il portait sous sa veste. Il m'attira sur le lit, s'allongeant sur le dos pendant qu'il m'enlaçait.

— Je peux envoyer ma Notification de Décision ce soir sur le réseau, souffla-t-il. Je donnerai ma démission quand nous rentrerons au Quartier général.

La Notification de Décision. C'était étrange d'entendre Rex en parler. Mais son projet était bien pensé. Après notre repos ici, nous retournerions au Quartier général pour y recevoir les ordres de notre prochaine mission. Rex avait attendu d'être certain que nous n'irions plus au combat ensemble. Je pouvais l'aimer désormais. Je n'aurais plus à l'envoyer se battre.

La console près du lit émit un bip.

— Merde, grommela Rex.

Il étendit son bras au-dessus du lit et appuya sur le bouton Répondre de la console.

— Quoi ?

La voix d'Helda sortit du haut-parleur.

— Ya, Rex. Tu sais où est Soz ?

— Je suis juste ici, répondis-je. On vous retrouve devant ma chambre.

Helda et Taas attendaient tous deux devant ma porte quand nous arrivâmes. Helda me jeta un regard curieux. Je ne pouvais pas savoir ce qu'elle avait capté, mais elle avait dû sentir quelque chose. Tout avait changé. Je ne pourrais plus jamais voir Rex de la même façon.

Le communicateur près de ma porte représentait une femme aux cheveux sombres, debout sur la côte rocheuse d'une île. Elle me regardait, un carquois plein de flèches accroché dans le dos et un bel arc courbe à la main.

Je posai mon doigt contre les vagues qui déferlaient sur la plage au pied de la femme. Un éclair de lumière surgit du communicateur pendant qu'un laser passait sur mon doigt. Il ne fallut qu'un instant pour qu'il génère un motif d'interférence à partir des reliefs de mon empreinte digitale, et qu'il la compare avec celle enregistrée par l'ordinateur de l'hôtel. Puis ma porte s'ouvrit. Après l'ambiance sensuelle de la chambre de Rex, la mienne me parut plus froide. Les murs étaient en céramique polie bleu-vert, avec des effets d'écume, comme si des vagues passaient çà et là. La console d'ordinateur était intégrée dans un bureau rétractable près du lit. Sa surface horizontale était un écran holo et les parties verticales portaient les interfaces de contrôle. Les étiquettes sur les touches étaient écrites en six langues, dont le skolien.

Je m'assis devant la console et appuyai sur la touche portant l'image d'une porte.

— Accès à mon compte temporaire. Puis connexion au Réseau skol.

— Bonjour, Principale Valdoria.

L'ordinateur parlait en skolien.

— Je suis Homère. Bienvenue à *L'Auberge d'Égée.* Je suis heureux d'ouvrir l'accès à votre compte.

Après une courte pause, il annonça :

— Je configure le lien au Réseau skol. Veuillez nous excuser pour le délai occasionné.

— Hoy, c'est un ordinateur *vraiment poli*, s'amusa Helda.

Je souris. Les ordinateurs alliés avaient tendance à être plus amicaux que les jonctions sur le Réseau skol, l'immense réseau informatique de Skolia. Nous avions choisi cet hôtel car il avait équipé ses consoles de psiphons, ce que peu d'établissements alliés prenaient la peine de faire. J'ouvris un compartiment dans le bureau et sortis le psiphon de son étui. C'était un modèle simple, rien de plus qu'une prise transparente à deux pointes reliée à la console par un fil.

Quand j'enfichai la prise dans l'alvéole à l'intérieur de mon poignet, j'eus des fourmillements dans le bras. Je savais, en toute logique, que ces fourmillements n'étaient pas réels. Mais chaque fois que je me branchai sur un psiphon, j'avais l'impression de les ressentir.

Les mots « TENTATIVE DE CONNEXION » apparurent sur un petit écran incrusté dans le bureau.

— On dirait que ça marche, se réjouit Taas.

— Pour l'instant.

Le fait qu'Homère réagisse au psiphon avec des réponses écrites plutôt qu'orales me faisait douter du temps que les Alliés avaient effectivement passé pour le configurer.

De ma main libre, je frottai mon bras de haut en bas, selon une habitude que j'avais prise il y a bien des années. Beaucoup de Jagernautes le faisaient. Penser au circuit bioméca à l'intérieur de mon corps me rendait nerveuse, comme un animal pris au piège. Le circuit comportait quatre parties : des câbles en fibre optique, les prises sur mes poignets, mon cou et mes chevilles, la jonction nerveuse et les bio-électrodes.

Les fibres optiques avaient été implantées par bio-ingénierie dans mon corps. Homère envoyait des signaux à un bout du psiphon qui les transmettait à un câble dans mon poignet. De là, ils voyageaient le long des câbles jusqu'à mon cerveau ou ma jonction nerveuse. Des nano-électrodes dans mes neurones traduisaient les 1 et les 0 de ces données en influx nerveux. Quand une électrode recevait un 1, elle envoyait au neurone une courte décharge ; si c'était un 0, elle laissait le neurone tranquille. De même, elles traduisaient mes pensées en signal binaire. Des bio-enveloppes couvraient les électrodes et des substances neurobiochimiques les empêchaient d'endommager mes cellules cérébrales. Mon circuit renvoyait les messages à Homère par la deuxième pointe de la prise du psiphon.

Étant donné la nature complexe des opérations nécessaires pour implanter un circuit bioméca et le nombre d'années nécessaire pour apprendre à s'en servir si le corps ne l'avait pas rejeté – sans mentionner les autorisations officielles nécessaires –, très peu de gens en avaient.

Un autre message apparut sur l'écran : PSIPHON ACTIVÉ.

— Plutôt lent, marmonna Helda.

— Matériel allié, commenta Taas, comme si cela expliquait tout.

— *Test*, essayai-je.

Le mot « TEST » apparut sous le dernier message d'Homère.

— PARAMÈTRES ? imprima Homère.

Sa réponse s'écrivait en rouge sur l'écran, alors que les miennes étaient en bleu. Le message ne se répéta pas dans mon esprit.

— *Vérifier la liaison à la jonction nerveuse*, pensai-je.

Les mots « VÉRIFIER LA LIVREUSE » s'inscrivirent sur l'écran.

Rex éclata de rire.

— Quelle livreuse vas-tu vérifier ?

— Il ne traduit pas comme il faut. *Faire un diagnostic du psiphon*, me concentrai-je.

Les mots « FAIRE UN DIAGONAL PROFOND » brillèrent à l'écran.

— VEUILLEZ REFORMULER L'ORDRE, écrivit Homère.

J'essayai en mode verbal.

— Faire un diagnostic du psiphon.

— En cours, répondit Homère.

Puis :

— Je n'ai trouvé aucun problème.

Je laissai échapper un juron. Si le psiphon n'était pas en cause, ça devait être mon circuit bioméca. Et il ne serait pas facile à réparer. Cela pouvait nécessiter de la chirurgie.

Je débranchai la prise de mon poignet et je l'observai. Une fine couche de poussière en recouvrait l'extrémité. Je la roulai doucement entre mes doigts pour la nettoyer et je la rebranchai.

— *Vérifier la liaison à la jonction nerveuse*, ordonnai-je.

« VÉRIFIER LA LIAISON À LA JONCTION NERVEUSE » apparut à l'écran.

— VÉRIFICATION EFFECTUÉE, répondit Homère.

Je soufflai. *Bien.*

— J'AI MAINTENANT UNE LIAISON AVEC LE RÉSEAU SKOL, écrivit Homère. SI VOUS ME DONNEZ UN NUMÉRO DE COMPTE ET UN MOT DE PASSE, JE SERAI HEUREUX DE VOUS CONNECTER AU SYSTÈME.

— *Ce n'est pas nécessaire.*

J'appuyai sur la touche de la console marquée de la lettre grecque ψ.

Le mot « REFUSÉ » s'alluma sur l'écran.

— Refusé ? demanda Taas. Qu'est-ce que ça veut dire ?

— *Homère*, m'étonnai-je, *pourquoi ne puis-je pas entrer par le psiber portail?*

— JE NE PEUX PAS TRADUIRE « PORTAIL » DANS CE CONTEXTE, imprima Homère.

— *Je ne peux pas utiliser les fonctions psiber du psiphon.*

— ELLES NE SONT PAS ACTIVÉES.

Helda fit un grognement narquois.

— Pourquoi ont-ils des psiphons s'ils ne configurent pas convenablement ?

— Peut-être qu'ils ne savent pas, expliquai-je. *Homère, peux-tu activer les fonctions psiber ?*

— JE NE SAIS PAS, QUE FONT-ELLES ?

— *Le psiphon devrait être capable de projeter mon esprit dans le psiber-espace.*

— LA SEULE TRADUCTION QUE J'AI POUR PSIBER-ESPACE EST « RÉSEAU INFORMATIQUE HYPOTHÉTIQUE ».

— Peuh, grommela Helda.

— *Il n'est pas hypothétique,* l'assurai-je. *Il existe.*

— OÙ ?

— *Il est hors de l'espace-temps. L'information y est transmise par des paquets d'ondes de pensées plutôt que par des photons ou des particules de matière.*

— S'IL N'A PAS DE LOCALISATION SPATIALE, COMMENT PUIS-JE LE TROUVER ?

— *Il existe partout,* pensai-je. *Les autres jonctions peuvent recevoir nos signaux immédiatement, où qu'elles se trouvent.*

Homère marqua un temps d'arrêt.

— SELON MES BIBLIOTHÈQUES DE PHYSIQUE, CELA NÉCESSITE UNE TRANSMISSION INSTANTANÉE DE DONNÉES SUR DES DISTANCES INTERSTELLAIRES.

— *C'est exact.*

— CELA VIOLE LES LOIS DE L'ESPACE-TEMPS.

— *Le psiber-espace n'appartient pas à l'espace-temps.*

— JE NE PEUX PAS ACCÉDER À QUELQUE CHOSE D'EXTÉRIEUR À L'ESPACE ET AU TEMPS.

J'essayai de réfléchir à une explication que l'Intelligence Évolutive d'Homère pourrait comprendre. Dans l'espace normal, si je prenais deux particules liées et que je mesurais les propriétés quantiques de l'une, je connaissais immédiatement celles de l'autre, quelle que soit la distance à laquelle elle se trouvait. Dans le psiber-espace, la propriété « mesurée » était la pensée ; aussi vite qu'un télépathe pouvait former une pensée, aussi vite tous les utilisateurs de Réseau skol dans toute la galaxie pouvaient la recevoir.

En dépit du scepticisme des Alliés au sujet de la psibernétique, qui était selon eux une « pseudo-science », ils avaient dû finir par accepter que le Réseau skol était la seule raison grâce à laquelle mon peuple avait survécu face aux Eubiens. Que ce soit en personnel ou en équipement militaire, les Troqueurs avaient une incontestable supériorité numérique, mais nous pouvions nous montrer meilleurs (et surtout plus rapides) pour ce qui était du déplacement, de la communication et du calcul. Ils se traînaient, nous naviguions.

Les Aristos n'avaient aucune capacité psibernétique. Leurs donneurs en avaient, mais ils refusaient de reconnaître que ces donneurs pouvaient servir à autre chose que « donner ». Pourtant, je n'aurais pas été surprise si j'avais appris que les Alliés ou les Aristos avaient essayé de construire un Réseau skol et avaient échoué. Car il fallait un télépathe Rhon pour l'activer, et aucun membre de ma famille ne ferait cela pour eux.

C'était la raison pour laquelle ma famille détenait toujours tant de pouvoir à cette époque de politique moderne. Aucune machine ne pouvait se connecter directement sur le Réseau. La seule façon de se relier à un équipement était au travers de l'esprit de son utilisateur. Et de même qu'un ordinateur avait besoin d'un processeur central, le Réseau skol avec ses millions de jonctions avait besoin d'un psion Rhon pour maintenir une toile cohérente. Seuls, nous avions les immenses ressources mentales nécessaires pour cette tâche. Sans ma famille, il n'y avait pas de Réseau skol et sans Réseau skol, il n'y avait pas d'Imperium skolien.

— *Homère, essaye ça*, tentai-je. *Appelle la jonction PS42.mil sur le Réseau skol. Quand tu obtiens le message « Accès restreint », transfère-moi le signal.*

Peut-être pourrais-je trouver un accès détourné installé par nos services de renseignement dans les systèmes alliés.

— APPEL EN COURS, écrivit Homère. Puis : TRANSFERT DE CONNEXION.

Un nouvel ordinateur, sec et froid, se brancha sur mon esprit :

— **Identification**.

— *Branche-toi sur ma jonction nerveuse*, ordonnai-je. *Module 16, voie 0001HA9RS.*

— **Branchement. Autorisation acceptée**.

Je perdis la sensation d'être dans la chambre. Je flottais dans une mer laiteuse et mon esprit était centré sur l'intersection d'un grillage qui s'étendait dans toutes les directions. Des éclairs de lumière étincelaient sur le réseau quand d'autres esprits naviguaient dedans.

J'étais un paquet d'ondes quantiques, un « pic » rond entouré de crêtes circulaires, comme les vagues agitant la surface d'un étang quand on y jette un caillou. Les ondulations s'étendaient dans le lac infini du psiber-espace, devenant de plus en plus petites au fur et à mesure qu'elles s'éloignaient du sommet médian qui était le centre de mon identité.

Une étincelle de lumière s'alluma, dégageant un nouveau paquet d'ondes. Elle ondula à travers moi sans aucune trace d'interférence.

— *Procédure de sécurité*, commandai-je mentalement.

— **Toutes les liaisons sont protégées**, pensa PS42. **Vous êtes indétectable pour les utilisateurs d'habilitation inférieure à Quarante-sept : Niveau B.**

— *Transfère-moi à JRMI.*

Le pic s'enfonça dans le réseau. Puis j'étais dans une nouvelle section de la toile, le centre de mon identité s'étant déplacé vers une ondulation plus petite. Elle gonfla, formant une colline, puis les crêtes environnantes se modifièrent pour former des anneaux concentriques autour du nouveau centre de mon identité.

Le réseau ici brillait comme du métal. Des cliquetis aigus accompagnaient les étincelles qui se matérialisaient puis disparaissaient autour de moi.

Une montagne se formait, grandissant jusqu'à former un pic bleuté de métal poli.

— **Renseignements Impériaux A5a.mil. Tout accès non-autorisé à cette jonction est passible d'exécution.**

— *Habilitation en M-16, D-30A5a, F-037*, répondis-je.

— **Autorisation vérifiée. Formulez votre demande.**

— *Utilisation de Comtrace.*

Cette fois, je passai sur une grille blanche dans un océan de lumière douloureusement éclatante.

— *Comtrace, branche-toi sur mon nerf optique. Modifie mon affichage sensoriel pour faire apparaître mon environnement physique.*

La réponse de Comtrace, glaciale, se forma dans mon esprit.

— **Effectué**.

Ma conscience du psiber-espace s'effaça jusqu'à n'être plus qu'une image translucide en surimpression sur ma vision de la chambre. Je revoyais Rex, penché sur moi pour regarder la console. Helda se tenait près de lui, attendant, ses bras massifs croisés. Taas était assis sur le lit, feuilletant le livre que Tiller m'avait offert au poste de police. Aucune de mes interactions avec le Réseau n'était visible à l'écran : l'affichage s'était arrêté sur ma dernière réponse à Homère.

— *Active le mode audio*, précisai-je mentalement.

— **Mode audio activé.**

Bien que Comtrace parlât avec la voix de l'ordinateur de l'hôtel, le rythme froid de ses phrases sonnait avec un contraste dérangeant par rapport aux intonations amicales d'Homère.

Taas leva le nez du livre.

— Branchée ?

Je fis oui de la tête.

— Je lui donne mon fichier sur l'Aristo. *Comtrace, charge les données en M-86, D-4427, F-1.*

— **Chargé**.

— *Je vais détacher le psiphon. N'interromps pas la connexion.*

— **Compris**.

Je débranchai la prise et la tendis à Rex.

— À ton tour.

Il ne lui fallut que quelques secondes pour charger ses souvenirs de l'Aristo. Puis ce fut le tour d'Helda et enfin de Taas. Quand ils eurent fini, je me rebranchai sur Homère.

— *Comtrace, génère une image visuelle du sujet basée sur nos souvenirs de lui.*

— **En cours,** déclara Comtrace.

L'écran holo sur le bureau s'alluma. Des lignes et des motifs en pointillé tourbillonnaient à l'intérieur. Une image se forma, un holo d'environ vingt-cinq centimètres de haut qui représentait l'Aristo que nous avions vu au bar. Il se tenait sur le bureau devant moi comme s'il était vraiment là, à nous regarder.

— Il n'était pas aussi sévère, remarqua Rex.

La console resta silencieuse, et l'holo ne se modifia pas.

— *Comtrace*, pensai-je. *Enregistre et répond aux signaux vocaux des trois unités inscrites dans mon fichier sécurisé de l'escadron Zabo.*

— Blackstone, Rex : enregistré. Bjorstad, Heldagaard : enregistrée. Moroto, Taas-ko-mar : enregistré. Réponse à Blackstone.

Entendre leur nom revenait à voir un microcosme de Skolia. Celui de Rex était la traduction d'un ancien nom de la planète Raylicon. Comme Rex, c'était du raylican pure souche, sombre et puissant. Le nom d'Helda était une version skoliennisée d'un nom terrien ; ses parents étaient un couple allié qui avait immigré sur une colonie skolienne. Le nom de Taas était un mélange : une partie de sa famille venait de Raylicon, d'autres d'anciennes colonies trouvées après avoir redécouvert le vol spatial et d'autres encore d'une région de la Terre appelée le Japon. Mon nom – Valdoria Skolia – était également un mélange. Bien que ma grand-mère maternelle fût née dans un laboratoire génétique, sa lignée remontait à la dynastie qui avait régné il y a longtemps sur Raylicon. Mon père et mon grand-père maternel venaient de colonies redécouvertes, mais puisqu'ils portaient les gènes Rhon, ils descendaient aussi probablement de cette dynastie.

— **Unités enregistrées**, confirma Comtrace. **Réponse à Blackstone.**

Les traits de l'Aristo s'adoucirent, lui donnant l'air d'avoir seize ans.

— Trop jeune, commenta Taas.

Comtrace vieillit l'homme de trois ans environ.

— Toujours trop jeune, précisa Helda.

Comtrace lui ajouta encore trois ans.

— Des cheveux plus longs, remarqua Helda.

Comtrace rajouta quelques centimètres.

Ils étudièrent l'image pendant un moment. Rex annonça finalement :

— Ça paraît correct.

Taas et Helda affichèrent leur approbation en hochant la tête.

— Comtrace, effectue une vérification d'identité à partir de cette image, ordonnai-je.

— Compare-la à tous les fichiers disponibles sur la caste des Aristos Highton actuels.

— **En cours.**

Après un moment, Comtrace déclara :

— **Aucun enregistrement existant ne correspond à cette image avec une précision suffisante pour fournir une identification vérifiable.**

Je fronçai les sourcils.

— Tu as vérifié avec tous les Highton vivants ?

— **Oui.**

— Peut-être n'a-t-on pas les fichiers sur tous, suggéra Taas.

— Nous pensions que si, méditai-je. Ils ne sont que quelques centaines.

— Peut-être que nous nous sommes trompés de classe, proposa Helda.

Était-ce possible ? Même si les Highton étaient les plus élevés parmi les Eubiens, il y avait aussi d'autres classes aristos, assez pour grossir leur population totale à plusieurs milliers.

— Comtrace, à combien estimes-tu la probabilité que cet homme soit un Highton ?

— **En cours.**

Je jetai un regard à Rex et lui désignai l'holo de l'Aristo.

— Quelque chose en lui me semble familier. Mais je n'arrive pas à savoir quoi.

Rex acquiesça.

— C'est aussi ce que je pensais.

Mais quand j'interrogeai Helda et Taas du regard, ils secouèrent tous deux la tête.

— Il ressemble à un Aristo, affirma Helda. Mais c'est tout ce que je lui trouve.

— **Évaluation terminée,** annonça Comtrace. **Sur la base de vos quatre rapports sur l'apparence, les manières, le discours et l'entourage du sujet, j'estime à quatre-vingt-dix-huit pour cent la probabilité que cet homme soit un Highton. Sur la base de votre conversation avec lui, Principale Valdoria, j'estime cette probabilité à huit pour cent.**

Rex émit un sifflement.

— C'est bizarre.

— Mais ces huit pour cent ne dépendent que de mon souvenir, remarquai-je. Peut-être que mes perceptions étaient biaisées.

— Étant donné tes expériences passées, contra Rex, je ne crois vraiment pas que tes perceptions seraient biaisées de manière à le faire apparaître *moins* menaçant.

Comtrace ajouta :

— **Mes analyses incluent les corrélations de vos rapports avec tous les rapports que vous avez déjà faits tous les quatre sur des Aristos, tous les rapports faits sur des Aristos par d'autres officiers, la pertinence de ces rapports avec les autres au sujet d'un même Aristo, et la pertinence moyenne de vos rapports sur les autres sujets comparée à celle des autres officiers. D'après mes calculs, j'estime à quatre-vingt-quinze pour cent la précision de vos observations.**

Je souris.

— Tu es un ordinateur bien occupé, dis-moi.

— Est-ce qu'il peut essayer d'évaluer pourquoi l'Aristo était là ? demanda Taas.

— **J'estime à une chance sur deux la probabilité qu'il voulait un donneur inhabituel,** détailla Comtrace. **Une chance sur trois qu'il s'intéressait à Délos par simple curiosité. Une chance sur onze qu'il espionnait les Alliés. Une chance sur seize que son vaisseau ait besoin de réparations.**

— Tu penses qu'il essayait de me piéger pour que je l'accompagne ? questionnai-je.

— **La probabilité est de un sur quatre cent cinquante. Votre statut militaire était évident. Croire que vous seriez abusée par ce piège implique une naïveté très improbable pour un Aristo.**

— Et que penses-tu de la possibilité qu'il ait dit la vérité, qu'il voulait juste sortir avec moi ?

— **La probabilité est de un sur sept mille.**

Comtrace marqua une pause.

— **S'il cherchait des donneurs, j'estime à quatre-vingt-treize pour cent la probabilité qu'il s'entraînait sur vous.**

Cela semblait probable, étant donné les faits. Sauf que je n'y croyais pas. Je n'avais pas d'explication rationnelle pour mes doutes, mais ils persistaient malgré tout.

Rex se pencha sur la console.

— Pourquoi la probabilité qu'il soit un espion est-elle si faible ?

— **Il est généralement considéré que le statut d'Highton est trop élevé pour pratiquer des activités secrètes de ce type, justifia Comtrace. Sauf si ces activités sont liées directement à l'acquisition d'une certaine puissance politique. Étant donné la proximité de Délos et de la Station Tams, et la crise actuelle sur Tams, un Highton pourrait venir là pour découvrir si les Alliés sont impliqués dans cette situation. Une telle information pourrait s'avérer utile pour des intrigues politiques.**

Alors voilà. Quelle ironie que Tams, une petite station minière, ait finalement pris une telle importance. Seules six cents millions de personnes y vivaient, des descendants d'une ancienne colonie raylicane qui s'était battu de manière acharnée pour garder son indépendance vis-à-vis de nous tous, aussi bien Skoliens, Troqueurs ou Alliés. Il y a quinze ans, les Eubiens avaient annexé la planète. Ils s'étaient arrangés pour manipuler la situation politique de façon à ce que toute réponse directe de notre part nous mette en violation des fragiles traités que nous avions passés avec eux.

— Comtrace, quelles sont tes dernières informations au sujet de Tams ? demandai-je.

— **Les rapports de JRMI indiquent que les rebelles se sont emparés des défenses planétaires basées au sol.**

C'était ce à quoi je m'attendais. Nous avions d'autres moyens d'aider Tams que les réponses directes. Ce n'était pas par pure chance que les chefs « novices » de la rébellion sur Tams parvenaient à prendre et tenir les installations de la défense eubienne si sophistiquée sur leur planète.

— Comment les Troqueurs ont-ils réagi ? demandai-je encore.

— **Des saboteurs eubiens ont détruit les usines Red Hills,** m'informa Comtrace. **Et aussi les entrepôts dans les quartiers de Sandrise, Docker et Metalworks. Ils ont mis en pièce les mécanismes de propulsion et les Intelligences Évolutives de pilotage de tous les vaisseaux en état de vol sur les deux astroports de Tams.**

Rex laissa échapper une longue expiration.

— Efficace.

— Pourquoi ? s'enquit Taas. Que font les usines Red Hills ?

Je le regardai.

— Ce sont – ou plutôt c'étaient – les seules usines de Tams équipées pour fabriquer des pièces de rechange pour les moteurs d'inversion des vaisseaux. Les entrepôts étaient les lieux où les pièces achevées étaient stockées.

— Si les rebelles contrôlent les défenses planétaires, s'étonna Helda, ils peuvent faire venir des vaisseaux avec des nouvelles IE et des pièces de moteurs.

— Pas si les Troqueurs contrôlent l'essentiel des défenses orbitales, expliqua Rex. Ils sont tous dans une impasse.

— Comtrace, ajoutai-je. Quelle est la position officielle des Troqueurs sur la situation ?

— **Qu'il n'y a aucune rébellion,** répondit Comtrace.

Helda déplora d'un ton sec :

— Et cela ne me surprend même pas.

— **Un enregistrement du dernier discours d'Ur Qox est disponible,** proposa Comtrace. **Dois-je le projeter ?**

Je fis une grimace. Je n'avais aucune envie de voir Qox faire un autre de ses discours. Bien que nous écrivions son nom Ur Qox, ou parfois Ur Kox, comme nous le prononcions, la vraie orthographe était en fait U'jjr Qox, l'apostrophe indiquant qu'il était un Highton. Le plus grand des Highton. L'Empereur. Mais malgré mes sentiments pour l'empereur troqueur, nous devions écouter ce qu'il avait à dire.

— Oui, soupirai-je. Projette l'enregistrement.

L'image du mystérieux Aristo disparut pour être remplacée par un homme maigre devant une tribune en verre. Il approchait de la cinquantaine et avait des cheveux brillants noirs et des yeux rouges. Son accent Highton était glacialement parfait. Tarque aussi avait été un Highton, avec le même ton irritant d'opiniâtre arrogance dans la voix et ce même air sur son visage si parfait.

Qox passa la plupart de son discours à encenser l'armée des Troqueurs. Il décrivit les rebelles comme des rebuts de l'humanité et les soldats troqueurs comme des héros. Il continua, encore et encore, évoquant la gloire de l'empire d'Eubée, des Aristos, de lui-même et du nom de son estimé père.

— Au moins son père est mort, grommela Rex.

Oui, au moins. L'ancien empereur avait été bien pire que son successeur. L'empereur J'briol Qox, l'homme que nous appelions Jaibriol, avait pendant son règne conquis près de mille mondes. Et il avait haï ma famille. Grands dieux, il nous avait détestés. Apparemment, il était fou furieux parce que nous, les donneurs ultimes, vivions non seulement hors de son pouvoir mais avions aussi eu l'audace de fonder une civilisation qui rivalisait avec la sienne.

En anglais, le nom J'briol Qox était traduit en Gabriel Cox. Mais les Alliés utilisaient toujours notre orthographe et notre prononciation avec le J plus doux. J'avais demandé un jour à une réceptionniste d'une ambassade terrienne pourquoi ils évitaient ainsi d'employer leur propre traduction. Elle m'avait expliqué que le nom Gabriel venait d'un de leurs livres saints et qu'il était l'archange qui annonçait les bonnes nouvelles, et que ce nom signifiait : « Dieu est ma force. » Elle pensait que Jaïbriol Qox aurait plutôt dû être appelé Lucifer, d'après l'ange déchu qui était tombé du ciel jusqu'en enfer. Cette réponse m'avait paru très sensée.

— Au moins, ce Qox a une qualité qui le sauve, remarqua Taas.

Helda grogna.

— La seule qualité qui le sauverait serait d'être dans un cercueil.

— Il n'a pas d'héritier, expliqua Taas. Vingt-cinq ans de mariage et pas un enfant.

Rex hocha la tête.

— On aurait pu croire qu'il aurait divorcé de l'Impératrice pour épouser une femme plus fertile.

— Pourquoi ? demanda Taas. Tout ce dont les Highton ont besoin pour faire un bébé sont ses ovules et son sperme. Elle n'a pas besoin d'être naturellement fertile.

— Ils n'ont pas le droit de divorcer, de toute façon, ajouta Helda.

— En fait, il a le droit de divorcer si elle refuse de lui donner un héritier, précisai-je. La stérilité délibérée est une raison suffisante pour rompre le mariage royal. La seule raison, en fait.

— Tu crois sans doute qu'il l'aime vraiment ? s'étonna Taas.

— Est-ce que je porte un tutu de danseuse étoile ? plaisanta Helda.

Rex ironisa tout de suite.

— J'aimerais voir ça. Un tutu rose.

Helda croisa les bras, ses muscles massifs gonflant son maillot.

— Peuh…

Je souris.

— Bon, quelles qu'en soient les raisons, il a un problème.

Les Highton étaient fanatiques pour ce qui était de conserver la « perfection » de leurs castes et la pureté de leurs lignées. Aucun enfant ne pouvait être reconnu en tant que Highton à moins que son ascendance ne soit vérifiée par des tests génétiques effectués par des sources indépendantes. Et bien sûr, la lignée Qox devait rester la plus pure de toutes. Si Ur Qox n'engendrait pas rapidement un héritier, il risquait de perdre ses droits au titre d'empereur.

— Au moins, nous n'avons pas à nous soucier de ce genre de chose, remarqua Taas.

— Ah non ? demandai-je.

— L'Assemblée et le Réseau skol ne sont pas fondés sur l'hérédité.

— L'Assemblée non, répliquai-je. Mais le Réseau skol, oui.

Taas parut surpris.

— Ah bon ?

— Les héritiers impériaux doivent être des psions Rhon, expliquai-je.

Pourquoi Rex était-il si pâle ? Il savait déjà que ses enfants et lui ne seraient jamais sur la liste des successeurs. N'est-ce pas ? Et pourtant je me sentais toute retournée, comme si quelqu'un m'avait frappé dans l'estomac.

Rex parla prudemment.

— Je ne m'étais pas rendu compte que la lignée Rhon était si importante pour la famille impériale.

Je me serais giflée. Je m'étais trop laissée aller avec lui, j'avais supposé qu'il me connaissait très bien : or il ne pouvait pas. Pourquoi aurait-il eu conscience de quelque chose d'aussi intime ? Ma famille n'insistait pas sur nos faiblesses. Nous étions presque obsédés par notre droit à une certaine vie privée et nous avions le pouvoir de nous assurer que ce droit était respecté, même si nos histoires personnelles fascinaient le reste de la galaxie.

— *Blocage de Moroto et Bjorstad*, ordonnai-je.

Alors que ma conscience de Taas et Helda diminuait, je m'efforçai d'atteindre Rex. Mais il me bloquait.

Donc je parlai à voix haute.

— Ce n'est pas de notre lignée dont nous nous soucions. Mais nous *devons* élargir notre patrimoine génétique.

J'avais les mots « *l'inceste nous détruit* » sur le bout de la langue. Mais à la place, je déclarai :

— Si nous nous reproduisons entre nous, les résultats peuvent être désastreux. Trop d'anomalies mortelles récessives sont liées aux gènes Rhon.

— Mais si c'est vrai, s'étonna Taas. Alors pourquoi est-ce que…

Helda l'interrompit.

— Je viens de me rappeler, Taas. Nous n'avons pas fermé nos connexions quand nous avons regardé notre courrier électronique dans ma chambre.

Taas la dévisagea.

— Mais si.

— Non, je crois que nous avons oublié. On ferait mieux de s'en assurer.

Il haussa les épaules.

— D'accord.

Après qu'ils sortirent de la pièce, je souris tristement à Rex.

— La subtilité n'a jamais été son fort.

— Nous avons travaillé en lien psiber pendant des années, rappela-t-il. C'est normal qu'elle ait ressenti la tension.

— Rex, je suis désolée.

Je m'approchai de lui.

— J'étais trop ambitieux.

Sa voix était blanche, comme s'il bloquait ses mots en bloquant ses pensées.

— J'ai prétendu à un statut trop élevé pour moi.

— Je ne vois aucun homme plus digne d'être mon époux.

La colère perçait dans sa voix, comme l'eau qui s'échappe d'une digue.

— Mais nos enfants ne seront pas dignes du nom des Skolia ?

J'avais tout embrouillé.

— Bien sûr qu'ils le seront. Si je pouvais choisir, ils feraient partie de la liste de succession. Mais la famille impériale doit être Rhon. Nous n'avons pas le choix.

Ses émotions brisèrent sa barrière et déferlèrent sur moi comme des vagues de colère et de honte mélangées.

— Je ne m'étais pas rendu compte que tu mettais la génétique au-dessus des liens du sang.

La pièce semblait si calme, avec ses murs isolants et son tapis épais qui étouffaient les bruits.

— L'Imperium skolien couvre plus de mille mondes. Si l'Assemblée et les Rhon ne les protègent pas des Troqueurs, qui d'autre le fera ? Les Alliés ? Ur Qox les dévorerait au petit-déjeuner. Si nous perdons la capacité ou la volonté de maintenir le Réseau skol, les Troqueurs nous étoufferons comme un éteignoir s'abattant sur la flamme d'une bougie.

— Non, nos enfants ne seront pas capables d'activer le Réseau, s'emporta Rex. Et qu'est-ce que ça a à voir avec leur capacité à diriger ?

— Ils pourront rejoindre l'Assemblée.

Sa voix s'étrangla.

— Ce n'est pas pareil.

— Sans le plein accès des Rhon au réseau psiber, ils ne pourront pas remplir leur rôle en tant que membre de la Triade, ajoutai-je encore plus doucement. Nos enfants ne seront pas

Rhon, mais ce seront des empathes, très puissants. Raison de plus pour s'assurer que les Rhon restent forts.

Je pris le temps de déglutir.

— Si Skolia tombe aux mains d'Ur Qox, alors toi, moi et tous les enfants que nous aurons, nous deviendrons des donneurs. À jamais.

Le muscle sous son œil se crispa.

— Ça n'arrivera pas. Nous ne laisserons pas cela arriver.

— Non. Jamais.

Il me bloquait toujours, quoique moins que tout à l'heure. Je n'insistai pas. Je voulais que les choses se passent bien avec lui, pour que cela marche là où deux autres mariages avaient échoué.

— Rex, je suis désolée.

— Je dois réfléchir.

Il toucha ma joue.

— Je te verrai demain.

Il partit.

CHAPITRE 4

L'HÉRITAGE DE LUCIFER

Le coucher de soleil spectaculaire s'était finalement fondu dans l'obscurité, laissant Athènes et les Arcades sous la lumière des lampes et des holos. Mais je ne pouvais toujours pas dormir. Le jour de Délos n'influait pas sur mon horloge biologique.

Je me demandais si Rex était couché. Que pourrait-il me dire demain, dans ces heures encore obscures où les hommes commençaient leur journée ? Je restais allongée, nue dans mon grand lit, engloutie dans sa couverture bleue vaporeuse et ses draps de soie. Puis je me retournai. Encore. Et encore. Mon agitation enroula la couverture autour de mes jambes, si serrée que j'avais du mal à bouger. Je repoussai les draps et me retournai une nouvelle fois, face à la console, sentant l'air frais sur ma peau nue.

Une touche de la taille d'une pièce de monnaie, sur la console, brillait d'une lueur bleue. J'appuyai dessus.

— Oui ?

— Soz, fit la voix de Rex, flottant depuis un haut-parleur.

Les muscles de mes épaules se détendirent.

— Heya.

— Tu dormais ?

— Non. J'étais seulement allongée.

— Tu te souviens de Jo Santis ? Cette officier avec qui tu avais partagé ta chambre, quand nous sommes allés à ce stage de formation il y a quelques années ?

— Vaguement.

Qu'est-ce qui lui prenait de me poser une question comme ça?

— Pourquoi?

— Elle m'a dit quelque chose sur toi. J'étais en train d'y penser.

Je n'aimais pas trop ça. Nom d'un casque spatial, qu'est-ce que j'avais bien pu faire, que cette femme que je ne connaissais à peine avait raconté à Rex, et auquel il pourrait penser après toutes ces années?

— Qu'est-ce qu'elle a dit?

— Elle m'a raconté que tu dormais nue.

Je pouvais presque voir son petit sourire.

— C'est vrai?

Ah. Je m'étirai.

— Peut-être.

Je faillis ajouter « Pourquoi tu ne viens pas vérifier? », mais pour je ne sais quelle raison, les mots se coincèrent dans ma gorge. Au lieu de cela, je dis:

— C'est ce que je faisais quand j'étais jeune et qu'il faisait chaud. Nous n'avions même pas de ventilateurs pour nous rafraîchir dans la maison de mon père.

— Soz…

— Oui?

— Je peux dépasser cette histoire de succession. C'est juste que ça m'a surpris.

Je relâchai mon souffle.

— J'aurais dû t'en parler avant. J'ai été stupide.

— Tu n'es jamais stupide, fit-il en riant. Bornée comme un âne parfois. Mais jamais stupide.

— Hé! m'écriai-je en souriant. Je suis toujours ton supérieur, tu sais.

— Je préférerais une épouse.

— Moi aussi.

Après qu'il aurait pris sa retraite, il devrait obtenir l'accord de ma famille avant que nous puissions nous marier. Mais il l'aurait. Même moi, je pouvais voir à quel point nous étions faits l'un pour l'autre.

— Toi aussi tu veux une épouse? ironisa Rex.

J'éclatai de rire.

— Non. Toi. Mon mari.

Sa voix s'adoucit.

— À demain, Soz.

— Bonne nuit.

Mais après avoir coupé la connexion, je ne pouvais toujours pas dormir. À présent, c'était parce que je me rappelais à quel point son pantalon était moulant. Je n'allais pas réussir à me reposer ; Finalement, je m'assis et allumai la lampe au-dessus du lit. Une lumière tamisée se diffusa au travers du verre bleuté.

Le livre que Tiller m'avait offert était posé sur la table de nuit près de la console. Je l'ouvris sur la page de titre. *Poèmes à la fenêtre*. Sous le titre, un dessin à la plume représentait une fenêtre couverte de givre et de neige. De l'autre côté de la vitre, on apercevait une forme indistincte, quelqu'un ou quelque chose que l'on discernait à peine à travers le revêtement gelé du verre. La silhouette inconnue dessinait sur le givre, le bout des doigts posés sur la fenêtre.

En feuilletant le livre, une marque tomba, un talon de ticket des Arcades. Il marquait une page avec un poème et un autre dessin de la fenêtre enneigée. Ce qui se trouvait de l'autre côté de la glace n'était plus là cette fois. La vitre était brisée, ses fragments de verre pointant en éclats dont les tranchants étincelaient de givre. Le poème était en anglais, mais ma jonction nerveuse le traduisit :

A frame of stone.	Un cadre de pierre.
Silvered glass	Verre argenté
Frosted with icy tears.	Couvert du givre de larmes glacées.
My fist closes	Mon poing se ferme
On the mirror ;	Sur le miroir ;
Flesh traps ice.	La chair emprisonne la glace.
Brittle snaps	Craquements fragiles
Of breaking tears.	Des larmes de rupture.
I see you now	Je te vois maintenant
Standing behind me :	Debout derrière moi :
Always watching,	Observant encore,
Always waiting,	Attendant encore,
Never satisfied.	Jamais satisfait.
I sheathe my heart,	Je rengaine mon cœur,
Its bare softness.	Sa douceur nue.
Guarded by ice.	Préservée par la glace.

— Mince alors.

Je fermai le livre.

— Quelle sorte de poème ça peut bien être ?

Je posai le livre sur la console et m'allongeai à nouveau. Qu'est-ce que Rex faisait maintenant ? Il dormait ? Et *lui*, est-ce qu'il dormait avec des vêtements ? D'étranges images du poème se mélangeaient dans mon esprit avec des visions bien plus plaisantes de Rex sans son uniforme.

Finalement, je me levai et m'habillai. Puis je sortis marcher un peu. C'était ça ou bien prendre une douche froide.

Les promeneurs sur les Arcades s'étaient raréfiés. Je traversai un quartier sud d'Athènes, puis je courus le long d'un chemin qui traversait les champs de céréales qui entourent l'astroport de Délos. Quand j'atteignis le premier terminal, j'entrai au niveau supérieur, où se trouvaient les portes d'embarquement et d'arrivée. L'endroit avait cette ambiance tardive propre aux astroports, avec leurs lumières froides qui ne s'éteignaient jamais et leurs couloirs brillants de métal et de verre. J'arpentai ses corridors artificiellement illuminés comme un voyou en bottes noires.

Finalement, j'arrivai à un des omniprésents postes de sécurité, une simple arche d'environ deux mètres de haut. Elle prenait plusieurs enregistrements de la personne qui passait dessous, utilisant tout, des sondes à résonance magnétique jusqu'à l'analyse de la structure du squelette. L'ordinateur qui y était relié analysait les données ainsi que le comportement des voyageurs qui passaient.

Deux gardes encadraient le poste de sécurité, un homme et une femme qui inspectaient une file de gens qui s'ennuyaient en attendant de franchir l'arche. Je fis la queue, simplement parce que ça me donnait un endroit où aller. Tout était mieux que de retourner à l'hôtel, où ce qui m'attendait était au mieux de lire des poèmes parlant de rengainer des cœurs nus, quoi que cela veuille dire.

Alors que la file d'attente avançait, d'autres gens vinrent faire la queue derrière moi et pour la plupart, ils avaient l'air à moitié endormi. Quand ce fut mon tour, je passai sous l'arche et traumatisai l'ordinateur. Des lumières clignotèrent et des alarmes retentirent assez fort pour réveiller tout le monde dans les environs.

Les gardes se postèrent devant moi. La femme regardait les bandes sur ma veste puis me parla en anglais.

— Je suis désolée, Principale. Mais nous ne pouvons pas vous laisser passer tant que nous n'avons pas identifié le problème.

Je hochai la tête. Bien que la loi skolienne donnât aux Jagernautes le droit de porter des armes dans les zones d'embarquement des astroports sans permis, la loi alliée n'en faisait pas autant. Nous fîmes un compromis : ils pourraient prendre mes armes jusqu'à ce que je sorte de la zone.

Je retirai le cran d'arrêt de ma botte. Quand je me relevai avec le couteau, les deux gardes dégainèrent leur brûleur laser. Je le tendis à la femme. Elle me regarda un moment, puis rengaina son arme et prit le couteau. Ensuite, je lui donnai le tube à épine que j'avais caché dans la manche de ma veste et le petit lance-fléchettes dissimulé derrière ma ceinture. Elle retournait les armes dans ses mains comme si elle ne savait pas quoi en faire.

— C'est tout ? demanda-t-elle.

— Oui, affirmai-je.

L'homme montra les clous métalliques sur ma veste.

— Ils déclencheront les alarmes.

J'enlevai ma veste et lui tendis. En dessous, je portais un Vêtement Réglementaire de Classe Six, Format Haut du Corps, Type Trois : en d'autres termes, je portais un pull-over uni noir. Mais quand l'homme regarda mon pantalon, qui avait aussi des clous métalliques, je lui rétorquai :

— Je ne vous le donne pas.

Il rougit.

— Je ne voulais pas… Non, bien sûr.

Il tâta mon torse, puis ma tête et enfin mes cuisses.

— J'ai du bioméca là-dedans.

Il souffla longuement.

— Bon, essayez encore une fois et on verra ce qui se passe.

Je repartis et repassai sous l'arche. Les alarmes sonnèrent aussi fort que la première fois. Les gardes furent très polis pendant qu'ils me sondaient une nouvelle fois à la recherche d'armes. Ils furent très polis quand ils me demandèrent de repasser trois fois sous l'arche et qu'ils sondèrent trois fois encore pour vérifier que c'était bien les clous de ma tenue et le circuit bioméca dans mon corps qui déclenchaient les alarmes. Pendant ce temps, la file d'attente derrière moi devenait de plus en plus longue.

Finalement, la femme décida :

— Elle n’a rien.

L’homme acquiesça.

— D’accord. Vous pouvez y aller, Principale.

Quelqu’un dans la file d’attente applaudit. J’éclatai de rire – et la moitié des gens dans la queue sursautèrent. Ils avaient sans doute vu trop de films de « Jagernautes fous furieux ».

Mais une fois que j’eus passé le poste de sécurité, je ne sus pas où aller. Alors je marchai. Et marchai encore. Finalement, je m’arrêtai près d’un pont d’embarquement désert. Je me tins devant la porte, regardant mon reflet dans la vitre qui fermait la partie supérieure.

— Tu veux prendre ta retraite ? demandai-je à la femme qui me regardait.

Peut-être qu’il était temps de tout lâcher, de me donner le repos dont j’avais besoin pour effacer ces fichiers de souvenirs refoulés.

Des bruits de pas légers retentirent tout près. La voix d’un enfant demanda en anglais.

— Est-ce que tu as une motocyclette ?

Je baissai le regard et découvris une fillette d’environ cinq ans qui m’observait avec de grands yeux. Je souris et essayai, en anglais :

— Qu’est-ce qu’une auto-psi celte ?

Elle me sourit aussi.

— C’est comme une grosse bicyclette.

— Oh.

Je ne savais pas non plus ce qu’était une bi-psi celte.

— As-tu une auto-psi celte ?

Elle fit non de la tête.

— J’ai juste un tricycle. Il est rouge. Mais la roue est crevée.

La roue ? Elle parlait de véhicules, de « cycles ». Évidemment…

— Je suis désole pour le trou.

— Ça va, me rassura-t-elle. Mon papa l’a réparée. La roue était vide, mais il l’a remplie.

Quelque chose dans ce qu’elle me disait me semblait important, mais je n’arrivais pas à voir quoi. Puis je remarquai un homme qui arrivait à toute vitesse dans le couloir. Il parla rapidement à la fillette.

— Kimberly, n’embête pas le soldat.

Je souris.

— C'est OK. Je contente.

Il me regarda et je captai un éclair de ses pensées, la surprise que je lui réponde comme un être humain normal.

Kimberly me fit un geste de la main.

— Au revoir.

— Au revoir, répondis-je.

Pendant que la petite fille s'éloignait avec son père, je réalisai soudain pourquoi ses paroles étaient importantes. *Ça va. Elle était vide, mais il l'a remplie.* C'est ce qui ne collait pas avec cet Aristo. Il n'était pas vide. Il n'avait besoin de personne pour le remplir. Cette cavité, cet horrible vide *n'était pas là*.

Après mon expérience avec Tarque, je ne savais que trop bien à quoi ressemblait l'esprit d'un Aristo. C'était une coquille vide. Mais l'Aristo du bar n'était pas une coquille. Il n'y avait rien de « bizarre » chez lui, il y avait même quelque chose de normal.

— Ce n'est pas un Aristo, expliquai-je au couloir désert. Peu importe ce à quoi il ressemble, la façon dont il parle ou dont il se déplace. Ce n'est pas un Aristo.

Mais cela rendait tout l'incident encore plus étrange. Ses gardes, les gens dans le bar, et même mon escadron… Tout le monde le prenait pour un Highton. Seul un psibernaute entraîné qui avait déjà été un donneur pourrait comprendre l'imposture.

Comment s'y était-il pris ? Pour autant que je sache, il n'y avait aucune exception dans le système strict de castes des Troqueurs. L'ADN des bébés aristos était vérifié pour s'assurer qu'ils descendaient de parents aristos. Son hérédité devait avoir été étudiée soigneusement avant que les Highton le reconnaissent comme l'un des leurs. Les tests étaient effectués par des hôpitaux eubiens qui, en théorie, ne se laissaient pas corrompre, bien que je doutais qu'il y eût des sociétés humaines où au moins un membre du groupe ne pouvait pas se laisser acheter. Mais il semblait peu crédible que même un Highton puisse acheter trois unités de vérifications indépendantes.

Et pourquoi est-ce que l'un d'entre eux se donnerait cette peine ? Le processus de vérification existait parce que les Aristos désiraient tous la même chose : ils ne voulaient pas que leurs lignées soient « polluées » par des non-Aristos. Plus qu'aucune autre race humaine, ils agissaient collectivement plutôt qu'en tant qu'individus.

Rien de tout cela n'était logique. Quelque chose d'étrange se passait, et quand il s'agissait de Troqueurs, je n'aimais pas les histoires étranges. Il était temps de comprendre pourquoi ils étaient venus sur Délos.

Je retournai au poste de sécurité pour récupérer mes armes puis je quittai l'astroport. Je rentrai à l'hôtel, uniquement pour récupérer mon mélangeur. Il tenait dans le holster noir sur ma hanche, avec une sangle entourant ma cuisse pour plus de stabilité. Les mélangeurs devaient être gros ; chacun contenait un accélérateur à particules. Pourtant, malgré leur taille, ils étaient extraordinairement légers, moulés en matériaux composites qui les rendaient plus faciles à porter que la plupart des pistolets plus petits fabriqués dans des alliages moins coûteux.

Mon mélangeur utilisait comme source d'énergie des abitons, les anti-particules des bitons, ces minuscules blocs fondamentaux de la structure subatomique découverts au vingt-et-unième siècle. Les bitons, que nous aimions appeler les « bitoniaux », étaient les particules exerçant les plus faibles forces d'interaction alors découvertes, associées au champ électromagnétique. Leur taux de production par paire était infime et, comme les quarks, ils étaient rarement observés indépendamment. Les électrons étaient constitués de bitons, de centaines de milliers de bitons.

Quand j'appuyais sur la gâchette d'ignition du mélangeur, les abitons entraient dans l'accélérateur et tourbillonnaient en spirale de plus en plus large jusqu'à ce qu'ils soient éjectés en faisceau. Les abitons annulaient les bitons, créant des photons, ce qui signifiait que le rayon d'un mélangeur transformait les électrons en lumière. Si ne serait-ce qu'une infime partie des bitons qui composaient un électron était annihilée, ceux qui restaient devenaient si instables que l'électron se décomposait en d'autres particules.

La surface de collision des abitons et des bitons était assez faible pour permettre au faisceau de progresser facilement dans l'air sur de courtes distances. Mais avec les solides, c'était une autre histoire. Si le faisceau commençait à détruire les électrons d'une substance dure, la répulsion de Coulomb et l'instabilité des électrons entamés faisaient exploser la matière. Le pistolet devait son nom à l'apparence que les solides prenaient après avoir été touchés.

Je n'avais pas l'intention de tirer sur l'Aristo, et quoi qu'en pensaient les gens par ici, les Jagernautes n'étaient pas d'une nature violente. De plus, tuer un Aristo, même un faux, ne servirait à rien d'autre qu'à nuire aux fragiles négociations de paix que nous essayions régulièrement de mener avec les Troqueurs. Ce que je voulais, c'était des informations, et le mélangeur pourrait s'avérer un outil excellent pour le convaincre qu'il devait m'en donner.

Bien sûr, après que je serais partie, il appellerait la police. Mais les Alliés n'avaient aucune sympathie pour les Aristos. J'étais prête à parier que si je me contentais de lui poser quelques questions, la police ne s'en mêlerait pas.

Je me dirigeai au travers de la ville, montant cette fois dans les collines d'Athènes, à une dizaine de kilomètres au nord des Arcades. Là, les maisons étaient des propriétés séparées par des parcs qui couvraient plus de surface que l'astroport. Un Aristo avait très probablement loué une de ces villas plutôt qu'une suite dans un hôtel. Le problème était de trouver laquelle.

Des lampes éclairaient la plupart des propriétés, diffusant une lumière laiteuse sur le sol. Les maisons avaient des formes de navires et étaient en pierre verte, avec des tons mousseux qui se mêlaient par endroits à la roche. La pierre translucide utilisée pour les toits rappelait les couleurs du ciel, des nuages et des feuilles délicates des algues-dentelles qui dérivaient au gré des brisants dans les eaux du port. Les « mâts » des bateaux étaient des lances métalliques dorées, chacune décorée de disques brillants dans les tons platine, argent, vert, bleu, blanc, rose très pâle et bleu marine, tous tintant en s'entrechoquant sous la brise éparse.

Même les rues de nervoplex étaient belles : argentées et lisses quand elles étaient calmes, comme à cet instant puisqu'il n'y avait aucune aérocirculation ; scintillantes et mouvantes comme un liquide quand je marchais dessus. Mais je n'aimais pas ce truc. Il me faisait me sentir vulnérable.

J'entrai dans un des parcs et suivis un chemin qui s'étirait au travers des petites collines. Je commençais déjà à me sentir fatiguée. L'atmosphère moins riche me donnait l'impression d'avoir couru sur une haute montagne. Je m'arrêtai au milieu d'un champ de trèfles velus, gonflant ma poitrine pour mieux inspirer l'oxygène. Des fleurs étaient nichées entre les trèfles, et quand le vent souffla, les fleurs se mirent à *chanter*.

Je m'agenouillai et étudiai les plantes colorées. Chacune était formée d'un amas de tubes violet pâle qui sifflait quand le vent soufflait au travers, les notes variant selon la taille et la forme des tubes. Ces sons se fondaient pour donner naissance à une douce musique flûtée qui flottait dans la nuit. Elle me rappelait les chansons que mon frère Kelric jouait sur une flûte de roseau qu'il adorait tant quand il était petit. En fait, petit n'était pas le bon terme ; Kelric était devenu un homme gigantesque qui aurait pu tenir cette flûte dans la paume de sa main. Mais je me souvenais toujours de lui comme du petit garçon de sept ans, ce jour-là où, pendant la tempête, nous avions trouvé refuge dans une grotte.

Je déglutis. Je n'allais pas retrouver cet Aristo en versant des larmes sur mon enfance, ni en me promenant dans les champs, ni en errant dans les rues comme une mendiante. Je sortis du champ et repris le chemin. En marchant, j'astreignais mon esprit à se plonger dans une transe méditative. Le paysage m'aidait à me détendre, à étendre la sphère de mes pensées. Sans psiphon pour amplifier mon esprit, je ne pouvais pas faire tellement mieux, mais si un psion assez puissant n'était pas loin, je pourrais détecter des traces de…

Douleur !

Son visage flottait devant moi, ses yeux comme les flocons couleur rouille crachés par un incinérateur. Puis je vis le fer, son extrémité brillant d'avoir été chauffée à rouge. Je détournai le regard.

Mon corps fut pris d'un spasme quand ma peau se calcina, l'odeur de ses brûlures se mêlant aux miasmes du nervoplex cramé. J'entendis des hurlements, la voix éreintée d'un enfant suppliant et suppliant encore – ma voix ? Je me débattais pour couper la souffrance. Au lieu de cela, je m'imaginai rentré sur Tams, j'étais un jeune homme assis dans le Jardin d'ivoire, détendu, à l'aise, heureux – NON. Mes bras s'agitaient frénétiquement au-dessus de ma tête, essayant vainement de descendre pour repousser le fer rouge. Mais plus je luttai, plus les liens de nervoplex enserraient mes poignets. Il revenait vers moi et je tombais dans le gouffre de son esprit, je tombais, tombais…

Quelque chose de dur heurta violemment mon corps. J'étais allongée sur le ventre, la pointe émoussée d'un caillou écrasée contre ma joue. Mon bras reposait près de mon visage, la bande dorée sur la manche de ma veste réfléchissant la faible lueur d'une lampe lointaine.

Le chemin. J'étais couchée sur le chemin du parc. Je m'assis, faisant un effort de volonté pour que mon corps arrête de trembler. Oui, j'étais dans le parc. Ici. Et j'étais Soz. Pas le gamin là-bas, ligoté et hurlant. Mais où était-ce ? Et quel était le visage aristo que j'avais vu flotter devant moi ? Mon esprit me montrait celui de Tarque, mais cela ne pouvait pas être lui.

Je pris une profonde inspiration. J'avais trouvé l'Aristo – ou au moins un de ses donneurs.

— *Remémorisation*, pensai-je.

— **Fichier mémoire endommagé**, répondit ma jonction nerveuse.

Je revis le visage de l'Aristo penché sur moi, sentis le fer rouge qui marquait ma peau. Mais le filtre donnait au souvenir une tonalité diffuse, son intensité était atténuée pour que je puisse le supporter.

— *Pause*, ordonnai-je.

Le souvenir s'arrêta, figeant le visage de l'Aristo. Ce n'était pas Tarque, mais ce n'était pas non plus le faux Highton. C'était un de ses gardes, le grand dont l'ascendance aristo se devinait dans ses yeux et ses cheveux. Était-il le fils d'un Aristo et d'une domestique ? Je pouvais deviner qu'il était au moins à moitié aristo, peut-être plus, mais en tout cas assez pour qu'il utilise un donneur.

— *Arrêt*, soupirai-je mentalement.

Le souvenir s'évanouit.

Je fermai les yeux, essayant d'atteindre le donneur une nouvelle fois. C'était ma piste vers la villa de l'Aristo. Mais je ne pouvais plus y arriver. Je ne parvenais pas à me forcer à rentrer encore une fois dans son esprit.

Finalement, je me relevai péniblement et je repris ma route. Peu à peu, en marchant dans le parc, mon pouls ralentit et ma respiration se calma. J'ouvris le menu d'état et il m'informa que mes niveaux d'adrénaline étaient presque revenus à la normale.

Après plusieurs minutes, je tentai de sonder les environs avec mon esprit. Cette fois-ci, étant préparée, je fouillai prudemment

– là ! Je m'éloignai de l'esprit du donneur, mais pas suffisamment pour perdre le lien, juste assez pour ne pas le plonger dans mes pensées encore une fois.

Puis, serrant les dents, je sondai le garde aux yeux rouges. Dans des circonstances normales, j'aurais été incapable de l'atteindre de si loin. Mais le lien avec le donneur me servait de passerelle. Je m'accrochai aux bords de son activité cérébrale comme un nageur s'agrippant à une branche, luttant contre un tourbillon. Un hurlement du donneur taillada ma conscience, et le garde gémit comme un amant saisi par l'orgasme.

J'étais vaguement consciente d'avoir le parc autour de moi, et de l'arbre devant lequel je m'étais arrêtée et contre le tronc duquel je m'appuyais. Comment pouvais-je faire s'arrêter le garde ? Je ne pouvais pas agir sur ses réactions chimiques cérébrales. Mais je devais faire *quelque chose.*

Ennui. Je projetai la pensée avec autant de force que je pus rassembler. *Quel ennui ! Ce donneur est devenu immensément, mortellement, péniblement ENNUYEUX.*

La léthargie s'abattit sur le garde, diminuant son intérêt en même tant que mon lien avec lui. Je perdis l'image. Les échos de la douleur du donneur se turent et son soulagement éclata avec une telle force que je pus non seulement revoir le garde, mais aussi toute la salle autour de lui. Il y avait là un autre donneur, une fillette couchée sur un divan, ligotée dans un filet.

Comme l'intensité des réactions du premier donneur s'atténuait, laissant place à l'épuisement, mon lien avec lui faiblit.

— *Où ?* pensai-je en Eubien. *Où es-tu ?*

Mais il perdait conscience ; bientôt, je n'allais plus du tout le sentir. Le garde avait quitté la pièce, mais le deuxième donneur, la fille – le garde avait dû la libérer avant de partir –, accourait auprès du garçon, la force de son inquiétude me raccrochant au lien.

Je sautai dans son esprit. *Où es-tu ? OÙ ?*

Elle détachait le garçon maintenant, en larmes, le berçant dans ses bras. Quand il s'écroula contre elle, mon lien avec eux diminua. Avant qu'il ne s'efface complètement, je captai l'image floue d'une villa ayant la forme d'un gigantesque galion. Je ne savais pas si l'un des donneurs tentait de m'envoyer l'image ; j'avais plutôt l'impression que c'était un surplus issu des pensées agitées de la fille. Mais quelle qu'en soit la raison, j'avais maintenant un indice sorti de ses souvenirs brouillés de la maison.

Après une heure de recherches, je ne l'avais toujours pas trouvée. Finalement, je décidai de rentrer à l'hôtel. Je pourrais continuer le lendemain. Si je me souvenais bien, j'étais dans une rue qui pouvait me conduire hors des collines. Je contournai une fontaine gracieuse qui crachait des parfums au lieu de jets d'eau, et je débouchai sur une pelouse de roses cloches. De l'autre côté de la pelouse, une route scintillait dans la lumière argentée des réverbères.

De l'autre côté de la rue se trouvait la propriété que je cherchais.

La maison semblait flotter sur ses jardins, entourée de buissons taillés pour ressembler à des vagues d'eau, jusqu'au détail de fleurs blanches à leur pointe rappelant l'écume de la mer. Les mâts luisaient, leurs longues traînées phosphorescentes et leurs voiles ferlées ressemblant, à cette distance, à des feuilles d'or. Dessus, les disques se heurtaient en tintant, leur timbre se mêlant en un son qui évoquait l'eau et le vent.

Une douce lueur ondulait dans l'air autour de la maison et des jardins, comme un soupçon d'arc-en-ciel ou une aurore boréale. Je connaissais ces couleurs, je les avais souvent vues autour des membres de la Triade – ma tante, mon demi-frère et mon père. Sur ordre de l'Assemblée, quand un membre de la Triade sortait en public, ces arcs-en-ciel l'accompagnaient. Ces couleurs étaient le seul signe visible d'un cyberverrou, un implant cérébral qui pouvait être ouvert ou fermé avec une clé extérieure. Quand il était activé, le verrou produisait un champ accordé aux ondes cérébrales de son propriétaire. J'en avais un, mais je ne l'utilisais que rarement. Toute personne ou toute chose pénétrant dans le champ généré par le cyberverrou le déclencherait : des champs réglés au plus faible activaient une alarme, des champs moyens repoussaient les intrus et des champs réglés au plus haut niveau les tuaient.

Est-ce que ce verrou était accordé au Highton ? Cela signifiait qu'il avait subi une opération chirurgicale pour l'implanter dans son cerveau, une intervention épuisante que peu de gens se souciaient d'envisager. Qu'un Aristo si jeune soit protégé si méticuleusement ajoutait encore à l'énigme qui l'entourait.

Des oiseaux volaient au travers de l'arc-en-ciel, le champ était réglé donc au plus faible pour l'instant et jouait uniquement un rôle de système d'alarme pour détecter les intrusions. Mais il enveloppait quand même toute la maison, ne laissant aucun passage pour s'infiltrer.

— *Activation du Mode combat*, pensai-je.

— **Activé**, confirma la jonction nerveuse.

J'observai la villa, essayant de déterminer la meilleure approche. En mode de combat, mon corps pouvait compter sur les mécanismes hydrauliques implantés qui secondaient mon squelette et sur tous les moteurs vivants qui étaient aussi reliés à mon circuit de fibres optiques. La seule limite à mon temps de réaction était le temps qu'il fallait aux mécanismes pour déplacer mes membres. Et ils étaient rapides, bien plus rapides que les contractions musculaires. Malgré tout, j'utilisais ce mode avec parcimonie ; en dépit des renforts sur mes os et aux articulations, le système était quand même éprouvant pour mon squelette.

Je me battais par réflexe, utilisant automatiquement les énormes bibliothèques de manœuvres de combat de ma jonction nerveuse. Cela rendait mes temps de réaction encore plus courts que si mon cerveau avait dû envoyer des ordres. Bien sûr, les réactions préprogrammées n'étaient pas toujours suffisantes en cas d'imprévu. Et des réactions rapides n'allaient pas me servir énormément ici, dans le parc. Comment allais-je entrer dans la villa ?

Une idée me vint. Je souris. Non, je ne pouvais pas faire ça. Je ne pouvais vraiment pas.

— Eh bien en fait, pourquoi pas ? fis-je.

Les fleurs des roses cloches sonnèrent doucement quand je m'avançai entre elles. Quand je traversai la route, son revêtement en nervoplex s'ajusta sous mes pieds. De l'autre côté, je marchai droit dans les arcs-en-ciel du cyberverrou, tout droit sur le chemin, droit vers la porte d'entrée. Puis je frappai.

La porte s'ouvrit immédiatement, révélant deux gardes armés de fusils laser. Leur confusion me frappa comme une onde de choc : est-ce que sa seigneurie avait été assez folle pour m'inviter ici ? Avais-je été assez folle pour accepter ?

— Bien le bonjour, déclarai-je – et je lançai ma jambe, éjectant un fusil des mains de son propriétaire pendant que j'envoyai l'autre en vol plané d'un mouvement de bras.

Aucun des gardes n'avait eu le temps d'appeler de l'aide avant que je les assomme. Mais en courant dans la villa, huit autres gardes apparurent, descendant l'escalier de l'entrée et arrivant par des passages à ma droite et à ma gauche. Par l'enfer... Même si les Highton voyageaient toujours avec des gardes du corps, ils se contentaient généralement de quatre. Je m'étais attendue à trouver uniquement les cinq que j'avais vus au bar.

En me concentrant sur les gardes, mon esprit sortit du temps partagé et se mit en accéléré, modifiant mes perceptions si bien que tout le monde, sauf moi, semblait bouger au ralenti. Les gardes réagissaient comme s'ils étaient sous l'eau, changeant à peine de position pendant que je pointai mon mélangeur sur eux.

— **Lien avec l'arme établi**, annonça ma jonction nerveuse. Une grille de viseurs « apparut » pour se superposer à ma vision de l'entrée pendant que des statistiques s'affichaient dans un coin de cette représentation mentale :

Énergie : abiton
Énergie restante : 1,9 eV
Charge : $5{,}95.10^{-25}$ C
Aimant : 0,0001 T
Rayon max : 0,05 m

Je balayai le sol devant les gardes avec le rayon du mélangeur. Seules des étincelles orange se formèrent quand le faisceau traversa l'air, mais quand il toucha le sol, le parquet poli explosa. Les débris s'envolèrent partout et retombèrent dans le fossé que je creusai dans le sol éventré. La poussière nous entourait de toutes parts. Je pensai que les propriétaires de la villa réfléchiraient à deux fois avant de la relouer à un Aristo, car leurs invités ne savaient vraiment pas se tenir convenablement.

Les gardes dérapèrent pour s'arrêter devant le trou, battant des bras au ralenti pour protéger leur tête des débris volants. Mais cela ne les ralentirait pas longtemps et ils étaient trop nombreux pour que je puisse tous les assommer, même avec mes réflexes améliorés. J'allais devoir franchir un cap décisif en leur tirant dessus, à moins de trouver un autre moyen d'atteindre l'Highton.

Je sortis en courant par la porte dans le jardin. Un tir de fusil laser passa si près de mon oreille que j'entendis des mèches de mes cheveux grésiller. Quelqu'un poussa un juron et cria quelque chose disant qu'il fallait que je sois en état de parler, et pas réduite en cendres fumantes.

Je piquai un sprint jusqu'à une tour à l'angle sud de la villa. Elle devait être le centre de sécurité – les Troqueurs ne changeaient que rarement leurs procédures. Ils ne comprenaient pas l'innovation, préférant plutôt utiliser la force brute. Malheureusement pour nous, la force brute était efficace, même si ses utilisateurs manquaient sérieusement d'imagination.

J'atteignis la tour en quelques secondes et j'annihilai sa serrure. Un autre garde se trouvait à l'intérieur, son fusil laser déjà prêt à tirer. Avant même que son esprit n'ait enregistré ma présence, ma jambe s'élevait dans l'air. Mon talon frappa le fusil qui vola de ses mains, laissant échapper un tir en largeur qui brûla le mur de la tour à ma droite.

Il frappa mon mélangeur si vite que je ne vis que du flou quand il glissa de ma main. Je pus à peine bloquer ses coups quand il me sauta dessus. Je glissai le lance-épine hors de ma manche, tirant une tranche microscopique de métal dans sa direction. Il remonta sa manche et bloqua mon projectile avec le poignet métallique qu'il portait, mais cela me donna la fraction de seconde dont j'avais besoin : pendant qu'il déviait l'aiguille enduite de drogue, je le touchai avec une fléchette. Elle l'atteignit au cou et il se figea en pleine attaque, son poing dressé dans l'air, les tendons de son cou formant comme de véritables câbles sous sa peau. Puis il s'écroula comme une masse sur le sol, respirant toujours, mais inconscient.

Un coup d'œil à la console m'assura qu'il surveillait les défenses de la propriété. Je désactivai d'abord le cyberverrou. Puis j'utilisai son système pour me connecter sur une jonction d'urgence du Réseau skol, une jonction ridiculement facile à atteindre – pour ceux qui savaient où et comment chercher. À l'instant où j'activais le compte que je cherchais, il libéra un virus qui se répandit dans le système informatique du Highton. Moins d'une minute s'était écoulée depuis que j'avais frappé à la porte d'entrée.

Des sirènes sonnaient à l'extérieur. Je saisis mon mélangeur et je sortis de la tour, courant dans le chaos. Des lumières rayonnaient de toutes parts, des alarmes hurlaient pour attirer l'attention, des projecteurs balayaient les jardins en tous sens. Le virus déclenchait tous les systèmes de surveillance de tous les ordinateurs de la propriété. Dans toute cette zizanie, ils pouvaient toujours chercher l'alarme qu'ils voulaient vraiment, celle qui me détectait.

Je tirai un coup de mélangeur de l'autre côté de la rue. Là, la lueur des réverbères masquait les étincelles dans l'air mais de l'autre côté, les lumières disparurent dans un éclair orange. Des branches d'un arbre près de la fontaine à parfum s'écrasèrent sur le sol dans une confusion assourdissante d'explosions de bois et de feuilles volantes.

Rangeant le mélangeur dans son étui, je courus vers une fenêtre au premier étage de la villa. Si ce soi-disant Highton suivait les habitudes aristos, il résidait au premier étage, dans la pièce la plus difficile à atteindre, que ce soit depuis le sol ou depuis le ciel.

Je grimpai à la fenêtre en me servant d'un treillis spécialisé en nervoplex qui vibra sous mon poids, essayant de me repousser. Si mes réflexes avaient été moins bons, il y serait parvenu. Mais je parvins jusqu'au balcon et j'enjambai la balustrade, puis j'avançai silencieusement sur le sol poli. L'Highton avait laissé les rideaux ouverts derrière les portes de cristal qui fermaient le balcon. Je pouvais le voir debout au milieu de sa chambre, observant la console qui clignotait chaotiquement au mur.

J'annihilai le mécanisme de la serrure des portes. Puis je les ouvris et entrai.

— Mes salutations, dis-je en highton.

Il se retourna d'un coup.

— Comment êtes-vous entrée ici ?

J'indiquai d'un mouvement de la tête une armoire contre le mur.

— Je vais me cacher là derrière. Dans un moment, vos gardes vont venir vous dire qu'un intrus est dans la propriété. Vous direz que vous m'avez vue courir dans le parc et que vous voulez qu'ils m'attrapent.

— Je ne dirai rien de tel.

— Si, vous le ferez.

Je fermai les rideaux devant les portes du balcon et je me reculai dans l'espace entre l'armoire et le mur, gardant mon pistolet braqué sur sa tête.

— Sinon, je vais vous renvoyer au néant.

Il ne discuta pas. C'était une bonne chose, car mon mélangeur était vide. Je n'aurais pas pu annihiler un grain de poussière avec. Même avec des bitoniaux comme énergie, un pistolet ne pouvait pas contenir autant d'antimatière.

Des coups retentirent : on frappait.

L'Highton se tourna vers la porte.

— Entrez.

Depuis ma cachette, je ne pouvais voir que l'Aristo. J'entendis la porte s'ouvrir.

— Veuillez nous excuser de vous déranger, monsieur, fit une voix.

Cela devait être un garde.

L'Aristo afficha une mauvaise humeur typique des Highton et fit un geste vers la console qui clignotait.

— C'est surtout cela qui me dérange. Quel est le problème ? Qui était cette femme que j'ai aperçue à l'extérieur ? Elle ressemblait à une Jagernaute impériale.

— C'en était une, reconnut le garde. La Principale du bar. Elle a endommagé l'entrée puis s'est enfuie.

— Pourquoi ?

La curiosité de l'Aristo paraissait vraiment sincère.

Une seconde voix parla.

— Nous l'ignorons, Monsieur. Nous l'interrogerons dès que nous l'aurons capturée.

Son impatience remua mon estomac. Je « reconnaissais » l'impression dégagée par son esprit, même si je ne l'avais jamais rencontré. C'était le garde avec les deux donneurs.

— Je l'ai vue s'enfuir dans le parc de l'autre côté de la rue, déclara l'Aristo.

— Nous allons le fouiller méticuleusement, assura le premier garde.

— Bien. Maintenant laissez-moi tranquille. Et réparez les alarmes.

— Nous n'avons pas pu localiser le virus qui est responsable des problèmes, monsieur. Il se pourrait que nous devions éteindre tout le système et le redémarrer.

L'Aristo leva ses sourcils.

— Avec toute cette agitation, elle aurait pu monter dans cette pièce sans être repérée.

Le premier garde s'efforça de paraître rassurant.

— Le treillis l'aurait fait tomber, monsieur. Et elle n'a été dans la propriété qu'un court moment. Elle n'aurait pas eu le temps de s'approcher de vous.

L'Aristo répliqua sèchement.

— Je suis heureux de vous voir si sûr de vous. À présent, trouvez-la.

— Bien monsieur.

J'entendis les gardes s'incliner, leurs vêtements faisant des craquements énervants. Les uniformes troqueurs faisaient ce genre de bruit quand quelqu'un courbait la taille. La porte se referma doucement et le bruit des bottes s'éloigna dans la maison.

L'Aristo se tourna vers moi.

— Que voulez-vous ?

J'allai jusqu'à la console, gardant mon pistolet vide braqué sur mon otage, et j'éteignis les haut-parleurs. Les alarmes hurlaient toujours dans le reste de la villa, mais au moins, c'était un peu plus calme ici.

— Asseyez-vous, proposai-je. Nous allons discuter.

Il ne fit aucun mouvement pour s'asseoir.

— Je n'ai rien à vous dire.

— Vous ne sembliez pas penser ça dans le bar.

Contre toute attente, il sourit.

— Non, c'est vrai.

Il aurait dû y avoir une loi interdisant aux Aristos d'avoir un si beau sourire. Non, il ne pouvait pas être un Aristo. Pas avec un sourire pareil.

— Je ne crois pas que vous soyez un Highton, déclarai-je.

— Pourquoi ?

Sa surprise ne semblait pas feinte. Si c'était un imposteur, soit il l'ignorait, soit c'était un acteur extrêmement doué. Mais je ne pouvais pas en être sûre. À courte portée, je pouvais capter facilement les émotions d'un Aristo ; leur manque d'empathie n'avait pas d'effet sur la manière dont un empathe les percevait. Mais je ne captais pas un souffle chez celui-ci. Rien. C'était un mur blanc.

J'allai jusqu'aux portes du balcon et j'ouvris les rideaux. Un homme patrouillait dans les jardins en bas.

— Vos gardes sont efficaces.

— Apparemment pas assez.

— Ça n'a aucun sens.

Je refermai les rideaux.

— Vous avez onze gardes, et au moins l'un d'entre eux a un circuit bioméca dans le corps.

Je pensai aussi au garde avec ses donneurs.

— Et un autre a la faveur d'un Highton puissant, un qui a un rang bien plus élevé que celui que vous pouvez avoir à votre âge. Et peu de gens, surtout à votre âge, subissent, par choix ou par obligation, une opération aussi importante que celle qui vous a installé un cyberverrou dans le cerveau. Et puisque ce sont vos gardes qui ont la clé et non vous, cela implique qu'ils prennent leurs ordres de quelqu'un d'autre.

Il me regarda dans les yeux.

— Comment savez-vous tout cela ?

Je ne le savais pas. C'étaient avant tout des suppositions. Mais il venait de les confirmer.

— Je suis très douée dans mon domaine.

— Oui. C'est évident.

Je le regardai avec surprise. Aucun Aristo ne concéderait ouvertement que quelqu'un comme moi, qui pour eux n'était rien de plus qu'une marchandise à échanger, puisse être compétente pour faire autre chose que servir les Aristos. Ils savaient parfaitement de quoi nous étions capables, mais ils ne l'admettaient jamais. Oui, cet homme avait les manières, le port et l'accent d'un Highton. Mais pas le dédain. Un vrai Aristo n'aurait fait aucun mystère de son intention de me punir de mes actes. J'aurais *senti* son mépris. Mais je ne sentais rien chez celui-ci. Il avait l'air à la fois gêné et intrigué, mais je n'en sentais rien. Rien du tout. C'était presque pire que la cavité.

Puis j'eus un éclair de compréhension. Il avait des *blocages* dans son esprit. Ce ne pouvait pas être juste les barrières instinctives que n'importe qui, empathe ou non, pouvait dresser. Des murs mentaux élaborés protégeaient cet homme. Il avait été formé pour empêcher son CEK d'émettre aux autres empathes. Je savais quel énorme investissement de temps et d'efforts était nécessaire pour apprendre ces techniques de cloisonnement. Elles faisaient partie de ma formation de Jagernaute. C'était très différent des portes mentales que je fermais pour faire entendre aux autres empathes que mes sentiments étaient ma vie privée. C'étaient des protections fortifiées qui ne pouvaient être brisées que par la puissance d'un esprit plus fort.

Mais seuls les psions pouvaient lever de telles barrières. *Seulement* les psions. Les gens normaux n'en avaient ni le besoin, ni la capacité. En fait, même avec les améliorations biomécа, la plupart des psibernautes ne pouvaient pas ériger des écrans aussi puissants que ceux que je détectais chez cet homme. Il parvenait même à me bloquer, moi. Ce qui signifiait que c'était un puissant télépathe. Mais aucun Aristo ne pouvait être psion. C'était absolument exclu de leur précieux patrimoine génétique.

— Pourquoi me regardez-vous de cette façon ? m'interrogea l'Aristo.

— De quelle façon ? rétorquai-je.

— Comme si j'étais un spécimen de laboratoire.

— J'essaie de comprendre comment un donneur réussit à se faire passer pour un Highton.

Sa colère s'enflamma.

— Vous montez ici, lançant des insultes et brandissant des armes, rabaissant ma lignée. Eh bien, cela ne m'impressionne guère. Allez-y, tirez ! C'est ce que font les Jagernautes, n'est-ce pas ? Tuer sans aucun scrupule !

Je n'avais pas besoin de la télépathie pour savoir que sa colère n'était pas feinte. Il croyait vraiment être un Highton.

— Nous ne tuons jamais sans aucun scrupule. Comment le pourrions-nous ? Nous sommes des empathes. Nous ressentons ce que nos victimes ressentent.

— Cette chose que vous appelez l'empathie, elle amoindrit l'esprit.

Sa voix s'apaisa.

— C'est une faiblesse. Ceux qui ont des esprits faibles doivent travailler d'autant plus pour devenir fort et surmonter leurs lacunes.

D'où cela pouvait-il venir ?

— C'est ce que vos parents vous ont dit quand ils vous ont appris à cacher vos capacités télépathiques ?

Il pâlit, et je fus certaine que j'avais touché juste. C'était un psion, ce qui signifiait qu'*aucun* de ses parents n'était un Aristo. Mais quelqu'un s'était donné beaucoup de mal pour dissimuler cet état de fait. Pourquoi ? Oui, beaucoup de Highton avaient des enfants avec des domestiques, et certains intégraient ces enfants dans la caste des contremaîtres. Mais faire passer un tel enfant pour un Highton – je n'avais jamais entendu cela auparavant. Ce serait une « pollution » phénoménale de ces lignées qu'ils glorifiaient constamment.

— Combien de temps pensiez-vous pouvoir le cacher? demandai-je.

Il me dévisagea.

— Qu'allez-vous faire?

Je ne pouvais pas le croire. Il avait peur de moi. J'avais déjà senti beaucoup d'émotions chez les Highton : le mépris, le désir, la colère, l'obsession, le dégoût… mais jamais la peur. Pour ce qu'ils en savaient, je n'étais qu'une donneuse et ils refusaient d'admettre qu'un *donneur* puisse avoir le pouvoir nécessaire pour leur inspirer la peur. Pourtant, je sentais la sienne, aussi transparente et coupante que du verre brisé.

Je le *sentais*.

La sueur perlait sur mes tempes. Il y avait à peine un instant, ses barrières étaient impénétrables. Maintenant elles se dissipaient, au moins pour moi. C'était une vraie forteresse mentale et pour la prendre, il aurait fallu de tortueuses luttes de volonté, et pourtant, maintenant, je le sentais. Il devait être en train de faire tomber ses barrières. Je n'avais rien fait. Je ne sentais cependant chez lui ni l'intention d'ouvrir ses écrans, ni la conscience de ce qui était en train de se passer.

Il m'observait avec un désir sain et sensuel qui me prit par surprise. Le sang me monta aux joues et dans d'autres parties plus intimes. Blocage ! La psicône mur-et-synapse s'afficha dans mon esprit et continua à clignoter, m'indiquant que le blocage ne fonctionnait pas. Soit son désir était trop puissant pour être atténué, soit c'était mon propre désir que je ressentais en plus du sien. Qu'est-ce qui se passait? Tout allait mal, au plus mal. Non, ce n'était pas mal, c'était bien, et c'est ce qui était mal.

Je pris une profonde inspiration. Rester calme. Découvrir qui il était. Mais comment? Bon, j'avais déjà un bon point de départ; si quelqu'un voulait le faire passer pour un Highton, il devait déjà lui avoir donné un nom Highton.

— Ce qui me surprend, commençai-je, c'est que vos parents vous aient donné un nom auquel vous n'avez visiblement pas droit.

Mon commentaire ne provoqua pas sa colère, comme je l'avais espéré. Il haussa seulement les épaules.

— J'y ai bien plus droit que les centaines de gens qui l'utilisent.

Des centaines. Étant donné qu'il existait seulement quelques milliers d'Aristos, son nom devait être populaire. Quels étaient les noms aristos connus ? C'était facile. Kryx, comme dans Kryx Tarque. Je ne pourrais jamais l'oublier. Il y avait aussi Vitar, et Jaibriol, et…

Jaibriol. Jaibriol. Maintenant je savais pourquoi Rex et moi trouvions qu'il avait l'air vaguement familier, mais que ni Helda ni Taas ne le reconnaissaient. Ce faux Aristo, cette colombe cachée dans un corps de loup sauvage, était le portrait vivant d'un Highton mort, un homme qui était décédé quand Helda était une petite fille et avant que Taas ne soit né. Comtrace ne l'avait pas remarqué parce qu'il cherchait un Highton vivant. Cet homme évoquait une version plus jeune de feu l'empereur Jaibriol Qox, le père de l'actuel empereur.

Mais une différence de taille séparait le Troqueur qui était en face de moi maintenant et les holos que j'avais vus de Jaibriol Qox. Bien que l'Empereur eût sans doute été beau dans sa jeunesse, son visage s'était, en vieillissant, creusé de rides sévères qui révélaient sa vraie nature. Son fils, l'actuel empereur, était un souverain plus mince, plus calme et moins tonitruant – mais tout aussi malfaisant. Les années avaient gravé cette cruauté dans ses traits, comme elles l'avaient gravée sur le visage de son père. L'homme devant moi ne portait quant à lui aucune trace de dureté.

La pensée qui germait dans mon esprit était absurde. Cela ne pouvait pas être vrai. Mais je devais le vérifier.

— Comment allez-vous régner, Jaibriol ? Votre peuple n'acceptera jamais un télépathe comme empereur.

Il rougit.

— Il n'y a pas de problème avec mon esprit. Les gens m'accepteront.

Non. *Non.* C'était un mensonge. Il le fallait. Mais avec son esprit qui s'ouvrait à présent à moi, il n'y avait pas de malentendu possible. Il fallait que nous ayons tort, tous torts.

Ur Qox avait un héritier.

Je forçai ma voix à rester mesurée.

— Vous êtes un donneur. C'est la seule explication possible, si vous êtes un psion de naissance. Vous devez avoir des gènes de vos deux parents.

Les deux. *Les deux.* Je l'étudiais. Maintenant que je savais quoi chercher, ses liens avec la lignée Qox ne faisaient aucun doute.

Non seulement il rappelait feu Jaibriol Qox, mais je pouvais également voir sa ressemblance avec l'empereur actuel.

— Ce qui veut dire que votre père – l'Empereur – est au plus à moitié Highton. Vous ne pouvez l'être qu'au quart.

— Arrêtez ! fit Jaibriol en serrant ses poings. Arrêtez ces insultes immondes.

Ses blocages fondaient comme du sel dans de l'eau. Je le sentais. C'était incroyable. Beau. Et sensuel. Je le désirais, comme les saumons, sur Terre, qui se sentent obligés de remonter le courant, malgré tous les obstacles, pour retrouver leur source et se reproduire. Cela me donnait envie de le frapper, tellement j'étais furieuse que lui – l'héritier Highton – me cause tant d'émotion.

— Ils auront soif de votre souffrance.

Je cédais peu à peu à ce qui me faisait perdre contrôle.

— Eux tous, vos ministres, vos pairs, vos femmes, vos gardes, vos généraux. Votre vie sera un enfer.

— Vous êtes folle, répliqua-t-il.

— Vous ne savez pas. Vous avez eu des barrières pour vous protéger. Mais vous ne pourrez pas le faire pour toujours. Si vous vous découvrez une fois, *ne serait-ce qu'une fois*, ils sauront. Vous découvririez le vrai visage de vos chers Highton. De votre père. Cet homme est un monstre.

Il désigna le mélangeur que je tenais.

— C'est tout ce que vous comprenez. Vous voyez tout en termes de guerre et de haine. Mon père est un grand homme, bien plus grand que vous ne pourrez jamais le comprendre.

— Où étiez-vous ces vingt dernières années ? Dans une bulle ?

Je voulais le frapper.

— Les Highton *torturent* des gens. Et c'est sans doute ce que votre père faisait subir à votre mère quand il vous a engendré.

Son visage devint blême.

— Vous êtes malade. Complètement malade.

— Tu crois que je mens ?

J'agitai mon pistolet dans sa direction.

— Très bien. Entre dans mon esprit, Highton de pacotille. Tu veux savoir ce que c'est qu'être un donneur ? Viens voir. Si tu en as le courage.

Il me fixait du regard comme un homme en équilibre au bord d'une falaise. Puis il tomba.

J'avais seulement voulu lui montrer ce qui m'était arrivé à Tams et faire en sorte que ce souvenir le blesse autant que moi. Mais je ne pouvais plus me dégager de notre lien. Son esprit était trop fort, plus encore que je ne l'avais deviné en voyant ses gigantesques barrières. Nous tombions ensemble, fusionnant pendant cette chute en une union que je n'avais connue qu'une fois auparavant, avec un garçon de sept ans. Seulement cette fois, c'était avec un adulte, avec une intensité, augmentée encore par la colère et le désir sexuel, qui me frappa comme un raz-de-marée.

Jaibriol Qox était un Rhon.

Je pouvais inspirer son odeur maintenant, un parfum de musc, masculin, qui embaumait l'air autour de nous et brouillait mes pensées. Des phéromones, des phéromones Rhon, ne ressemblant à rien de ce que les humains normaux produisent. Mon corps tout entier y réagissait. Notre lien mental capta mon excitation et me la renvoyait, m'excitant plus encore. Il intensifiait aussi les réactions de Jaibriol, nous enfermant dans une double boucle de rétroaction qui, rapidement, concentrait une puissance presque insupportable. Si nos personnalités avaient été incompatibles, cela aurait été écœurant. Mais il me *convenait*. Il était comme un aphrodisiaque, ferme et masculin, chaud, sensuel, attirant…

Je tombai dans ses souvenirs comme un plongeur s'abattant dans l'océan. Ses pensées s'enroulaient autour de moi comme si j'étais le seul îlot solide sur cette mer de solitude dans laquelle il avait vécu pendant si longtemps. Il avait passé les vingt-deux années de son existence, excepté les dernières semaines, à vivre seul… Seules les visites de ses précepteurs brisaient sa solitude… Son père ne venait que rarement le voir.

— *Les exigences de sa charge ne lui en laissent pas le temps,* pensa Jaibriol. *Il ne peut pas penser qu'à moi. Il est empereur d'Eubée.*

Je réalisai ce qu'il ne pouvait pas voir : pour son père, il était le donneur ultime. Quelque part au fond de lui, Qox avait eu la décence de laisser le garçon seul, l'évitant plutôt que de risquer de céder au besoin de torturer son propre fils.

Je réalisai trop tard que, aussitôt que je pensais ces choses, Jaibriol les connaissait. Sa bouche s'ouvrit un moment, puis se referma.

— *Comment peux-tu croire des choses pareilles ?* s'écria-t-il mentalement.

— *Jaibriol – je suis désolée.*

Je devais me libérer de ce lien. Prendre de la distance. Je ne pouvais pas laisser cela se produire. Je ne pouvais pas réagir avec tant de sympathie pour l'héritier Highton.

Puis je vis sa mère, l'Impératrice… *grande, royale dans sa robe noire et dorée qui épousait ses formes sculpturales. L'or brillait à ses poignets et à sa gorge, les diamants étincelaient à ses oreilles. Ses cheveux descendaient jusqu'à sa taille, comme de la soie noire. Ses yeux étaient comme des rubis, aussi rouges et translucides que la plus parfaite des pierres précieuses. Et son visage, si charmant, si royal, si froid, froid et glacial, aussi dur que ses diamants. Pourquoi me détestait-elle tant ? Quelle chose horrible avais-je pu faire pour que ma mère méprise le moindre de mes mots, le moindre de mes gestes, le moindre de mes souffles ?*

Je le dévisageai, voulant toucher sa joue, ses lèvres.

— *Jaibriol, tu ne comprends pas ? Il n'y a pas la moindre ressemblance entre l'impératrice Qox et toi. Elle ne peut pas être ta mère, pas si tu es un Rhon et qu'elle est une Highton.*

— *Arrête !*

Il attrapa mon avant-bras, l'agrippant comme si j'étais la mère qui le détestait tant.

— *Je ne suis pas un donneur.*

Malgré son déni, j'étais certaine qu'il soupçonnait la vérité. Combien de temps avait-il fallu à son grand-père pour trouver ou fabriquer une donneuse qui porte les gènes Rhon ? Des années ? Des décennies ? Aurait-il pu se faire un héritier Rhon pour lui-même, alors ? Sans doute. Mais j'étais sûre qu'il avait utilisé cette donneuse pour engendrer un fils qui était à moitié Qox et à moitié Rhon. Cela lui garantissait que ses gènes restaient dans la lignée des Qox et, plus important encore, c'est ce qui nécessitait le moins de déviation des habitudes Highton. Qu'il ait réussi à s'écarter suffisamment de ces schémas de comportement séculaires pour engendrer un fils qui soit à demi Highton était déjà étonnant.

Le fils qu'il avait créé – le père de Jaibriol – avait dû achever le processus. Comment ? En utilisant ses propres gènes ? Ou bien avait-il aussi fabriqué une donneuse qui pouvait lui apporter du plaisir en plus de porter son héritier Rhon ?

Je pouvais deviner comment l'Empereur falsifiait les lignées : par des menaces et des pots-de-vin. Qox avait à sa disposition des moyens qu'aucun autre Highton n'avait. Je n'avais aucun doute sur le fait qu'il avait ensuite assassiné ceux qui avaient fait les vérifications, accomplissant l'exécution lui-même, en secret, pour ne laisser aucun témoin de la vérité sur l'héritage de son fils.

— *Non.*

Les pensées de Jaibriol brillaient comme des larmes tombées sur un miroir.

— *Tu as tort. C'est faux !*

— *Jaibriol – je suis désolée. Grands dieux, je suis vraiment désolée.*

J'avalai ma salive, essayant de retirer mon esprit loin de lui. Mais c'était impossible – tant de solitude – sa vie avait connu tant de solitude. La *seule* constante avait été son père.

— *Un grand homme,* pensa Jaibriol. *Je ne serai jamais digne de son nom.*

— *Ne le vénère pas. Il ne te fera que du mal.*

— *Je ne le vénère pas. Je l'aime.*

— *Il t'a laissé seul.*

— *Il m'a donné des précepteurs.*

Jaibriol visualisa une image dans son esprit, un homme âgé avec des cheveux gris et de grands yeux.

— *Marlin était mon préféré. Il m'a appris à chanter. Sa voix était magnifique. Pour mon sixième anniversaire, il m'a offert un chiot de chasse. Et il m'a toujours encouragé dans mes loisirs.*

— *Des loisirs ?*

Jaibriol me montra sa bibliothèque, un complexe de bâtiments sur les terres du domaine automatisé où il vivait. Il me montra des images de lui en train de travailler, de chanter, de lire, d'écrire, de s'entraîner, de faire des constructions ou des recherches. Ses « loisirs ». Il n'avait rien d'autre à faire de son temps. Il parlait quatorze langues, jouait de sept instruments, avait une voix qui couvrait trois octaves et excellait dans sept sports. Il connaissait l'histoire et la géographie d'une centaine de mondes au moins, avait étudié les mathématiques et les sciences à un niveau de doctorat et pouvait discuter des travaux des philosophes humains aussi bien que non-humains.

Je le regardai avec incrédulité.

— *Tu ne te rends pas compte de ce que tu as accompli ?*

— *Je n'ai rien fait.*

Il ne faisait preuve d'aucune fierté. Il n'avait simplement aucune comparaison pour évaluer ses résultats.

— *J'ai échoué partout, en tant que fils et en tant qu'héritier. Pour quelle autre raison mon père me cacherait-il ?*

Il déglutit.

— *Marlin arrêta de venir me voir. C'est toujours ce qui arrivait. Ils venaient pendant quelque temps, puis arrêtaient. Seul mon père revenait toujours. Sa pensée suivante était plus brute. Ma nourrice – Camyllia. Elle était là quand j'étais petit. Elle m'emmenait me promener, jouait avec moi, me chantait des berceuses et me consolait quand je faisais des cauchemars. Elle me faisait sentir que chacun des moments que nous passions ensemble était trop précieux pour l'exprimer avec des mots, qu'il ne reviendrait jamais et qu'il fallait donc en profiter autant que possible. Il reprit son souffle en hoquetant. Puis elle cessa de venir. Mon père m'a dit qu'elle était malade... qu'elle était... morte.*

Je pouvais voir Camyllia dans son esprit, une jeune femme, extraordinairement belle, une version de Jaibriol avec des cheveux bruns et des yeux marron. Avec ses cheveux et ses yeux modifiés pour avoir l'air Highton, elle aurait pu être sa jumelle. Mais je me doutais plutôt que c'étaient les yeux et les cheveux de Jaibriol qui avaient été modifiés. Parce que j'étais certaine que Camyllia n'était pas sa sœur. C'était sa mère.

Dès que la pensée se forma dans ma tête, j'imaginai une couverture tombant sur mon esprit pour la cacher à Jaibriol. Son père avait fait tuer quiconque connaissait la véritable identité de son fils. Il était tout aussi surprenant que déchirant d'apprendre que la mère avait réussi à convaincre Qox de la laisser vivre avec Jaibriol assez longtemps pour qu'il se souvienne d'elle.

Mais Jaibriol traversa la barrière que j'avais posée sur mes pensées.

— *Non, tu te trompes.*

Une larme coula sur son visage, puis une autre.

— *C'est faux.*

— *Ton père t'aimait.*

Je me forçai à le croire pour que Jaibriol puisse y croire.

— *Il t'a isolé parce que c'était le seul moyen de s'assurer que personne ne te ferait de mal. Si jamais la moindre rumeur de ton identité et de ta nature venait à se répandre, elle causerait ta perte.*

Sans parler de celle de son père.

— *Il avait besoin que tu deviennes fort, que tu apprennes à te protéger.*

Il resserra sa prise sur mon bras.

— *Comment peux-tu comprendre quoi que ce soit à l'amour de mes parents ? Tu es une Jagernaute, une tueuse. Peux-tu seulement ressentir de l'amour ?*

À peine avait-il posé la question que mon esprit y répondit. J'essayais de tout retenir, mais il s'engouffra dans ma mémoire. Il vit mon enfance de petite fille entourée par une famille unie et passionnée. Il sentit ce que c'était que de vivre avec d'autres empathes, la plénitude qui en découlait et il sentit le manque béant dans sa propre vie. Il vit Rex, Helda, Taas et comprit combien nous étions proches. Il nous vit travailler ensemble, Rex et moi surtout, même sur Tams…

Et puis il vit Tarque.

Lorsque son visage se déforma, il tomba à genoux, m'attirant dans sa chute jusqu'à ce que nous soyons finalement agenouillés face à face sur le tapis. Il inclina la tête et se pencha en avant, serrant si fort mes bras que ses doigts en devenaient blancs. Même quand son front se cogna contre le mien, il ne releva pas les yeux, continuant à fixer le sol. Je laissai tomber mon mélangeur et me pelotonnai pendant que mon esprit couvrait mon souvenir d'un voile de rejet. Mais le voile s'envola encore, balayé par le tourbillon comme un maigre chiffon emporté par le vent.

Pendant que Jaibriol luttait contre mes souvenirs de Tarque, je me débattais avec mon propre cauchemar. Je savais pourquoi Jaibriol existait. Il n'y avait qu'une explication possible. Il avait un destin que son père et son grand-père jugeaient même plus important que la pureté de la lignée Qox. Ils l'avaient créé pour une raison et une seule – prendre le contrôle du Réseau skol. Grâce à lui, les Troqueurs pourraient enfin conquérir Skolia.

Progressivement, si progressivement que d'abord je ne me rendis pas compte de ce qui se passait, nos esprits se séparèrent, comme une tempête qui se calme. Personne, pas même les Rhon, ne pouvait maintenir l'intensité de ce contact pendant longtemps. Je repris conscience de la pièce autour de moi. Jaibriol et moi étions toujours appuyés l'un contre l'autre et il tenait mes bras comme s'il était mon amant. Je m'étais accrochée à ses manches si fortement que le tissu s'était déchiré dans mes mains. Son visage était couvert de larmes et je les sentais aussi sur mon visage. Mon mélangeur était tombé sur le sol près de nous.

Je n'arrivais pas à empêcher mes bras de trembler. Jaibriol s'assit, toujours agrippé à moi.

— Mon père n'est pas mauvais.

Sa voix vacillait.

— Les Highton ne sont pas mauvais. Tu verras. Tu te trompes.

— Tu y étais avec moi. Tu l'as *senti*.

Le communicateur de la porte sonna, suivi d'une voix venant du haut-parleur.

— Seigneur Jaibriol ?

Jaibriol relâcha mes bras comme s'ils le brûlaient. Pendant un moment, je craignis qu'il ne réponde pas du tout, forçant les gardes à entrer pour voir pourquoi. Puis il inspira un grand coup, un peu irrégulier, et parla d'une voix forte.

— Qu'y a-t-il ?

— Nous sommes près à réactiver le cyberverrou, Monsieur.

Jaibriol et moi nous levâmes tous les deux. Puis il se baissa et ramassa mon mélangeur.

Non. Grands dieux, non. Comment avais-je pu lui laisser prendre mon arme ? Mais c'était vrai, il n'aurait pas pu s'en servir même si elle était chargée : le pistolet était accordé sur mon cerveau et ne pouvait être activé que par moi. Mais maintenant qu'il l'avait, mon coup de bluff tombait à l'eau. Et il connaissait mon identité. Tout ce qu'il avait à faire était de dire : « La Principale est ici. »

Jaibriol me tendit le mélangeur.

— Pars.

Je reculai dans ma cachette derrière l'armoire.

— Le garde. Dans le jardin.

Il frotta ses joues avec sa manche. Puis il alla jusqu'à la porte et appuya sur une touche à côté d'elle, éteignant les lumières. Quand la porte s'ouvrit, l'ombre masquait son visage.

— Je dormais, mentit Jaibriol. Vous devrez attendre demain pour activer le verrou.

— Désolé, Monsieur, répondit le garde nerveusement. Mais je crains qu'il ne faille le faire maintenant.

Un sentiment de colère mêlé de peur transperça mon esprit. Aucune de ces émotions n'était les miennes. Bien que je connusse Jaibriol assez bien maintenant pour savoir que son esprit était toujours fermé pour tous les autres, lui et moi étions coincés dans un lien que ni l'un ni l'autre ne pouvions briser. Mais au moins notre fusion était descendue à un niveau d'intensité supportable.

Presque supportable. Le souvenir de l'effet de ses phéromones sur moi, de son corps musclé sous ses vêtements – mon corps répondait par une montée de désir si intense que je faillis refaire tomber le mélangeur.

— *Blocage !* ordonnai-je.

La psicône clignota chaotiquement dans mon esprit, puis fit un petit bruit avant de s'éteindre comme un pétard mouillé.

Superposée à cette excitation indésirable, une autre émotion me troublait : la haine de Jaibriol pour le cyberverrou, *détestable, étouffant, assommant...*

Je repris mon souffle silencieusement, essayant de me dissocier de ses réactions. Je savais d'expérience qu'activer un cyberverrou revenait à être victime d'un vertige qui ne s'arrêtait qu'à la désactivation. Pourquoi le père de Jaibriol l'avait-il envoyé ici alors que le risque était tellement élevé qu'il avait besoin d'un cyberverrou ? De notre union, j'avais retiré l'impression que Jaibriol lui-même n'était sûr de rien.

— Vous attendrez demain, dit à nouveau Jaibriol au garde.

— Je... je crains que je ne puisse pas faire ça, monsieur.

Jaibriol parlait avec un accent Highton glacialement parfait.

— Je vous ordonne de le faire.

— Je suis désolé, monsieur. Je suis extrêmement désolé. Mais j'ai des ordres de votre père.

Il marqua une pause.

— Laissez-moi six heures sans.

— Je ne peux pas. Je... je suis sincèrement désolé, monsieur. Mais mes ordres. Tellement de choses peuvent se passer en six heures.

— Deux heures, concéda Jaibriol. Ou bien je serai... mécontent.

— Monsieur, c'est impossible. Si quelque chose vous arrivait, l'Empereur me ferait exécuter.

— Rien ne se passera.

— Je… C'est impossible.

Le visage de Jaibriol s'éclaira d'un sourire.

— J'ai entendu dire que votre fille est une couturière talentueuse.

— Monsieur, ma fille n'a jamais offensé qui que…

— Non, non.

Jaibriol parlait avec un ton charmant.

— On ne m'a rapporté que de bonnes choses. A-t-elle candidaté à la Guilde des Tailleurs ?

— Oui, monsieur, hésita le garde. Elle a été refusée. Ma fille n'est pas une contremaître, voyez-vous.

— Eh bien, peut-être que je pourrais mentionner son nom au Maître de la Guilde.

Pendant un moment, ce fut le silence. Puis l'uniforme du garde fit des craquements, encore et encore, au rythme de différentes courbettes.

— Merci monsieur. Votre grandeur. Votre seigneurie exaltée.

Les mots s'emmêlaient les uns dans les autres.

— Merci.

— Oui ? fit Jaibriol sur un ton nettement moins charmant.

Le garde retint son souffle.

— Seigneur Jaibriol, avant d'activer le cyberverrou, je dois superviser les réparations du système de sécurité. Cela va me prendre deux heures. Au moins.

Il marqua une pause.

— Peut-être quatre heures. Aurez-vous besoin de moi avant cela ?

Je retins un rire. Bien que le virus que j'avais libéré fût efficace, j'étais persuadée qu'il suffirait largement d'une heure pour nettoyer le système.

La voix de Jaibriol se détendit.

— Non, je n'aurai pas besoin de vous. Occupez-vous des ordinateurs.

— Bien monsieur.

— Avez-vous retrouvé la Principale ?

— Non monsieur. Elle est allée dans le parc et a détruit quelques arbres et des lignes de courant. Puis elle a disparu.

— Qui est le garde que je viens de voir dans le jardin sous ma fenêtre ?

— Rak.

Jaibriol se raidit comme s'il venait d'être frappé. Je captai, venant de lui, une image très claire du garde avec les donneurs. Le malaise me perça de part en part, *une peur de Rak qu'il n'avait jamais vraiment comprise...*

— *Blocage !* commandai-je.

La peur reflua, mais la psicône continua à clignoter.

— Envoyez Rak au centre de contrôle, commanda Jaibriol. Je veux que son rapport sur la Principale soit enregistré immédiatement.

— Oui, Monsieur.

L'uniforme du garde fit encore quelques craquements.

Après que Jaibriol eut fermé la porte, il revint vers moi.

— Sauscony...

C'était perturbant d'entendre un Highton prononcer mon nom avec tant de désir.

— Oui ?

— Reste avec moi.

— Tu sais que je ne peux pas faire ça.

Pendant un moment, il resta là, à me regarder. Puis il toucha ma joue.

— Au revoir.

Je déglutis.

— Au revoir.

Je retournai aux portes du balcon et je jetai un coup d'œil dehors. Rak marchait sur la pelouse en dessous, se dirigeant vers la maison. Les jardins étaient sombres ; soit mon virus fou avait désactivé le système, soit quelqu'un avait coupé le courant pour éteindre les projecteurs qui bougeaient dans tous les sens. J'aperçus deux autres gardes qui bougeaient au travers des arbres qui bordaient un autre jardin. Mais avec les lumières éteintes dans la chambre de Jaibriol et dans les jardins en dessous, le balcon et le treillis restaient dans l'obscurité.

Il me fallut seulement quelques secondes pour me glisser dehors et descendre le treillis. Je m'avançai discrètement le long des murs de la villa, cachée dans les ombres. Quand la voie fut libre, je traversai la rue en courant dans le parc plein de ténèbres.

Chapitre 5

Refus

Il était minuit passé quand je revins à l'hôtel. Un agent de police allié attendait à la réception près du comptoir. Dès que j'entrai, elle vint jusqu'à moi et me demanda.

— Navarhos Valdoria ?

Je la regardai sans comprendre, trop fatiguée pour me débattre avec mes programmes de traduction.

Après un moment, elle tenta :

—¿ Español ?

— Un poco, dis-je.

— Ist Deutsch besser ?

Comme je continuais à la dévisager, elle ajouta :

— How about English ?

— Yes, répondis-je, non pas parce que mon anglais était meilleur que mon espagnol, mais surtout parce que je ne voulais pas rester à la réception toute la nuit.

— Êtes-vous la Principale Valdoria ? me questionna-t-elle, en anglais.

— Yes, confirmai-je.

— Je crains que je doive vous arrêter, Principale.

— Impossible.

Ce n'était pas précisément vrai, même si j'espérais que cela la déstabiliserait. Elle devait savoir que d'après la loi skolienne, aucun Jagernaute ne pouvait être arrêté ; les Alliés en avaient fait toute une histoire pendant leurs négociations avec nous. *Personne n'est au-dessus de la loi.* Ils aimaient cette phrase. Mais c'était leur phrase, pas la nôtre. Si un Jagernaute contrevenait aux lois skoliennes, les autorités civiles ne pouvaient rien faire de plus que déposer une plainte auprès des Forces Spatiales Impériales. Cela ne signifiait pas forcément que nous nous en sortions ; les FSI nous obligeaient à nous conformer à un code d'honneur qui garantissait que nous n'enfreignions les lois que si cela s'avérait nécessaire pour protéger l'Imperium. C'était une affaire militaire, et ça ne concernait pas la police civile.

Bien sûr, c'était la loi skolienne. Mais actuellement, j'étais en territoire allié.

— Je suis désolée, Principale, s'excusa l'agent, toujours en anglais. Mais la section 436, partie G, paragraphe 16 du Traité MilCap Allié-Impérial autorise l'arrestation et l'extradition de tout Jagernaute impérial reconnu coupable d'infractions des…

— D'accord, concédai-je en grognant.

Puis je l'interrogeai du regard.

— Les menottes ?

— Non, je ne crois pas que ce sera nécessaire.

Elle me lut mes droits, tout ce que je dirais pourrait et serait utilisé contre moi, etc. Le concierge de nuit au comptoir regardait toute la scène avec curiosité. L'histoire aurait probablement fait tout le tour de la ville demain : une Principale impériale saccage la villa d'un Highton. J'espérais juste qu'ils n'en tireraient pas un de leurs satanés films de Jagernaute fou furieux.

L'agent de police m'amena jusqu'au poste dans son aéromobile. L'écran qui séparait le compartiment avant de l'arrière crépitait de temps en temps, comme un choc électrique. Les manettes de sortie avaient été enlevées à l'arrière, de sorte que l'intérieur se limitait à une cavité sphérique lisse avec un seul siège sur lequel j'étais assise. L'agent avait attaché un filet de prisonnier autour de moi, s'excusant au sujet des « règlements » pendant qu'elle me ligotait dans son étreinte étouffante.

Je me sentais idiote. Je me demandais ce qu'elle ferait si je lui disais que j'étais une héritière Rhon. Mais je subirais alors les sermons de mon demi-frère pour avoir utilisé mon titre pour contourner un traité Impérial-Allié.

Les policiers au poste se montrèrent extrêmement courtois pendant qu'ils m'inculpaient d'effraction, de coups et blessures, de dégâts matériels et de violation d'ordinateur. C'était étrange. Certes, j'étais une Principale, mais j'avais quand même largement outrepassé leurs lois. Pourtant, ils semblaient presque approuver mes actes.

Ils prirent des clichés holos de moi, ainsi que mes empreintes digitales, mon schéma rétinien et même un échantillon de tissus pour analyse chromosomique. Puis ils me mirent dans une salle où cinq autres personnes patientaient, toutes des femmes aux cheveux noirs qui portaient des tenues de cuir moulantes ressemblant à mon uniforme. Une policière nous aligna devant une grande glace murale qui nous montrait nos reflets. Quand je mis mes mains dans mes poches et secouai la tête pour marquer mon incrédulité amusée, les cinq autres femmes dans la rangée m'imitèrent. Tout cela semblait surréaliste.

Je ne pouvais pas voir au travers de la glace, mais j'étais prête à parier que ceux qui se trouvaient de l'autre côté pouvaient nous voir. J'essayai de me détendre pour laisser mon esprit sonder le mur et ce qu'il dissimulait. Je sentis plusieurs personnes, mais seulement vaguement, et aucune n'était un psion.

Puis je touchai un vide.

C'était le garde de Jaibriol, celui qui avait des donneurs. Le gouffre dans son esprit était moins menaçant que celui d'un vrai Aristo, mais il me donnait quand même l'impression que des insectes rampaient sur moi. Et il était *en colère*.

Je me retirai comme une biche craintive qui fuit le chasseur. En m'échappant, j'envoyai au garde une image mentale très claire d'une autre femme de la rangée. Mais j'étais quasiment sûre que c'était trop tard et qu'il m'avait déjà identifiée.

Ils m'emmenèrent ensuite voir le commissaire, un homme corpulent dont les cheveux coupés ras semblaient surgir de sa tête comme des épines. Ils étaient taillés à plat sur le dessus, lui donnant l'air d'une brosse à poils durs. Il me parla dans une langue que je ne comprenais pas. Elle ressemblait à celle utilisée en premier par l'agent de police qui m'avait arrêtée. Quand je secouai la tête, un agent derrière lui se pencha vers lui et parla à voix basse.

Le chef acquiesça.

— Vous parlez anglais ? me demanda-t-il.

— Un peu, répondis-je.

— Comment saviez-vous où le Seigneur Kyr résidait ?

Le Seigneur Kyr ?

— Le Highton ?

— L'homme dont vous avez criblé la maison.

Ma jonction nerveuse me proposa plusieurs traductions de « cribler », notamment « mot anglais pour tirer de nombreuses balles dans ». Le commissaire devait parler de ce que j'avais fait à la villa. La villa du « Seigneur Kyr ». Ainsi donc, Jaibriol voyageait sous un faux nom. Forcément, il aurait été fou d'annoncer qu'il était l'héritier de l'Empereur.

— Donneur me dire où, baragouinai-je. Je son esprit voir.

Non, c'était atroce. Mon anglais était encore plus embrouillé cette nuit que d'habitude. J'ouvris mon traducteur et répétai ce qu'il me disait de dire :

— J'ai trouvé l'emplacement dans l'esprit du donneur de son garde.

— Je vois.

C'était visiblement la réponse que le commissaire attendait. Apparemment, les Alliés acceptaient plus la télépathie qu'ils ne l'admettaient ouvertement. Mais avait-il prévu ma réponse ? Il n'avait aucun moyen de savoir que le garde avait des donneurs à moins que le garde ne le lui ait dit, et je ne pouvais pas imaginer un Troqueur parlant de ses domestiques à la police alliée.

— Que vous a-t-elle dit ? demanda le commissaire.

— Le donneur ? m'étonnai-je.

— Oui.

Elle ? Je vérifiai avec le traducteur, mais il confirma ce que je pensais : elle se référait à une femme. Mais le premier donneur que j'avais atteint était un garçon. Et je n'avais parlé ni à la fille, ni à lui. Est-ce que le commissaire essayait de me poser des questions piège ? Où avait-il eu ces informations ? Le garde n'avait aucun moyen de savoir que j'avais contacté son donneur. Même si Jaibriol avait parlé à la police en personne, ce dont je doutais, il ne savait pas non plus que j'avais été en contact avec les donneurs. Je n'étais même pas certaine que les donneurs eux-mêmes le sachent.

Mais je ne sentais aucune volonté de tromperie chez le commissaire, il voulait seulement vérifier les faits. Donc je dis :

— Je ne parle pas aux donneurs. Je touche l'esprit du garçon. Fille ensuite.

Il hocha la tête.

— C'est ce qu'ils nous ont dit.

Ils ? Il leur avait parlé ? Comment ?

— Eux bien?

— La fille va mieux que le garçon, expliqua-t-il. Elle pourrait quitter l'hôpital maintenant si elle le souhaitait. Mais elle ne veut pas être séparée de son frère.

Il s'arrêta.

— Ils aimeraient vous voir. Je crois qu'ils veulent vous remercier.

Pas étonnant que le garde de l'Aristo ait été en colère. Si ces donneurs étaient dans un hôpital de Délos, ils étaient en territoire neutre et il ne pouvait pas les forcer à revenir avec lui. Mais pourquoi voulaient-ils me remercier ? Je ne les avais pas conduits à l'hôpital.

Puis je me rendis compte que, dans le chaos que j'avais créé à la villa – avec les gardes me recherchant et le système de sécurité détraqué –, les donneurs avaient pu s'enfuir.

— Oui, acceptai-je. Je vois eux.

L'hôpital était à dix minutes de marche du poste. Les rues de nervoplex étaient assoupies maintenant et restaient calmes sous nos pieds, sans aérocirculation. Même la lumière des réverbères semblait plus douce. La grande lune avait dépassé le zénith de sa trajectoire dans le ciel et redescendait vers l'horizon, son disque diffusant une lueur orange pâle sur la cité en sommeil.

Pendant que nous marchions, je regardai le commissaire.

— Les donneurs – eux viennent de Tams ?

— Pas à l'origine. Leurs parents étaient des serviteurs pris sur Tams il y a plusieurs années, avec tout le personnel de maison d'un Aristo.

— Donc ces donneurs, ils sont nés serviteurs?

— C'est tout ce qu'ils ont connu, grimaça le commissaire. Par le Christ, ils peuvent à peine parler. Apparemment, même quand ils en ont eu la chance, ils ont presque failli ne jamais lever le camp.

Il me regarda un instant.

— Il leur a fallu beaucoup de courage pour faire ce qu'ils ont fait.

— *Traduction de « lever le camp »,* pensai-je.

— **Dans le contexte présent, cela signifie : prendre la fuite**, répondit ma jonction nerveuse.

Pas étonnant que le chef dise qu'ils avaient du courage. C'était un euphémisme. Pour ne serait-ce que penser à s'échapper, ils avaient dû briser des années de conditionnement.

— Vous les aidez ? demandai-je.

Il fit oui de la tête.

— Quand le garçon sortira de l'hôpital, nous les enverrons sur Terre. Ils auront une famille d'accueil là-bas, et de quoi les aider à s'adapter.

Au moins un peu de bien sortirait du chantier que j'avais fait ce soir. À présent, les donneurs avaient un refuge, ou plutôt un sanctuaire, pour reprendre ce mot que les Alliés aimaient tant. La Terre ne prenait pas parti dans la guerre entre mon peuple et les Troqueurs, offrant asile à tous ceux qui avaient une bonne raison de le demander. Ce sanctuaire m'avait toujours paru être un très bon moyen pour les criminels impériaux d'échapper aux autorités. Mais ce soir, je voyais les choses différemment.

Les donneurs étaient dans une chambre privée de l'hôpital. Je les reconnus dès que les médecins me firent entrer dans la pièce. Ils avaient l'air de vrais jumeaux, ayant tous les deux environ dix-huit ans. Le garçon était couché sur le lit et la fille était assise sur une chaise près de lui, lui montrant un hololivre. Ils sursautèrent quand la porte s'ouvrit, leur visage devenant blême.

J'hésitai sur le seuil, puis j'entrai.

— Salutations.

Je parlais eubien, le langage de la caste des serviteurs. Il portait le nom d'Eu'be Qox, arrière-grand-père de Jaibriol et premier empereur. Eubée était aussi le nom que les Troqueurs utilisaient pour désigner leur empire, le Concordat d'Eubée. Ce nom était une de leurs créations les plus spécieuses. Je doutais fortement qu'aucune des planètes qu'ils avaient conquises n'ait jamais senti beaucoup de « concorde » avec leurs maîtres imposés.

La fille me regardait avec des yeux pareils à des coquillages pâles. Son frère se redressa lentement sur le lit. Il portait un pyjama, mais je voyais les marques sur ses poignets et je savais que c'était pire sous ses vêtements. Je ne voulais pas imaginer ce que son propriétaire lui avait fait – et le mot « propriétaire » était le terme exact, malgré les tentatives des Aristos pour convaincre le reste de l'univers que leurs donneurs étaient leurs « sujets favoris » plutôt que leurs esclaves.

Le jeune garçon parlait avec un certain manque d'assurance.

— Êtes-vous celle qui est venue à la villa ?

Je fis oui de la tête.

— Je suis contente que vous vous en soyez sortis.

La fille s'excusa :

— Nous sommes désolés de vous avoir causé autant d'ennuis.

Je ne pouvais pas croire qu'ils me présentent des excuses.

— Je suis désolée de ne pas avoir pu venir plus tôt.

Disons dix-huit ans plus tôt.

— Nous ne causerons plus d'ennuis, m'assura la fille.

J'avalai ma salive.

— Vous n'avez fait aucun problème.

Plus je leur parlais, moins je me sentais bien. Ils continuaient à s'excuser. Leurs esprits étaient ouverts, sans protection ; je voyais leur honte d'avoir été des donneurs, d'avoir provoqué tant d'histoires et même simplement d'exister. Dire qu'ils n'avaient aucun amour-propre était l'euphémisme du siècle. Les marques que le garde avait laissées sur eux étaient bien plus profondes que les cicatrices sur leur peau.

Est-ce que le requinqueur que j'avais vu il y a dix ans, après mon expérience avec Tarque, ne m'avait pas dit quelque chose de ce genre ? Je ne voulais pas y repenser.

Après que nous eûmes quitté l'hôpital, la police me relâcha. Ils auraient pu m'extrader pour avoir enfreint leurs lois, mais ils semblaient n'avoir aucune intention de le faire. J'avais le sentiment que celui qu'ils voulaient extrader était le garde qui m'accusait.

En rentrant à pied à l'hôtel, je ruminai mes pensées. Comment allais-je gérer le fait de savoir que le seul humain vivant qui pourrait être mon âme-sœur Rhon incarnait tout ce que je détestais le plus ? Je me demandai si le père de Jaibriol comprenait l'ironie de la situation, et qu'en fabriquant l'arme ultime destinée à détruire mon peuple, il avait créé quelqu'un de bien, un être remarquablement honnête et droit.

La vie de Jaibriol, une fois qu'il assumerait officiellement son statut d'héritier de l'Empereur, serait un enfer. Il devrait vivre comme un Highton, piégé au milieu d'un peuple qui le dégoûterait. Pour survivre, il allait devoir devenir, en apparence, exactement comme eux. Si jamais ils apprenaient la vérité, ils se retourneraient contre lui d'une façon telle que la vie des deux donneurs que je venais de voir semblerait douce en comparaison. Qu'allait-il arriver à Jaibriol quand il comprendrait son véritable avenir ?

Je connaissais déjà la réponse. Je l'avais vu chez mon demi-frère Kurj, et peut-être même chez moi. La capacité de l'âme humaine à s'endurcir n'avait pas de limite.

Mais je ne voulais pas imaginer ce que Jaibriol allait devenir. Je voulais me souvenir de lui tel que je l'avais connu cette nuit. Peut-être garderait-il assez de son humanité pour qu'un jour, l'imperator skolien et lui s'asseyent à la table des négociations pour la paix. Il était le seul empereur Highton que je pouvais imaginer discuter sincèrement de la paix avec nous. Et c'était une raison de plus pour laquelle je ne pouvais pas révéler ce que j'avais appris à son sujet ce soir.

Je « connaissais » Jaibriol parce que j'avais fusionné avec lui. C'était une expérience que mon demi-frère Kurj ne partagerait jamais. Même dans le cas extrêmement improbable où l'occasion se présenterait, Kurj n'y consentirait jamais. Et sans cela, il ne pourrait jamais comprendre ma conviction que Jaibriol était notre unique chance de mettre un terme à cette guerre sans la perdre. Le père et le grand-père de Jaibriol l'avaient créé pour arrêter la guerre, c'était certain, mais pas pour faire la paix. Si Kurj apprenait jamais qu'Ur Qox avait engendré un héritier qui pourrait prendre le contrôle du Réseau skol, il ne s'arrêterait pas avant de pouvoir contempler le corps sans vie de l'héritier Highton, de préférence après que Jaibriol aura souffert d'une lente agonie.

Je pouvais fermer mon esprit pour cacher ce que je savais. Mais cela creuserait un fossé entre moi et tous ceux que j'aimais. Rex saurait que quelque chose n'allait pas. Il ne devinerait jamais la vérité, mais il saurait que quelque chose avait changé.

Il faisait toujours sombre, quand, bien après minuit, je rentrai dans le hall de l'hôtel, décoré de velours et de dorures. Comme je passais devant le comptoir de la réception, l'employée releva la tête de l'hololivre sur lequel elle s'était assoupie.

— Excusez-moi, madame, bailla-t-elle en anglais.

Elle fouilla sous le comptoir et en retira une enveloppe.

— On a livré ça pour vous il y a environ une heure.

Qui, sur Délos, pouvait m'envoyer un message au beau milieu de la nuit ? Je pris l'enveloppe.

— Merci.

En me dirigeant vers les escaliers, j'ouvris l'enveloppe en déchirant le bord. Le message, écrit à la main, disait : *Je dois te parler. Viens sur le quai quatre sur le port.* Il n'y avait pas de signature.

Mince. J'étais crevée. La dernière chose que j'avais envie de faire maintenant était d'aller me promener au port. Je revins à la réception où l'employée s'était replongée dans son livre.

— Mademoiselle ?

Elle rouvrit les yeux.

— Oui ?

Je lui montrai l'enveloppe.

— Qui porte ça ?

Elle me regarda d'un air fatigué.

— Pardonnez-moi ?

Je ne comprenais vraiment pas pourquoi les Alliés demandaient qu'on les pardonne quand c'était vous qui étiez incompréhensible.

— Ce message, repris-je. Qui le porte ici ?

— Un homme. Je ne sais pas qui c'était.

— Comment il ressemble ?

— Cheveux noirs. Yeux sombres. Il avait un accent turc.

— Que veut dire turc ?

Elle sourit.

— La Turquie est un pays sur Terre.

Pourquoi un Terrien voudrait me rencontrer sur le dock éloigné d'un port maritime ? C'était fou. Je devais plutôt monter me coucher. Mais je n'allais pas pouvoir dormir tant que je n'aurais pas découvert ce qu'il voulait. Donc je retournai dehors.

Il me fallut dix minutes pour atteindre le port, qui se situait dans une baie au sud-ouest des Arcades. Les brisants roulaient sur des coraux tranchants dont les pointes surgissaient de l'eau, certaines de quelques centimètres seulement, d'autres aussi hautes que moi, d'autres encore s'élevant dans les airs sur plus de dix mètres de haut. Des étincelles apparaissaient quand des insectes luminescents voletaient dans le corail, ajoutant leurs sécrétions corporelles à l'édifice comme les squelettes des animaux marins s'ajoutaient à la partie immergée. Des éclats phosphorescents bondissaient hors de l'eau, bleu et vert, violet et rose, avec des éclairs jaunes. Les vagues accumulaient leur écume autour des pointes de corail et les éclaboussures étaient projetées bien haut. Des portes, des arches et des canaux s'étaient formés dans le corail, autant de passages permettant aux plus grands chalutiers d'entrer dans la baie.

La lune restait suspendue à l'horizon comme un grand portail orange qui flottait sur la mer, assez grand pour avaler toute une flotte de navires. L'odeur de l'iode était si forte que je pouvais presque sentir le sel se condenser sur mes lèvres. Le doux parfum des algues-dentelles me chatouillait aussi les narines. Les feuilles de ces plantes délicates recouvraient tout, parsemées de minuscules insectes bioluminescents, rejetées par les vagues ou entraînées sur les quais par les dockers qui travaillaient près des cargos.

La plupart des quais étaient dans l'obscurité maintenant. Quelques-uns étaient vides, d'autres étaient flanqués par un des navires qui gémissaient quand le vent les poussait. Des lampes éclairaient le quai vingt-sept où une équipe de dockers chargeait des marchandises sur un cargo aux voiles faites en nervoplex violet fluorescent. Des grues balançaient des caisses au-dessus de l'eau jusqu'aux soutes du bateau pendant que les dockers musclés, avec leur casquette bleue et leur chemise rouge, se criaient des ordres les uns aux autres.

Le quai quatre était à l'extrémité du port. Il était enveloppé de ténèbres et d'un silence brisé seulement par le clapotis des vagues contre les pilotis. Je m'avançai sous le quai, dissimulée dans l'ombre. Je commençais à avoir froid, assez pour m'envelopper dans ma veste et la fermer. Les vagues tournoyaient autour de mes bottes, l'eau recouvrant le sol puis se retirant pour ne laisser qu'une couche de sable gemme qui brillait d'éclats bleu et or à la lueur de la lune.

— Sauscony ?

Je m'arrêtai. Une grande silhouette se tenait contre un pilier. Son col était remonté et une capuche couvrait sa tête, mais je le reconnus malgré tout. Je ne pensais pas qu'il m'avait entendu approcher, et pourtant il regardait droit à l'endroit où je m'étais cachée.

— Jaibriol ? appelai-je.

Il s'approcha, enlevant sa capuche. Dans l'ombre, quand je ne pouvais pas voir qu'il avait les yeux rouges et les cheveux brillants, il paraissait encore plus beau qu'avant.

— Je commençais à croire que tu ne viendrais pas, souffla-t-il.

Je lui tendis l'enveloppe.

— Je viens juste d'avoir ton message. Depuis combien de temps m'attends-tu ?

— Une heure.

Depuis si longtemps ? Pourquoi ?

— L'employée m'a dit qu'un Terrien l'a apporté.

— Je suis venu ici dans le noir pour que personne ne me reconnaisse. J'ai payé quelqu'un pour porter le message.

— Mais comment es-tu sorti de la villa sans alerter tes gardes ? Le cyberverrou n'est pas activé ?

— Je les ai convaincus de le laisser débranché pendant quelques heures encore.

Puis il ajouta sèchement :

— Je commence à devenir assez bon pour ça. Si Rak n'est pas là.

Il grimaça.

— Rak insiste toujours pour activer le champ. Je crois presque qu'il aime voir que ça me rend malade.

— Rak est bien le garde qui a les deux donneurs ?

— Qui les *avait,* corrigea-t-il. Ils se sont enfuis.

Je soupirai.

— Il doit aimer voir que tu as mal, même s'il ne s'en rend pas compte consciemment. Tu dois mieux fermer ton esprit avec lui.

Pendant un moment, il m'observa sans rien dire. Puis il reprit :

— Tu me dis que les Aristos sont des sadiques. Tu me montres des horreurs. Et les donneurs de Rak refusent de rentrer. J'aimerais ne pas croire que…

Il s'arrêta.

— Mais quoi que tu dises, mon *garde* n'est pas un Aristo.

— Il a du sang aristo, expliquai-je. Probablement plus que tu n'en as.

La colère le saisit.

— Tu insultes ma lignée sans même penser à ce qu'elle représente pour moi.

Je posai ma main sur son bras.

— Je suis désolée. Mais c'est la vérité.

Quand je le touchai, il se crispa. Puis il soupira, comme en signe de capitulation, et m'attira dans ses bras. Ce fut moi qui me crispai, cette fois. Mais le sentir, sa chaleur, sa fermeté, contre moi, tout cela était beaucoup trop. Je posai ma tête contre sa poitrine et je passai mes bras autour de sa taille. Il baissa la tête, cherchant mon visage avec une maladresse surprenante. Sa prodigieuse intelligence et ses manières Highton le faisaient paraître plus vieux, assez pour que je finisse par oublier qu'il avait à peine vingt ans, et qu'il avait passé toute sa vie seul.

Dès qu'il m'embrassa, j'oubliai son âge. Nos esprits commencèrent à fusionner à nouveau, se fondant en une intimité qui ralluma mon désir pour lui comme le feu enflammant l'huile.

Puis l'image de Rex apparut dans mon esprit. Mon désir pour ce que Jaibriol pouvait me donner n'était pas important. J'avais fait une promesse à Rex.

Je le repoussai.

— Je suis désolée.

D'abord, il ne voulut pas céder. Puis finalement, comme je ne répondais pas à ses tentatives, il baissa les bras.

— J'espère que ce Rex est conscient de la chance qu'il a.

— Je n'aurais pas dû venir.

— Reste. S'il te plaît.

Il fouilla dans sa poche et en sortit une carte. C'était un V-script, l'enregistrement écrit d'un télégramme virtuel reçu par son ordinateur.

— J'ai reçu ça, il y a deux heures. Je voulais que tu m'expliques ta version de ce qu'il dit.

Je pris la carte et je me figeai. Le sceau était, sans erreur possible, celui de son père, l'empereur Qox. L'en-tête indiquait que le message avait été décodé par la console de Jaibriol, donc il devait avoir été envoyé secrètement. L'Empereur ne souhaitait certainement pas qu'une Jagernaute impériale le lise.

Le message était court : *J'briol – j'ai envoyé des étendards pour régler la situation sur Tams. Va sur place pour superviser.*

Je fermai les yeux, puis les rouvris et relus le texte pour être sûre que je l'avais bien compris. Un « étendard » était un croiseur de guerre avec sa flotte de vaisseaux de combat.

— Qu'est-ce qu'on t'a dit que ça signifiait ?

— Rien. Mais je peux deviner. Régler la situation doit signifier qu'il compte les intimider, peut-être même faire feu sur la planète.

Il parlait sans contrainte, divulguant volontiers des informations à un officier ennemi sans même utiliser le ton prudent que je l'avais entendu employer avec tous les autres.

— Mon père veut que j'aille là-bas à temps quand les choses seront réglées pour constater de moi-même comment on gère un problème comme Tams.

Sa voix était pleine de dégoût pour lui-même.

— Je ne suis pas un bon héritier. Je crois qu'il veut que cela change, à partir de maintenant.

— Tu estimes que Tams est un problème.

— Oui.

Je serrai le poing, froissant le V-script.

— Ce « problème » est causé par des gens désespérés et terrifiés par les conquérants Highton.

— Sauscony.

Il me saisit par les épaules.

— Tu vois la situation avec tes préjugés. Je sais que tu les crois. Mais je vois les choses différemment.

Je me dégageai et m'écartai, me demandant si je ne devais pas le détester malgré tout.

— Alors regarde ça, maudit Highton.

Je lui enfonçai la carte dans la main.

— Nous avons déjà intercepté des messages codés de ce genre. Tu sais ce que « régler » la situation signifie ? Ces vaisseaux de guerre vont détruire l'atmosphère de Tams.

— Comment peux-tu croire un tel mensonge ?

— Mensonge ?

Je voulais le secouer.

— Je l'ai *vu* de mes yeux. Ton père l'a déjà fait sur CJ4 et Bullseye quand les gens y ont renversé les seigneurs aristos.

Sa colère se raviva.

— Les gens de CJ4 se sont détruits eux-mêmes avec leurs armes chimiques. Je n'ai jamais entendu parler de Bullseye. C'est sans doute une création de vos ministres de la propagande.

— Je n'ai pas besoin de te convaincre, fis-je calmement. Ta vie a sans doute été préservée, mais tu n'es pas un idiot. Dès que tu vivras comme un Highton, tu connaîtras la vérité. Tu dois déjà la soupçonner, malgré tout ce que tu dis, ou bien tu ne m'aurais jamais demandé de venir ici cette nuit.

Il n'y avait pas d'arrogance dans sa voix, seulement de la douleur.

— Si mon père me dit la vérité, je dois croire que tu es un monstre. Je devrais te tuer avant que tu n'aies une chance de devenir l'imperator de Skolia. Si tu me dis la vérité, alors mon père est un monstre et c'est lui que je devrais tuer.

Il fit un geste d'impuissance.

— Tuer quelqu'un que j'aime ? Je ne pourrai jamais m'y résoudre. Pas mon père. Pas toi.

Je le dévisageai.

— Comment peux-tu croire que tu m'aimes ? Tu ne me connais que depuis quelques heures à peine.

— Nous nous sommes connus depuis que nous sommes nés, toute notre vie durant.

Il caressa ma tempe.

— Nous les avons vécus ensemble cette nuit.

Je repoussai sa main. Il avait tort. Je ne pourrais jamais aimer le fils de l'Empereur des Troqueurs. C'était un mensonge.

Jaibriol continua, doucement :

— Ça ne va pas s'arrêter, Sauscony. Tes refus n'y changeront rien : nous allons vivre avec ce qui s'est passé cette nuit pour le restant de nos jours. Si je deviens empereur et que tu deviens imperator, alors nous devrons vivre avec, même si nous devons jurer de détruire ce que l'autre chérit le plus.

— Tu ne chériras pas ce dont tu vas hériter. Tu détesteras tout ce que cela incarne. Et tu vivras dans la terreur, sachant qu'il suffirait d'un souffle pour que tu en deviennes la victime.

— Si c'est vrai, alors je ferais changer les choses.

— Changer ? Par les dieux, Jaibriol. La structure de ton empire est fondée, à la base même, sur le besoin des Aristos d'avoir des donneurs. Ce n'est pas un problème social que tu peux résoudre, ou quelques personnes mal-intentionnées qu'il faut limoger. Tu ne peux pas faire cesser leur besoin de donneur, pas plus que tu ne peux éliminer leur besoin de sommeil ou de nourriture. Essaie, et ils te crucifieront.

Il serra le poing.

— Tu as tort.

Je parlais avec compassion.

— Je suis désolée de ce que ta vie va devenir. J'aimerais pouvoir changer cela.

— Je ne veux pas de ta pitié. Je te veux toi.

Son désir était trop intense. Je pouvais presque le toucher, cette douleur d'un humain privé de tout contact humain pendant son existence, d'un enfant privé d'amour depuis sa naissance. Et je le désirais tellement que j'en avais mal. Mais si je le reconnaissais, même ici où personne sinon lui et moi ne le saurions, je ne pourrais plus jamais regarder en face les autres personnes que j'aimais.

— Je ne peux pas rester avec toi, décidai-je.

Il inspira lourdement et dit, avec son accent Highton le plus froid :

— Alors va-t-en.

Je ne sais comment, je trouvai la force de me retourner et de m'éloigner dans l'ombre.

Chapitre 6

L'escadron Zabo

Je rentrai en courant à l'hôtel, appelant mentalement Rex, Helda et Taas. *Debout. TOUT DE SUITE.* Quand j'arrivai dans l'entrée, Rex dévalait l'escalier qui s'étalait comme la traîne d'une robe de mariée rouge sang. Je passai rapidement devant l'employé endormi et j'allai à la rencontre de Rex, à mi-chemin dans l'escalier.

— J'ai découvert pourquoi l'Aristo est là.

Je m'arrêtai, essoufflée d'avoir couru.

— C'est le fils de Qox.

Rex me regarda avec des yeux ronds.

— Quoi ?

— L'héritier.

Maintenant que je le disais tout haut, je réalisais à quel point cela semblait incroyable.

— Cet homme que nous avons vu – c'est l'héritier Highton.

Helda et Taas apparurent dans le couloir en haut des escaliers, dépassant l'angle juste à temps pour entendre ma déclaration. Ils descendirent jusqu'à Rex et moi en deux secondes.

— Il s'appelle Jaibriol, affirmai-je. Jaibriol Qox.

Je les regardai tour à tour.

— C'est pour cela que Rex et moi trouvions qu'il avait l'air familier. Il ressemble à son grand-père.

— Comment as-tu découvert tout ça ? demanda Helda.

— J'ai trouvé où il résidait. Je suis rentré dans son système informatique. Son père lui a envoyé un message codé au sujet de Tams.

— Tu as été bien occupée, plaisanta Rex.

Je fis une grimace.

— J'ai été arrêtée, prise en photo pour mon dossier criminel, j'ai été alignée avec cinq clones, interrogée par la police la plus polie au monde et je suis passée à l'hôpital pour voir deux donneurs qui se sont échappés quand j'ai pénétré dans la villa de Qox. Ils ont demandé asile aux Alliés.

— Tu as fait tout ça en une seule nuit ? s'étonna Taas.

Helda sourit.

— Pourquoi as-tu besoin de nous, Soz ?

Je pris une longue inspiration.

— Parce que Ur Qox est sur le point de submerger Tams.

— Qu'est-ce que ça veut dire ? demanda Taas.

— Sur Bullseye, il l'a fait en convertissant une partie de la lune de la planète en hydrogène. Sur CJ4, il s'est servi d'un astéroïde. Ils déversent l'hydrogène dans l'atmosphère et utilisent des décharges gigantesques pour le faire réagir avec l'oxygène et créer de l'eau.

Je grimaçai.

— Il va pleuvoir sur Tams comme jamais. Quand ce sera fini, il ne restera plus d'oxygène dans l'atmosphère et la surface sera inondée.

Je pensai aux textes religieux de la Terre que j'avais lus. Quand Lucifer se prenait pour Dieu, personne ne survivait.

Les muscles de la mâchoire de Rex se crispèrent. Lui et moi avions accompagné le bataillon qui avait découvert ce qui restait de CJ4. Tous les enregistrements de ce que nous avions trouvé avaient été gardés confidentiels par les FSI. Nous voulions éviter la panique, car les citoyens de Skolia réaliseraient que si Qox éliminait nos fragiles défenses, il pourrait détruire nos mondes de la même façon qu'il avait détruit les siens.

— Quand cela va-t-il se produire ? interrogea Helda.

— Il a envoyé les étendards, expliquai-je. Mais je ne pense pas qu'ils soient déjà sur place.

— Nous devons prévenir Tams, s'enflamma Taas. Leur dire d'évacuer.

Rex, à voix basse, répondit :

— Évacuer avec quoi ?

Efficace. C'était le mot que Rex avait utilisé pour qualifier le sabotage troqueur sur Tams, que Comtrace nous avait raconté. Je me rendais compte seulement maintenant à quel point cette évaluation était juste. Comment faire évacuer Tams sans vaisseau en fonctionnement ?

Taas se tourna vers Rex.

— Même sans leurs usines, ils doivent quand même essayer de réparer les moteurs de leurs vaisseaux.

— Les réparations ne sont pas le plus grand problème, rappela Rex. Ce sont les Intelligences Évolutives de pilotage des vaisseaux.

J'acquiesçai.

— Tams est une station minière. Ils n'ont pas l'expertise nécessaire pour programmer de zéro un pilote IE.

— Nous pouvons leur en envoyer, suggéra Helda. Nous pouvons en faire à partir des IE de nos propres vaisseaux.

— Oui, fit Taas en se raidissant comme s'il se préparait pour un décollage. Nous pouvons les mettre dans des drones robots et coordonner leur lancement depuis la plate-forme armée de défense du secteur E.

Rex les regarda d'un air songeur.

— Si les drones ne passent pas, nous n'aurons pas le temps de faire un autre trajet avant l'arrivée des étendards troqueurs.

— Les rebelles contrôlent les défenses au sol, répliqua Taas.

— Même ainsi, fit Rex, les défenses orbitales ne sont pas négligeables. Et nous devons réussir du premier coup. Une fois que les étendards seront là, rien ne passera.

Ils me regardèrent. Je savais quelle décision ils voulaient entendre. La guerre avait horriblement évolué, bien au-delà des capacités humaines pour lutter. Bien que des drones avec des pilotes IE ne puissent pas surpasser un esprit humain quand il s'agissait d'innover, aucun humain ne pouvait survivre face aux capacités d'un drone qui calculait presque aussi vite que la lumière et qui pouvait résister à des accélérations monstrueuses.

À part un Jagernaute.

Le lien supérieur entre nos cerveaux et nos vaisseaux projetait nos esprits dans l'IE du vaisseau. Ajoutez à cela les progrès de la technologie de la stase et vous obteniez au final une arme avec la rapidité et l'endurance d'un drone, et les capacités de raisonnement supérieures d'un être humain.

— Nous sommes le seul escadron dans ce quadrant, méditai-je.

— Quand partons-nous ? s'impatienta Taas.

C'était tout. Personne n'évoqua nos chances de réussite quasi-nulles. Ils attendaient juste ma réponse, attendaient de me suivre dans ce combat que nous ne pouvions pas remporter. Même si nous arrivions jusqu'à Tams, ils n'auraient aucun moyen d'évacuer à temps.

Les pensées de Rex arrivèrent jusqu'à moi.

— *Si nous pouvons sauver ne serait-ce qu'une seule vie, cela vaut le coup.*

— *Rex...*

Je ne sais comment, je dissimulai mes pensées. J'avais eu tellement peur que ce qui était arrivé cette nuit détruise ce que je ressentais pour lui. Mais dès que ses pensées touchèrent les miennes, je sus que notre lien était plus fort que jamais. C'était Rex, qui m'avait accompagné pendant des années, plus qu'un ami, bientôt un mari. Maintenant, je devais faire ce que j'avais promis qu'il n'arriverait jamais – envoyer au combat l'homme que j'aimais. Oui, je l'avais fait pendant des années, mais je n'avais reconnu ouvertement cette vérité que ce soir.

Ils me regardaient tous, attendant les ordres.

Je pris une grande inspiration.

— D'abord, nous envoyons un rapport au quartier général.

Je ne croyais pas que des renforts pourraient atteindre Tams à temps, mais nous devions essayer.

— Puis nous partons.

Plusieurs heures avant le lever du soleil, nous franchissions le portail de l'astroport. Nos vaisseaux nous attendaient près du terminal. C'étaient des vaisseaux spatiaux Jag, ces appareils monopilote auxquels les Jagernautes devaient leur nom. Techniquement, le vaisseau s'appelait le chasseur JG-17 et le nom Jag venait du « jag éclair », le surnom que les pilotes d'essai avaient donné au prototype, le JG-1.

Les vaisseaux étaient posés sur le tarmac, immobiles, pareils à des sculptures en albâtre. Au sol, ils étaient tout allongés, leurs ailes étendues. En vol, ils changeaient de forme selon nos besoins : les ailes déployées pour les vitesses subsoniques, ailes repliées contre le corps pour les vols hypersoniques, une forme plus ronde pour minimiser la surface de contact pendant les vols interstellaires, d'autres arrondis pour la discrétion ou le combat. Actuellement, le fuselage était lisse, les armes dissimulées dans des compartiments protégés.

J'avançai jusqu'à mon Jag, laissant ma main glisser sur son revêtement comme un patineur sur la glace. Son fuselage était en tellérène, un matériau composite tissé de fibres microscopiques faites de molécules tubulaires de fullérène. Le tellérène était léger, résistant à l'usure, et conservait sa solidité même aux hautes températures des rentrées hypersoniques. De plus, il était auto-réparant: les extrémités d'une molécule de fullérène brisée se rattachaient toutes seules, réparant la fibre. La coque portait peu de creux, de bosses et d'autres dégâts qui survenaient en voyageant dans l'espace. Cette forme régulière était un des facteurs permettant d'optimiser ses performances. Comme leurs pilotes, les Jags étaient rares, issus d'une technologie de pointe, rapides et mortels.

Je m'arrêtai à mi-chemin entre le nez et la queue de l'appareil. Si je n'avais pas su que la minuscule prise argentée était là, j'aurais pu ne jamais la trouver sur le fuselage uni. Dès que je pressai mon poignet contre la prise, elle s'enclencha dans l'alvéole qui s'y trouvait.

— **Connexion,** signala ma jonction nerveuse.

Le sas s'ouvrit avec un bruit de succion, formant d'abord un petit trou circulaire qui s'élargit si vite en un ovale de taille humaine que les bords semblèrent miroiter. Les portes externes et internes s'ouvrirent simultanément ; Zabo avait analysé l'atmosphère extérieure et l'avait trouvé acceptable.

Pendant que je grimpai dans la cabine, le fuselage externe s'activait, luisant d'une lumière diffuse. L'habitacle était petit. L'espace libre et les cloisons étaient remplis d'équipements : des sièges cocons et une couchette, du matériel, des armes personnelles, un distributeur de nourriture, une unité de traitement des déchets, une alimentation en eau, tout ce dont j'avais besoin pour survivre dans l'espace.

Je traversai jusqu'au cockpit. Quand je touchai la membrane qui le séparait de la cabine, la matière s'ouvrit en se dilatant de la même façon que le sas, comme l'obturateur d'une holocam hyper-rapide. À l'intérieur du cockpit, je me glissai dans le siège du pilote. Il se replia autour de moi comme un gant, libérant son cocon, une trame de fibres tissées assez épaisse pour amortir les accélérations, mais pas assez pour gêner mes mouvements. Puis l'exosquelette se mit en place, m'enfermant dans un entrelacs de machines. Une visière s'abaissa devant ma tête, les données défilant sur l'écran d'affichage.

Dès que le siège s'adapta à mon poids, les écrans holos avant s'allumèrent, donnant une vue tridimensionnelle de l'extérieur du vaisseau. Le vaisseau de Rex était à tribord, ceux de Taas et Helda à bâbord. Je pouvais voir les terrains de l'astroport, avec les rampes de lancement et les pistes s'étendant au loin dans ce paysage plat.

L'appuie-tête du siège de pilote se referma autour de mon cou, son psiphon se connectant dans l'alvéole à la base de mon tronc cervical. La « voix » familière de Zabo s'éleva dans mon esprit, calme et androgyne :

— **Zabo en attente.**

— *Bien reçu*, pensai-je.

Je n'avais besoin d'aucune autre procédure de connexion, aucun code de sécurité, rien. Zabo était accordé à mon cerveau ; si quelqu'un d'autre essayait d'utiliser le Jag sans mon autorisation, il verrouillerait tous les systèmes du vaisseau.

— **Projection dans le psiber-espace**, émit Zabo.

J'entrais dans le Réseau skol en paquet d'ondes noir cette fois-ci, oscillant sur la grille comme un pic de ténèbres. Quand je traversais d'autres lueurs, elles apparaissaient à peine dans la noirceur de mon paquet. Une étincelle apparut à mes côtés, grandissant pour former un second paquet d'ondes. Celui-ci était rouge, scintillant d'éclats enflammés. Un paquet doré se matérialisa ensuite, suivi d'un vert.

— *Zaborouge présent*, pensa Rex.

— *Zaboor présent*, pensa Helda.

— *Zabovert présent*, pensa Taas.

— *Zabo, bien reçu*, répondis-je.

Notre échange à quatre se fit en une fraction de seconde.

Une psicône en forme de petit verrou clignota dans un coin de mon affichage mental. Pendant que je tournai mon attention vers elle, Zabo m'informa :

— **Écran furtif de sécurité à puissance maximale. Escadron Zabo indétectable pour autres utilisateurs.**

— *Liaison*, demandai-je.

— **Zaborouge lié**, répondit Zabo, **Zaboor lié, Zabovert lié.**

Avec les Jags pour amplifier notre connexion, je percevais Rex, Helda et Taas aussi bien que si leurs pensées murmuraient dans le fond de mon esprit. Quand je me concentrai sur la voix de Taas, son volume augmenta, révélant ses ordres mentaux à Zabovert. Je relâchai ma concentration et ses mots refluèrent pour n'être plus que des murmures. Tous leurs affichages mentaux étaient là, en arrière-plan, attendant d'être appelés si j'en avais besoin.

Il avait fallu des années de formation pour que mon esprit se discipline et que je puisse dissocier les visions, les sons, les odeurs, les goûts et toutes les sensations de cet affichage virtuel – ce que les Jagernautes appellent l'horizon mental – des perceptions de mon propre environnement. Je devais limiter mon esprit pour pouvoir former mes propres pensées au milieu de ce bruit de fond constant. La plupart des psibernautes n'y arrivent jamais, raison de plus pour laquelle il y a si peu de pilotes de Jag.

Je me frottai les tempes. Nous devions payer un tribut pour avoir ce lien : l'énergie requise pour le maintenir, autant pour nos esprits que pour les ressources des vaisseaux, limitait le cercle à quatre Jagernautes au plus. Et les humains ne pouvaient pas non plus supporter l'intensité de cette connexion renforcée pendant très longtemps. Elle nous ôtait toute intimité, pas seulement les uns vis-à-vis des autres, mais aussi face aux assauts des émotions de nos ennemis. Quand il fonctionnait, le lien Jag était un miracle. Nous pouvions communiquer n'importe où, dans n'importe quelles conditions, instantanément.

— *Prêts ?* pensai-je.

— *Zaborouge prêt*, pensa Rex.

— *Zaboor prêt*, pensa Helda.

Après un instant, je retentai :

— *Taas ?*

Encore un silence. Puis :

— *Zabovert présent.*

— *Un problème ?* demandai-je.

— *Non, juste un petit temps d'adaptation.*

Ce délai était normal pour un nouveau membre de l'escadron. Mais dans la situation vers laquelle nous allions nous envoler, il pourrait s'avérer fatal. Dans des circonstances normales, je n'aurais jamais demandé à un pilote novice de participer à cette mission. Mais nous n'avions pas le choix. J'espérais juste que son baptême de l'espace avec l'escadron ne serait pas son dernier vol.

— *Coordonnez vos tests*, commandai-je.

En faisant vérifier à chacun des vaisseaux les check-lists des autres, nous avions une quadruple procédure de tests pour nous préparer. Nous suivions les Jags dans leurs contrôles : nav, cyber, armes, com, hydraulique.

Puis Zabo ajouta :

— **Vérification des moteurs d'inversion.**

L'inversion. Même après tant d'années de familiarisation, elle avait encore le don de me fasciner. Pendant que Zabo effectuait son contrôle des moteurs, mes pensées le suivaient comme un enfant émerveillé. Nous n'avions pas franchi la barrière de la lumière – nous l'avions contournée. Pour atteindre des vélocités supraluminiques, il aurait fallu passer par la vitesse de la lumière, à laquelle la masse du vaisseau devenait infinie comparée aux objets plus lents, à laquelle sa longueur se réduisait à néant et à laquelle le temps s'arrêtait. C'était impossible. Pendant des siècles, les humains avaient su qu'aucun vaisseau ne pouvait se déplacer plus vite que la lumière.

Pendant des siècles, les humains avaient eu tort.

La solution s'avéra simple. À des vitesses supraluminiques, la masse et l'énergie deviennent des nombres imaginaires, les racines carrées de nombres négatifs. Pour atteindre l'univers supraluminique, tout ce que nous devions faire était d'ajouter une partie imaginaire à notre vitesse. Pouf. La singularité liée à la vitesse de la lumière disparaissait. Un vaisseau contournait la vitesse de la lumière comme une aéromobile quittant la route pour contourner un arbre. Sauf que pour les vaisseaux spatiaux, la « route » était l'univers réel.

Bien sûr, faire les calculs mathématiques avait été bien plus simple que de fabriquer le moteur ou que gérer les effets bizarres des voyages supraluminiques. Mais quand nos ancêtres y étaient finalement parvenus, la route des étoiles leur était ouverte.

Nous avions choisi le mot « inversion » pour les Alliés parce qu'il décrivait très précisément ce qu'on ressentait pendant le processus. Mais il venait en fait d'une source bien plus ésotérique. « L'inversion » se référait à la correspondance mathématique entre les espaces supraluminique et subluminique, conçue par des scientifiques terriens pendant la seconde moitié du vingtième siècle.

Ce que le moteur faisait vraiment, c'était une rotation du vaisseau le projetant de l'univers réel dans l'univers imaginaire. Pendant la rotation, nous passions dans un plan d'existence mal défini où nous étions en partie réels et en partie imaginaires. La transition était déroutante, pour ne pas dire plus ; je n'avais aucune envie de découvrir ce qui arriverait si nous y passions plus qu'un instant. Donc nous nous approchions autant que possible de « l'arbre » avant de sortir de la route ; nous accélérions aussi près de la vitesse de la lumière que notre carburant le permettait avant de faire la rotation pour entrer ou sortir de l'espace supraluminique.

Malheureusement, s'approcher de l'arbre impliquait de sortir de l'inversion à des vitesses relativistes, bombardant la zone de radiations et de particules de haute énergie. Tenter cela près de masses solides frôlait le désastre. Sortir n'importe où à part dans le quasi-vide impliquait aussi que le vaisseau déplaçait des molécules de matière avec une puissance explosive, se détruisant lui-même ainsi que tout ce qu'il avait touché.

L'inversion avait brutalement changé la face de la guerre. La technologie progressa au point que les humains normaux ne pouvaient plus s'occuper du combat. Avec des vaisseaux de guerre et des missiles qui surgissaient de l'espace supraluminique à des vitesses proches de celle de la lumière, le concept de ligne de front devint obsolète. Nos défenses se développèrent parallèlement à nos capacités offensives, rendant possible la protection de nos colonies avec une sûreté acceptable. Mais nous ne pouvions pas surveiller tout l'espace. D'immenses régions restaient des lieux disputés, où il n'y avait pas de limite claire entre ce qui était eubien, ce qui était skolien et ce qui était allié.

— **Vérification de l'inversion achevée**, assura Zabo.

— *Vérification des propulseurs.*

Bien que près des planètes, le Jag utilisât un moteur à fusion, dans l'espace, il comptait plutôt sur ses propulseurs à photons.

— **Propulseurs initialisés et prêts**, répondit Zabo.

— *Et l'énergie ?*

— **Le cloisonnement des positrons fonctionne.**

— *Bien.*

L'intérieur de la bouteille de cloisonnement magnétique était un univers en soi, un lieu qui était à la fois réel et imaginaire et qui existait uniquement quand le moteur d'inversion était activé. Pendant le vol, il puisait dans l'immense flux de rayonnements de l'univers complexe, accumulant une énergie supplémentaire. La bouteille étendait son contenu dans l'univers complexe en faisant varier les parties imaginaires de la charge et de la masse, ce qui lui permettait de rassembler et de retenir bien plus d'énergie que ce qui était possible dans l'espace réel seulement. La situation était plus simple qu'avec des personnes : le choc psychologique d'avoir à la fois une partie réelle et une partie imaginaire n'avait aucun effet sur les particules.

Un sélecteur prélevait des électrons relativistes dans l'espace pendant que la bouteille d'énergie libérait des positrons dans la zone d'interaction Matière/Antimatière. L'interaction dégageait de formidables bouffées d'énergie pure, générant notre poussée. Des boucliers à rayons gamma et des grilles de supraconducteurs protégeaient le vaisseau pour qu'il ne soit pas détruit par son propre dégagement de chaleur pendant que la poussée le projetait avec des accélérations extraordinaires.

Le dernier élément était une bobine de stase qui empêchait la fonction d'onde quantique du vaisseau de varier pendant l'accélération. Nous ne souffrions pas de la pression d'accélération parce que notre configuration moléculaire était fixée pendant la stase. Nous n'étions pas figés : nos atomes continuaient à vibrer, à tourner et à se comporter exactement comme au moment où la bobine était activée. L'horloge atomique qui mesurait notre temps en stase continuait à tourner. Mais aucun des atomes ne pouvait changer d'état quantique, ce qui impliquait que le vaisseau et tout ce qu'il contenait devenaient rigides et capables de résister même aux terribles forces que nous subissions. Sans cette protection, l'accélération nous aurait tout simplement écrasés.

— **Interruption**, coupa Zabo mentalement.

— *Que se passe-t-il ?* demandai-je.

L'image d'un satellite allié s'insinua dans mon esprit, présentée avec tant de détails que je pouvais voir les rivets sur sa coque. Un message apparut sous le satellite, rédigé en code. Pendant que ce charabia défilait dans mon horizon mental, Zabo me donna à la fois une traduction visuelle et verbale.

Foutues fusées. Ce message parlait de moi. Les Alliés envoyaient le rapport de mon arrestation aux Forces Spatiales Impériales. Il avait été traduit du grec au skolien par Tiller Smith.

— *Zabo, pourquoi avoir affiché ce message maintenant ?*

— **Quand j'ai détecté la transmission, ta jonction nerveuse l'a repérée et s'est arrêtée sur le nom « Tiller Smith ».**

J'envoyai une pensée à ma jonction nerveuse.

— *Pourquoi attacher de l'attention à Tiller Smith ?*

— **Il est estimé à 82 pour cent sur ton échelle d'intérêt**, répondit ma jonction.

Ce n'était pas logique. Pourquoi évaluait-il que Tiller Smith m'intéressait autant ? La dernière chose dont j'avais besoin, au moment de me préparer à partir au combat, était que ma jonction nerveuse me balance des images inutiles de satellite dans mon horizon mental de préparation du vol.

— *Fais un diagnostic sur tes routines de détection,* pensai-je. *Il n'y a pas de raison pour que Tiller Smith soit estimé si haut.*

— **Vérification**.

Puis :

— **Le nom de Tiller Smith n'a pas provoqué la détection. C'est ta réaction aux données contenues dans le livre qu'il t'a donné.**

Pourquoi un recueil de poésie incompréhensible perturbait-il autant ma jonction ?

— *Annule toutes les routines concernant les* Poèmes à la fenêtre.

— **Annulé**.

L'image du satellite disparut.

— *Principale Valdoria,* s'excusa Taas. *J'ai un surplus de donnés sur ma grille à cause de votre image du satellite. Je n'arrive pas à l'enlever.*

— *Quels ordres as-tu essayés ?* demandai-je.

— *Stop, Annulation, Rupture, Quitter, Sortie, Échappe, Au revoir, Système, Coupe, Écrase, Vide, Largue et Juron.*

— *Juron ? Qu'est-ce que ça vient faire là ?*

— *Je l'ai insulté.*

Je souris.

— *Essaye « Efface ».*

— *Ça a marché.*

Sa psicône Effacement apparut dans mon esprit, une femme aux formes généreuses, portant quelques bouts de tissus et tenant un pot de peinture. Elle repeignait les bords de sa jupe et celle-ci disparaissait, révélant encore davantage ses cuisses. Puis la psicône retourna dans Zabovert.

Je ris.

— *Vous êtes tous prêts ?*

— *Prêt*, pensa Rex.

— *Prête*, pensa Helda.

— *Prêt*, pensa Taas.

— *Alors on y va*, confirmai-je mentalement.

— **Enclenchement des moteurs à fusion**, enchaîna Zabo.

Pour les manœuvres près des planètes, les Jags se servaient de leur réacteur à fusion qui produisait un gaz de plasma surchauffé pour la propulsion.

La tour de contrôle nous donna une autorisation de décollage sur la rampe douze. Mais pendant que nous nous y rendions, la voix du contrôleur aérien grésilla dans mon audiocom.

— Désolé, Principale Valdoria. Vous allez devoir attendre tous les quatre. Nous avons un os avec le douze.

— Bien reçu.

Pendant que nous ralentissions pour nous arrêter, je me demandai : *Quel est le problème ?*

Zabo me montra l'image de plusieurs vaisseaux situés sur des rampes que nous devions longer pour atteindre le douze.

— **Ces vaisseaux se préparent à décoller**.

L'insigne troqueur, le puma noir prêt à bondir, brillait sur leur flanc. Les appareils attendaient dans l'air matinal, dans la lueur des lampes de la rampe faisant scintiller leur coque comme de la glace. Le plus fin était un Fuseleur, le vaisseau de prédilection des Aristos Highton. Les trois autres vaisseaux plus lourds étaient des Escortes, les gardes rapprochés d'un Fuseleur. Étant donné que la plupart des Highton voyageaient avec un seul Escorte, deux au plus, j'avais une idée assez précise du passager que transportait ce Fuseleur.

Rex parla dans mon esprit.

— *Qox.*

— *Oui*, pensai-je.

Les pensées de Taas jetaient des étincelles comme une lampe à souder.

— *Nous devrions le faire sauter sur la rampe.*

Les pensées d'Helda grondèrent.

— *Ya.*

Je poussai un petit grognement.

— *C'est de meurtre dont vous parlez.*

— *Ya*, approuva Helda.

— *Allons-y*, insista Taas

Je ne pouvais pas y croire. Ils étaient sérieux. Ils voulaient aller faire exploser un vaisseau civil sans aucune provocation, assassinant un important dignitaire interstellaire.

— *Arrêtez ça*, leur ordonnai-je.

Tous mes affichages indiquaient que la rampe douze était dégagée. J'étais certaine que nous aurions pu l'utiliser. Mais je me doutais bien que la tour ne voulait pas que nous approchions des vaisseaux troqueurs. Ils craignaient sans doute que nous fassions exactement ce que Taas et Helda suggéraient.

Des alarmes lumineuses clignotaient partout autour de la rampe de lancement, maintenant, faisant comme une pulsation dans les ténèbres. Des nuages de fumée tourbillonnaient et montaient le long des vaisseaux. Puis un des Escortes s'éleva dans le ciel, calcinant la rampe avec ses flammes d'échappement et illuminant toute la zone. Les autres vaisseaux suivirent à un rythme échelonné, le grondement de leur départ résonnant dans mon esprit et dans mes os.

Nous foncions dans l'espace, pourchassant le spectre des étendards de Qox. En inversion, nous pouvions aller aussi vite que nous le voulions, mais seulement jamais *en dessous* de la vitesse de la lumière.

Si quelqu'un sur Délos avait pu nous observer, il aurait vu nos vaisseaux diminuer et notre masse augmenter pendant que nous nous approchions de la vitesse de la lumière. Après être passé en supraluminique, accélérer faisait augmenter notre longueur et diminuer notre masse. Même quand nous atteignions un million de fois la vitesse de la lumière, le vaisseau me paraissait normal, mais après tout, j'étais au repos dans son référentiel. Cependant, pour quelqu'un sur Délos, notre masse n'était que de quelques grammes et notre longueur de plusieurs milliers de kilomètres.

À des vitesses supérieures à cent quarante et un pour cent de celle de la lumière, le temps se contractait. À ce moment, nous pouvions foncer dans l'espace pendant un siècle et seulement une heure se serait écoulée sur Délos. Si jamais nous avions atteint une vitesse infinie, nos Jags sans masse s'étireraient sur toute la longueur de l'univers et le temps s'arrêterait de passer partout ailleurs pendant que l'éternité s'écoulerait pour nous.

Mais nous avions un problème. Près de la vitesse de la lumière, le temps se dilatait ; il passait plus lentement pour nous que sur Tams. Nous étions montés trop près de la vitesse de la lumière au moment de l'inversion et la dilatation temporelle nous avait projetés quelques heures dans le futur, nous volant de précieux moments dont nous avions désespérément besoin.

— *Zabo, trace une trajectoire vers le passé,* commandai-je. *Compense la dilatation temporelle.*

— **Trajectoire calculée.**

— *Bien.*

Aux vitesses supérieures à celle de la lumière, nous pouvions voyager dans le passé, relativement à Tams. Si quelqu'un avait pu nous observer, il aurait vu ceci : après que nous avions quitté Délos, pendant que nous nous dirigions vers Tams, quatre nouveaux vaisseaux et quatre vaisseaux en antimatière apparaissaient dans le système de Tams, produits en paire par des annihilations de photons. Les vaisseaux en matière et leurs pilotes étaient identiques à ceux de l'escadron Zabo. En fait, ils *étaient* nous.

Pendant que les vaisseaux de matière continuaient vers Tams, l'escadron en antimatière retournait vers Délos sur une trajectoire de temps inversé, volant à l'envers à des vitesses supraluminiques, gagnant de l'énergie au lieu d'en perdre, comme un film passé en marche arrière. À l'endroit où j'avais donné l'ordre de « faire demi-tour » et d'aller dans le passé, Tams nous aurait observés venir à la rencontre des vaisseaux d'anti-matière et nous annihiler. L'énergie des photons générés par notre destruction mutuelle équilibrait celle qui avait été perdue au moment de la création des nouveaux vaisseaux et de leurs jumeaux d'anti-matière.

Puisque nous étions au repos dans le référentiel de nos vaisseaux, nous ne pouvions voir rien d'étrange, ni création, ni destruction. Nous ne faisions que voyager de Délos à Tams. De toute façon, le résultat final était le même : nos quatre Jags arrivaient à Tams peu de temps après avoir quitté Délos.

Je souhaitais violemment que nous puissions atteindre Tams *avant* que nous ayons quitté Délos, avec un temps suffisant pour évacuer la planète. Mais aucun vaisseau, ni aucun missile, n'avait jamais réussi à contourner suffisamment la loi des causes et effets pour parvenir à sortir d'inversion *avant* d'y être entré. Le mieux que nous puissions faire était d'arriver à destination dans l'instant qui suivait notre inversion sur notre point d'origine. En réalité, cela prenait plus de temps, quelque chose entre des heures et plusieurs jours. Plus nous voyagions loin, plus les erreurs s'accumulaient et plus le décalage était grand. J'espérais juste que nous arriverions à temps. Bien que les étendards de Qox aient plus de distance à parcourir, ils transportaient des systèmes complets consacrés à l'optimisation des variables spatio-temporelles.

Mais nous avions un avantage contre lequel ils ne pourraient jamais rivaliser.

Aucun signal électromagnétique ne pouvait atteindre un vaisseau en voyage supraluminique. La seule façon de communiquer était de s'envoyer des particules supraluminiques, des tachyons. Mais personne n'était encore parvenu à comprendre comment faire porter une information fiable aux tachyons, étant donné que, pendant l'inversion en particulier, les signaux pouvaient arriver avant d'avoir été envoyés. Donc les vaisseaux inversés voyageaient dans les limbes, à la dérive. Un escadron qui rentrait en formation serrée sortirait dispersé à la fois dans l'espace et le temps. Plus leur décalage temporel était important, plus ils devaient attendre pour pouvoir communiquer. Plus leur décalage spatial était important, plus les communications mettaient de temps à voyager.

À part pour les Jags.

Rex, Helda, Taas et moi n'étions qu'un seul esprit. Bien plus qu'un esprit unique. Nous étions une partie du Réseau skol, ce qui signifiait que nous avions des communications instantanées non seulement entre nous, mais aussi avec les esprits liés par ce réseau informatique galactique. Nous pouvions coordonner nos actions avec une précision qui défiait même la vitesse de la lumière.

Mais le psiber-espace avait des limites. Si nous essayions d'apprendre notre futur en entrant dans le Réseau skol après que la dilatation temporelle nous avait projetés dans le futur, nous pouvions lier nos esprits à un temps futur et y rester quand nous revenions dans le présent. Le délai nécessaire pour dissoudre puis reformer le lien pouvait nous tuer. Tout ce que nos coups d'œil dans le futur pourraient nous dire, c'est que nous étions morts au combat parce que nous ne savions pas vraiment ce que les vaisseaux que nous combattions faisaient au moment de l'attaque.

Nous pouvions vérifier l'avenir, puis quitter le Réseau skol et y rentrer à nouveau après être revenus dans le présent. Mais cela impliquait de voyager en inversion sans le psilien. Nous aurions dérivé dans l'espace et le temps, annulant le lien même qui était notre plus grand atout. L'acte même d'observer l'avenir augmentait nos chances d'apprendre que nous étions morts au combat.

— *Zabo*, pensai-je. *Vérifie sur le Réseau. Des signes des étendards de Qox ?*

— **Une sentinelle impériale a repéré les vaisseaux de guerre eubiens. Leur trajectoire coupe l'orbite de Tams.**

Des estimations des heures d'arrivée apparurent dans mon horizon mental.

— *Combien de vaisseaux ?* demandai-je.

Différentes vues d'appareils troqueurs apparurent.

— **Deux croiseurs de guerre, une plate-forme orbitale et trois Boucliers. Et aussi un vaisseau scientifique.**

Je fis une grimace. Cela devait être les étendards troqueurs. Un vaisseau scientifique pouvait convertir un astéroïde ou une lune en hydrogène pour réagir dans l'atmosphère de Tams. Au moins, les étendards n'avaient aucune idée que nous arrivions. Je voulais arriver et partir de Tams avant qu'ils ne se montrent.

— *Et le Fuseleur qui a décollé de Délos ?* demandai-je.

Zabo remplaça l'image des vaisseaux troqueurs par celles des vaisseaux de Jaibriol.

— **Leur trajectoire actuelle les amènera près de Tams à peu près en même temps que les étendards eubiens.**

— *Des données sur la situation de Tams ?*

— **Nos renseignements les plus récents indiquent que les rebelles contrôlent toujours les défenses au sol. En revanche, tous les liens existant entre Tams et le Réseau skol sont actuellement hors service**.

Ce n'était pas étonnant. Les Troqueurs avaient dû détruire ces liaisons aussi vite que possible pour être certains que nos renseignements ne soient pas mis à jour.

Taas émit une pensée.

— *Et les systèmes de défenses orbitaux ?*

Il paraissait calme, mais je sentais sa tension. Zabo répondit à ma pensée en me montrant Taas dans son cockpit. Des données défilaient sous son image : pouls, tension, température, rythme respiratoire, activité cérébrale.

— *Hé*, protesta Taas. *Je vais bien.*

— *Il y aura des hordes de boum-sats en orbite,* affirmai-je.

Ces faux satellites bon marché, en général aussi coûteux qu'un missile ou qu'un laser peu récent, avaient une signature électronique qui les faisait paraître comme des cibles stratégiques pour les vaisseaux ou les missiles.

— *Des robots drones aussi. Et peut-être un Sentinelle piloté par des robots.*

— *Pourquoi un Sentinelle ?* demanda Helda. *Mettre une plateforme en orbite la rend vulnérable.*

Zabo passa la parole à Rex, se fiant à son expertise.

— *Ils n'ont aucune raison de s'attendre à une attaque*, pensa-t-il. *Ils n'ont aucune lune sur laquelle établir une base, donc la vulnérabilité du Sentinelle peut être contrebalancée par le fait que les rebelles contrôlent les défenses au sol.*

— *Et pourquoi pas quelques Solos avec leur équipage ?*

— *Peut-être quelques-uns*, jugea Rex. *Normalement, ils sont au sol. Mais ils pourraient être aussi en orbite.*

— *Surtout étant donné les IE qu'ils portent,* suggérai-je.

Il suffisait aux rebelles de capturer un Solo et ils auraient une IE à adapter au pilotage de leurs vaisseaux.

La présence possible d'un Sentinelle m'inquiétait. Cette plateforme pouvait rendre le système de défense orbital encore plus dangereux. En théorie, un escadron de Jags sortant d'inversion pouvait descendre une plate-forme orbitale et s'en sortir ; mais en pratique, si nous ne la mettions pas hors d'usage immédiatement, quand nous avions encore l'avantage de la surprise, nos chances de survie s'évanouissaient.

Notre meilleure stratégie était de nous réinverser aussi près que possible de Tams, en lançant une salve de missiles intelligents. L'énorme énergie cinétique de notre vélocité proche de celle de la lumière transformerait nos missiles en projectiles ayant la puissance de plusieurs mégatonnes d'explosifs. Les planètes bien équipées avaient des défenses contre les attaques relativistes, mais Tams était une petite station d'une région reculée de l'espace. De plus, les Troqueurs savaient qu'il était de notre intérêt de ne pas tenter d'action directe contre eux. Pour l'instant, ils devaient sans doute se concentrer sur les rebelles.

Mais cela signifiait que nous avions une chance de réussir. Qu'elle soit infime ou non était une autre histoire. J'avais vu les statistiques du SDO de Tams, son système de défense orbital. Il n'était pas négligeable. Et depuis que Tams avait été coupé du Réseau skol, nos renseignements dessus étaient certainement incomplets.

— *Et les missiles tau ?* suggéra Helda.

— *Ils en ont*, pensai-je. *J'espère juste qu'ils n'en ont pas trop.*

Les taus étaient équipés de moteurs d'inversion. Mais étant donné que le problème auquel les Troqueurs étaient confrontés venait de la planète, j'espérais qu'ils n'avaient pas placé les missiles tau, coûteux et encombrants, très haut sur leur liste de priorités.

Naturellement, ils auraient pu régler rapidement la question de la rébellion en lançant un tau sur Tams à une vitesse relativiste. Les rebelles avaient fait la même supposition que le reste de l'univers, à savoir qu'Ur Qox ne détruirait pas un territoire digne d'intérêt.

Mais nous avions tous eu tort. La résistance de Tams était un symbole de défi, un symbole bien plus puissant dans l'esprit obsédé de Qox que nous ne l'avions réalisé, assez fort pour qu'il veuille les détruire de la manière la plus dramatique possible pour donner un avertissement à tous les autres qui penseraient contester son autorité.

Je fis passer mes conclusions dans le lien.

— *Quand nous atteindrons Tams, nos atouts seront la surprise, la vitesse et notre lien Jag. Nos défauts : nous ne sommes que quatre Jags contre un SDO complet et nous ne pouvons pas communiquer avec Tams tant que nous ne sommes pas sortis d'inversion. Stratégie : nous nous réinversons près de la planète, à peine à vingt millions de kilomètres, arrivant avec un écart d'une centaine de milliers de kilomètres entre nos vaisseaux. Nous transmettons nos avertissements aux rebelles avec nos communicateurs à neutrinos et la modulation d'échappement.*

Les Troqueurs auraient du mal à arrêter ces messages : l'émission gamma résultant de nos propulseurs était une « antenne » impressionnante et les neutrinos pouvaient traverser à peu près n'importe quoi.

— *Immédiatement après la réinversion, nous lâchons une volée de VRIM à .89c.*

Les véhicules de rentrée à ciblage indépendant multiples voyageraient à une vitesse de 89 pour cent de la vitesse de la lumière, leur donnant une puissance équivalente à des bombes de plusieurs mégatonnes.

— *Après avoir éliminé le SDO, nous enverrons les IE.*

— *Compris.*

L'écho de la réponse résonna dans les quatre appareils.

— **Prêt pour la réinversion**, pensa Zabo.

J'allumai les propulseurs à photons et je passai en stase. Le seul moyen que j'avais pour savoir que je n'avais pas été consciente pendant la décélération était le changement discontinu de la vitesse sur mon affichage. Je rallumai les propulseurs et le Jag ralentit encore, décélérant en une série de sauts que je percevais comme un processus continu.

Les étoiles avançaient, convergeant vers un point droit devant le vaisseau. Leur couleur glissait vers le bleu jusqu'à atteindre l'ultraviolet et à disparaître de mes écrans. Zabo affichait une grille sur les holoplans, montrant la position des étoiles pendant qu'elles s'effondraient sur le point…

… et, dans un grondement de moteur, nous sortîmes d'inversion en formation parfaite et au même instant, nous émettions nos messages d'alerte à Tams pendant que nous foncions vers la planète, précédés par un essaim de VRIM.

Zabo inondait mon esprit de données. Le SDO de Tams nous affrontait avec ce qui semblait être une flotte entière de Sentinelles. Mais je reconnaissais ses signatures énergétiques. La plupart venaient de leurres, j'en étais sûre.

— **Taus repérés – disparus**, lança Zabo.

— *Esquive !*

… et je sortis de stase. Zabo avait fait faire au Jag un changement de trajectoire si violent que la bobine de stase s'était activée, me protégeant des accélérations mortelles.

— **Explosion de taus à bâbord**, prévint Zabo.

Les statistiques affluaient, me donnant des analyses bien plus vite que mon cerveau ne pouvait les assimiler. Les antimissiles taus équipés de moteurs à inversion rattrapaient nos VRIM et s'inversaient. Ils visaient nos positions et se réinversaient, causant la destruction de nos VRIM et la leur dans de violentes explosions de radiation.

À ces vitesses, les taus devaient s'inverser pour pouvoir nous atteindre. Mais leur saut entre les régimes relativiste et supraluminique leur faisait perdre leur visée. S'ils avaient pu nous suivre précisément pendant qu'ils passaient en inversion, nos tactiques d'esquive auraient sans doute échoué. En tout cas, ils apparurent quelques secondes trop tard. Nous avions dépassé l'endroit où ils nous attendaient.

Nous étions bien au-delà de l'orbite de la planète désormais, volant vers le soleil de Tams. Nous accélérâmes à nouveau, entrant et sortant de stase pendant que nous nous rapprochions de la vitesse de la lumière.

— *Inversion*, ordonnai-je.

Mon ventre fut secoué par une sensation désormais familière de torsion. Nous entrions dans l'espace supraluminique et nous continuions à accélérer, fonçant à des millions de fois la vitesse de la lumière. Le temps passait plus vite pour nous que sur Tams, si bien que nous pouvions contourner le système et revenir seulement quelques secondes après que nous l'avions quitté.

La réinversion nous laissa à quelques millions de kilomètres de Tams, volant du soleil vers la planète, projetant ce qui nous restait de VRIM en nuage devant nous.

— **SDO stérilisé**, affirma Zabo.

— *Vérifie.*

La pensée venait de nous quatre en même temps.

— **Vérification**.

Zabo nous donnait les statistiques. Nous avions éliminé tout le système : les taus, les leurres, les drones et une plate-forme orbitale Sentinelle.

J'entendis un soupir de soulagement sur la fréquence com reliée au Jag de Taas. Helda poussa un cri de joie et Rex m'envoya une image de son visage arborant un grand sourire en coin. Moi aussi, j'affichai un sourire satisfait. Nous avions réussi !

Le rire de Taas résonnait dans mon esprit.

—Le SDO était contre nous, mais nous les avons battus.

Je souris.

— *Continuez à diminuer la vitesse pendant l'approche de Tams.*

Nous « freinions », passant en stase, encore et encore, pendant la décélération. Nous approchions de Tams maintenant, ralentissant suffisamment pour pouvoir pénétrer dans l'atmosphère. Encore un peu et…

Je sortis de stase dans le vacarme des alarmes. Des chiffres défilaient sur mon horizon mental : des Solos et des drones cybernétiques décollaient de la planète.

Par l'enfer !

— *Activez la couverture !*

Trois voix me répondirent en un éclair de pensée aussi rapide que la lumière.

— *Activé.*

Nous disparûmes. Un revêtement de corps noir changeait l'éclat d'albâtre du fuselage de nos vaisseaux en une surface qui ne réfléchissait aucune lumière. C'était, au mieux, une furtivité minimale : les Troqueurs savaient que nous étions là et chaque fois que nous accélérions, nos rejets d'énergie nous trahissaient.

— *Helda, descends autant que tu le peux*, commandai-je. *Nous te couvrons. Largue les IE dans un drone.*

Savoir si les rebelles pourraient ou non le récupérer était une autre histoire. Mais nous n'avions pas le choix, maintenant. Nous avions perdu l'avantage de la vitesse et de la surprise et nos VRIM étaient détruits. Nous ne pouvions pas non plus nous resservir de l'inversion pour ruser : pour nous inverser, nous devions accélérer pour approcher la vitesse de la lumière, ce qui aurait impliqué de laisser Helda sans défense pendant qu'elle tentait d'effectuer son largage.

Les Solos et les drones venaient d'une base souterraine. Des analyses expliquaient que nous faisions face aux restes des défenses au sol assiégées. Le scan indiquait que la plupart des défenses au sol avaient été détruites. Zabo estimait à quatre-vingt-quatre pour cent la probabilité que les rebelles aient été vaincus et aient fait sauter les installations plutôt que de les laisser reprendre par les Troqueurs.

— *Prépare les annihilateurs*, pensai-je.

Comme les mélangeurs et les propulseurs à photons, ces armes fonctionnaient sur le principe des annihilations de paires de particules. La technologie de l'inversion avait ouvert la voie à des armes à antimatière efficaces. Les annihilateurs se servaient d'anti-proton, atteignant des énergies deux cent fois plus grandes qu'avec les positrons, et des millions de fois plus grandes qu'avec ces minus de bitons des mélangeurs. Après son accélération, le faisceau était neutralisé puis concentré par des passages dans des boucles où il se chargeait en positron.

Malgré l'inconvénient des armes à rayons, qui étaient plus faciles à éviter que les missiles intelligents, les annihilateurs étaient le meilleur moyen d'attaque contre des vaisseaux qui utilisaient des « boucliers » de stase. Un objet en stase pouvait survivre à des forces gigantesques – y compris les attaques ennemies. Bien qu'un vaisseau en stase soit plus vulnérable aux tirs de missile qu'aux accélérations, il restait quand même difficile à détruire. Annihiler de la matière en stase était plus facile que de la déformer, ce qui rendait les armes à rayon vitales en combat.

— *Zabo*, demandai-je. *Est-ce que certains des drones ou des Solos ont des capacités d'inversion ?*

— **Oui**.

Zabo me montra quatre drones et cinq Solos avec des propulseurs à photons. Trois des Solos transportaient des VRIM.

Rex jura et je serrai mes poings. Ces trois Solos pouvaient tenter la même tactique que nous avions employée pour abattre le SDO. Oui, nous étions prévenus et nous pouvions utiliser de la poudre-leurre pour tromper leur VRIM, mais je n'avais pas besoin d'une analyse d'IE pour voir combien nos chances de réussir étaient infimes. Nous avions un avantage : les Solos n'avaient aucun moyen de se coordonner pendant l'inversion. Ils ne pouvaient pas s'inverser et se réinverser simultanément, particulièrement si nous engagions le combat, ce qui impliquait que le premier à lancer ses VRIM aurait autant de chances de détruire les autres Solos que de nous toucher.

La question était : étaient-ils prêts à s'entre-tuer pour nous éliminer ?

Je ne voulais pas le savoir. Nous devions les détruire avant qu'ils aient l'occasion d'essayer.

Pendant que Rex et Helda approchaient de deux des Solos, Zabo me montra un drone suivant une trajectoire qui nous interceptait.

— **Feu**, pensa Zabo.

Mon annihilateur traversa les boucliers magnétiques du drone. Aucun faisceau n'était parfaitement neutre et les boucliers mag détournèrent quelques particules chargées. Mais la majeure partie du tir atteint sa cible. Quand il frappa, les annihilations créèrent des cascades de pions, qui initiaient d'autres processus à des niveaux d'énergie mortellement élevés, donnant naissance à des particules et des radiations qui transperçaient les moteurs à fusion, les compartiments des armes, les générateurs alimentant les champs de cloisonnement de l'antimatière…

… et le drone disparut dans une explosion silencieuse de radiation et de débris. Une partie de tout cela s'évanouit, emportée par le sinistre effet *d'absorption* produit quand de la matière réelle s'engouffrait dans l'espace complexe d'une bouteille de cloisonnement d'énergie.

— **Attention**, m'alerta Zabo, **Zabovert détecté**.

Taas faisait feu sur un des Solos équipé de VRIM bien que plusieurs milliers de kilomètres les séparaient encore. Zabo surlignait son tir sur mon écran, en rouge pour indiquer un missile tau. Il s'élança comme un vaisseau miniature – et volatile. Les taus étaient trop encombrants pour qu'un Jag en transporte beaucoup : Taas avait utilisé un quart de sa réserve.

Et *perdu* un quart de sa réserve. Le Solo contra avec un tir d'annihilateur. Le tau explosa assez près pour détruire le Solo, mais le vaisseau resta intact, projeté en stase par son IE. Il s'éloignait rapidement de Taas et fonçait vers moi comme un corps rigide lancé dans un mouvement sans frottement.

Puis le Solo sortit de stase – et je suffoquai d'une peur qui transperçait mon esprit, une terreur étrangère, à la fois inconnue et sinistrement familière.

— **Blocage**, ordonna Zabo

La psicône de Blocage s'alluma dans mon esprit et resta allumée. Bien que la peur ait reflué, elle ne disparut pas : avec ma concentration augmentée braquée si intimement sur le Solo, je ne pouvais pas me fermer complètement aux réactions du pilote.

Elles me frappèrent comme un aérotrain. Il était si terrifié, si jeune, à peine plus qu'un enfant, il ne s'était jamais attendu à aller au combat pendant cette affectation à Tams. « … jamais voulu piloter un Solo, jamais voulu en approcher un. Comment avais-je pu croire que ça m'aiderait à réaliser mes rêves, à atteindre la caste des contremaîtres – je vais devoir payer pour ce rêve, maintenant… »

— *Zabo, bloque !*

Des larmes coulaient sur mon visage, les larmes de mon ennemi. La psicône de Blocage clignotait en vain dans mon esprit, encore et encore.

— **Feu**, pensa Zabo.

— *Zabo*, fis-je en reprenant mon souffle entre deux hoquets de larmes. *Déconnecte les centres des émotions.*

— **Déconnectés**.

Puis la partie de mon cerveau qui pleurait pour protester contre la tuerie fut enfermée dans une prison de verre, pouvant tout observer mais restant inaudible, incapable de m'empêcher de faire ce qui devait être fait.

— **Rouge et Or détectés**.

Zabo me projeta des images de Helda et Rex attaquant deux drones et un Solo équipé de VRIM. Il me montra aussi trois autres drones qui approchaient pour nous intercepter.

— *Passe en manœuvre d'esquive numéro deux,* demandai-je.

Zabo alluma les fusées de guidage et la poussée « froide » des moteurs à fusion modifia ma trajectoire chaque seconde. Le cocon me protégeait contre les accélérations faibles et Zabo nous mettait en stase quand ces forces devenaient dangereuses. Le faisceau de mon annihilateur surgit et un des drones explosa dans un violent éclair de radiation.

Le rayon de l'annihilateur d'un des drones traversa l'espace à l'endroit où nous nous trouvions quelques instants auparavant.

Les vaisseaux robots n'avaient pas besoin de la stase pour garder leur pilote en vie, ce qui leur donnait de meilleures capacités de manœuvre que les Jags. Mais leur stratégie était limitée par les capacités de leur IE. Bien qu'une IE mûre et bien développée puisse approcher de la puissance de raisonnement d'un humain, ça n'était pas suffisant. Zabo et moi avions travaillé ensemble depuis plus de vingt ans, nous améliorant chacun au fil du temps jusqu'à former une synthèse qui avait dépassé de loin ce qu'une IE ou un humain aurait pu faire seul.

Mon Jag s'élançait près du troisième drone et le toucha avec un tir d'annihilateur en le dépassant. Pendant que le drone explosait, Zabo m'indiqua un autre Solo VRIM. Il était à des milliers de kilomètres, jouant la furtivité, employant une couverture thermique pour se cacher pendant qu'il avançait vers moi. Même sans la détection de Zabo, j'aurai pu savoir qu'il était là. Je sentais le pilote. C'était un contremaître, en partie aristo, comme les gardes de Jaibriol.

— *Passe à l'impacteur.*

Mon annihilateur était vide. Même avec une technologie d'inversion de pointe, un Jag n'avait pas tant de place pour transporter de l'antimatière, et la plus grande partie était dévolue aux positrons alimentant les moteurs.

Le Solo vint sur moi comme un chevalier dans un tournoi, dans une joute invisible. Comme nous nous élancions l'un vers l'autre, séparés d'un millier de kilomètres, j'enclenchai l'impacteur, un rayon de petits amas intelligents qui explosait à l'impact comme de véritables petites bombes H. Le Solo tournait au rythme de ses propres manœuvres d'esquive, lâchant des nuages de poudre-leurre qui semait le trouble dans mes systèmes de guidage. Mon tir se perdit après un premier virage, s'éloignant vainement dans le vide.

Le Solo avait tiré avec son annihilateur. Il effleura mes boucliers mag et des particules tourbillonnèrent follement dans l'espace, mais il n'y avait pas de dégâts. Les statistiques m'indiquèrent que j'avais été plusieurs fois en stase durant les dernières secondes.

Les amas de mon tir d'impacteur revenaient sur le Solo maintenant. Sa poudre-leurre contra l'attaque : une partie du nuage fit détonner les amas de bombes pendant que le reste se lança à notre poursuite. En nous éloignant, Zabo largua une nuée de poudre-leurre qui se répandit derrière nous en un cône, laissant une traînée d'explosions.

— **Zaboor touché**, signala Zabo.

— *Or, au rapport*, pensai-je.

— *Perte des boucliers mag et des annihilateurs*, répondit Helda.

Un coup d'œil à ses statistiques me suffit. Les voyants d'alarme de son Jag s'illuminaient comme des décorations de fête.

— *Helda, sors de là. Rentre au quartier général et fais ton rapport. Rex, tu la couvres.*

— *Compris*, confirma Rex.

— **Zabovert touché**, rapporta Zabo.

Les données indiquaient que les dégâts étaient beaucoup moins importants que ceux subits par Helda.

— *Taas ?* appelai-je.

— *Je vais bien*, me rassura-t-il en ponctuant sa réponse par un tir parfait sur un drone.

Après une détonation éblouissante, cet ennemi n'était plus qu'une ligne dans nos fichiers d'historique de combat.

— **Solo à bâbord**, m'alerta Zabo.

Je reportais rapidement mon attention sur ce nouveau Solo.

— *Impacteur, manœuvre de tir K. Largue la poudre-leurre.*

Ce Solo esquiva mon tir. Le pilote utilisa son impacteur, mais ses amas n'approchèrent pas de mon Jag. Au lieu de cela, il visa une zone sur le côté bâbord de mon appareil et le toucha presque, quand il sauta quasiment à cet endroit.

Je poussai un juron. Ce pilote était doué. Trop doué.

— *Zabo, manœuvres d'esquive Q.*

— *Crève, petit Jagernaute.*

Cette pensée sortit du Solo et me frappa comme une arme. Aucun télépathe n'envoyait ce message, ou en tout cas personne ne ressemblant de près ou de loin à un télépathe. Mais il était envoyé avec une telle intensité obsessionnelle que, dans mon état de suractivité, je n'avais pas d'autre choix que de le capter. La pensée m'enveloppait de mépris étouffant, écœurant et d'un désir sexuel tellement intense qu'il me dégoûtait.

— *Crève, petit Jagernaute. Crève. Maintenant. Lentement. Douloureusement. Meurs, gentil empathe.*

Le maître était venu. Ce pilote était un guerrier aristo.

— *Tir d'impacteur.*

Je tremblai à présent, luttant contre moi-même pour me libérer de la concentration de l'Aristo. Mais je n'y parvenais pas. La seule façon aurait été de déconnecter mon cerveau de Zabo, ce qui aurait été du suicide.

Le Solo tournoyait dans ses manœuvres d'esquive et mes tirs le frôlaient à peine. Plusieurs amas explosèrent à l'impact, mais l'appareil restait protégé par la stase.

Un autre Solo entra dans le champ de mes détecteurs, augmentant sa vitesse pour me poursuivre tout aussi habilement que le premier. Un autre « voix » s'éleva vers moi :

— *Crève, Jagernaute.*

Et je tombai, tombai et tombai dans une cavité, un trou noir, prisonnière, enfermée…

— **Blocage**, décida Zabo.

La psicône s'alluma dans mon esprit et mon impression de chute disparut.

— *Zabo, impact…*

Le Jag fit une embardée, écrasant mon épaule contre l'exosquelette matelassé qui entourait mon corps. Les statistiques m'indiquaient que j'avais été en stase pendant presque une seconde. Des signaux d'alarme hurlaient dans le cockpit et clignotaient dans mon horizon mental.

—**Touché par le Solo bâbord**, pensa Zabo. **Impacteur tribord détruit**.

— *Petit Jagernaute.*

La pensée glissa sur mon esprit comme une caresse gluante.

— *Tu es à moi.*

Une seconde pensée y fit écho, affamée :

— *À moi.*

Puis une autre pensée me pénétra :

— *Crève, gentil Jagernaute…*

Et un autre Solo se matérialisa, sortant en tirant de sa trajectoire furtive que même Zabo n'avait pas repérée.

Mon Jag vibrait violemment et les sirènes d'alarmes hurlaient.

— **Touché à tribord**, signala Zabo. **Annihilateurs hors service.**

— *Tire les taus*, commandai-je. *Descends-les tous les trois.*

Trois de mes quatre canons firent feu, les taus surgissant de leur gueule béante. Les missiles entraient et sortaient de stase en fonçant vers les appareils aristos. Un des Solos s'enfuit, accélérant loin de Tams, poursuivi par le tau. Le deuxième Solo détruisit le missile qui l'attaquait avant qu'il ne le touche. Le troisième missile atteignit sa cible, un des Solos équipé de VRIM, et détruisit le vaisseau dans une violente explosion.

Le Solo qui avait détruit son tau s'éloignait, mais la colère du pilote brûlait toujours dans mon esprit.

— *Crève, Jagernaute. D'une lente agonie.*

… et le premier Solo réapparut, sortant d'inversion quelques milliers de kilomètres plus loin, bombardant la zone de rejets de haute énergie qui auraient détruit mon Jag si le Solo était parvenu à s'approcher.

… puis ce même Solo explosa dans un éclair de radiation.

— *Je l'ai eu !* se réjouit Rex. *Je…*

— **Rouge touché**, rapporta Zabo.

— *REX !*

Ses statistiques défilaient dans mon esprit :

— **Boucliers huit pour cent, système d'environnement quatre pour cent, cohésion de la coque quatorze pour cent.**

Ses champs de cloisonnement d'antimatière étaient au bord de la rupture.

— *Tire le tau*, commandai-je.

Comme mon dernier canon faisait feu, le Solo qui avait touché Rex avait aussi lâché son propre tau. Les deux missiles prirent de la vitesse et se rencontrèrent… juste avant de s'inverser. Ils réapparurent à tribord et détonnèrent ensemble, mais leur explosion s'effaça de mon esprit quand Zabo me mit en stase.

— **Drones à bâbord**, indiqua Zabo.

… et je me retrouvai en train de fuir deux drones qui venaient de sortir d'inversion, leurs tirs d'impacteur se croisant là où mon Jag était encore quelques secondes avant. Leurs tirs se touchèrent et explosèrent l'un contre l'autre.

J'avais la nausée à force d'être ballottée en stase et en temps réel. Ma jonction nerveuse essayait de compenser en forçant mon cerveau en état de choc à libérer des endorphines, mais cela ne suffisait pas.

— **Attention**.

Zabo me montra un Solo qui s'éloignait de Tams en accélérant, et il avait des VRIM. Il fonça vers le soleil, montant vers des vitesses relativistes.

— *Rattrape-le*, pensai-je.

Nous bondîmes derrière le Solo, accélérant désespérément. Je n'avais plus de taus, plus d'annihilateurs, plus rien, mais s'il le fallait, je l'éperonnerai avec le Jag en plein dans son…

Zaboor apparut si vite que sans Zabo pour me sélectionner les données utiles, je n'aurais jamais compris ce qui s'était passé. Tout ce que je savais, c'est que le Solo explosa comme s'il avait été écrasé par un canon invisible tirant droit sur son nez.

Zabo m'expliqua le reste : Helda était sortie d'inversion juste devant le Solo avec une précision impossible pour un vaisseau qui n'aurait pas eu de psi-lien. Elle avait lu l'emplacement dans mon esprit. Son Jag était arrivé à 8c, quatre-vingts pour cent de la vitesse de la lumière, irradiant le Solo avec les rejets de ses propulseurs à photons. Avant même que le vaisseau troqueur n'eût fini d'exploser, Helda était déjà partie.

C'était quasiment du suicide. Si ses calculs avaient été incorrects ne serait-ce que de quelques *mètres*, elle se serait réinversée droit sur le Solo, se détruisant elle-même en même temps que sa cible. Une erreur de calcul dans l'autre sens et elle aurait pu détruire soit mon vaisseau, soit ce qui restait de celui de Rex.

Mais je n'avais le temps ni de la maudire pour avoir désobéi à mes ordres, ni de lui exprimer ma gratitude. Le Jag fit une embardée qui me souleva le cœur et me lança contre l'intérieur de mon exosquelette rembourré.

— **Touché à tribord.**

Les statistiques me montraient tout : encore un tir et il ne resterait de nous que des radiations et un nuage dispersé dans le vide.

— *Soz.*

Les pensées de Rex parvenaient jusqu'à mon esprit, faibles mais claires.

Il était vivant ! *Vivant.* Je luttai contre une irrésistible envie de rire puis de pleurer.

Soudain Zabo alluma les propulseurs… et nous bondîmes hors de portée du rayon d'un annihilateur juste avant qu'un Solo ne nous tire dessus.

— *Tu as de la chance, Jagernaute.*

La pensée s'infiltra dans mon esprit, sarcastique, assoiffée, visqueuse comme de l'huile pendant que le Solo s'éloignait de nous.

La sueur perlait sur mes tempes. Ce n'était pas la première fois que Zabo avait anticipé le tir d'un vaisseau ennemi. Les Troqueurs connaissaient nos faiblesses ; ils savaient notamment que durant les combats, notre état augmenté rendait nos esprits plus vulnérables. Ils en jouaient autant que possible, nous narguant, nous appâtant, essayant de nous déstabiliser. Mais un pilote qui se concentrait trop sur un Jagernaute augmenté, particulièrement quelqu'un avec mon expérience et mon score astronomique, prenait le risque que ce Jagernaute capte également des pensées mieux gardées, notamment leur intention de tirer.

— *Or, rentre au quartier général*, commandai-je. *Tu m'entends Helda ? MAINTENANT. Plus de manœuvres héroïques. Tu es sans doute la seule à pouvoir faire un rapport.*

— *Je suis partie*, confirma Helda.

Le drone qui avait touché mon vaisseau et le Solo qui m'avait raté étaient tous deux hors de portée maintenant. Mais ce n'était pas vraiment important. Je n'avais plus rien pour tirer. Pour autant que mes scanners pouvaient détecter, ils étaient les derniers appareils troqueurs. Le drone allait intercepter Taas. Le Solo, un appareil sans VRIM, quittait la planète. J'étais certaine qu'il allait tenter la manœuvre d'inversion d'Helda. Une analyse rapide de la situation m'indiqua sa cible probable : le Jag Zabo-rouge, dérivant dans l'espace sans aucune défense, comme une invitation à attaquer.

— *Interception du Solo,* pensai-je. *Rattrape-le, Zabo.*

Nous nous élançâmes à la poursuite du vaisseau troqueur. Zabo me projeta en stase. Encore. Et encore. J'étais malade de tous ces sauts de conscience, l'esprit embrumé, la gorge sèche. Un tube s'abaissa dans mon casque et de l'eau coula sur ma bouche.

Je me léchai les lèvres.

— *Envoie des positions de carburant vers l'annihilateur.*

— **Les annihilateurs ne fonctionnent plus,** rappela Zabo.

— *Alors balance les positrons dans quelque chose qui maintiendra un champ de confinement et charge tout ça dans un canon à tau.*

Zabo me montra les chiffres.

— **Le cloisonnement ne marchera pas longtemps.**

— *Ça ne sera pas utile.*

— **Le Solo atteindra la vitesse d'inversion dans 3,1 secondes.**

— *Suis-le.*

Puis j'abaissai mes barrières mentales.

J'ouvris mon esprit, attirant le pilote du Solo comme si j'étais une évacuation au fond d'un tonneau rempli d'acide. Il se déversa dans mon esprit comme un tourbillon corrosif :

— *La douleur, Jagernaute. La douleur, la peur et l'horreur. Crève...*

Nous nous inversâmes, Zabo restant verrouillé sur le Solo au travers de mon lien avec le pilote. Nous hurlions en silence dans cet espace imaginaire, poursuivant le Solo pendant qu'il faisait demi-tour et revenait vers Tams.

— **Arrivée dans le système Tams**, m'informa Zabo.

— *Réinversion*, ordonnai-je.

Nous réussîmes à faire le saut une fraction de seconde plus tôt que le Solo, mais je n'avais pas pu me mettre en position pour me servir de mes rejets d'échappement contre lui. Quand il se réinversa, je pensai :

— *Tire sur ses canons taus chargés. Puis tire-nous de là.*

À l'instant où mon missile improvisé plongeait dans la gueule du canon du Solo, le vaisseau troqueur sortit de stase et fit feu. Le missile de positron et le tau s'écrasèrent l'un sur l'autre... et le Solo s'évanouit dans une bouffée de radiation.

Je soupirai, le son sortant au rythme de mon souffle étouffé.

— **Dix drones planétaires en approche depuis la face éclairée de Tams**, indiqua Zabo.

— *DIX?*

Par tous les dieux de Skolia !

— *Combien de temps avant qu'ils soient à portée de tir ?*

— **Quatre minutes**, répondit Zabo. **Trois minutes avant que l'air des réservoirs de secours du Second Blackstone soit épuisé.**

— *Vert, au rapport.*

— *J'ai drainé mon drone*, plaisanta Taas.

— *Taas, tu dois envoyer une IE aux rebelles. Tu as quatre minutes pour descendre, faire ton largage et repartir.*

— *Compris.*

— *Soz, ne sois pas bête.*

Les pensées de Rex parvenaient faiblement à mon esprit.

— *C'est à toi de descendre. Demande à Vert de te couvrir.*

Je donnai un petit coup de manche vers le vaisseau de Rex, manœuvrant aussi prudemment que mon Jag le permettait. Je devais m'approcher, si près que nous nous touchions presque.

— *Libère l'accordéon,* commandai-je. *Connexion à Rouge.*

— **Libéré**, répondit Zabo.

— *Soz*, reprirent les pensées de Rex. *Tams est plus important qu'un Jagernaute vieillissant. Descends avec Taas. Il n'y arrivera pas seul.*

— *Tu devrais lui faire plus confiance.*

La passerelle en accordéon se déplia devant mon sas. Quand il claqua contre le Jag de Rex, Zabo précisa :

— **Pression dans Rouge à zéro atmosphère. Je ferme ta combinaison spatiale. Un virgule deux minutes d'air restant dans les réservoirs de Blackstone.**

— *Rex, viens dans l'accordéon,* essayai-je.

— *Je ne peux pas bouger,* soupira Rex.

— *Zabo, ouvre Rouge. Puis libère-moi des commandes.*

— **Ouvert et libéré.**

Pendant que l'exosquelette se dégageait de mon corps, les psiphons se retiraient de ma moelle épinière. Je m'extirpai du fauteuil et me faufilai à travers la membrane du cockpit. Puis je me propulsai dans la cabine.

Zabo ouvrit à la fois les portes intérieures et extérieures. Je les traversai rapidement, atteignant la passerelle accordéon qui flottait entre le Jag de Rex et le mien comme un tunnel diaphane. Le sas du Jag de Rex était aussi grand ouvert. Je pénétrai droit dans Rouge… et dans le chaos.

Du matériel flottait partout, me bousculant quand j'avançai dans la cabine. Une partie de la coque interne avait été enfoncée. En me faufilant dans le cockpit, je découvris Rex qui luttait pour se dégager du siège de pilote. Le fauteuil était comme mort et l'exosquelette semblait coincé autour de son corps. Il agrippa mes bras et à nous deux, nous réussîmes à le tirer de là. Mais même quand il fut libéré de son fauteuil, ses jambes pendirent inutilement sous lui. J'essayai de le contacter par la radio de ma combinaison, mais je n'obtins pas de réponse.

Zabo me parla sur la radio :

— **Blackstone n'a plus d'air, ni dans les réservoirs de sa combinaison, ni dans ceux de secours.**

J'apercevais le visage de Rex à travers son casque, je le voyais suffoquer. Il se propulsa à travers le vaisseau et l'accordéon, se projetant comme un missile humain. Il vola dans le sas de mon Jag et je le suivis rapidement. Pendant que Zabo fermait les portes extérieures, Rex s'écrasa contre un des murs du sas et cessa ses mouvements, inconscient.

— *Zabo, de l'air.*

J'attrapai Rex, empoignant sa combinaison. Nous flottâmes tous les deux hors du sas, entrant dans la cabine en tournoyant sans pouvoir nous arrêter.

Je parvins à défaire manuellement le casque de Rex. Pendant que nous heurtions la paroi, j'enlevai mon propre casque. Je trouvai un point d'ancrage pour nos corps en serrant entre mes jambes la med-nacelle qui avait déjà commencé à se déployer de la paroi. Attrapant Rex par la tête, je lui pinçai le nez avec les doigts et je soufflai dans sa bouche, un grand souffle pour ses grands poumons. Nous nous cognâmes contre le plafond. Inspiration. Expiration. Inspiration. Expiration. Respire, Rex. Grands dieux, respire. Inspiration. Expiration…

— **Appareil en approche à portée de tir dans quarante-sept secondes,** grésilla Zabo dans la radio.

Inspiration. Expiration.

Rex hoqueta brusquement, reprenant un grand souffle tremblant. Comme je lâchais son nez, ses yeux s'ouvrirent et il me regarda, son visage pâle baigné de la lumière froide de la cabine.

— Prends soin de Rex.

Quand je donnai cette instruction, la med-nacelle l'enveloppa dans son étreinte.

— **Trente-deux secondes avant que les drones ne soient à portée,** rappela Zabo. **Ils sont en train de verrouiller leur visée sur cible.**

Je fonçai dans le cockpit et me glissai dans le siège de pilote. Dès que je fus connectée au vaisseau, je lançai une pensée dans le psi-lien :

— *Taas, retrait immédiat !*

Aucune réponse.

— **Les drones ouvrent le feu**, annonça Zabo pendant que l'accélération m'écrasait…

Luttant pour respirer, j'avais la tête qui tournait, encore victime d'avoir passé trop de temps en stase. Figer la fonction d'onde moléculaire d'un humain pendant des périodes prolongées pouvait avoir des conséquences désastreuses : quand elle était relâchée, elle devait réagir aux forces de son nouvel environnement. Si cet environnement avait trop changé, les fluctuations catastrophiques du système qui se rééquilibrait pouvaient réduire une personne à néant, perdant atome par atome.

Mes molécules ne s'étaient pas séparées, mais j'avais l'impression d'être en enfer. Ma vision était trop trouble pour que je puisse déchiffrer le panneau de contrôle, mais l'horizon mental me disait ce que je devais savoir : Zabo nous avait accélérés ; passant en inversion et nous éloignant de tout cela en même temps, il nous avait gardés en stase pendant tout le processus.

— *Zabovert, au rapport*, tentai-je.

J'attendis, puis je renvoyai une autre pensée :

— *Taas ?*

— **Impossible d'obtenir un contact avec Vert.**

— *Or ?*

— **Aucun contact,** répondit Zabo.

Je déglutis. Ni Helda ni Taas n'auraient volontairement quitté le lien. Helda avait peut-être atterri, mais étant donné les dégâts de son vaisseau, je savais aussi qu'il y avait une bonne chance pour qu'il se soit écrasé.

— *Comment va Rex ?* pensai-je.

— **Ses fonctions vitales s'arrêtent**.

— *Aide-le !*

— **Il a besoin de plus d'aide que ce que je peux lui donner.**

— *NON !*

Est-ce que tout ce que j'avais réussi à faire dans cette mission désespérée était de tuer mon escadron ? Non. Pas maintenant. Pas après tout ce que nous avions traversé ensemble.

Je pris une longue inspiration.

— *Zabo, remets-nous en stase.*

Pour Rex, ni la dilatation temporelle ni aucun autre effet relativiste n'avaient la moindre importance. Tout ce qui comptait maintenant était de savoir combien de temps il serait bloqué ici sur le Jag.

— *Ne nous en sors pas avant qu'on arrive là-bas.*

— **Ni toi ni le Second Blackstone n'êtes certains de survivre à une autre…**

— *Est-ce que Blackstone a une chance de survivre si tu ne le mets pas en stase ?*

— **Non, mais toi oui.**

— *Mets-le en stase, Zabo. Puis tu vas battre tous les records de temps de trajet pour atteindre l'hôpital du quartier général.*

Ce fut la dernière pensée que j'eus le temps de former avant que la bobine ne s'active.

CHAPITRE 7

CONSÉQUENCES

Je vomis quand nous sortîmes de stase par à-coups. Les stérilisateurs de ma combinaison spatiale vrombissaient en nettoyant les dégâts.

Nous foncions dans le système Dieshan, traversant les limites de sécurité en émettant mes autorisations en continu sur le Réseau. Je posai Zabo sur le toit de l'hôpital en pleine nuit, atterrissant dans les feux des projecteurs. Rex était immobile, couché dans la med-nacelle, ses larges bras bien calés, alors que des tubes intraveineux pénétraient dans ses membres par des alvéoles de sa combinaison.

En ouvrant le sas, je vis des gens qui traversaient le toit en courant vers nous. En quelques secondes, ils chargèrent Rex sur un aérobrancard. Je les suivis à petites foulées près du brancard pendant que des docteurs tentaient de m'ausculter avec leurs appareils.

Tout se passa trop vite. Nous courions dans un couloir blanc éblouissant vers la Chirurgie et, soudain, je me retrouvai dans une pièce ronde aux murs blancs, au plafond blanc et au sol blanc, entourée par une foule de médecins en blouse blanche. Je luttai contre un infirmier qui me maintenait les bras. Comme il ne voulait pas céder, je me baissai et le fis passer par-dessus moi, en me servant de son poids contre lui. Il atterrit sur le sol avec un bruit retentissant, déchirant les coutures de son uniforme médical.

Les trois autres médecins, deux femmes et un homme, m'attrapèrent les bras. Celui que j'avais projeté se relevait maintenant et une troisième infirmière essayait d'appliquer une seringue pneumatique sur mon bras.

— Non !

Je tirai mon bras loin de son instrument et de son sédatif. Je devais rester consciente. Je devais savoir ce qui arriverait à Rex.

— Principale Valdoria, je vous en prie.

La femme à la seringue pneumatique écarta de ses yeux les mèches grises désordonnées.

— Vous avez besoin de soins médi…

— Posez cette foutue seringue, dis-je, ou je vous fais jeter en prison pour agression d'un héritier impérial.

La femme pâlit et baissa les bras. Mais elle ne me laissa pas plus de répit. Quand les quatre autres médecins tentèrent de me mettre sur une chaise, je les insultai.

— Asseyez-vous, me conseilla la femme qui maniait la seringue. Essayez de vous détendre.

Était-elle démente? Rex était en train de mourir et cette folle voulait que je me détende ? J'essayai une fois de plus de me dégager des médecins, mais ils me maintenaient toujours.

— Soz.

Une main se posa lourdement sur mon épaule.

Je me retournai dans l'étau des médecins.

Helda.

Je fermai les yeux et les rouvris pour m'assurer que c'était bien elle. Je ne les avais pas tous tués.

— Tu as fait ton rapport ? demandai-je.

— Ya.

Elle hésita.

— Taas ?

— Il n'a pas répondu quand je lui ai dit de se retirer.

Elle souffla.

— Je suis désolée.

Doucement, j'ajoutai :

— Moi aussi.

Mais « désolée » exprimait à peine une parcelle de mon sentiment.

Helda s'avança vers un canapé courbe blanc, qui épousait la forme d'un des murs immaculés.

— Tu attends avec moi ?

Je hochai la tête et libérai mes bras de l'emprise des médecins, qui me laissèrent finalement partir. Puis je suivis Helda et nous nous assîmes sur le canapé. Sa surface en nervoplex s'ajusta sous mon poids, essayant vainement de soulager la tension de mes muscles.

Puis nous attendîmes.

Et attendîmes.

Nous restâmes assises pendant huit heures. Puis des gens vinrent me poser des questions, pour prendre mon compte-rendu. Puis ils repartirent. Pendant ces longues heures, je ne cessai de revivre la bataille, les moments où j'avais donné leurs ordres à Taas et à Rex. Je n'arrêtai pas de penser à d'autres scénarios, à d'autres ordres que j'aurais pu donner et qui auraient pu changer la façon dont tout avait fini, donnant ainsi, à eux deux et à Tams, une chance de vivre.

Je tentai d'arrêter mon cerveau. Mais je pouvais toujours entendre le cri de mort du jeune pilote dans son Solo. Entrelacés dans sa mort, je trouvai les esprits des chefs de guerre aristos qui avaient détruit Zabo ; leur désir profond de me voir morte était comme un goût immonde dans ma bouche, une saleté que je ne pourrais jamais nettoyer, même si j'essayais pendant un millénaire, pas plus que je n'avais pu laver les marques de cette haine qui me suivait après chacune des batailles que j'avais livrées contre eux pendant ce dernier quart de siècle.

Ce fut tôt dans la matinée, environ une heure après l'aube, que je m'assoupis. Ma tête s'inclinait contre le sofa, mais quand elle toucha la surface en nervoplex, je me repris et me redressai. Puis je la laissai retomber et fermai les yeux.

— Voulez-vous du café ? demanda une voix.

Mes yeux s'ouvrirent d'un coup. Je connaissais cette voix.

— Principale Valdoria ? Je vous ai apporté du caf…

— *Taas !*

Je me levai d'un bond.

Il tenait en souriant un gobelet en plastique plein de cette boisson infecte que les Alliés nous infligent à la vente dans nos boutiques d'importation. Il portait encore sa combinaison de vol. Je le pris dans mes bras, imitée par Helda qui le renversa presque. Son café se répandit partout sur nous et sur le sol.

— Hé !

Sa voix était étouffée par l'ample poitrine de Helda.

— Je ne peux plus respirer.

Elle le lâcha.

— Ça serait dommage que tu meures de suffocation, maintenant, hein ? Pas après être revenu de l'au-delà.

Il cilla.

— De l'au-delà ?

Je ris nerveusement.

— Je croyais que tu étais mort quand tu t'es coupé du psi-lien.

— J'ai été touché par un drone en essayant de battre en retraite, expliqua Tass. C'est ce qui m'a coupé du psi-lien.

Je le fixai. Le seul moyen de le couper était d'endommager Zabovert si gravement qu'il ne pourrait plus accéder au Réseau skol.

— Tu es revenu jusqu'ici avec un ordinateur en panne ?

Taas sourit.

— Ce n'était pas si grave. J'ai juste dû faire quelques calculs de tête.

De tête ?

— Tu dois vraiment avoir un cerveau fantastique.

Mais je le savais déjà quand je l'avais choisi pour mon escadron.

— Est-ce que tu as envoyé l'IE sur Tams ?

Il acquiesça.

— Je ne sais pas si ça a été utile. Je n'ai eu aucun rapport depuis.

— Soz…

Helda toucha mon bras.

Quand je la regardai, elle indiqua la porte d'un signe de la tête. Je me retournai et vis un docteur qui s'approchait de nous. Il s'arrêta devant moi.

— Principale Valdoria…

Je me crispai.

— Oui ?

— Il vient de sortir de la Chirurgie.

— Et ?

Dites-moi qu'il va vivre, pensai-je. *Dites-moi qu'il ira bien.*

Le docteur passa une main dans ses cheveux.

— Il avait des contusions, des fractures, des hémorragies internes. Rien de tout cela n'était vraiment grave.

Mais ? Je sentais que quelque chose restait en suspens.

— Et ses jambes ?

— Le problème ne vient pas de ses jambes, poursuivit le docteur. Il vient de la prise psiphon implantée dans la région lombaire de sa colonne. Elle s'est arrachée, sectionnant partiellement les cellules nerveuses entre les zones cervicales et lombaires.

Je me frottai la tête, comme si cela pourrait aider mon cerveau à fonctionner.

— Redites-moi ça de façon à ce que je comprenne.

— L'implant a tranché sa moelle épinière.

— Mais vous pouvez la réparer, non ?

Le docteur respira lourdement.

— Normalement, nous pouvons faire se régénérer même les cellules nerveuses en leur faisant croire qu'elles sont au stade embryonnaire. Nous avons tenté de régénérer les nerfs et la moelle épinière. Mais cela n'a pas marché. Alors nous avons essayé trois méthodes différentes pour relier les parties sectionnées avec des bio-optiques. Son corps les a rejetées.

— Mais vous pourrez réparer les dommages tôt ou tard, n'est-ce pas ? Dès qu'il commencera à réagir au traitement ?

Il hésita.

— En temps normal, je répondrais oui. Malheureusement, un système bioméca aussi développé que celui que vous portez en vous peut avoir des effets secondaires imprévus. Nous ne comprenons pas encore tout. Mais il y a eu tellement de manipulations et de blessures dans le système nerveux et le circuit bioméca du Second Blackstone qu'il a développé une réaction allergique à certains des produits utilisés pour activer la régénération. Et si nous essayons d'autres traitements sur son circuit, son corps pourrait rejeter le système tout entier, et pas seulement nos tentatives de réparation ou d'extension.

Je le regardai fixement.

— Qu'essayez-vous de me dire ?

Il parlait doucement.

— Le Second Blackstone est paralysé à partir de la taille. Il pourrait ne jamais retrouver l'usage de ses jambes.

— Non.

Ce n'était pas possible. Ils voulaient que je croie que Rex avait été mutilé un jour avant sa démission ? Et que c'était à cause du circuit biomécа, le symbole même de tout ce qui nous protégeait des Troqueurs ? Non, c'était tout simplement impossible.

Helda parla à voix basse.

— Quand nous laisserez-vous le voir ?

Le docteur la dévisagea.

— Pour le moment, il dort. Nous vous ferons savoir quand il pourra avoir des visites.

Il se tourna vers moi.

— Principale…

Je savais ce qui m'attendait. La sollicitude. Je ne pouvais pas supporter ça, pas maintenant. Je le regardai froidement.

— Quoi ?

— On m'a signalé que votre carnet de bord mentionne que vous n'avez pas dormi depuis plus de cinquante heures.

Il marqua une pause.

— Les premiers examens indiquent que vous avez deux côtes cassées, des contusions multiples et également des dégâts des tissus internes après une trop longue exposition à la stase. Vous avez besoin de soins médicaux et de sommeil.

De sommeil ? J'étais même trop nerveuse pour m'asseoir.

— Je vais bien.

— Madame, vous n'allez pas bien. Vous êtes au bord de l'épuisement.

Quand je voulus protester, il leva la main.

— Nous pouvons vous apporter un lit ici.

Je grimaçai.

— Je ne veux pas de lit.

— Ce serait dans votre intérêt.

Une image claire venue de son esprit pénétra dans mes pensées, une image de ce à quoi je ressemblais pour lui, une sorte de biche des montagnes blessée, un bel animal sauvage qui grognerait alors qu'il essaierait de la calmer pour pouvoir l'approcher et la soigner. L'image était tellement saisissante que je restai là, debout, sans ciller. Comme diraient les Alliés, *il avait coupé le vent dans mes voiles*, ce qui est une métaphore stupide, étant donné qu'il me voyait comme une biche et pas comme un bateau.

Je laissai échapper un souffle. Peut-être que j'étais plus fatiguée que je ne l'admettais, trop épuisée en tout cas pour réfléchir de façon cohérente.

— D'accord, concédai-je. Je vais me reposer. Un petit peu.

Les rideaux estompaient l'essentiel du terrible soleil dieshan, laissant passer juste assez de lumière pour éclairer la pièce. J'étais allongée dans une chaleur agréable et je sortais lentement de mon sommeil, me demandant pourquoi je me sentais si courbaturée.

Puis je me souvins.

C'était un brise-os. Quand je dormais, mon esprit relâchait ses protections, suffisamment pour que parfois il capte des émissions que je bloquais quand j'étais éveillée. Quelquefois, mes rêves projetaient même des futurs possibles et ce genre d'expérience me faisait approcher les limites de la précognition. Pendant ces rêves, je captais des événements qui venaient de se produire ou bien d'autres qui étaient sur le point d'arriver. Plus les sentiments des gens concernés étaient intenses – et plus je me trouvai proche d'eux –, plus le rêve était prenant.

Mais le plus souvent, ces sentiments intenses accompagnaient le malheur. Je détestais ces rêves. Au lieu de me réveiller reposée, j'ouvrais mes yeux face à la misère, consciente que moi ou quelqu'un que je connaissais allait bientôt souffrir. J'appelais ces rêves des brise-os parce que j'avais l'impression qu'ils m'écrasaient littéralement. Aujourd'hui, je me réveillais dans un brise-os.

Quand mon esprit se concentra davantage, je me rendis compte qu'il y avait quelqu'un d'autre dans la pièce, une présence pareille à une chape de plomb sur mon esprit. Je me retournai pour voir.

Mon visiteur se tenait au pied du lit, c'était un géant de plus de deux mètres avec une musculature si imposante qu'elle ne pouvait pas s'être développée dans un monde ayant une gravité standard. Il avait plus l'air d'être métallique qu'humain. Sa peau brillait comme si elle était composée d'un alliage d'épiderme et d'or. Bien que ses yeux fussent ouverts, des paupières intérieures les recouvraient comme une carapace d'or étincelante, totalement opaque. Je savais qu'il pouvait voir parfaitement au travers, mais pour tout le monde, ses yeux étaient deux facettes unies et indéchiffrables. Son visage aurait pu être beau s'il n'avait pas été si sévère ; aucune trace de gentillesse ne venait adoucir ces traits semblables à ceux d'un masque. Il portait un uniforme sobre, un pantalon beige et un pull sans insigne ni décoration, rien qui indiquât son identité – à part une bande dorée en haut des bras, encore plus large que la bande qui indiquait mon grade de Principale.

L'imperator Skolia venait me voir.

Je m'assis, serrant les dents quand la douleur traversa mon torse. Puis je saluai, serrant mes poings et les croisant au niveau des poignets, le droit sur le gauche, pendant que je les levai vers lui.

Kurj inclina la tête. Même après l'avoir connu depuis tant d'années, j'avais toujours du mal à croire que nous puissions être parents. Bien que nous ayons la même mère, nous ne nous ressemblions pas du tout : Kurj était le portrait de notre grand-père et moi celui de notre grand-mère.

Sa pigmentation venait de l'adaptation génétique que les ancêtres de notre grand-père avaient sélectionnée quand ils avaient colonisé un monde avec un soleil trop brillant. L'éclat métallique de sa peau et de ses cheveux réfléchissait la lumière solaire et les paupières internes protégeaient les yeux. Son apparence venait souligner la vérité : il était plus proche de la machine que de l'humain, avec un système bioméca plus développé encore que le mien. Cette apparence était devenue un symbole : il était le Poing métallique de Skolia, l'Empereur endurci, sans aucun point faible humain que les Troqueurs auraient pu exploiter.

Kurj me regardait avec ses yeux couverts.

— Comment te sens-tu ?

— Bien.

Je frottai sur mon torse les bandes qui maintenaient mes côtes en place. Je n'avais aucun souvenir que quelqu'un me les ait mises. Ce n'était pas un problème, en fait, maintenant que j'y repensai. J'avais été tellement surexcitée que les médecins avaient sans doute fini par m'assommer avec un médicament à l'aide de leur seringue pneumatique.

Je regardai la pièce tout autour. Les arcs-en-ciel d'un cyberverrou ondulaient sur les murs, le plafond, le sol, nous isolant dans ses champs. Les arcs-en-ciel étaient encore plus intenses que ceux que j'avais vus autour de la villa de Jaibriol sur Délos : le cyberverrou de Kurj était réglé pour tuer.

— Les docteurs m'ont parlé de Rex Blackstone, reprit Kurj.

Mon attention se reporta sur lui.

— Est-ce que tu l'as déjà vu ?

— Il dort toujours.

Je voulais lui demander ce qu'il savait d'autre. Mais je ne parvenais pas à poser les questions. Confrontée au visage de métal impassible de Kurj, je sentais mes mots s'assécher, tomber en poussière et être balayés.

Donc, à la place, je demandai :

— Est-ce que le largage d'IE de Taas a servi à quelque chose ?

— Un peu, répondit la voix de Kurj en se crispant. Quand nos unités sont finalement arrivées, les étendards de Qox avaient fini d'inonder la planète. Nous n'avons pu trouver personne de vivant. Mais nous avons pu protéger les vaisseaux de réfugiés qui avaient réussi à décoller et qui tentaient de s'enfuir du système.

Je redoutais les paroles qu'il n'avait pas dites.

— Combien de morts ?

Il parlait calmement.

— Les deux tiers de la population.

Les deux tiers. Les mots tombaient comme des pierres. Les deux tiers. Six cents millions de gens vivaient sur Tams. Je me demandais ce que Jaibriol pensait de son père maintenant.

— J'ai également lu ton rapport sur l'Aristo, déclara Kurj.

C'était tout. *J'ai lu ton rapport.* Mais cela voulait dire qu'il connaissait la vérité. Ur Qox avait un héritier. Le diable s'était reproduit.

Rien d'étonnant que l'Empereur n'ait jamais divorcé de sa femme. Elle savait que son « fils » était l'enfant d'une autre femme. Elle avait probablement pensé que Qox avait pris une maîtresse Highton. Avait-il isolé sa femme pendant plusieurs mois avant de se montrer avec le bébé ? Si elle reniait Jaibriol, cela attirerait sur l'héritier Highton une attention que Qox voulait à tout prix éviter. J'étais surpris qu'il n'ait pas aussi assassiné l'Impératrice. Est-ce que Taas avait raison, est-ce qu'Ur Qox aimait réellement sa femme ? Ou bien n'était-il pas sûr de pouvoir la tuer impunément ? Elle avait ses propres serviteurs, son propre appareil politique, probablement avec une influence équivalente à la sienne. Donc il avait passé avec elle un pacte diabolique : elle gardait le silence pour garder son titre.

Il y avait eu une époque où j'avais tenté de me convaincre que, parmi les Aristos, les femmes incarnaient les facettes les plus humaines. Elles ignoraient les militaires, si bien que nous n'avions que rarement de contacts avec elles. Une certaine aura de mystère les entourait. Mais mes trois semaines dans la propriété de Tarque m'avaient définitivement guérie de ces idées. Les Aristos n'avaient pas de facettes humaines. Les femmes étaient aussi cruelles que les hommes. Rien, ni la taille, ni l'apparence, ni le sexe, ni rien d'autre ne faisait l'ombre d'une différence.

Kurj m'observait.

— Les autorités de Délos nous ont envoyé un rapport sur tes activités dans la villa de l'Highton.

Il m'étudia un moment.

— Tes méthodes n'ont pas exactement été ce qu'on peut appeler subtiles.

— Serai-je punie, Majesté ?

— Non.

Ce n'était pas vraiment une surprise. Kurj n'avait jamais vraiment encouragé la subtilité.

— Je me suis arrangé pour que l'escadron Zabo reçoive des honneurs militaires, reprit Kurj. Nous transmettrons la cérémonie dans toutes les actualités holos.

C'était donc ça. Faire de nous des héros. Dans la vision de l'univers selon Kurj, c'était logique. Cela donnerait une meilleure image aux FSI. Je me sentais aussi héroïque qu'une limace.

Sans prévenir, les pensées de Kurj pénétrèrent mon esprit.

— Chaque fois que vous décollez pour une mission, vous risquez vos vies. Tu le sais. Ton escadron le sait.

Il marqua une pause.

— Blackstone le sait aussi.

— Oui, Majesté.

Je gardai caché le reste de mes pensées. Que pouvais-je dire d'autre ? Savoir que Rex était conscient des dangers que nous affrontions ne rendait pas les événements plus faciles à accepter.

— Soz, fit-il en adoucissant sa voix. Tu mérites ces honneurs.

Une lumière s'alluma sur l'une des trois bandes qui entourait le poignet gauche de Kurj. Il portait ses bandes sur ses deux poignets, des rubans métalliques implantés directement dans sa peau. Quand il toucha la lumière, la voix d'un homme retentit dans la pièce :

— Un médecin demande à vous voir, Majesté. Ses codes ont été vérifiés par la sécurité.

— Faites-le entrer, aboya Kurj.

Le champ du cyberverrou s'atténua, laissant une ouverture dans la pièce. Un trou apparut dans le mur et s'élargit jusqu'à former un ovale qui allait du sol jusqu'au plafond. Deux Jagernautes entrèrent par l'ouverture. Je les reconnus tous les deux ; c'étaient deux des quatre gardes du corps de Kurj.

Puis une femme apparut, une jeune fille plutôt. Elle entra, le rouge aux joues et le regard fixé sur le sol. Elle était belle, avec son épaisse chevelure blonde qui descendait en ondulant jusqu'à sa taille. Des boucles s'envolaient autour de son visage, un visage d'une beauté à couper le souffle, doux et fin, doré. Elle avait l'air d'une version délicate et plus jeune de ma mère. La ressemblance était si frappante que j'arrêtai un instant de respirer. Mais il lui manquait cette qualité puissante qu'avait ma mère, cette assurance lumineuse qui attirait les gens comme des papillons de nuit cherchant la lueur chaleureuse d'une lampe brillant dans les ténèbres. Cette fille avait l'air bien plus fragile.

Kurj fit un signe de la tête à ses gardes.

— Vous pouvez nous laisser.

Après que les Jagernautes furent partis, le mur se referma et le champ du cyberverrou se remit en place en ondulant, emprisonnant la jeune femme avec nous. La peur s'abattit sur moi comme un verre qui piège un insecte. Je ne pouvais plus bouger, plus respirer…

— *Blocage*, pensai-je.

La peur diminua, et mes muscles se détendirent. Mais la fille restait figée sur place, regardant le sol. Elle ne parvenait même pas à saluer Kurj, et cette omission, passible de prison, faisait d'elle une criminelle. Quoi qu'il en soit, Kurj aurait pu la condamner à ce que bon lui semblait. Personne n'aurait trouvé à redire. Mais j'avais l'impression que ce n'était pas du tout ce qu'il avait en tête pour elle.

Il regarda la fille.

— Approchez.

D'abord elle ne bougea pas. Puis elle inspira un grand coup et fit un pas en avant, le regard toujours baissé vers le sol. Elle s'arrêta devant lui et s'agenouilla, d'abord sur un genou, puis, comme il ne lui donnait pas la permission de se relever, sur les deux. Ses épaules tremblaient, ce qui faisait glisser le décolleté de dentelle de sa robe blanche, de sorte que sa poitrine était visible pour toute personne qui avait les yeux au-dessus du niveau de ses épaules.

Pendant un moment, Kurj resta à l'observer de haut. Puis finalement, il demanda :

— Vous êtes la fille que j'ai vue s'occuper des enfants à la maternité ?

— Oui, m-monsieur.

— Quel est votre nom ?

— Charissa Deirdre.

— Vous avez un message pour moi ?

— Oui, m-monsieur.

Sa voix était douce.

— Quel est-il ?

— Votre garde, le Jagernaute – le plus grand. Il m'a dit que… que vous aviez donné des ordres. Que… je devais v-vous informer quand…

Elle reprit sa respiration.

— Quand le… l'émission que vous vouliez regarder devait c-commencer.

— Et elle commence ?

— Oui, monsieur.

Une émission ? Que faisait Kurj ? S'il voulait regarder des actualités, tout ce qu'il avait à faire était d'activer la console de ma chambre quand l'émission était sur le point de commencer. Quel intérêt y avait-il à ordonner à une fille qui travaillait à la maternité de venir le prévenir ? Non, je savais pourquoi. Certains hommes demandaient aux femmes qui les intéressaient de venir dîner avec eux. Kurj avait d'autres méthodes.

— Levez-vous, ordonna Kurj.

La fille se leva, les yeux toujours baissés. Elle était assez jeune pour être son arrière-petite-fille, ou même son arrière-arrière-petite-fille : bien qu'il ait l'air d'un fringant quadragénaire sportif, il avait en vérité plus de quatre-vingt-dix ans. Il la dominait de plus d'un demi-mètre et le sommet de sa tête bouclée arrivait à peine au niveau du milieu de la poitrine de Kurj.

— Regardez-moi, exigea-t-il.

Elle releva la tête et montra ses grands yeux, de magnifiques yeux marron parsemés de poussière d'or. Ses joues rougeoyaient. Kurj attrapa le menton de la jeune femme dans sa main gauche, caressant sa joue avec son pouce. Sa main était si grande que ses doigts recouvraient le lobe de son oreille droite et que son pouce, au bout de sa caresse, toucha le lobe gauche. Avec son autre main, il toucha un bouton d'une des bandes métalliques implantées dans son poignet.

— Oui, Majesté?

La voix de son garde sortait de l'intercom dissimulé dans sa bande.

— La fille est prête à partir, affirma Kurj.

Le cyberverrou s'ouvrit une nouvelle fois et les deux Jagernautes revinrent dans la pièce. Kurj les ignora, regardant toujours Charissa. Elle le fixait comme une frêle gazelle hypnotisée par la lampe d'un chasseur.

Kurj pencha la tête et l'embrassa en un long baiser, prenant tout son temps. Puis il se redressa et lança un regard aux Jagernautes.

— Faites-la conduire au palais.

— Oui, Majesté, répondit le garde le plus grand.

Charissa s'en alla avec eux en silence, ne les regardant pas tandis qu'ils l'emmenaient hors de la chambre. Quand elle fut partie, je m'assis sur le lit, mes poings serrés sous les couvertures.

Kurj se tourna vers moi. Après un moment, il déclara :

— Tu n'approuves pas ?

— Tu es un empathe, rétorquai-je. Tu as dû sentir comme elle était terrifiée.

Il haussa les épaules.

— Peut-être.

Peut-être ? Comment avait-il pu être là, debout au milieu de sa terreur et ne pas y réagir ?

Et qui diable étais-je pour le juger ainsi ? J'avais tué un pilote terrifié qui était à peine plus âgé qu'un enfant, bloquant volontairement ses réactions émotionnelles pour pouvoir détruire son vaisseau.

— Si tu ne l'avais pas tué, commenta Kurj, c'est lui qui t'aurait tuée.

Je pensais aux Aristos.

— Donc nous devenons pareils à ceux que nous combattons.

— Nous survivons.

Ma voix claqua avant que je ne puisse l'arrêter.

— Et la survie implique de violer celles qui t'attirent l'œil ?

La mâchoire de Kurj se crispa.

— Tu vas trop loin.

C'était elle. L'image de Tarque se forma, marquée au rouge dans mon esprit. Il m'avait fait s'agenouiller devant lui, chanter ses louanges, l'appeler par tous ces noms écœurants qu'il inventait, tout ça parce qu'il me promettait une trêve dans la souffrance si je faisais ce qu'il voulait.

Kurj soupira. Il s'avança jusqu'à la fenêtre et écarta les rideaux, laissant les rayons du soleil, douloureusement brillants, pénétrer dans la chambre. Il se tenait dans un halo de lumière, luisant comme de l'or, ses mains jointes derrière le dos pendant qu'il regardait, au-dehors, les formes anguleuses de plaston et de métal chromé qui dessinaient les environs de l'hôpital des FSI.

Puis il me dit :

— Tu me compares à un Highton.

Je fis seulement non de la tête. Je ne pouvais pas lui parler de Tarque.

Il se retourna et son corps n'était plus qu'une silhouette dans la lumière vitreuse.

— Il ne t'est jamais venu à l'esprit que je pourrais avoir besoin de compagnie ?

Je le dévisageai. Je ne savais pas ce qui me surprenait le plus : le fait qu'il reconnaisse souffrir de sa solitude ou les méthodes qu'il employait pour soulager celle-ci. Quelle sorte de compagnie lui offrirait Charissa si elle était tellement traumatisée qu'elle pouvait à peine respirer quand elle se trouvait dans la même pièce que lui ?

— Tu veux que je lui fasse la cour, se moqua Kurj. Que je la « courtise ». Que je fasse en sorte qu'elle veuille venir avec moi.

Ses paroles devenaient plus dures.

— Je ne m'incline devant personne. Ni devant Ur Qox, ni devant le Président des Alliés, et encore moins devant Charissa Deirdre.

C'est comme ça que tu vois l'amour ? pensai-je. *Comme une perte de contrôle ? Ou bien est-ce que tu la punis pour sa ressemblance avec la seule femme avec qui tu voudrais absolument coucher, la seule que tu n'auras jamais ?* Mais je ne laissai pas ces pensées aller là où il les trouverait. Il était sans doute vrai que j'étais la personne qui parlait le plus ouvertement à Kurj. Mais même ainsi, les limites à ce que je pouvais dire librement – et même penser librement – en sa présence étaient trop strictes pour autoriser certaines vérités.

Depuis toutes ces années, Kurj restait une énigme pour moi. C'était un chef de guerre brillant, de ceux qui inspirent une loyauté féroce à ses officiers. Dans mon esprit, je n'avais pas encore réussi à concilier cet aspect avec ses côtés plus sombres.

De l'autre côté de la salle, l'installation RV s'activa, semant des motifs tourbillonnants et des lignes sur son écran mural. Puis un holo se forma devant lui, l'image tridimensionnelle d'un puma noir au poil luisant et aux yeux rouges. Ses lèvres se retroussèrent en un grondement, dévoilant des dents qui brillaient comme des lames humides. La musique montait du mur, jouant la mélodie lancinante de l'hymne troqueur.

Bien. Kurj *avait* réglé la console pour qu'elle s'active. Il observait l'écran maintenant, les bras croisés, son regard fixé sur l'emblème de son ennemi. Il avait déjà classé Charissa dans un coin de son esprit et était passé à d'autres problèmes.

Quant à moi, je ne pouvais pas la faire sortir si facilement de mes pensées. Je revoyais son visage apeuré, je ressentais son horrible impression de chute quand elle avait entendu Kurj déclarer : « *Faites-la conduire au palais.* »

— *Blocage,* commandai-je.

La psicône surgit dans mon esprit et s'éteignit, mais c'était fini. Le souvenir restait intense. Le blocage ne faisait qu'enlever les émotions. Effacer les souvenirs était trop dangereux : le processus pouvait par erreur effacer également d'autres informations importantes.

Devant l'écran, le puma étendit une patte vers l'avant, sortant ses griffes en un éventail de pointes aiguisées au moment où l'hymne troqueur retentissait *crescendo.*

Je parlai d'une voix aussi neutre que possible.

— Qui émet cela ?

Kurj continua à observer le puma.

— Nous l'avons capté sur les ondes des Troqueurs.

— C'est Qox qui parle ?

— Oui.

Nous recevions sans doute la transmission avant même la plupart des mondes troqueurs. Pour transmettre vers d'autres planètes, Qox devait enregistrer l'émission et l'envoyer par vaisseau à tous ceux dont il voulait qu'ils l'entendent. Mais une fois que nous l'avions captée, nous pouvions l'expédier instantanément dans tout le Réseau skol à destination des télops, les opérateurs télépathes entraînés pour recevoir les communications psiber.

L'émission devait parler de Tams. Qox ne pouvait plus tricher, cette fois. Deux cents millions de témoins avaient survécu à sa dernière tentative de génocide. Leurs paroles démasqueraient son mensonge.

L'image du puma étincela – puis nous fûmes là, assis dans une grande salle circulaire qui résonnait. Loin au-dessus de nos têtes, le plafond s'incurvait en un grand dôme blanc. Des bancs au dossier élevé, taillés en pierre blanche, remplissaient la salle et leur courbure formait des anneaux concentriques autour du milieu de la pièce. Le plus petit cercle faisait quelques mètres à peine et le plus grand entourait tout le périmètre de la salle. Des coussins rouges, des coussins rouge sang rembourrés, couvraient les bancs et leurs dossiers pour les rendre plus confortables.

Des Aristos étaient assis. Des rangées et des rangées. Des centaines. Des milliers. Ils étaient côté à côte, comme des éléments d'une machine, tous vêtus de noir, avec leurs cheveux noir brillant et leurs yeux rubis, tous assis sur des coussins rouge sang dans cette salle de pierre blanche.

Au centre des cercles, un pilier de cristal s'élevait du sol presque jusqu'au plafond. Le cristal était si limpide qu'il aurait été invisible s'il n'y avait eu la distorsion due à la lumière réfractée au travers. Tout ce qui se trouvait derrière semblait décalé et magnifié.

Le puma était tapi dans l'air derrière le pilier. L'animal se déforma et gonfla de taille, ses proportions grandissant. Ses pattes arrière s'étendirent, son corps se redressa, ses pattes avant se développèrent comme des bras, sa fourrure disparut pour ne laisser que des cheveux – et finalement un homme se tint là, haut de deux mètres, de trois, de quatre. Quand il eut fini de grandir, il mesurait cinq mètres, sa tête touchant presque le plafond de la pièce.

Il se tenait derrière le pilier, l'utilisant comme un pupitre. Il était mince, émacié. Ses traits étaient indiscutablement Highton, mais rien d'autre ne rendait son visage vraiment remarquable. Ce qui le distinguait, c'était sa présence, un air d'autorité incontestable qui le désignait comme Ur Qox, empereur d'Eubée.

La musique s'arrêta. Qox attendit un moment, puis parla dans la langue Highton.

— Mes sujets, c'est avec une grande fierté que je me présente devant vous ce soir. Nous avons beaucoup de raisons de nous réjouir. Nous, les enfants d'Eubée, avons été choisis. Nous avons l'honneur jusqu'ici inconnu, l'honneur de vivre dans la plus puissante civilisation qui ait jamais orné la grande spirale mobile de la galaxie.

Il s'interrompit un instant.

— Nous avons travaillé dur pour construire notre gloire. Pour briller là où les ténèbres enveloppaient les étoiles. Nous avons lutté sans faillir contre les menaces qui planaient sur nos réussites et notre sécurité.

Et il continua, encore et encore, ajoutant toujours plus de louanges à son empire. Il ne mentionna même pas Tams. Pensait-il vraiment qu'il pourrait le dissimuler? Je souhaitais qu'il achève ce satané discours. Le voir, même maintenant, si longtemps après qu'il eut enregistré ce discours, me donnait l'impression que des mites s'enfonçaient dans ma chair. Lui, les Highton, tous les Aristos – leur seule image suffisait à nous terroriser, comme si nos esprits comprenaient de quoi ils étaient capables, mais qu'ils le comprenaient seulement sur un plan subliminal, alors que nos pensées conscientes essayaient de le refuser.

— Je suis venu vous trouver ce soir avec de grandes nouvelles, continua Qox. La menace constante sous laquelle nous vivions, la menace d'être réduit en esclavage par nos ennemis maléfiques, vient d'être frappée d'un grand coup.

Son expression se fit plus ferme; c'était celle d'un chef luttant contre une juste colère.

— Le dernier objectif des ignobles forces impériales était la Station Tams, un des membres les plus vulnérables du Concordat. Hier, l'Imperium de Skolia a attaqué la fragile planète Tams sans aucune provocation.

Je ne pouvais pas y croire. Il nous accusait. Dans le « siège » près de moi, Kurj se raidit. Tout autour de nous, les Aristos faisaient cliqueter les anneaux ornés à leurs doigts, clic, clic, clic, comme un insecte géant stridulant de nervosité.

À présent, la tristesse perçait dans la voix de Qox.

— C'est avec la plus grande peine que je vous annonce cette nouvelle. Tams a perdu l'essentiel de sa population. Oui, mes sujets, *quatre cents millions* de citoyens innocents sont morts aux mains de l'imperator de Skolia.

Kurj regardait le discours avec ses yeux couverts, son visage pareil à un masque de métal. Mais j'étais une empathe, une de son propre sang. Quelle que soit l'application avec laquelle il essayait de bloquer sa colère, je pouvais quand même la sentir.

Le triomphe rayonna sur le visage de Qox.

— Mais nos vaillantes forces ont repoussé les guerroyeurs. Nous avons sauvé deux cents millions de nos courageux citoyens.

Je grinçai des dents. C'était encore pire que ce que j'avais prévu.

La fierté gonfla la voix de Qox.

— Mes sujets, je ne peux pas tirer tout le crédit du sauvetage sur Tams. Non, ce crédit en incombe à un héros semblable à nul autre, un homme dont la grandeur commence tout juste à briller, une étoile montante qui a su briller aux heures les plus sombres de Tams.

Il fit signe à quelqu'un qui se tenait hors du champ de la caméra. Pendant un moment très théâtral, il se tint seul, attendant, les bras ouverts.

Puis Jaibriol apparut au pupitre.

Qox jeta un regard circulaire à l'aristocratie assemblée de son empire.

— Cet homme a commandé la mission qui a sauvé la Station Tams.

Il posa sa main sur le bras de Jaibriol.

— Je vous présente le Seigneur J'briol U'jjr Qox. Mon fils. L'héritier Highton.

— Non, murmura Kurj.

Un murmure de surprise parcourut les Aristos, comme un vol d'oiseaux dérangés sur leurs perchoirs, s'élevant dans l'air dans un fouillis de bruit et de mouvements. Tout autour de nous, leurs anneaux cliquetaient, clic-clic-clic, clic-clic-clic.

Jaibriol ne répondait pas. Il ressemblait à peine à l'homme que j'avais rencontré sur Délos. De grands cercles sombres cernaient ses yeux. Il se tenait près de son père comme une statue, immobile, sombre et silencieux.

Qox continua à décrire comment il avait caché la naissance de son fils. Des assassins impériaux avaient tenté de tuer l'héritier Highton, mais désormais les assassins étaient morts, tués dans une bataille acharnée par de courageux soldats eubiens qui avaient défendu Jaibriol Qox au péril de leur vie. Il conclut avec de nouvelles louanges pour sa propre grandeur et celle de ses ancêtres, et des Highton, et d'Eubée.

Pendant tout ce temps, Jaibriol resta là, sans sourire, avec sa grande taille et sa largeur. C'était l'image même de ses vénérés ancêtres, le parfait héros en tout point, l'héritier extraordinairement séduisant de la dynastie Qox. Les Troqueurs allaient littéralement l'adorer.

Dieux merci, l'émission s'arrêta enfin et la salle de l'assemblée s'évapora et laissa place à la réalité de ma chambre d'hôpital. J'étais toujours assise dans mon lit, trop démoralisée pour parler.

Finalement, Kurj prit la parole :

— Il nous accuse pour Tams.

— Il ne pourra pas s'en tirer, répliquai-je. Il y a deux cents millions de témoins.

— Et quand bien même…

Et quand bien même.

— *Peut-être que son fils mourra pitoyablement au combat*, se consola mentalement Kurj.

Je déglutis.

— *Peut-être.*

Une telle perte écraserait Qox plus que Kurj ne le croyait. Elle détruirait les plans méticuleusement exécutés de deux générations d'empereurs qui avaient sacrifié leurs maudites « lignées » pour pouvoir engendrer un héritier Rhon. C'était un risque que, je le savais, Qox n'avait aucunement l'intention de prendre. Jaibriol ne verrait jamais le combat de près.

Je me demandais ce qu'Ur Qox ferait s'il savait que les témoins de son crime avaient survécu parce que son fils, « l'étoile montante qui a su briller aux heures les plus sombres de Tams », avait trahi en révélant les projets de son père à une héritière impériale.

Rex était allongé sur le dos, les yeux fermés, et sa poitrine se soulevait et s'abaissait lentement sous les couvertures. Son visage semblait si maigre, tellement plus pâle que dans ma mémoire… Un drap doré recouvrait l'essentiel de son corps, ne me permettant de voir que ses épaules et sa tête. Le col de sa chemise d'hôpital bleue était grand ouvert au niveau du cou, le faisant paraître d'autant plus vulnérable.

C'était un lit à flottaison : son enveloppe s'étirait autour d'un coussin d'air et on pouvait voir la puce électronique incrustée dans un coin. Les mailles d'anneaux supraconducteurs entrelacées dans l'enveloppe réagissaient au moindre de ses mouvements : ici elles soulageaient ses jambes ; là, elles durcissaient pour lui soutenir le dos. Le lit à flottaison oscillait un petit peu, dans le même mouvement que font les vagues qui viennent secouer un bateau. La plupart des empathes préféraient la flottaison plutôt que le nervoplex, parce que ce type de lit réagissait comme une machine inanimée plutôt que comme une sorte de matière vivante.

Je ne savais pas si je devais rester ou revenir plus tard quand il serait réveillé. J'hésitai, puis je fis demi-tour pour partir. Après un pas, j'entendis sa voix derrière moi :

— Soz.

Je me retournai, affichant un large sourire.

— Tu es réveillé.

Il m'observa avec une expression neutre.

— Apparemment.

— Comment te sens-tu ?

— Bien.

Je me mordis la lèvre.

— Rex… je suis désolée.

— De quoi ? demanda Rex. De m'avoir sauvé la vie ?

— De t'avoir mis dans cet état

Je regardai la forme de ses jambes sous les couvertures.

— Comme ça.

— Paralysé, insista Rex. Le terme est *paralysé.*

Je rougis.

— Excuse-moi.

— Arrête.

Il repoussa une mèche de cheveux de devant ses yeux et le lit se réajusta, tentant de dissiper sa tension.

— Arrête de déverser sur moi toute cette culpabilité que tu crois avoir. Je ne peux pas affronter ça.

J'essayai de parler, puis je me rendis compte de ce que j'allais faire et, au lieu de ça, je me contentai de sourire.

— Tu crois que c'est drôle ? répliqua Rex

— J'allais te demander de m'excuser de t'avoir demandé de m'excuser…

Son visage se détendit et il fit presque un sourire.

— Merci de ne pas le faire.

Je m'assis sur le bord du lit, ma hanche touchant presque la sienne. Je cherchai une position le temps que le lit à flottaison s'adapta à mon poids. Puis je pris sa main sur mes cuisses.

— Rex, tout ira bien pour nous. Nous avons juste besoin d'un peu de temps pour nous adapter.

Il enroula ses doigts autour des miens.

— Soz…

Sa voix me mettait mal à l'aise. Quelque chose en elle me prévenait que je n'allais pas aimer ce qu'il s'apprêtait à me dire.

— Oui ?

— Je pense que nous devrions annuler le mariage.

— Tu ne veux pas dire que…

— Ne m'explique pas ce que je veux dire.

— Le fait que tes jambes ne bougent pas ne change rien à ce que je ressens pour toi.

Il soupira.

— Chaque fois que je te verrai… je me rappellerai tout ce que j'ai perdu.

— Nous nous ferons de nouveaux souvenirs.

Puis je pensai :

— *Rex.*

Mais ses portes mentales étaient closes.

— Tu es assise là… si belle… si *complète*… et je ne peux pas le supporter… même si c'est seulement pour te voir.

Je soulevai sa main jusqu'à mes lèvres et j'embrassai ses phalanges.

— Je sais que ce sera difficile. Mais nous pouvons dépasser cet obstacle.

Il avala sa salive.

— Pas cette fois.

— *Rex, nous sommes forts ensemble. Nous pouvons faire face. Nous avons besoin l'un de l'autre.*

Il resserra son étreinte sur ma main.

— Tu ne comprends pas ?

— Non, non, je ne comprends pas. Tu as promis que tu ne me quitterais pas.

— Te quitter ? Je ne peux même pas quitter ce lit d'hôpital tout seul !

— Je ne t'aime pas moins pour autant.

Il grinça des dents.

— Soz, je ne peux pas être physiquement ton mari.

— Ça pourrait évoluer.

— Et si ça ne change pas ?

— C'est toi que je veux épouser, pas tes organes génitaux.

Il me lança un regard incrédule.

— Tu as le corps et les pulsions d'une jeune femme. Tu les auras encore quand je serai un vieillard croulant. Qu'est-ce que tu vas faire ? Rester chaste pour le reste de ta vie ? Mais non, tu n'y es pas obligée. Tu n'as jamais vraiment compris l'effet que tu as sur les gens.

Un muscle de son visage se crispa.

— Je ne veux pas rester à regarder pendant que tu prendras des amants.

Je l'étudiai un instant.

— Tu me connais mieux que ça.

— Tu es un être humain. Pas une sainte.

Je n'allais certainement pas contester ça. Mais même ainsi, il avait tort pour les amants. Je repris maladroitement :

— Comment dire ? Tu as quand même une réputation qui a quasiment fait le tour de la galaxie.

— Qu'est-ce que tu entends par là ?

Je souris.

— Toi plus que tous les autres, tu devrais savoir qu'il y a plus d'une façon de satisfaire une femme.

— Ce n'est pas pareil.

— Ça m'est égal. *Rex.*

J'essayai de le contacter, mais je me heurtai à un mur bien solide.

— Avant, je ne pouvais pas te donner d'héritier, soupira Rex. Maintenant, je ne peux même plus te donner d'enfants.

— Tu n'en sais rien.

Je recommençais à parler trop vite.

— Peut-être que nous devrons faire appel aux docteurs, mais nous pourrons quand même le faire.

— Merde, Soz. Est-ce que tu m'écoutes ?

Il prit appui sur ses coudes.

— Je ne serai jamais le mari handicapé de l'Imperator.

— Je ne suis pas l'Imperator.

— Il n'y a pas de comparaison possible entre ton frère Althor et toi. C'est toi qui seras imperator. Il te faut un conjoint digne de ce rang.

— Ne dis pas ça.

Je m'efforçai de garder une voix calme.

— Même si je deviens imperator un jour, ça ne fera pas la moindre différence. Tes jambes… ça ne compte pas pour moi.

— Ça compte pour moi.

— *Rex. On peut dépasser tout ça. J'en suis certaine.*

Il se rallongea et observa le plafond. Puis, finalement, il ouvrit son esprit, l'ouvrit grand. Je ressentis ce que c'était pour lui d'être allongé là, impuissant, de se souvenir de ce qu'avait été le passé, d'imaginer ce que notre vie serait désormais. Je ressentis sa frustration, sa honte et sa douleur de me voir. J'étais comme un laser qui le découpait en morceaux. Je ne pouvais souhaiter ça à aucun être humain, et encore moins à l'homme que j'aimais.

— Au revoir, Sauscony, dit-il.

Ma voix hoqueta.

— Au revoir.

Je sortis de la salle à tâtons, incapable de voir quoi que ce soit à cause de l'écran flou qui mouillait mes yeux.

Le bureau de l'Imperator était immense, et plein de vide. Il n'y avait ni tapis, ni décoration, presque aucun meuble. Les murs n'étaient ni en verre, ni en métal, mais en une matière lisse intermédiaire. Ils luisaient d'une teinte orange et or, celles des vues du désert prises sur le monde qui avait été la patrie de notre grand-père. Il y a cinquante-cinq ans, cela avait été le bureau de notre grand-père. C'était avant que Kurj – accidentellement ou - non – ne le tue et ne reprenne sa fonction d'imperator.

Parfois, je me demandais comment notre mère pouvait accepter cela, savoir que son fils aîné avait tué son père. L'Assemblée avait conclu à un accident. Mais en lisant la transcription de leurs délibérations, je n'étais pas certaine de savoir s'ils étaient parvenus à cette conclusion parce qu'ils croyaient sincèrement à cette thèse ou parce qu'ils s'étaient inclinés devant la maîtrise de Kurj sur le Réseau skol et l'armée.

Tout cela au moins était clair : les passions qui avaient déchiré ma famille à l'époque – la mort de grand-père, la fuite terrifiée de ma mère loin de Kurj, son mariage secret avec mon père – étaient toutes une menace directe à la survie de l'Imperium. Si les Rhon se détruisaient, le Réseau skol s'effondrerait, et sans lui Skolia tomberait devant la supériorité militaire des Troqueurs, comme des œufs s'écrasant au sol. J'étais certaine que l'Assemblée avait fait ce qui lui avait semblé nécessaire pour assurer la survie de la famille tumultueuse qui maintenait le Réseau en vie.

Ma mère ne parlait jamais de la mort de mon grand-père. Est-ce que cela la tourmentait encore même après toutes ces années ? Est-ce que Kurj l'avait assassiné afin de s'emparer de la puissance de l'Imperator avant la date prévue ? Ou était-ce vraiment un accident ? Seule ma mère connaissait la vérité.

Kurj était assis et m'observait depuis son fauteuil. Le bureau devant lui s'étendait sur toute la longueur de la pièce. C'était une plaque de verre épaisse de trente centimètres, avec des écrans de console et des claviers incrustés à l'intérieur ainsi que dans les colonnes qui la supportaient. Le mur derrière lui était constitué d'une fenêtre aussi épaisse que le poing, en verre polarisé pour atténuer l'éclat brûlant du soleil dieshan. Le bureau était en altitude, au sommet d'une tour, la plus haute de toutes les tours vitrées de la métropole que constituait le quartier général. Par la fenêtre, j'apercevais un paysage de rectangles, de tours ou de bâtiments massifs, totalement fonctionnels, mêlant le verre, l'acier et le ciment le plus solide. Là où la cité s'arrêtait commençait le désert rouge, qui s'étendait jusqu'à l'horizon, plat et aride.

Un planeur surgit de derrière une tour voisine, virant de l'aile en une courbe régulière. La lumière du soleil se réfléchissait sur son fuselage laqué noir. L'insigne argenté des Forces Spatiales Impériales étincelait sur son nez, les lettres FSI inscrites dans un triangle, lui-même entouré d'un soleil en pleine explosion.

La fenêtre n'avait aucun rideau. Kurj n'en avait pas besoin. Il se servait de cette fenêtre comme d'un outil. Il réglait la polarisation du verre pour atténuer l'éclat, mais juste assez pour qu'il ne soit pas aveuglant. Je restai debout devant le bureau, veillant à ne pas cligner des yeux. Même avec mes nerfs optiques améliorés, mes yeux refusaient quand même de s'accoutumer à la fois au paysage lumineux au-dehors et au visage sombre de Kurj à l'intérieur. C'était une silhouette d'ombre dans un fauteuil, son visage et son esprit restaient insondables.

— Camp Foreshires, répéta Kurj. Je veux que tu entraînes les cadets de l'IMJ.

Je ne voulais pas de cette nouvelle affectation. Je n'avais aucune envie d'entraîner des cadets à l'académie militaire.

— Je demande la permission de parler.

— Accordée.

— J'aimerais reprendre mon escadron.

Kurj continuait à m'observer. Son esprit appuya sur le mien comme un poids gigantesque.

Mais ça ne m'importait pas. Je voulais juste partir combattre et combattre et combattre, jusqu'à ce que tous les Troqueurs aient souffert autant que les donneurs souffraient, autant que les gens que les Troqueurs avaient torturés souffraient. Autant que Rex souffrait. Je voulais partir pulvériser ces salauds.

— Donc tu veux une nouvelle affectation au combat, médita Kurj.

— Oui, Majesté.

— Tu veux combattre les Troqueurs.

— Oui, Majesté.

— Les tuer.

— Oui, Majesté.

— Les détruire.

— Oui, Majesté.

Kurj m'étudiait.

— J'ai déjà eu la même conversation avec Rex Blackstone, un jour.

Cette remarque me déstabilisa.

— Majesté ?

Kurj se leva et alla à la fenêtre. Il me tournait le dos, les mains jointes derrière lui pendant qu'il contemplait la ville. Sa ville. Sa planète. Son empire.

— C'était quand vous êtes tous les deux rentrés de la Station Tams, expliqua-t-il. Après que tu as été la donneuse de Kryx Tarque.

Je me crispai. Kurj et moi n'avions jamais parlé de ce qui s'était passé sur Tams. Il en connaissait tous les détails d'après mes rapports. Mais je ne lui en avais jamais parlé. Et je n'avais pas l'intention de commencer maintenant.

— Tu crois que je veux me venger, affirmai-je.

— Ce n'est pas le cas ?

— Eh bien, pourquoi pas ?

— La soif de vengeance obscurcit l'esprit.

— Mon esprit se porte bien.

— Blackstone disait la même chose.

— Ce n'est pas pareil.

— Non, c'est exact.

Kurj se retourna pour me faire face.

— J'ai besoin de toi en état. Avec un corps sain. Avec un esprit sain.

— Tu cherches des problèmes qui n'existent pas.

Kurj ne répondit pas. Il ne bougea même pas. Il ne fit que me regarder avec son visage de métal.

— **Attention**, m'alerta ma jonction nerveuse. **Une sonde externe procède à une manœuvre de fouille intrusive**.

— *Laisse-le regarder*, ordonnai-je.

En vérité, aucun autre télépathe n'avait la puissance pure de Kurj. Mais elle était comme sa force physique : brutale et lourde. Il n'avait pas la délicatesse nécessaire pour découvrir ce que je lui avais caché.

Il resta immobile pendant un long moment, toujours debout. Puis finalement, il parla :

— Très bien. Je laisse ouverte la possibilité d'une affectation au combat. Mais pour le moment, j'ai besoin de toi à l'IMJ. Il me faut un bon instructeur là-bas.

— Bien Majesté.

Je savais qu'il valait mieux ne pas le pousser plus loin. Mais derrière mes murs et mes barrières, cachée dans la forteresse de glace qui entourait mes émotions, je pensai :

— Je vais revenir. Il y a trop de choses en suspens.

DEUXIÈME PARTIE

CAMP FORESHIRES

Chapitre 8

Un temps pour chercher

Retourner sur Camp Foreshires était comme rentrer à la maison. Enfin presque. J'étais restée affectée ici quelques années seulement après mon engagement. La caserne où je logeais à l'époque faisait partie d'un bâtiment étroit en pleine campagne, près de l'Institut Militaire Jacob, à environ vingt kilomètres de la ville d'Éos. Aujourd'hui, mes « quartiers » se situaient à l'intérieur d'une zone plus aisée, dans un immeuble ancien aux appartements luxueux.

J'aurais préféré loger dans la caserne près de l'IMJ.

Mon affectation consistait à concevoir le programme d'entraînement qui permettrait aux cadets de l'IMJ d'avoir une meilleure forme physique. Je passais deux jours sur huit avec eux et le reste du temps, les instructeurs appliquaient mon programme. C'était un bon programme. Il aurait poussé n'importe quel cadet au maximum de ses capacités physiques. Mais une fois que j'avais fini de l'organiser, je n'avais plus rien à faire.

Donc pendant six jours de chaque huitaine, je restais assise dans mon loft et je ruminais. Je savais ce que Kurj mijotait. Il voulait que je me remette de je ne sais quelles tensions qui, dans son esprit, interféraient avec mes capacités d'action. J'étais un rouage essentiel de sa machine de guerre, un rouage qui, il l'avait décidé, avait besoin de révision. Il m'avait donc donné des ordres ridicules, m'avait coincée dans une ville magnifique, sur une planète magnifique, et il avait supposé que la nature ferait le reste.

Il avait tort. La nature n'avait rien fait. Je restais assise dans mon appartement et je fixais les murs lambrissés jusqu'à ce que je sois sur le point d'exploser. J'avais été stupide de croire que j'aurais pu quitter le service actif. Je ne pouvais pas prendre ma retraite. Ça donnait trop de temps pour réfléchir.

Kurj avait raison sur un point, tout de même. Le programme de l'IMJ avait besoin d'une remise à niveau. Je remaniai entièrement l'emploi du temps des cadets, changeant tout, du menu de leur petit-déjeuner jusqu'au nombre de kilomètres qu'ils devaient parcourir, en passant par les horaires des séances d'escalade. Seulement quatorze pour cent d'entre eux purent faire face aux exigences du programme quand je le testai pour la première fois sur eux.

Char Iaki, le Commandant de l'IMJ, me prit finalement à part une après-midi, dans son bureau. Il désigna la fenêtre d'un signe de la tête. Dehors, dans la lumière oblique du soleil d'or, les cadets traversaient le parvis, se dirigeant vers les salles de classe, la bibliothèque, les salles de simulation.

— Il leur faut plus de temps pour travailler leurs cours, m'expliqua Iaki. À la fin de la journée, ils sont trop épuisés pour bouger, et encore plus pour étudier.

— Nous devions nous plier à des exigences bien plus strictes à l'AMD, rétorquai-je.

Il était exact que l'Académie Militaire, qui formait les Jagernautes, perdait habituellement la moitié de ses recrues entre l'inscription et le diplôme. Mais ce n'était pas pour rien.

— Ces hommes et ces femmes doivent être les meilleurs. S'ils n'y parviennent pas, nous ferions mieux de le savoir dès maintenant plutôt que de le découvrir au moment où nos vies dépendront de leur capacité à rester efficaces malgré la pression.

Iaki parlait d'une voix calme :

— Les former et les briser sont deux choses bien différentes.

Donc maintenant, je restais assise dans mon appartement et je me demandais si je n'en faisais pas trop. Pourquoi seulement se soucier de former des cadets ? Les Troqueurs seraient inexorablement vainqueurs. Ils nous briseraient, quelle que soit l'ardeur avec laquelle nous les combattrions. À quoi tout cela servait-il ?

Nous allions tous mourir, ou pire, être dévorés par la machine de guerre aristo.

Arrête ça, me dis-je à moi-même. Je choisis un hololivre que j'avais laissé tomber sur le sofa la nuit dernière. Le titre brillait en lettres roses : LOCUTIONS LOINTAINES. C'était mon passe-temps, apprendre les expressions toutes faites de tous les langages. Mon frère Kelric et moi faisions cela tout le temps quand nous étions petits, cherchant toujours des tournures de phrases habiles. *Sauscony está construyendo castillos en el aire.* Sauscony construit des châteaux dans l'air. Il y en avait une bonne qui venait de l'anglais : *shot to high heaven.* Tirer des plans sur la comète.

Je relâchai un long souffle et posai le livre. Puis je me levai et marchai jusqu'à une fenêtre orientée plein sud qui donnait sur la campagne. L'immeuble dans lequel je vivais était situé à la limite du Comté de Jacob, un parc vallonné aux collines couvertes d'herbe-nuée qui ondulait comme des nuages dorés défilant au-dessus du sol. C'était le début de soirée, une soirée plus douce que sur Diesha, plus courte que sur Délos. Le soleil ambré flottait au sud-ouest, au-dessus de l'horizon.

De tous les endroits où j'avais vécu, à part la maison de mon enfance, c'était Foreshires que je préférais. C'était la seconde planète d'une étoile orangée qui avait été baptisée Ruth par l'explorateur qui avait découvert son système planétaire. Avant son occupation par les FSI, les gens avaient numéroté les vingt-trois villes en fonction de la date de leur construction. Mais je ne sais quel administrateur des FSI, se sentant une âme de poète, avait rebaptisé cette ville Éos, d'après une déesse de l'aube qu'il avait apparemment découverte dans un traité de mythologie alliée.

Mon frère Kurj n'avait vraiment pas la fibre poétique, et il préférait largement les noms bien ordonnés à la poésie. Mais la mythologie de la Terre l'avait toujours fasciné, particulièrement l'œuvre d'un tragédien appelé Sénèque. Je ne l'avais jamais lu moi-même, et je n'étais pas sûre que Kurj lui-même sache pourquoi ces textes le fascinaient. Quelle qu'en soit la raison, il avait laissé Éos comme nom à cette ville qui auparavant était seulement Ruth-2, #17.

Je comprenais tout à fait les raisons qui pouvaient pousser quelqu'un à basculer dans le romantisme devant cet endroit. Le ciel seul avait inspiré des monceaux de poèmes à son peuple, descendant d'un groupe de colons indépendants qui s'étaient installés là cent ans auparavant. À cette latitude, 30 degrés nord, les anneaux de la planète s'élançaient dans le ciel comme un pont, atteignant leur point culminant droit vers le sud. Si j'avais été à l'équateur, ils se seraient élevés droit au-dessus de ma tête, formant une ligne si mince qu'elle aurait presque disparu. Mais ici, l'arche s'incurvait en une bande plus large. L'endroit le plus épais était situé au sud, le bord le plus bas passant à 41 degrés au-dessus de l'horizon alors que le bord le plus élevé culminait à 45 degrés. L'arche avait une légère teinte blanchâtre-doré, mais en s'inclinant vers l'horizon parsemé de montagnes à l'est et à l'ouest, elle prenait des couleurs orange sombre, puis rose et finalement rouge.

Je me demandais à quoi tout cela avait pu ressembler, il y a tant de siècles, quand un astéroïde avait ricoché sur la surface de Foreshires. Ça n'avait pas pu être trop catastrophique étant donné que la planète semblait complètement remise, les anneaux étant la seule trace visible de cet événement.

En revanche, les plantes et les animaux étaient encore en train de s'adapter à la présence des anneaux, et à celle de poussière dans l'air. La friction avec les couches supérieures de l'atmosphère et les collisions entre rochers provoquaient toujours des chutes de fragments des anneaux sur la planète. Ils apparaissaient dans le ciel comme des météorites. L'atmosphère contenait de la poussière, des impuretés chimiques et des cendres, engendrant un léger brouillard qui ne se levait jamais. La lumière solaire ambrée était également plus proche de l'extrémité rouge du spectre que pour la moyenne des soleils des mondes humains habitables. Tout cela contribuait à donner à Foreshires un ciel doré profond au lieu du bleu plus habituel dans les mondes ayant des atmosphères d'oxygène et d'azote.

Mais malgré toute sa beauté, le ciel me paraissait étrange, anormal, pas comme chez moi. Je ne voulais cependant pas regarder un beau ciel en ce moment. Je voulais voir des gens. De vraies personnes. Pas des robots, ou des machines ou des Jagernautes. Des gens normaux.

Je me baissai et me massai un mollet pour faire passer une crampe. La gravité ici était un peu plus élevée que la normale, même si elle ne l'était pas plus que sur le monde où j'avais passé mon enfance. Mais habituellement, il me fallait un moment pour m'y habituer après avoir été sur Diesha ou dans l'espace.

J'allai jusqu'à une fenêtre orientée vers l'ouest, vers la ville. De là, je pouvais voir une avenue, en contrebas, qui lézardait dans la lumière dorée du soir. Je ne voyais pas grand-chose de la rue, cependant : les arbres avaient un feuillage luxuriant, formant une voûte verte qui commençait quelques mètres seulement en dessous du niveau de mon appartement et qui s'étendait vers l'ouest et le nord sur des kilomètres. C'était comme être au-dessus des nuages, sauf que c'était des nuages verts et feuillus.

Non loin, une tour pointait au-dessus des arbres et d'autres étaient visibles au loin. Même si je savais qu'elles étaient identiques à celle où j'habitais – en métal et plaston –, elles avaient l'air d'œuvres délicates en bois de rose, ivoire et ébène, avec des pointes de vert, comme si l'artiste les avait façonnées minutieusement avant de les accrocher contre le ciel d'or. Chacune s'incurvait en forme de croissant pour rappeler les anneaux. La partie convexe de la tour la plus proche faisait face à l'ouest, mais les autres étaient tournées dans d'autres directions.

J'observai l'avenue en bas. N'y avait-il donc *personne* près d'ici ? Ici et là, quand le vent poussait les feuilles, j'apercevais les carreaux bleu pâle qui pavaient la rue en contrebas.

Un couple apparut, se promenant le long de l'avenue. Ils étaient vêtus de vêtements étriqués qui évoquaient des pétales roses et gris ondulant dans le vent. Il était difficile de voir clairement depuis cette hauteur, mais il semblait que la femme riait. L'homme commençait à rire également. C'était un grand homme aux cheveux sombres, qui semblait avoir un gros rire. Comme Rex.

Je me détournai de la fenêtre. Qu'est-ce qui n'allait pas chez Kurj, pour m'envoyer ici avec rien de mieux à faire que réfléchir ?

Eh bien, rien ne me forçait à rester assise et à prendre racine. Je pouvais sortir. Faire quelque chose. Mais quoi ? Les seuls gens que je connaissais sur Foreshires étaient des militaires. J'étais constamment invitée à des dîners officiels à l'Ambassade impériale où je devais rester debout dans mon uniforme d'apparat doré, avec mon pantalon, ma tunique et mon châle brillants, et avec un sabre pendu sur ma hanche qui ne servait à rien d'autre qu'à briller un peu plus avec tout le reste. C'était horrible.

Je jetai un coup d'œil à la console sur le mur. L'ordinateur était un Pak 20. Il pouvait tout faire pour moi. Enfin bon, presque tout. Je ne pensais pas que les activités conjugales soient dans ses cordes. Ou peut-être qu'il pouvait même faire ça. Par réalité virtuelle dans la chambre.

— Pako, déclarai-je, je veux des vêtements.

Une lueur s'alluma sur la console.

— **Uniforme d'apparat ou de service ?**

— Pas d'uniforme. Des vêtements. Tu sais, ce que portent les gens normaux.

— **Dans quel style ?**

Quel style ?

— Je ne sais pas. Choisis quelque chose. Ce qu'une femme d'ici porterait pour se promener.

L'écran de Pako s'activa et un holo apparut devant lui, une image de moi nue debout dans les airs. J'eus un instant d'hésitation car j'étais surprise de voir à quel point je paraissais jeune.

Des vêtements apparurent sur l'image, un paréo qui couvrait à peine ma poitrine et mes fesses.

— **Est-ce acceptable ?** demanda Pako.

Je rougis.

— J'ai dit des vêtements, pas des lambeaux de tissus.

Le paréo se changea en une robe bleue translucide qui descendait presque jusqu'au genou.

— **Est-ce acceptable ?**

C'était toujours moins que ce que je portais habituellement, mais comparé à ce que j'avais vu – ou plutôt à ce que je n'avais pas vu – sur les promeneurs en bas, c'était presque conservateur.

— Je pense que oui. Fais-la porter ici.

Elle arriva au bout de quelques minutes, livrée par un jeune homme en uniforme bleu qui souriait timidement. Des chaussures étaient fournies avec : c'étaient des chaussons bleus avec de petits grelots d'argent accrochés au bord du tissu, près de la cheville. Après que le livreur fut parti, j'essayai la robe. Tout ce satané vêtement était en dentelle. À quoi cela pouvait-il vraiment servir ? Et puis le décolleté descendait trop. Et elle n'avait pas de manches, juste des bretelles qui se croisaient dans le dos. Je me sentais nue.

— Et alors ? murmurai-je.

Et je partis me promener.

Une fois dehors, en revanche, je n'avais aucune idée de l'endroit où aller. Il n'y avait pas beaucoup de bâtiments dans ce quartier, presque que des arbres et des places avec ces carreaux bleus. Quelques chemins étaient parcourus de motifs faits en pavés rose et or qui faisaient des arabesques au milieu des bleus. En marchant, les grelots autour de mes chevilles tintaient doucement. Dieux merci, il n'y avait pas le moindre nervoplex.

Je franchis l'avenue pour atteindre un parc de l'autre côté. Pendant un moment, je déambulai le long d'un chemin sous les arbres. La qualité de l'air était bonne, la concentration en poussières était assez basse pour ne pas me gêner. Des gens me croisaient, me saluaient d'un signe de tête et me souhaitaient une bonne soirée. Des hommes me souriaient. Tout le monde portait ces chaussures avec des grelots, si bien que le parc était rempli d'une douce musique imperceptible. Ces grelots devaient être la nouvelle mode ; je ne les avais jamais vus sur Foreshires auparavant. Mais bon, je ne m'étais jamais promenée comme ça non plus. J'avais l'impression d'être une intruse. Je n'étais pas à ma place ici. Cette charmante soirée était faite pour les gens normaux.

Finalement, j'arrivai à un café avec une enseigne en bois doré qui disait : *Le Rêve d'Heather*. Je me demandai à quoi Heather rêvait. Animée par la curiosité, je poussai la porte.

Une grande femme en tablier apparut devant moi, avec un large sourire. Elle me prit par le bras.

— Bien. Vous arrivez juste à temps.

— Ah bon ?

Elle me traîna jusqu'à une table en forme de croissant faite en bois brut et me fit asseoir sur un banc du côté concave.

— Voilà.

Un jeune homme qui ne pouvait pas avoir beaucoup plus que vingt ans s'installa sur la place d'à côté.

— Bonjour, salua-t-il. Je m'appelle Pulli.

Pendant que je le dévisageai avec surprise, la femme ajouta :

— Est-ce que l'un de vous veut boire quelque chose ?

— Un jus de racinelle pour moi, commanda Pulli.

Du jus de *racinelle* ? Les gens qui buvaient du jus de racinelle prenaient des vitamines et mangeaient des légumes écœurants qui ressemblaient à des choux miniatures. Pourquoi la femme m'avait-elle placé ici, près de ce Pulli ?

Avant que je n'aie eu une chance de m'enfuir, d'autres personnes arrivèrent, puis d'autres, et d'autres encore. Ils se pressaient tous autour de la table, remplissant à la fois son côté convexe et son côté concave. Ils commandaient des boissons et se présentaient les uns aux autres. En quelques instants, je fus encerclée par une horde de buveurs de racinelle.

Tout le monde parlait en même temps, racontant où ils vivaient, ce qu'ils faisaient dans la vie, où ils allaient à l'école. C'étaient des étudiants en université et des jeunes travailleurs, tous rayonnants de santé.

Un homme dégingandé se pencha vers moi sur ma gauche, avec un sourire en coin.

— Alors, Beaux Yeux Verts, tu as un nom ?

— Ce n'est pas Beaux Yeux Verts, répliquai-je.

Il rit.

— Je m'appelle Hilten. Raik Hilten. Mais tout le monde m'appelle Hilt.

J'acquiesçai, me demandant comment j'allais bien pouvoir me dégager de Hilt et de ses amis bien portants.

Au bout de la table, une femme se leva.

— Parfait. Allez, passons aux choses sérieuses. Je m'appelle Délia et je suis votre guide pour l'excursion. Nous allons juste faire quelques kilomètres ce soir. La prochaine fois, nous ferons un voyage d'une journée entière, mais je voulais que vous vous rencontriez tous avant.

Elle sourit.

— Bon, mes joyeux randonneurs, c'est l'heure de suivre la piste.

Foutues fusées. J'étais coincée par une bande de joyeux randonneurs picoleurs de racinelles. Pendant que le groupe évacuait la table, je me préparai à m'échapper.

Hilt se leva en même temps que moi et attrapa mon bras.

— Écoute, Beaux Yeux Verts. Tu pourras avoir l'honneur d'être ma partenaire ce soir.

— Merci, mais je ne peux pas rester.

Appelle-moi « Beaux Yeux Verts » encore une fois, pensai-je, *et je te renverse un pichet de jus de racinelle sur la tête.*

Je sentis un frôlement sur mon esprit, un rire silencieux devant ma vision de Hilt aspergé de jus de racinelle. Je me retournai et découvris un jeune homme à l'autre bout du groupe qui s'agitait. Il avait des boucles couleur bronze et des yeux marron.

Il me souriait. Son bref contact avec mon esprit n'avait pas été fort, mais c'était suffisant pour me faire savoir qu'il était empathe. Il était également séduisant, timide, superbement bien bâti et il n'avait absolument aucune ressemblance avec Rex ou Jaibriol. Je lui renvoyai son sourire. Peut-être que j'allais rester avec ce groupe finalement.

Je partis donc pour une randonnée avec une foule de gens excessivement en forme que je n'avais jamais vus de ma vie. C'était une simple promenade le long de chemins de terre qui faisaient des méandres entre les clairières d'herbe-nuée du Comté de Jacob. C'était pour les membres de ce tout nouveau club de randonnée l'occasion de faire connaissance les uns avec les autres. Le jeune homme qui avait touché mon esprit s'appelait Jarith. C'était un étudiant en musique au conservatoire.

J'aurais dû m'amuser et profiter de la ballade. Bien que je sois moins habituée que les autres à la gravité d'ici, le parcours facile n'était pas de taille à me poser problème. J'étais là, par une belle soirée, dans un bel endroit, avec de beaux compagnons. Mais je ne pouvais pas me détendre. Qu'est-ce qui me prenait, d'agir comme si tout était normal ? J'étais un imposteur, faisant croire que j'avais le droit de me conduire comme tous les autres.

Arrête ça, me répétai-je. *J'ai gagné le droit de profiter du repos d'une soirée.*

Dis ça à Rex, pensai-je. *Dis ça aux donneurs pendant qu'ils hurlent de douleur.*

Je passai une main dans mes cheveux. Puis je me rendis compte que mon bras tremblait. Qu'est-ce qui n'allait pas chez moi ? Hilt me parlait depuis plusieurs minutes et je n'avais aucune idée de ce qu'il disait. Comment se faisait-il que je pouvais affronter la mort au combat de mille façons différentes, et que pourtant, je ne parvenais pas à faire face à une simple conversation ?

Nous grimpions au sommet d'une colline qui nous offrait une vue sur toute la campagne environnante. Le soleil descendait sur l'horizon à l'ouest, là où les anneaux rejoignaient les montagnes, bien que si tôt au printemps, il était bien trop au nord pour passer derrière cette grande arche. Loin au sud-ouest, les toits de l'Institut Militaire Jacob réfléchissaient les rayons du soleil couchant comme du verre liquide.

Hilt désigna l'IMJ.

— Regarde, Soz. C'est là qu'ils entraînent les robots.

Je le regardai dans les yeux.

— Des robots ?

Il ne souriait plus.

— Effectivement. Des robots dressés pour saluer et pour tuer.

Il me fallut faire un effort conscient pour rester calme, un effort hors de proportions comparé à son commentaire.

— Ces cadets que tu appelles des robots sont tout ce qui reste entre les Troqueurs et toi.

Hilt ricana.

— Ne me dis pas que tu es une de ceux-là.

— Une des quoi ?

— Un des perroquets de l'empire, notre chère et bien-aimée dictature militaire.

Une femme nommée Mika intervint :

— Tu te trompes, Hilt. Pour vivre en dictature, il faut un dictateur. Nous n'avons pas *un* dictateur. Nous avons une Triade.

Elle ajouta amèrement :

— Ce qui fait trois dictateurs, mon cher.

— C'est absurde, répliqua Pulli. C'est l'Assemblée qui dirige Skolia, pas la Triade.

— Si c'est ce que tu crois, tu es terriblement naïf, se moqua Mika.

— Quelle Triade ? demanda Hilt. Tout le monde sait que le Seigneur Valdoria est juste un pantin de propagande qu'ils brandissent là-haut parce que les gens l'aiment bien.

Je devins toute raide. C'était de mon *père* qu'il parlait. Le Seigneur Eldrinson Althor Valdoria. Effectivement, il était devenu un dirigeant interstellaire par hasard. Simple fermier d'un monde isolé, il n'avait ni le goût ni les connaissances pour diriger l'Imperium. Avant d'assumer son titre de Clé du Réseau, la seule raison pour laquelle il avait quitté sa planète était son épilepsie : sans traitement, il souffrait de convulsions si graves qu'il pouvait à peine travailler.

Le souvenir me revenait clairement : il y a vingt-sept ans, les Troqueurs avaient essayé d'assassiner Kurj. Il n'y avait qu'une

Dyade à l'époque, Kurj comme imperator et ma tante comme Clé de l'Assemblée. Après la tentative d'assassinat, pendant que Kurj était presque mort, les Troqueurs avaient lancé un assaut contre le monde où l'Assemblée se réunissait. Dans le chaos qui s'ensuivit, les gardes du corps de ma tante l'emmenèrent illico dans la base secrète de Bonrefuge.

Puis les Troqueurs avaient pénétré nos défenses informatiques… et provoqué un crash du Réseau skol.

Le système tout entier s'était effondré, tout autant le réseau électronique que le réseau psiber. Quelques réparations furent effectuées çà et là, mais seuls Kurj et ma tante avaient à la fois la puissance Rhon et l'accès de la Dyade nécessaires pour redémarrer tout le système. Mais ma tante était injoignable à Bonrefuge et Kurj était mourant. Skolia était restée aveugle et sourde, se débattant comme un animal blessé au cerveau éventré pendant que les Troqueurs se préparaient à porter le coup de grâce.

Mais ils avaient fait une erreur de calcul. Mon père – le Rhon le plus « insignifiant » – était dans un hôpital des FSI, obligé de consulter des docteurs qui insistaient pour qu'il fasse des visites régulières pour surveiller son épilepsie. Quand le Réseau skol s'était effondré, il était seulement à quelques centaines de mètres du centre de commandement. Une équipe de techniciens désespérés l'avait alors branché sur le psilien qui alimentait le système.

Personne ne savait ce qui pourrait se produire quand mon père rejoindrait Kurj et ma tante dans leur cercle fermé du pouvoir. Le lien se désintégrerait peut-être, incapable de s'étendre à trois esprits si différents. Ou bien il entrerait en surcharge, les tuant tous les trois en un gigantesque court-circuit galactique. Ou bien peut-être, mais seulement peut-être, mon père survivrait assez longtemps pour le redémarrer. Peu importait qu'il n'eût aucune idée de la façon dont le système fonctionnait, qu'il vînt d'une société si primitive qu'il n'avait pas l'électricité et même qu'il pût mourir d'une surcharge mentale même si le reste du système survivait. Soit on le branchait, soit on laissait Skolia tomber aux mains des Troqueurs.

Personne n'avait prévu ce qui se passa. Mon père me dit plus tard que le Réseau lui semblait comme un joueur, comme les grilles avec lesquels nous, ses enfants, jouions quand nous étions petits. Sauf que cette grille étincelante était brisée. Il la répara

– et dans le même mouvement, il réactiva le cerveau interstellaire de Skolia.

Il ne comprenait pas la technologie et n'essaya même pas. Jusqu'à présent, il ne pouvait pas accéder au réseau sans aide. Mais cela importait peu. Quand il entrait dans le psiber-espace, il s'y incarnait, soutenant le Réseau skol comme l'océan supporterait un filet géant qui flotterait dedans. Il le maintenait en état avec un don inné que personne d'autre dans ma famille n'a vait su égaler.

Je parlai d'une voix que même moi je trouvais si froide qu'elle aurait pu faire geler.

— Sans cet homme que tu appelles sans réfléchir un pantin, tu ne pourrais pas te tenir là, libre d'insulter les Rhon. Tu serais un esclave troqueur, mon cher.

Hilt fit un grognement de désapprobation.

— Je me demande toujours si les gens comme toi qui recrachez la propagande impériale ont un quelconque sens des réalités.

Pulli déclara, mal à l'aise :

— Peut-être que nous ne devrions pas tenir cette conversation.

— C'est toute la question, trancha Hilt d'une voix sèche. Nous sommes tellement opprimés par les Rhon que nous avons peur de parler d'eux. Il est seulement permis de les vénérer. Eh bien, moi je ne vénère pas des tyrans.

— Pourquoi penses-tu que les Rhon t'oppressent ? demandai-je.

— Je sais ce que tu vas dire, me répondit Hilt.

C'était très fort, si on considère que même moi je ne le savais pas encore.

— Quoi donc ?

— Que la machine de guerre Rhon « occupe » les planètes pour leur bien.

— Nous ne vivons pas dans un univers pacifique, affirmai-je. Si nous devons survivre, il nous faut de la force, et cela inclut des gens et des territoires. Si nous ne les prenons pas d'abord, alors les Troqueurs ou les Alliés le feront.

— C'est une sacrée justification, répliqua Hilt. Qu'est-ce qui donne plus de droit aux Rhon de faire ces conquêtes par rapport aux Troqueurs ou aux Alliés ?

Rebeka, une autre femme du groupe, prit la parole :

— Les Alliés ne font plus de conquête. Ils offrent la citoyenneté à ceux qui la désirent.

Je la regardai.

— Et tu penses que nous devrions faire pareil ?

Elle ajouta prudemment :

— Ça ne te gêne pas que nous soyons contraints de suivre des lois faites par des conquérants qui ne nous ont jamais donné le choix ?

— Tu ne penses pas que la loi impériale soit juste ? demandai-je.

— Tu ne m'as pas comprise, répondit Rebeka. Ils ont tout pris, jusqu'au nom de notre planète. Nous n'avons jamais eu le choix.

— Le choix de quoi ?

Pourquoi étais-je tellement en colère ?

— Si Foreshires n'était pas devenu membre de l'Imperium skolien, tu serais encore à ce jour en train de te battre pour survivre au lieu de profiter d'une opulence qui te permet de t'inscrire à des clubs de randonnés et de passer ton temps à te promener dans ces clairières.

La voix de Rebeka était calme.

— Non, nous n'étions pas riches avant. Mais nous avions le droit d'être nous-mêmes.

Hilt m'observait.

— Pourquoi est-il si difficile pour toi de comprendre que les gens veulent être responsables de leur propre vie ?

— Les Alliés ont un luxe que nous n'avons pas.

Même moi, j'entendais à quel point ma voix semblait amère.

— Tant que les Troqueurs et nous restons prêts à nous entretuer, la Terre est libre de faire ce qu'elle veut. Excellent. C'est bien pour la Terre. Mais si nous adoptons ces pratiques, cela causera notre mort.

— Tu dois être cynique, dit Mika.

Hilt fit un grognement méprisant.

— Je ne suis pas sûr que les Troqueurs soient une telle menace. Quel meilleur fléau que les Aristos les Rhon pouvaient-ils trouver pour détourner l'attention de leurs propres défauts ?

Je sentis mon sang ne faire qu'un tour.

— Si tu crois que les Troqueurs ne sont pas une menace, tu es un idiot.

— Bien sûr, rétorqua Hilt. Et maintenant, tu vas me sortir la Liste des Péchés Aristos. Voyons, Soz. Enfin, est-ce que tu as déjà vraiment *vu* un donneur ?

Je me figeai, les souvenirs surgissant dans mon esprit : Tarque, agenouillé près de moi sur son lit pendant que je hurlais et hurlais et *hurlais*…

— Laissez-la tranquille.

Tout le monde se retourna. C'était Jarith qui avait parlé, le jeune homme du conservatoire.

Les autres dévisageaient le musicien habituellement discret. Jarith rougit mais ne se laissa pas démonter.

— Arrêtez ça.

— Pourquoi ? demanda Hilt.

Rebeka parla à Hilt à voix basse.

— C'est un empathe.

Hilt regarda Jarith avec étonnement. Puis il se tourna vers moi.

— Qu'est-ce que j'ai dit ?

Je déglutis.

— Tu m'as demandé si j'avais déjà vu un donneur. La réponse est oui.

Tout le monde se tut ensuite. Je n'avais aucunement l'intention de développer le sujet et personne ne me le demanda. L'expression sur le visage de Jarith avait été suffisante pour leur faire comprendre qu'il valait mieux que certains détails ne soient pas évoqués.

Rebeka indiqua l'extrémité de la colline, où le reste du groupe avait commencé à s'éloigner.

— Ils s'en vont.

Nous leur emboîtâmes donc le pas. Les conversations reprirent, sporadiquement d'abord, puis avec plus de facilité quand elles revinrent vers des sujets moins sensibles. Je restai à l'écart. Je n'avais pas tellement eu envie de parler avant, et maintenant, je voulais juste partir d'ici. Le pire était qu'ils avaient raison. Les gens avaient besoin de liberté pour s'épanouir. Mais ils avaient tort au sujet des Rhon. Nous n'avions pas plus de liberté qu'eux. Nous étions coincés dans une guerre qui ne nous laissait aucun choix, ni aux conquis, ni aux conquérants.

Étais-je vraiment assez bête pour croire que Jaibriol pourrait changer les choses ? Il n'y avait aucune solution. C'était lui qui allait changer. Il ferait ce qu'il devrait faire pour survivre. Il deviendrait un Highton. Et je serais la spectatrice de tout cela, me détestant parce que j'aurais voulu croire à une autre issue, me détestant parce que je l'aimais.

Je ne peux plus le supporter, pensai-je. *Mon esprit va imploser.*

Jarith s'éloigna du groupe pour me rejoindre.

— Je suis désolé. D'avoir été indiscret.

— Indiscret ?

— Dans ton esprit. L'image… de l'Aristo.

Il pâlit.

— Mais elle était tellement forte.

— Tu n'as pas à t'excuser, répondis-je. C'est comme si je te l'avais criée.

Il ne me sonda pas, mais je sentais ce qu'il voulait demander. Est-ce que c'était toi sur ce lit ? Je fis seulement non de la tête, ne voulant pas poursuivre le sujet, et je lui laissai interpréter ce geste comme il l'entendait.

— J'espère que tu n'es pas en colère contre les autres, ajouta-t-il. C'est juste qu'ils n'ont pas l'habitude d'entendre des positions si conservatrices.

— Tu penses que je suis conservatrice ?

Il éclata de rire.

— Une ultra.

Une grimace obscurcit son visage comme un nuage qui cache le soleil.

— Ne t'inquiète pas pour Hilt. Moi aussi, il me donne du boulot.

— *Traduction de la dernière phrase de Jarith,* ordonnai-je mentalement.

— **Argot,** répondit ma jonction nerveuse. **« Donner du boulot » : se comporter de façon agressive.**

Je ne pouvais pas imaginer pourquoi quelqu'un voudrait ennuyer Jarith sur quoi que ce soit.

— À quel sujet ? demandai-je.

— Il dit que je suis apathique. Il pense que je devrais aller me battre pour ce en quoi je crois.

Jarith haussa des épaules.

— Je pense que je ne suis pas fait pour la politique. Je préfère chanter.

Je soupirai. J'avais en face de moi un jeune homme doux au visage d'ange et sans opinion politique. Pako n'aurait pas pu me trouver un meilleur compagnon si je l'avais programmé pour chercher sur toute la planète.

D'accord, pensai-je. *Quel est le problème, Soz ? Tu ne peux plus faire face à la moindre personne qui te présente un défi ?*

Je grinçai des dents. J'avais passé mon temps à faire face à des gens qui représentaient des défis. Toute la journée, tous les jours, tous les ans, toutes les décennies. Je méritais de me reposer.

Tu ne te reposes pas, répondit ma voix intérieure. *Tu te caches.*

La ferme, lui répondis-je.

Jarith reprit la parole :

— Certains d'entre nous vont voir un holofilm ce soir.

Il hésita.

— Tu voudrais bien venir ?

Grands dieux. Il m'invitait pour un rendez-vous galant. Du moins, c'est ce que je croyais qu'il faisait. Cela faisait des années que je n'avais pas eu ce genre de relations sociales, et je n'étais pas certaine de me souvenir de ce qui était considéré ou non comme galant. Peut-être que si les gens allaient en groupe quelque part, cela portait un autre nom. Une réunion galante ? Non, ça sonnait trop bizarrement.

Mais qui se fichait de savoir comment ça s'appelait ? Qu'est-ce qui me prenait d'avoir tout le temps des conversations dans ma tête ?

— Oui, dis-je enfin. J'aimerais venir.

Je n'avais pas grand-chose en commun avec ces gens, mais aller voir un film avec n'importe qui me paraissait une meilleure idée que de rentrer dans mon appartement désert.

Après être rentrés au café et avoir fait un brin de toilette, nous nous promenâmes dans le parc. Jarith était là, ainsi que Hilt, Rebeka et une poignée d'autres randonneurs, chacun portant maintenant des chaussures à grelots au lieu des bottillons de marche. Comme le soleil se couchait derrière les collines, l'horizon s'embrasait d'un spectaculaire feu rougeoyant et le ciel au-dessus de nous virait au bronze du crépuscule. Les anneaux brillants formaient une arche par-dessus, d'une pâle couleur ambrée à leur zénith et prenant des teintes plus sombres en descendant. À l'horizon ouest, les anneaux étaient d'un pourpre profond ; à l'est, où les ombres de Foreshires leur tombaient dessus, les arches donnaient l'impression qu'un dragon mythique avait mordu dedans. Les bords de la morsure étaient rouges, mais la couleur s'assombrissait vers l'intérieur jusqu'à devenir complètement noire au centre.

Pendant que le soleil disparaissait derrière les montagnes, la soirée devint plus fraîche et Hilt me prêta son pull. Par bonheur, la conversation resta légère, une discussion oisive sur un holofilm à aller voir. Je n'avais pas d'avis. Je n'avais absolument aucune idée de ce qui se jouait nulle part. Nous finîmes par résoudre le problème en allant au cinéma le plus proche, un endroit du parc où passait un film appelé *Distorsion cérébrale*. Les holos au-dehors représentaient un Jagernaute, bien campé, jambes écartées, tirant en rafale avec son mélangeur. Mais bon, la moitié des holofilms produits de nos jours avaient des soldats comme héros.

Nous nous assîmes au sol, sur un tapis moelleux dans une salle ronde avec environ deux cents autres personnes. Jarith et moi étions étendus sur des coussins, parlant de ses cours à l'université. Rebeka et Hilt étaient en train de manger et Pulli apporta un autre verre de ce satané jus de racinelle.

Après quelques instants, les lumières diminuèrent puis s'éteignirent complètement. La musique se fit plus forte, un rythme endiablé au tambour couvert par une mélodie d'instruments à vent et à cordes. Puis, soudain, nous étions au milieu d'un champ près de l'IMJ. Un Jagernaute se tenait tout près, un bel homme aux cheveux noirs, aux muscles saillants, avec un mélangeur pendu dans un holster à sa hanche. Il se mit à courir et nous « courûmes » avec lui, le suivant à la distance que le metteur en scène avait estimé la meilleure pour avoir une vision optimale de l'action.

Après quelques minutes, je sus que j'avais fait une erreur en venant. Je devinais comment le film allait finir presque dès le début. Le Jagernaute partait en mission pour sauver une belle jeune femme aux formes incroyablement généreuses qui était supposée avoir été enlevée par les Troqueurs mais qui était en fait une espionne Highton. Les Troqueurs capturèrent le Jagernaute, implantèrent un activateur dans son cerveau et le relâchèrent. Nous étions censés nous demander quel destin horrible attendrait notre héros insouciant quand les méchants déclencheraient l'activateur.

Le film ne faisait aucun effort de réalisme. Quand le Jagernaute alla voir le requinqueur, le bureau du docteur était dans un hôpital.

On ne trouve jamais de requinqueur dans un hôpital. C'était déjà assez dur comme ça de convaincre l'un d'entre nous d'aller chercher de l'aide. À l'idée d'aller dans un hôpital et d'admettre ouvertement : « Oui, j'ai merdé », la plupart d'entre nous s'enfuyaient dans la direction opposée. Un vrai requin-cœur avait un bureau dans un endroit neutre, un lieu qui ne soit pas associé à la santé mentale, habituellement un bâtiment gouvernemental.

Mais ce n'était pas le pire. Le « héros » passait le plus clair de son temps à enfreindre le code d'honneur que nous respections. Il trompait, mentait, traitait ses maîtresses n'importe comment et ne montrait aucun signe de remords au moment du combat. C'était absurde. Il était censé être un *empathe*, pour l'amour des dieux !

Mais ce qui m'énervait le plus, c'était que l'acteur ressemblait à Rex, qui ne se serait jamais abaissé au genre de comportement que ce type faisait subir à la galaxie. Oui, Rex avait eu des femmes un peu partout. Et oui, elles étaient attirées vers lui parce qu'il était séduisant, beau et charmant. Mais elles tombaient amoureuses de lui parce qu'il était un être humain digne, traitant les gens avec respect. Cet holofilm insipide était une insulte pour lui.

Quand le film atteignit son grand moment, surprise, le Jagernaute devint fou furieux. Les Troqueurs déclenchèrent l'activateur et il entra en rage sur une place bondée, terrassant les bâtiments avec son mélangeur. J'étais tellement en colère à ce moment que je me levai et quittai le cinéma au beau milieu de la scène, passant droit au travers du Jagernaute, accompagnée par les cris mécontents du reste du public.

Quand je traversai le hall d'entrée en plein air, Jarith sortit du cinéma et me courut après.

— Soz, attends.

Je m'arrêtai à la sortie et attendis qu'il me rattrape. Quand il arriva à mon niveau, Hilt et Rebeka sortirent dans le hall. Ils regardèrent partout alentours jusqu'à ce qu'ils nous aperçoivent, puis ils se dirigèrent dans notre direction.

Jarith parla à voix basse.

— Qu'est-ce qu'il y a ? Qu'est-ce qui te déchire tellement à l'intérieur ?

— Rien ne me déchire.

J'étais tellement en colère que j'arrivais à peine à parler.

— C'est juste que je n'aime pas regarder des navets, c'est tout.

Hilt et Rebeka arrivèrent à notre niveau juste à temps pour entendre ma dernière remarque. Hilt me lança un regard navré.

— Tu sais, ton attitude commence à être fatigante.

Je voulais le frapper en pleine tête. Je n'avais pas été aussi furieuse depuis je ne savais plus combien de temps. Mais pourquoi ? Ce n'était qu'un film débile. Et alors ?

— Va te faire voir, lançai-je.

Rebeka posa sa main sur mon bras.

— Ce n'est qu'un holofilm.

Je me dégageai d'elle.

— C'est une insulte aux gens qui s'en vont risquer leur vie chaque jour pour que des gamins comme vous puissent vivre avec la sécurité et la santé, et avec la liberté de regarder des films normaux.

Je m'attendais à ce que Hilt me dise que j'étais idiote. Mais il ne fit qu'hausser des épaules.

— Je ne vois pas pourquoi tu en fais une telle histoire. Personne n'a jamais prétendu que *Distorsion cérébrale* était un manifeste politique ou une œuvre d'art.

Rebeka m'observait.

— Écoute, peut-être qu'on est partis sur de mauvaises bases. Pourquoi ne pas recommencer ? On pourrait oublier ce film et aller prendre un verre quelque part ?

Je savais que la dernière chose que je pourrais supporter était de prendre un verre avec eux. Je me forçai à leur parler sur un ton plein d'excuses.

— Je suis vraiment fatiguée. J'imagine que je suis à bout de nerfs. Je devrais rentrer chez moi et me coucher.

Ces explications n'étaient qu'un mensonge. Je ne pourrais pas dormir. Mais je devais dire quelque chose.

Ni Rebeka, ni Hilt ne semblèrent déçus que je ne puisse pas me joindre à eux. Jarith continuait à me regarder. Il se tenait là, silencieux, pendant que je disais au revoir aux autres, mais après qu'ils furent retournés au cinéma, il me dit :

— Puis-je te raccompagner chez toi ?

Mes épaules se détendirent.

— Oui, ça me ferait plaisir.

Pendant que nous flânions dans le parc, j'essayai de penser à quelque chose à dire. Mais aucune réplique habile ne me vint. Et d'ailleurs, aucune réplique idiote ne me vint non plus.

Quand nous nous arrêtâmes au pied de mon immeuble, Jarith ouvrit de grands yeux.

— Tu habites *ici* ?

— Quand je suis sur Foreshires, répondis-je.

Il me regarda.

— Tu voyages beaucoup ?

— Pas mal.

Je voulais qu'il monte et qu'il me tienne compagnie, une vraie compagnie, celle qu'un homme pouvait offrir à une femme pour sortir de la nuit. Je voulais qu'il me fasse l'amour encore et encore jusqu'à ce que sa virilité si chaleureuse ait banni les fantômes qui hantaient mon esprit.

Jarith siffla.

— Je n'ai jamais connu quelqu'un qui pouvait se payer un endroit comme ça.

OK, me dis-je mentalement. *C'est l'ouverture. Demande-lui de monter.*

Mais s'il disait non ?

— Tu retournes au cinéma ? demandai-je.

— Seulement pour récupérer mon manteau, grimaça-t-il. J'ai promis à des amis qu'on ferait une répétition après. Nous avons un examen de musique demain.

— Oh.

Qu'est-ce qu'il me prenait, de désirer un artiste, quelqu'un ayant toutes ces qualités esthétiques qui me manquaient ? Ça ne marcherait jamais.

Jarith hésitait.

— Voudrais-tu qu'on se revoie ?

Je ne pus pas résister.

— Oui.

— Certains d'entre nous iront à la plage de Tillsmorn. Pourquoi tu ne viendrais pas ? Nous pourrons nous voir là-bas à midi.

Je souris.

— D'accord.

— Bien. Parfait.

Il eut un petit sourire et me fit au revoir de la main.

— À bientôt alors.

Et il partit en direction du cinéma.

Après son départ, je montai dans mon appartement. Il semblait sombre, même après que j'eus allumé chacune des lumières. J'avais des lampes partout, de gracieuses fleurs de verre juste assez colorées pour émettre une lueur diffuse et agréable. Les murs étaient lambrissés en bois dorés, de la couleur du soleil. Les arches des fenêtres s'ouvraient partout, laissant des flots de lumière descendre des anneaux flottant dans le ciel nocturne. Le tapis était blanc, les coussins de soie sur les meubles étaient blancs et les moulures sculptées sur les portes étaient blanches elles aussi. L'appartement était magnifique. Mais cette nuit, il semblait sombre et froid, et vide.

J'étais au bar, en train de me verser un verre de whisky, quand Pako annonça :

— **Tu as un visiteur.**

Je relevai la tête. Est-ce que Jarith avait changé d'avis et était revenu m'aider à tromper ma solitude ?

— Qui est là ?

L'écran de Pako s'alluma pour me montrer les marches à l'entrée de l'immeuble. Hilt était là, debout, frissonnant dans l'air glacial.

— Mince, murmurai-je.

J'allai jusqu'à la console et j'allumai l'interphone relié au porche où Hilt attendait.

— Oui ?

Sa voix monta dans le haut-parleur.

— Tu as oublié de me rendre mon pull.

Je levai les yeux au ciel. Je ne m'étais même pas rendue compte que je le portais encore.

— Pako, laisse-le monter.

Après quelques instants, on frappait à ma porte. Quand je l'ouvris, Hilt se tenait là, souriant de toutes ses dents.

— Hé, Beaux Yeux Verts, c'est un super appartement que tu as là.

— Comment as-tu su où j'habitais ?

— Jarith me l'a dit.

Je retirai le pull et le lui rendis.

— Merci de m'avoir laissé le porter.

Puis je commençai à fermer la porte.

Hilt la repoussa, me dépassa et entra dans l'appartement.

— Tu sais, ça paraît bien plus logique, maintenant.

Je le regardai depuis le seuil voûté.

— Je ne me souviens pas t'avoir invité à entrer.

— Pas étonnant que tu soutiennes une position tellement traditionaliste. Tu sens le fric.

Il se tourna vers moi.

— Et je parierai que c'est du fric bien ancien, d'une vieille famille friquée.

— Bonne nuit, Hilt.

Il s'approcha de moi.

— La Princesse de Glace. Bien sûr que tu soutiens la politique Rhon.

Il glissa son doigt sur la bretelle de ma robe, la parcourant sur le devant jusqu'à ce que sa main s'arrête entre mes seins.

— Tu es concernée au premier rang par le maintien du statu quo.

Je repoussai sa main.

— Va-t-en.

Il me serra contre le mur, son visage était si proche du mien qu'il m'embrassait presque.

— Quelqu'un devrait briser ta coquille de Pute de Glace.

Je craquai. Je n'aurais pas dû, mais je le fis. Mes réflexes de combat ne sont pas censés s'activer sans ordre sauf si je suis menacée par une attaque directe. Et Hilt n'était pas une menace. Il était désagréable et acide, et je ne l'aimais pas, mais ce n'était pas un violeur. Un simple « arrête » aurait suffi.

Mais je ne lui demandai pas d'arrêter. Je tentai de le tuer.

Au moment où mon cerveau enregistra ce que mes réflexes faisaient, j'avais déjà brisé mon verre à whisky contre le mur derrière moi et j'allais frapper la poitrine de Hilt avec ce poignard de verre. Le sang coulait sur ma main là où le verre avait entaillé ma peau. Quand le signal parvint à mon cerveau, je m'arrêtai en plein élan ; le tesson était à moins d'un centimètre de son corps.

Tout s'était déroulé si rapidement que même après que je me fus arrêtée, Hilt resta là, immobile, fixant la dague de verre que je tenais devant sa poitrine. Finalement, il relâcha sa respiration. Puis il enleva le morceau de verre de ma main. Je regardai le sang qui coulait sur toute ma main, mon bras, ma robe.

— Je crois que tu devrais voir un médecin, fit Hilt.

— Ce n'est rien. Je vais nettoyer ça.

Je m'attendais à ce qu'il appelle la police ensuite. Mais au lieu de cela, il me parla d'une voix calme.

— Je suis désolé. Je suis allé trop loin.

Il était allé trop loin ? Je l'avais presque tué. Qu'est-ce qui m'arrivait ?

— Je vais appeler l'hôpital, déclara Hilt.

Je luttai pour garder une voix calme.

— Non. Pars, c'est tout.

Il regardait le sang qui dégoulinait de ma main.

— Je crois que tu devr…

— *Pars.*

— D'accord, dit-il en ouvrant la porte. Je passerai voir si tu vas bien demain.

— Très bien.

Je fermai la porte et la verrouillai.

Pako prit la parole.

— **Je peux faire venir une assistance médicale en une minute.**

J'allai au bar, allumai la fontaine et mis ma main sous les jets d'eau.

— Non, je vais bien.

L'eau dans le bassin devenait rouge.

Après avoir nettoyé et bandé ma main, je me versai un nouveau verre. Si je buvais assez, je ne serais plus en état de réfléchir. Et pour l'instant, je ne voulais pas réfléchir.

— **J'ai des affaires en cours pour toi,** annonça Pako. **Ton courrier-réseau attend depuis six heures.**

— Je le lirai demain.

— **Un des messages nécessite une attention immédiate.**

Je lui répondis en grognant :

— D'accord. Passe-le moi.

La voix de Char Iaki, le Commandant de l'IMJ, s'éleva dans la pièce : « Désolé de vous déranger, Principale Valdoria. Nous avons repoussé la séance d'entraînement de demain sur les planeurs à cause d'un problème de moteur. Pourriez-vous donner votre cours à la place ? »

Il devait parler du cours que je devais donner sur les interfaces cyber-humaines.

— Pako, dis-lui que je la donnerai demain après-midi.

Puis je bus pour être saoule. Très saoule.

CHAPITRE 9

UN TEMPS POUR PLEURER

— Mais n'est-ce pas dangereux ? demanda le cadet en se penchant en avant. Les fibres optiques et les mécanismes sont des corps étrangers, n'est-ce pas ? Est-ce que votre corps ne les rejette pas de lui-même ?

Le grand nombre de questions des cadets m'avait pris par surprise. J'étais sur le devant de la salle, à moitié assise sur un coin du bureau pendant que je répondais à leurs questions. Iaki m'avait proposé un pupitre, mais j'avais eu l'impression que je serais plus à l'aise ainsi. Et je me sentais *vraiment* plus à l'aise. J'appréciais réellement ce cours.

— L'essentiel des parties bioméca est conçu à partir de mon propre matériel génétique ou bien couvert de gaines bio-enveloppes issues de ce matériel, expliquai-je. C'est exactement comme avoir, par exemple, un organe régénéré dans le corps. Bien sûr, le circuit bioméca est bien plus étendu que ça. Le corps de certaines personnes ne peut pas l'accepter.

Un cadet au fond de la salle bondée fit un signe de la main. Quand je lui répondis en acquiesçant, il dit :

— Et si les fibres optiques sont défaillantes ?

— Elles transportent les messages, affirmai-je. Comme les nerfs. Si quelque chose ne marche pas, elles ne transportent plus rien.

— Est-ce que votre cerveau ne pourrait pas mal interpréter leurs signaux ? insista-t-il.

— C'est possible, répondis-je. Mais il pourrait mal interpréter des signaux de n'importe quelle partie de mon système nerveux, aussi bien naturel que synthétique.

La femme près de lui prit la parole.

— Et si quelque chose déraille chez une personne qui a toutes ces améliorations ? La plupart du temps, quand on surprend les gens, bon… ils sursautent et c'est tout. Mais si on équipe les gens pour tuer, ne prend-on pas le risque que si leur esprit disjoncte, le reste de leur système le fera aussi ? Un Jagernaute fou pourrait causer beaucoup de dégâts.

Quelle foutue question d'abruti me posait-elle ?

— Nos réflexes ne s'activent que si nos vies sont en danger. Nous sommes entraînés pour ne pas réagir dans d'autres cas.

Je regardai l'horloge murale au-dessus de Char Iaki qui se tenait de l'autre côté de la pièce, près de la porte. Iaki n'avait rien fait pour arrêter la séance, bien qu'elle ait duré deux fois plus de temps que prévu.

Je me retournai vers les cadets.

— Cela fait maintenant plus de deux heures que nous parlons. Il est temps d'arrêter.

Un murmure de déception traversa la pièce. Puis ils commencèrent à applaudir. Et ils continuèrent. Je restai là, incapable de savoir comment réagir. Je n'avais pas l'habitude de voir les gens m'applaudir. D'habitude, ils souhaitaient plutôt que je m'en aille, ou bien c'étaient des Troqueurs et ils voulaient me tuer. Socialement, je semblais tout juste capable d'ennuyer les gens, dernièrement.

Mais les cadets continuaient à applaudir. Je souris de mon mieux, contente de voir qu'au moins quelqu'un ne me trouvait pas insupportable.

Pendant que les cadets vidaient les lieux, Char vint me trouver.

— Vous les fascinez.

— Je ne m'attendais pas à avoir autant de questions, dis-je.

Il sourit.

— Ce n'est pas tous les jours qu'ils ont la chance de parler à une merveille de la technologie biosynthétique.

— Merci. Enfin je crois.

Sa remarque me laissait la même impression bizarre que la question du dernier cadet, cette insinuation que je pouvais avoir une défaillance, comme un moteur de planeur. Je me frottai le cou, passant mon pouce sur la prise qui s'y trouvait.

— Je vous raccompagne jusqu'à la ville ? demanda Char. J'ai remarqué que vous n'avez pas pris d'aéromobile ce matin.

— Merci. Mais c'est non. Le métro me convient.

En fait, je détestais le métro. Mais je ne voulais pas prendre d'aéromobile. Ce matin, quand j'étais descendue de mon appartement pour venir à l'IMJ, j'étais restée pendant presque cinq minutes à regarder mon aéromobile, essayant de me convaincre que je voulais monter dedans. Mais pour je ne sais quelle raison, je n'y étais pas parvenue.

J'avais donc pris le métro à la place. Les voyageurs habituels m'avaient observée comme si j'avais deux têtes. C'est sûr, la plupart des usagers ne sont pas des Jagernautes en uniforme. J'étais en tenue noire moulante et lustrée des pieds à la tête. Je portais même les gants noirs standards pour dissimuler les bandages sur ma main. Le mélangeur sur ma hanche n'avait rien arrangé. Je voulais l'avoir parce que j'avais prévu de parler pendant le cours de la façon dont il était accordé à mon cerveau. Mais une fois que je fus montée dans le train, j'aurais souhaité ne pas l'avoir pris. Les gens autour de moi avaient l'air terrifié. Bon, oui, la plupart des voyageurs ne transportaient pas un accélérateur de particules à antimatière sur la hanche. Mais j'avais mis le cran de sûreté. Il ne représentait aucun danger.

La soirée avait déjà commencé quand je quittai l'IMJ. L'air était limpide et la journée était encore chaude dans le soleil couchant, comme un orbe ambré flottant au-dessus de l'horizon. La soirée était magnifique. Pourquoi prendre le métro ? Je n'étais qu'à vingt kilomètres de mon appartement, en coupant par le Comté de Jacob. En courant, je pourrais y être en moins de deux heures. Ou bien je pouvais prendre la route, un chemin de campagne qui serpentait sur vingt-cinq kilomètres avant d'atteindre la ville d'Éos. Si je me sentais fatiguée, je pouvais prendre l'aérobus qui longeait le trajet toutes les heures.

J'avançai sur la route, marchant le long de clairières couvertes d'herbe-nuée et parcourues par les ombres du soir, des ombres doubles : une qui s'étirait longuement devant le soleil couchant et l'autre plus claire provoquée par les anneaux. Des oiseaux aux plumes brunes, grises et dorées sautillaient dans l'herbe, agitant leurs ailes de temps en temps pour voleter de quelques mètres. Des animaux à fourrure violette et aux grandes oreilles les poursuivaient en bondissant. S'élevant au-dessus du sol à chaque saut, ils se détachaient un instant sur le ciel couleur bronze avant de disparaître à nouveau dans les nuages d'herbe. La scène semblait irréelle, comme un holofilm tourné avec un filtre doré.

Après presque une heure, j'arrivai à un bâtiment, le long de la route, rassemblant un restaurant et des boutiques. Quand j'entendis des chants qui venaient de l'intérieur, je m'arrêtai, prise d'une envie d'entrer mais tout en voulant que personne ne me dévisage. La solitude finit par l'emporter : j'allai jusqu'à la porte et je l'ouvris.

À l'intérieur, il y avait des tables le long des murs, et quelques-unes en plus au milieu de la pièce. La pièce était éclairée uniquement à la chandelle, par des bougies moulées en forme d'étoile en cire violette qui s'accumulait aux pointes. Comme le soir laissait place à la nuit, très peu de lumière venait de l'extérieur. Un homme aux cheveux bruns bouclés se tenait, assis sur un tabouret, monté sur une estrade en bois de l'autre côté de la salle. Détendu et amical, il chantait avec une voix de baryton un peu rauque. Il n'y avait que quelques personnes à l'intérieur, en train de parler ensemble ou d'écouter la musique. Je me glissai sur un siège, à une table vide près du mur sans me faire remarquer.

Quand la serveuse vint, elle regarda à peine les bandes de Principale de ma veste. Dans un café si proche de l'IMJ, elle devait être habituée à voir des officiers.

Je commandai un verre de rhum doré. Et je le bus. Et j'en commandai un autre. Et je bus. Et je commandai encore. C'était étrange. J'avais bu plus d'alcool durant ces deux derniers jours que durant les six mois précédents. Mais je me sentais à l'aise ici, bien installée dans cette salle poussiéreuse avec rien d'autre à faire qu'écouter ce type chanter. Il me rappelait Jarith. Il ne ressemblait pas vraiment à Jarith, si ce n'étaient les boucles épaisses, mais c'était un chanteur et il était beau.

Je fis signe à la serveuse de venir à ma table.

— J'aimerai un autre verre.

— Du rhum ? demanda-t-elle.

— Oui, répondis-je avant d'indiquer le chanteur. Pourriez-vous – quand il aura fini son tour de chant – lui demander s'il voudrait bien se joindre à moi pour prendre un verre ?

Puis j'hésitai. Et s'il ne voulait pas venir ? Rapidement, j'ajoutai :

— À moins qu'il n'ait besoin de se préparer pour son prochain récital.

La serveuse sourit.

— Je lui dirai.

J'avais déjà fini deux autres verres quand le jeune homme eut fini de chanter. La serveuse lui fit signe de venir. Après qu'elle lui eut parlé, il se retourna pour m'observer depuis l'autre bout de la pièce. Puis il lui fit oui de la tête et il disparut derrière la scène.

Je tressaillis. Mais avant que j'aie vraiment eu le temps de me sentir bête d'avoir lancé cette invitation, il réapparut, marchant dans ma direction. Il s'arrêta devant ma table et s'inclina.

— Bonsoir, m'dame.

Je souris.

— Soz.

Je lui indiquai une place.

— Aimerais-tu te joindre à moi ?

— Ce serait un plaisir.

Il s'assit à ma table, en face de moi.

— Je m'appelle Nik.

— Nik.

Ça sonnait bien.

— Qu'est-ce que tu voudrais boire ?

— Une bière me semble bien.

Je fis à nouveau signe à la serveuse.

— Apportez-nous une bière et un rhum.

— Oui, m'dame.

Elle avait ce regard qu'ont les serveuses quand elles pensent que vous avez trop bu.

Nik regarda mes verres vides, puis la serveuse, puis moi.

— En fait, je crois que je vais prendre un café, dit-il en souriant. Tu en veux un aussi ?

— Non merci, répondis-je. Le rhum me convient.

Après que la serveuse fut partie, j'essayai de trouver quelque chose d'intelligent à dire. Mais mon esprit refusait de coopérer. Je le laissai vagabonder. Tout ce que je trouvai fut :

— Tu chantes bien.

— Merci, déclara Nik.

— J'ai un frère qui chante. Des ballades et d'autres trucs.

Je grimaçai.

— J'essaie de ne pas faire subir ma voix aux autres. Elle les fait fuir.

Nik éclata de rire comme si j'avais dit quelque chose de drôle.

— Je suis sûr que tu as une voix merveilleuse.

— Merveilleusement fausse.

Elle me faisait même peur, tellement elle était atroce.

— La seule personne pour qui j'aie jamais chanté, c'était mon p'tit frère Kelric, quand il était gamin.

Je voyais Kelric dans mon esprit à ce moment, arborant ce sourire que j'aimais tant.

— J'imagine que ça le gênait pas. Il avait deux ans et moi onze. Il courait pour que je le prenne dans mes bras quand il me voyait.

Le visage de Nik s'adoucit.

— Ça a l'air agréable.

Je trouvai un peu de chaleur dans ce souvenir.

— Ça l'était.

Bien que nous ayons continué la conversation, j'avais de plus en plus de mal avec les mots. Ils n'arrêtaient pas de bégayer. Mais pour je ne sais quelle raison, Nik semblait apprécier ma compagnie, malgré mon incapacité à communiquer comme un être humain intelligent.

Quand la serveuse revint avec nos boissons, Nik lui lança un regard étrange. Il me rappelait l'expression que mon « petit » frère avait quand quelque chose lui causait du souci. Petit. Euh… En grandissant, Kelric était devenu un vrai géant, presque aussi grand que Kurj. Mais là où Kurj était tout en dureté et en métal, Kelric n'était que lumière et rire.

C'était étrange de voir l'expression de Kelric sur ce Nik, en fait. Quoi qu'il ait voulu dire, la serveuse parut comprendre. Elle fit un petit signe de la tête et s'éloigna de la table.

Je pris une gorgée de rhum.

— Kelric aimait bien ce lac, aussi.

— Ce lac ? s'étonna Nik.

— C'était un – ce grand lac…

Mes pensées m'échappaient à nouveau. Je vis la serveuse de l'autre côté de la salle, en train de parler à un homme chauve avec un gros ventre qui avait tout l'air du propriétaire. Il hocha la tête puis se dirigea vers ma table.

— Tu es allée voir un lac avec ton frère ? m'interrogea Nik.

— Nous… oui.

Le propriétaire venait véritablement vers notre table.

— I' vient là.

— Ton frère ?

— Nooooon.

Le propriétaire arriva à la table. Il m'adressa une large courbette.

— Bonsoir, m'dame. Bienvenue dans mon établissement.

— B'soir, répondis-je.

La salle penchait derrière lui.

Il affichait un large sourire.

— Je suis content que vous ayez apprécié le spectacle de Nik.

— Oui.

Je voulais qu'il s'en aille pour que je puisse apprécier Nik.

— Peut-être aimeriez-vous changer un peu du rhum ? suggéra-t-il. Nous avons une excellente eau minérale.

— Le rhum me va bien.

L'eau pétillante était presque aussi mauvaise que le jus de racinelle.

Le propriétaire essaya encore une fois.

— Peut-être une pet…

— Merci, l'interrompis-je. Je vais bien. Très bien.

Il soupira.

— Parfait. Bien.

Puis il s'inclina et partit.

Pourquoi est-ce qu'ils n'arrêtaient pas de me déranger ? Je dégainai mon mélangeur et le posai sur la table. Bien sûr, je n'avais aucunement l'intention de l'utiliser. Mais il éloignerait les visiteurs indésirables.

Nik regarda le pistolet puis me regarda dans les yeux.

— Tu as déjà vu une d'ces beautés avant ? demandai-je.

Il secoua la tête.

— Pas d'aussi près.

Il avait l'air de ne pas vouloir le voir du tout en cet instant.

— Il te mordra pas.

Je soulevai le mélangeur et le tapotai contre ma tempe.

— Nous allions nager dans c'lac.

Le visage de Nik devint blême.

— Soz… le cran de sûreté…

— Quoi ?

J'avais de la peine à maintenir ma main en place. Le pistolet glissa, trébuchant contre ma tête.

Le propriétaire apparut soudain, parlant rapidement.

— Pourquoi ne pas me confier cela ?

Je le dévisageai, étonnée qu'il me demande mon arme. Quand il tendit la main pour le prendre, je me reculai et il parvint seulement à l'éloigner de ma tête.

Puis il remit le cran de sûreté en place.

Pendant un long moment, je restai là, assise, à observer le pistolet dans ma main. Le cran de sûreté avait été enlevé. Enlevé. *Enlevé*. J'avais posé un mélangeur chargé contre mon crâne sans le cran de sûreté.

Je déglutis et rengainai le mélangeur dans son holster. Puis je me levai, les yeux fixés sur le propriétaire.

— Avez-vous un endroit où je pourrais m'allonger ?

Il relâcha sa respiration.

— Bien sûr. Suivez-moi.

Il m'emmena dans un petit salon à l'arrière du bâtiment. On aurait dit une partie de sa propre maison, séparée du café par un couloir. En me laissant tomber sur un des divans, j'entendis à nouveau les sons étouffés de la voix de Nik. Le propriétaire m'apporta un pichet de boisson chaude, mais je ne parvins pas à en avaler.

Je ne m'allongeai pas vraiment, mais je dus rester une heure assise là avant que mon esprit ne s'éclaircisse. Finalement, je relevai la tête et regardai autour de moi. Le propriétaire était assis dans un fauteuil dans un coin de la pièce, m'observant.

— Comment vous sentez-vous ? demanda-t-il.

— Saoule.

La portée de ce que j'avais fait m'était entrée dans le crâne. Un simple glissement de doigt et j'aurais annihilé ma tête biosynthétique. Je posai mes coudes sur mes genoux et mon front dans mes mains. Je sentais les gants contre ma peau, les remparts de cuir qui cachaient les bandages de ma main.

Le propriétaire s'approcha et s'assit à côté de moi sur le canapé.

— Voulez-vous que j'appelle quelqu'un pour venir vous chercher ?

— Non.

Je me levai puis restai immobile, le temps que la nausée agite mon ventre. Quand tout rentra dans l'ordre, je m'avançai vers la porte, non pas celle qui allait vers le restaurant, mais celle qui donnait de l'autre côté de la pièce.

Le propriétaire m'accompagna.

— Il n'y a pas de bus pour la ville avant le matin. Pourquoi ne pas dormir sur le divan ici ?

Je fis non de la tête.

— Je vous remercie pour votre aide. Mais maintenant j'ai besoin…

Besoin de quoi ?

— De marcher.

— Vous êtes certaine ?

— Oui.

J'indiquai le café d'un signe de tête.

— Dites au revoir à Nik de ma part.

— Je le ferai.

Il ouvrit la porte, me laissant sortir dans un champ derrière le restaurant. On voyait plus d'étoiles que depuis Éos, bien qu'elles ne soient pas faciles à voir à travers la lueur des anneaux. J'imaginais qu'il était à peu près minuit : l'ombre de Foreshires sur les anneaux s'était déplacée jusqu'à les diviser quasiment en deux moitiés. Les deux morceaux de l'arche se touchaient presque au-dessus de ma tête, comme deux faux posées pointe contre pointe dans le ciel. L'air sentait l'herbe-nuée et partout j'entendais les piaillements et les froissements de la nuit à la campagne.

Je me dirigeai vers chez moi, marchant le long de la route, toujours assez saoule pour que mon cerveau me paraisse endormi. Je ne voulais pas réfléchir. Je ne voulais pas savoir ce qui m'avait poussé à pointer un mélangeur chargé sur ma tête. Donc, je laissai plutôt mon esprit rester dans une hébétude floue.

J'ai dû marcher des heures. Finalement, la route s'élargit pour devenir une autoroute, ce qui indiquait que je n'étais plus qu'à cinq kilomètres d'Éos. En hauteur sur ma gauche, la lumière étouffée de la Pelouse du Soldat brillait dans la nuit. La Pelouse était un parc gigantesque, constitué principalement d'étendues de gazon entrecoupées de jardins et d'étangs dallés. C'était splendide. Mais malgré sa beauté, elle n'existait pas pour de simples raisons esthétiques. C'était un mémorial aux soldats des FSI qui avaient péri au combat.

Je m'arrêtai au bord de l'autoroute et je regardai la Pelouse. Je ne l'avais jamais visitée pendant les nombreuses fois où j'étais venue sur Foreshires. Je ne voulais pas y aller maintenant. Mais mes jambes m'y portèrent malgré tout, marchant sur les allées de gravier, de jardin en jardin. J'évitai les monuments et les statues, les sculptures et les plaques et les obélisques. Je me contentais de voir le gazon et les fleurs.

Mais arrivée au Dôme, je m'arrêtai.

Ce n'était pas vraiment un dôme. C'était une structure circulaire, d'environ dix mètres de diamètre et aussi haute qu'un immeuble de deux étages. Les murs étaient des panneaux qui atteignaient presque, mais pas tout à fait, le toit arrondi. Il y avait vingt-neuf panneaux, chacun large d'un mètre, reliés au toit par des colonnes, chacun séparé de ses voisins par un espace de la largeur d'une main. Le trentième panneau manquait, laissant une large ouverture que j'atteignis en grimpant quelques marches. Le monument tout entier était construit en pierre blanche polie. Et c'est tout ce qu'il y avait.

À part les noms.

Ils étaient inscrits à l'intérieur. Environ la moitié des panneaux étaient remplis, mais chaque année, l'espace encore vierge diminuait. Que ferions-nous quand le dernier panneau serait entièrement couvert de noms ? Combien d'autres Dômes nous faudrait-il pour recenser les Jagernautes impériaux morts au combat ? Car c'était la seule raison d'être de ce monument : honorer la mémoire des merveilles biosynthétiques défuntes de l'Imperium skolien.

Je montai les marches et pénétrai dans le monument. Je ne voulais pas voir les panneaux. Je ne voulais pas voir les noms. Mais je continuai à avancer, incapable de m'arrêter. J'arrivai devant le panneau en face de l'entrée et regardai les gravures dans le marbre. La date de décès inscrite à côté de chaque nom était ancienne, vieille de plusieurs décennies. Mais même ainsi, je reconnaissais beaucoup trop de ces noms.

Je commençai à trembler. Il ne faisait pas froid, mais mon corps tremblait comme s'il était couvert de glace. Je fis le tour du Dôme, regardant les panneaux, voyant les dates devenir de plus en plus récentes, voyant les noms devenir de plus en plus familiers. Pourquoi fallait-il que je connaisse tellement d'entre eux ? Je me souvenais de leur visage, de la façon dont ils riaient, dont ils marchaient, dont ils parlaient. Chaque nom était une injure, une accusation contre moi qui vivait encore quand eux étaient morts.

Je voulais m'enfuir de ce lieu, me cacher, enfouir ma tête dans l'abandon de l'alcool, de l'oubli, de la mort. Mais je ne pouvais pas arrêter de lire, de marcher, ou de me souvenir. J'arrivai de plus en plus près du dernier panneau, inexorablement, incapable de m'éloigner. Je ne voulais pas m'en approcher, mais je ne pouvais pas m'arrêter.

Puis j'y fus. Les dates étaient celles de l'année dernière. Son nom était gravé à la hauteur de mes yeux, seulement un nom, comme celui de tous les autres.

Kelricson Garlin Valdoria Skolia, Tertiaire Jagernaute.

Kelric. Mon petit frère.

Il avait été le troisième héritier de Kurj. La seule personne, à part Jaibriol Qox, qui ait jamais partagé avec moi l'union miraculeuse des esprits que seuls deux psions Rhon pouvaient connaître.

Je retirai mes gants et touchai le marbre, raclant ma main sur la pierre. Mes ongles sur le roc claquaient tour à tour sur chaque nom. Arrivée en bas, je m'effondrai, les poings serrés, la tête courbée. Et je commençai à pleurer. Je tombai à genoux, mes épaules secouées de sanglots, et je pleurai à en avoir mal.

Il fallut longtemps avant que mes larmes se soient calmées. Mais finalement, je me tournai pour m'asseoir dos au panneau. Je remontai mes genoux contre ma poitrine et couchai ma tête dessus.

CHAPITRE 10

UN TEMPS POUR GUÉRIR

Le gazouillis d'un oiseau me réveilla. Je levai la tête, pleine de confusion. Pourquoi étais-je si crispée ? Je me retrouvai sur un sol de pierre, en train d'observer un panneau de pierre. Puis je me souvins.

Bien que le soleil ne fût pas encore levé, il y avait déjà assez de lumière pour voir que seules quelques minutes me séparaient encore de l'aurore. Je mis mes gants puis me levai et sortis du Dôme avec une certaine raideur, mon esprit s'éveillant peu à peu avec l'arrivée du matin. La fraîcheur de l'aube fendait l'air et mon uniforme était couvert de rosée. J'avais l'impression d'avoir fait la course toute la nuit.

Je marchai sur une pelouse jusqu'à l'autoroute, me dirigeant vers Éos. Seules quelques aéromobiles flottaient sur la route à cette heure matinale, vrombissant quand leur coussin d'air passait sur les carreaux bleus. Les gens à l'intérieur se retournaient pour m'observer quand ils me dépassaient à toute vitesse, mais aujourd'hui ça m'était égal. Je n'avais pas assez d'énergie pour m'en préoccuper. Rien ne comptait si ce n'était finir le trajet que j'avais commencé. Je gardais mon esprit engourdi, de peur que si je le laisse refonctionner, je ne puisse jamais achever ce que j'avais commencé.

Au moment où j'atteignis Éos, le soleil s'était levé. La route devint une large avenue qui se frayait un passage droit vers le centre métropolitain de la ville. Bien que des arbres encadraient la rue, il y en avait moins que là où j'habitais. Il y avait partout de larges pelouses d'herbe-nuée bien taillée, s'étirant entre les bâtiments gouvernementaux et les monuments en forme de croissant. L'aérocirculation était autorisée dans cette partie de la ville et les aéromobiles vrombissaient en passant près de moi sur la route. Les piétons avançaient sur le trottoir, certains me dévisageant avec méfiance, d'autres trop absorbés dans leurs propres pensées.

Je continuai à avancer.

Finalement, j'arrivai à l'ambassade impériale. Je montai les larges marches et j'avançai entre les colonnes pour entrer dans un hall voûté dont les arches s'élevaient bien haut au-dessus de ma tête. Des bancs étaient collés aux murs et des gens étaient assis dessus, vaquant à leurs occupations : parler, lire, attendre. De l'autre côté de la pièce, une file de gens attendait d'entrer dans l'ambassade proprement dite, pour s'occuper de ce qui avait bien pu les amener ici. Je traversai le hall, le bruit de mes bottes résonnant sur le sol de marbre, et je me mis dans la file d'attente.

J'aurais pu ne pas faire la queue. J'aurais pu aller à l'entrée principale, ou une autre, ou même rentrer chez moi et demander à quelqu'un de l'ambassade de venir me chercher après avoir dormi. Mais au lieu de cela, j'attendis. Si j'avais dévié de mon chemin maintenant, je n'en aurais jamais vu le bout.

La file d'attente montait des escaliers jusqu'à une femme qui se tenait derrière un pupitre. Elle donna à chaque personne des instructions sur l'endroit où aller puis les envoyait au poste de sécurité de l'ambassade.

Il ne me fallut que quelques minutes pour arriver en tête de la queue. La femme sourit et me parla comme s'il était parfaitement normal pour une Principale Jagernaute de se présenter devant elle.

— Que pouvons-nous faire pour vous ce matin ?

Je ne pouvais plus continuer. J'étais parvenue jusque-là, mais je ne pouvais pas aller plus loin.

Elle réessaya.

— Puis-je vous indiquer un bureau ?

— Je veux voir le requinqueur, dis-je.

Les gens derrière moi dans la file d'attente arrêtèrent de parler. Tout le monde aux environs se retourna pour observer. Soudain, il n'y avait plus un bruit nulle part.

Ceux qui avaient choisi le personnel de l'ambassade avaient bien choisi. La femme ne cilla pas. C'était peut-être la seule fois de sa carrière où elle devait faire face à une telle demande, mais elle n'hésita pas un instant. Elle toucha un petit panneau sur son pupitre et me parla.

— Une escorte va vous conduire voir Tager.

Un large couloir s'étendait derrière elle, ces murs de marbres polis s'enfonçant au cœur de l'ambassade. Quatre hommes apparurent tout au bout, marchant vers nous à grandes enjambées. Ils étaient grands. J'étais certaine qu'ils étaient armés.

Elle m'indiqua le poste de sécurité.

— Vous pouvez traverser, Principale.

Le point de contrôle était le portail classique surveillé par des gardes. Quand je le traversai, des lumières s'allumèrent, des alarmes retentirent, des sirènes hurlèrent. Je n'avais même pas pensé à enlever mon mélangeur. Les deux gardes au point de contrôle posèrent leur main sur leur arme et l'escorte qui arrivait augmenta son allure, marchant plus vite encore dans le couloir. Je me tins là, immobile, essayant juste de ne pas sortir de mon brouillard.

Personne ne parla. Personne ne me demanda de donner mes armes. Personne ne dit un mot. Les gens de la file d'attente regardaient. Je sentais leurs émotions comme du papier de verre sur une plaie à vif. Ils craignaient que s'ils faisaient un geste de travers, cela puisse me faire exploser comme une bombe. Personne ne comprenait la vérité, que le risque était surtout pour moi et pas pour eux. Un mot déplacé, un regard déplacé, un geste déplacé et je filerais d'ici si vite qu'ils entendraient l'air siffler sur leurs vêtements.

Puis l'escorte arriva à notre niveau et l'homme le plus grand s'inclina.

— Bienvenue.

Il m'indiqua la direction par laquelle il venait d'arriver, levant le bras comme si j'étais une invitée d'un dîner de l'ambassade et qu'il était mon hôte. Je savais parfaitement qu'il était un des gardes d'élite des forces de sécurité de l'ambassade. Mais aucun signe de son statut ne transparaissait, ni sur sa tenue civile, ni dans ses manières courtoises.

Je les suivis donc. Ils m'emmenèrent par des couloirs voûtés et des corridors polis jusqu'à un bureau. Ses murs étaient en verre, de ceux qui paraissent sombres et opaques vus de l'extérieur. Mais j'étais certaine que ceux qui étaient à l'intérieur pouvaient voir dehors.

Une porte s'ouvrit en glissant dans le verre. Un homme se tenait au centre de la pièce, nous regardant. Quand mon escorte s'arrêta devant la porte, je les regardai, d'abord à droite, puis à gauche. Mais ils ne bougeaient plus.

Je rentrai donc seule dans le bureau. C'était une grande pièce, avec un tapis blanc si épais qu'il recouvrait le bout de mes bottes. Les étagères de verre qui couvraient les murs étaient pleines de vases délicats, de statues de verre et autres bibelots. Les peintures aux murs étaient juste assez belles pour agrémenter la vue sans distraire l'attention.

J'avançai jusqu'à l'homme. C'était un être humain d'apparence normale, aux cheveux bruns et de corpulence mince.

— Vous êtes le requin-cœur ? demandai-je.

Je n'étais pas sûre de son vrai titre, évidemment. Le nom officiel de son poste était Psychiatre de classe A6 des Forces Spatiales Impériales.

Il hocha la tête.

— Oui, je m'appelle Jak Tager.

Il jeta un coup d'œil à l'escorte et leva la main. La porte se ferma immédiatement en glissant, me laissant en privé avec Jak Tager, requinqueur de classe A6.

J'allai jusqu'à une étagère et regardai un vase en verre qui s'y trouvait.

— Vous avez beaucoup d'objets fragiles ici.

Il s'approcha.

— Je crois que oui.

Je le regardai. Il n'avait pas du tout l'air d'un expert mondial de la santé mentale. La femme de la sécurité l'avait juste appelé Tager.

— Vous êtes médecin ?

Il acquiesça.

— J'ai un diplôme médical et aussi un doctorat en psychologie.

— Combien de patients avez-vous ?

Il eut un petit sourire.

— Un.

— En me comptant ?

— Oui.

Je fis un petit râle.

— Alors que faites-vous le reste du temps ?

— De la recherche, dit-il, visiblement heureux de mon intérêt. J'étudie les effets psychologiques des interfaces humain-bioméca.

Bons dieux. C'était *ce* Tager. J'avais déjà lu ses travaux. Cet homme était un expert incontesté des effets des systèmes bioméca sur les gens qui les portaient dans leur corps. Je n'avais jamais réalisé que sa véritable occupation était requinqueur. Cela voulait dire qu'en plus de ses découvertes scientifiques, il avait aussi obtenu un poste aux FSI, sans doute par l'IMJ ou par l'Académie Militaire Dieshane.

Je n'avais aucune idée de ce que j'allais faire de lui. Il avait l'air tellement normal. Il y a dix ans, quand j'étais allée voir le requinqueur après l'incident sur Tams, je lui avais demandé combien de patients elle avait vus dans toute sa carrière. Elle m'avait dit huit. *Huit*. Huit en vingt-cinq ans, et en me comptant, moi qu'elle n'avait vu que deux fois.

Je n'avais pas souhaité la voir. J'y étais allée parce que j'étais obligée. Oui, mon supérieur avait bien choisi. Si j'avais eu la moindre envie d'accepter de l'aide, ce requin-cœur aurait pu me la donner. Elle était de ces gens à qui j'avais envie de parler maintenant. Mais cela importait peu. Tager était mon seul choix à présent et pour je ne savais quelle raison, je ne voulais pas parler à cet homme. Je ne savais pas pourquoi. Mais seulement, je ne le souhaitais pas.

Je soupirai.

— J'ai peut-être fait une erreur en venant ici. Je vous fais perdre votre temps.

Il m'étudia un instant.

— Qu'est-ce qui vous a décidé à venir ?

Je haussai les épaules.

— Il n'y a pas vraiment de problème.

Après un moment, j'ajoutai :

— C'est juste que dernièrement, j'ai fait quelques trucs qui sont… un peu bizarres.

— Bizarre de quelle façon ?

— La nuit dernière, j'ai pointé un mélangeur chargé sur ma tête.

Tager parlait doucement.

— Dites m'en plus.

— Je parlais à un chanteur dans un pub. J'étais saoule. J'ai posé le pistolet sur ma tête sans avoir mis le cran de sûreté. Ma main tremblait.

Je m'arrêtai. Je ne voulais pas parler à cet inconnu, ni de la nuit dernière, ni de rien d'autre.

Sauf que cette fois, j'étais venue de mon propre chef, à la recherche de quelque chose, je ne savais quoi, mais je n'allais pas le découvrir à moins de faire quelques efforts. Je pris une longue inspiration et réessayai.

— Il y a deux nuits, j'ai failli tuer un homme, un civil ordinaire, juste parce qu'il m'avait plaquée contre un mur. Je ne sais pas pourquoi. Enfin, oui, il était désagréable. Je ne l'aime pas et il ne m'aime pas. Mais c'est tout.

Tager me regardait avec cet air bien à lui, comme s'il voulait sincèrement comprendre. Bon, après tout, c'était son travail. Il fallait bien qu'il donne cette impression.

— Comment cela s'est-il passé ? demanda-t-il.

— Je n'aimais pas la façon qu'il avait de me toucher.

Je me sentais de plus en plus mal à l'aise, vraiment mal à l'aise, bien plus que ce que mes paroles auraient dû provoquer.

— J'ai craqué. Je ne sais pas pourquoi.

— Qu'est-ce que vous avez fait ?

— J'ai brisé un verre et je l'ai presque poignardé avec.

— Pourquoi n'aimiez-vous pas la façon qu'il avait de vous toucher ?

Tager parlait prudemment, mais pas comme les gens au poste de sécurité qui avaient peur que, s'ils faisaient un geste de travers, je puisse exploser. Avec Tager, c'était comme si j'étais quelqu'un qu'il respectait, ce qui était absurde étant donné que je ne le connaissais que depuis cinq minutes. Le respect devait se gagner et je n'avais encore rien fait pour mériter le sien.

— Il a touché la bretelle de ma robe.

Décrire l'incident me donnait l'impression d'être une idiote. Dire que j'avais eu une réaction exagérée était un euphémisme.

— Puis il a mis sa main entre mes seins et il m'a poussé contre le mur.

Tager me regardait.

— Savait-il que vous étiez une Principale ?

— Non. Je venais de le rencontrer dans un club de randonnée.

— Vous a-t-il menacée ?

— Non.

— Vous en êtes certaine ?

— Évidemment, j'en suis sûre.

— Pourquoi ?

Je le regardai en fronçant les sourcils.

— Comment ça, pourquoi ? Parce que je le sais.

— Comment ?

Pourquoi persistait-il à me demander ça ?

— Je suis une empathe, voilà pourquoi, répondis-je avec un grognement de dérision. Il plaisantait en disant que je n'étais qu'une pute. Mais il n'aurait jamais vraiment tenté quoi que ce soit de violent.

— Vous en êtes certaine ?

— Oui, j'en suis sûre. Ça vous pose un problème ?

— Vos réflexes ne s'activeraient pas sans raison.

Était-ce donc ainsi qu'il gagnait son salaire probablement astronomique, en énonçant des évidences à ses patients ?

— Le requin-cœur, c'est vous. À vous de me dire quel est le problème.

Tager soupira.

— Vous devez m'aider.

— C'est ce que vous ont appris tous vos diplômes ? Que les patients doivent faire leur propre diagnostic ?

Il ne montrait aucune trace d'énervement et continuait juste à parler avec sa voix pleine de calme et de respect.

— J'ai besoin que vous m'en disiez plus.

Il y avait quelque chose d'étrange dans la façon dont il me regardait. J'avais déjà vu ce regard. Et je ne savais pourquoi, il apaisait ma colère.

— Quoi, par exemple ?

— Avez-vous récemment fait d'autres choses qui ne vous correspondent pas vraiment ?

Je reconnus enfin son expression. Ma mère avait ce même air quand quelqu'un qu'elle aimait souffrait. Et son inquiétude était sincère. Il n'affichait pas un masque qu'il avait appris à montrer à ses patients, pour le peu qu'il en avait. Je comptais vraiment pour lui. Mais pourquoi ? Pourquoi ressentirait-il de la compassion pour moi, une personne qu'il n'avait jamais rencontrée auparavant, une merveille biosynthétique d'humanité factice ?

— Non, répondis-je. Je n'ai rien fait d'autre de bizarre. Je ne suis que moi-même.

Et c'était déjà assez bizarre.

— Peut-être devrais-je rentrer chez moi. Je suis seulement fatiguée, c'est tout. J'ai beaucoup marché hier.

Il sourit.

— Avec les randonneurs ?

Les randonneurs ? Il devait parler des buveurs de racinelle.

— Non. Je suis rentrée à pied de l'IMJ la nuit dernière. En fait, j'ai marché jusqu'à la Pelouse du Soldat. J'ai dormi là-bas.

— Pourquoi ?

J'aurais aimé qu'il arrête de me poser des questions.

— J'étais épuisée.

Il se tenait là, immobile, les yeux fixés sur moi, attendant.

— J'ai pris le métro pour aller à l'IMJ, expliquai-je. Mais je n'aimais pas être observée. Alors je suis rentrée à pied.

— Vous n'avez pas d'aéromobile ?

— Si. Mais hier matin, je n'ai pas pu monter dedans.

— Vous la prenez souvent ?

— Tout le temps.

— Est-ce que quelque chose vous est arrivé dans une aéromobile ?

— Non, bien sûr.

— Mais hier, vous n'avez pas pu monter dans la vôtre.

J'eus une envie soudaine de le secouer.

— Et pourquoi diable est-ce un problème ?

— Principale…

Il s'interrompit, cherchant visiblement un nom. Je le regardais implacablement. Finalement, il dit :

— Me parler peut vous mettre mal à l'aise. Mais si je dois vous aider, j'ai besoin de vous poser des questions.

Je me sentis soudain oppressée. Inspirant un grand coup, je me détournai et m'éloignai de lui. Quand son bureau bloqua ma retraite, je m'arrêtai et je posai mes mains sur son rebord.

Après un instant, je me retournai vers lui. Je parlai lentement, comme un plongeur qui teste la température d'une eau glaciale.

— Un homme appelé Kryx Tarque m'a emmenée dans une aéromobile, un jour.

Tager resta là où il était, voulant me laisser de l'espace.

— C'est un nom Highton.

— C'était un Highton.

Mes mains étaient froides.

— Il m'a choisi dans une rue de la Station Tams. J'étais là-bas en mission d'infiltration. J'étais… Je…

Je me forçai à le dire.

— J'ai été sa donneuse pendant trois semaines. Chaque nuit, pendant presque toute la nuit. Parfois pendant la journée aussi.

Tager était doué pour trouver les réponses adéquates. Très doué. Cet homme aurait pu faire face à un aérotrain à pleine vitesse et il n'aurait pas cillé. Mais il ne parvint pas à cacher sa réaction. Il parla avec la même voix calme qu'il utilisait depuis que nous nous étions rencontrés, mais sous ce calme, je sentais son choc.

— Comment vous êtes-vous évadée ?

Ma voix craquait.

— Je l'ai étranglé pendant qu'il me baisait.

Tager vint près de moi.

— Je suis désolé.

— De quoi ?

— Que vous ayez eu à subir cela.

— C'est mon métier.

— C'est un sacré métier.

— Écoutez, soufflai-je. Ça s'est passé il y dix ans. J'allais parfaitement bien depuis longtemps. Il n'y a pas de raison pour que cela me cause des problèmes maintenant.

— L'homme que vous avez failli poignarder – est-ce qu'il ressemblait à Tarque ?

— Non.

En fait, ce n'était pas complètement vrai. Hilt avait les cheveux sombres et une carrure musclée, comme Tarque. Il était grand aussi, comme Tarque. Et quand il était entré dans mon appartement cette nuit-là, cela m'avait rappelé l'arrogance que j'avais tant détestée chez Tarque, lui qui croyait qu'il avait le droit de faire ce qu'il voulait aux gens qu'il jugeait inférieur. Mais ce n'était qu'un lien superficiel. Hilt était gênant, certes, mais même après l'avoir connu seulement pendant quelques heures, je pouvais dire qu'il était globalement un être humain digne de ce nom.

— Ils ne sont pas du tout pareils.

— Et le chanteur du café ? insista Tager. Est-ce qu'il ressemblait à Tarque ?

J'émis un grognement railleur.

— Vous cherchez quelque chose qui n'est pas là. Cet homme était le contraire exact d'un Aristo. Il avait des yeux marron-doré et une voix limpide. Je crois qu'il ne ferait pas de mal à une libelluciole.

— Vous avez l'air en colère.

— En colère ? dis-je en le regardant. Pourquoi serais-je en colère ? Je ne voulais pas lui faire de mal. Je voulais lui faire l'amour.

— Parlez-moi de lui.

— Je ne sais rien de lui.

Tager patienta. Je fis un signe de mécontentement et je croisai mes bras. Après un moment, il essaya une autre approche.

— Alors vous n'avez pas de mari ?

N'était-il pas clair que personne ne voulait de moi ?

— Qu'est-ce que ça veut dire ?

— Vous me donnez l'impression de quelqu'un qui n'envisagerait pas de prendre un amant si vous étiez déjà engagée auprès d'une autre personne.

— Oh.

Comment savait-il cela ?

— Et alors ? Vous vous attendiez à ce que je sois mariée ?

— Pourquoi cela vous met-il en colère ?

— Arrêtez de jouer les requinqueurs et répondez à ma putain de question. Vous voulez que je sois honnête avec vous, alors soyez honnête avec moi !

Il parla doucement.

— Oui, je suis surpris que vous ne soyez pas mariée.

C'était toujours le même baratin : *comment se fait-il que* toi, *tu sois seule ?*

— Laissez tomber, Tager.

— Pourquoi cela vous met-il en colère ?

— Je ne suis pas en colère. Arrêtez de me demander ça.

— Vous avez l'air furieuse.

— Bien sûr, répondis-je. D'accord. Voilà ce qu'on se dit : « Je vais mettre cette Principale si sexy dans mon lit. Quel bon coup. » Ou bien on veut ce que Hilt voulait, me punir pour ça.

Je serrai mes poings.

— Peut-être que je devrais me défigurer et porter des guenilles, histoire de voir qui voudra encore de moi après ça.

Il continua avec sa voix désespérément aimable.

— Qui est Hilt ?

J'étais furieuse contre Tager maintenant, lui et ses questions idiotes.

— Hilt est le connard qui m'a plaqué contre le mur et qui m'a appelé la Pute de Glace qui sent le vieux fric.

— Vous n'êtes rien de tout ça.

J'avais l'impression d'être un aérotrain qui percute un mur de brique.

— Quoi ?

— La raison pour laquelle je suis surpris que vous ne soyez pas mariée est parce que très peu d'empathes ayant votre sensibilité parviennent à supporter de vivre seuls.

— J'ai la sensibilité d'un bloc de ciment.

Il sourit.

— Un bloc très spécial.

— Je ne plaisante pas.

— Moi non plus.

Je ne pouvais pas le croire.

— Qu'est-ce qui vous fait croire que vous savez quoi que ce soit à mon sujet ?

Tager écarta les mains en signe d'impuissance.

— Je me base sur mon expérience, ma formation et mes réactions instinctives. Moi aussi, je suis un empathe.

— Oh.

Forcément. Pour ce type de travail, il devait être empathe.

— Je ne crois pas que je veuille parler plus.

Lui parler de moi-même était plus épuisant que de rentrer à pied de l'IMJ. Je voulais juste revenir à la maison et dormir.

— Je ne sais pas si je reviendrai.

— Je crois que vous devriez, déclara Tager.

Ce qui m'arrêta net. Je ne m'y attendais pas. J'avais cru qu'il dirait ce que Kurj avait sous-entendu, que j'étais seulement surmenée, que je devrais sortir et essayer de mener une vie normale. Me détendre. Me reposer. Je m'étais attendue à ce que Tager me dise, plein de tact, qu'il n'y avait pas de raison pour que je perde mon temps avec ces inquiétudes complaisantes sur mon incapacité à avoir des relations avec les autres.

Mais au lieu de cela, il voulait que je revienne.

Mais lui parler me demandait trop.

— Je ne pense pas que j'aurai le temps.

— Je ne crois pas qu'il soit sage pour vous d'arrêter.

Je le dévisageai.

— Pourquoi ?

Il avait encore ce regard, comme ma mère.

— J'ai besoin de vous voir plus avant de comprendre vraiment pourquoi vous êtes en colère. Mais je peux déjà vous dire cela : si vous ne faites pas face, quelque chose va céder.

Je me crispai.

— Vous pensez que je pourrais blesser quelqu'un ?

— C'est possible.

Je le savais. Je l'avais su depuis le début. Je me forçais à l'avouer.

— Vous pensez que je vais perdre mon contrôle et tuer quelqu'un, n'est-ce pas ?

— Je ne crois pas que vous soyez capable de tuer sans provocation.

Puis, sans prévenir, il prit ma main et retira mon gant, révélant les bandages au-dessous.

— Comment vous êtes-vous fait ceci ?

Comment avait-il deviné que j'étais blessée ? Était-il un si bon empathe ? Pouvait-il si bien déchiffrer mes attitudes ? Je dégageai ma main d'un coup sec.

— Je vous l'ai dit. J'ai brisé un verre.

— Comment ?

— Ça ne vous regarde pas comment j'ai fait ça, merde.

Je voulais le secouer.

— En quoi est-ce *important* de savoir comment je l'ai fait ?

Il parlait avec une compassion insupportable.

— La personne que je crains que vous blessiez, c'est vous-même.

J'étais si furieuse que ma voix déraillait.

— Vous ne savez rien de moi.

— Je ne peux pas vous forcer à revenir, concéda Tager. Même si je le pouvais, ça ne servirait à rien. Je suis sûr que vous pouvez me faire croire ce que vous voulez sur votre état mental. Mais vous ne seriez jamais venue si vous ne vouliez pas qu'on vous aide.

— Je suis une machine défaillante, fis-je remarquer avec amertume. J'ai besoin d'une révision.

La gentillesse adoucissait l'expression de son visage.

— Vous n'êtes pas une machine.

Je retirai mon autre gant et tendis ma main, paume vers le haut, pour qu'il puisse voir la prise sur mon poignet.

— Machine.

— Votre circuit bioméca ne vous rend pas moins humaine. Tout ce qu'il fait est d'augmenter les dons avec lesquels vous êtes née.

— Les dons ? *Des dons ?* m'exclamai-je en laissant retomber mes bras. Chaque fois que quelqu'un souffre, je souffre. Chaque fois que quelqu'un veut me faire mal, je le sens. Souvent, je ne sais même pas d'où ça vient. Vous savez à quoi ça ressemble de vivre comme ça ?

Les mots sortaient avant que je ne puisse les arrêter.

— Avez-vous la moindre idée de ce que c'est que voler dans un escadron Jag ? De ce que c'est que sentir des Aristos au moment de passer au combat ? Ils *aiment* nous tuer. C'est mieux que le sexe, pour eux. Ou bien le pilote est un esclave qui n'a eu aucune chance d'avoir une vie meilleure. Et je dois le tuer.

Je ne pouvais plus empêcher ma voix de trembler.

— Je sens chacun des Troqueurs que je tue. Je suis morte au moins des milliers de fois là-haut. Il n'y a rien que je puisse faire pour moi qui n'ait déjà été fait.

— Je ne peux connaître qu'une partie de tout cela, reconnut Tager. Mais j'ai vu ce que cela faisait à des empathes de subir une vie comme la vôtre. C'est un miracle que certains d'entre vous parviennent même à survivre.

Après cela, je ne savais plus quoi dire. J'étais fatiguée. Fatiguée. Je ne pouvais plus parler.

— Je dois partir.

— Reviendrez-vous ?

— Je… vais y réfléchir.

— Je suis là tous les jours. Vous pouvez m'appeler n'importe quand. Jour et nuit, n'importe quel jour.

Je hochai la tête. Je ne savais pas quoi dire d'autre. Je ne savais pas si je supporterais de revenir.

C'était déjà le milieu de matinée quand je quittai l'ambassade. Je marchai vers chez moi le long du port, regardant les bateaux à quai. Les docks étaient bondés de marins, se pavanant dans leur pantalon blanc et leur chemise rayée, la casquette bleue tirée crânement vers l'avant pour abriter leurs yeux. Des couples, des familles et des individus seuls se promenaient sur la plage, jouaient dans l'eau ou reposaient sur le sable doré et sous le ciel doré avec ses longs anneaux étincelants. Des enfants en vêtements colorés couraient partout, agitant des ballons gonflés cubiques. Ils riaient, criaient et taquinaient les musiciens de rue. Les odeurs de nourriture venues des stands de vente se mélangeaient au parfum iodé de l'air marin. Cet endroit semblait si *vivant*, vivant et prospère, humain, éclatant et intense.

Pendant un long moment, je restai debout près d'une balustrade en bois sur les planches, observant le remue-ménage. Peu à peu, je pris conscience d'une sensation étrange, un sentiment qui m'envahissait.

Du soulagement.

Pour une raison bizarre, savoir que Tager pensait que j'avais des problèmes me donnait une incroyable impression de soulagement. Pourquoi ? Pourquoi étais-je contente de savoir que j'étais dans le pétrin ?

Parce que si j'étais malade, je pouvais être soignée.

C'était le nœud de la question. Un problème pouvait être résolu. S'il n'y avait pas de problème, cela aurait voulu dire que ce que je ressentais était normal, et pas quelque chose que je pouvais modifier. Et je ne pensais pas que j'aurais pu vivre comme ça.

Peut-être, mais seulement peut-être, je retournerais voir Tager.

Finalement, je recommençai à marcher. J'avais hâte de quitter mon uniforme et de me détendre dans le calme de mon appartement. Le port n'était qu'à un kilomètre de l'immeuble où j'habitais, il me fallut donc peu de temps pour rentrer chez moi.

En approchant du bâtiment, je vis un groupe de gens qui attendaient sur les marches, au-dehors. Ce ne fut pas avant d'être presque à leur niveau que leur identité traversa mes préoccupations et que je compris pourquoi ils me regardaient. C'était Jarith et ses amis, notamment Rebeka et Hilt. J'avais oublié que Jarith m'avait invitée à la plage.

Je m'arrêtai devant eux, dans une pause maladroite.

— Je suis désolée d'être en retard. J'espère que vous ne m'attendez pas depuis longtemps.

Jarith regardait les bandes sur ma veste.

— Non, pas longtemps.

Je passai ma main dans mes cheveux.

— Je crains de ne pas être d'une excellente compagnie aujourd'hui. Peut-être que vous devriez y aller sans moi.

Ils hochèrent la tête. Personne ne semblait avoir la moindre idée de ce qu'il fallait dire. L'embarras de Jarith était plus que tangible, pour moi ; il avait le sentiment d'être un vrai imbécile, un abruti qui avait été assez fou pour inviter une Principale impériale à un rancard.

Ça ne va pas, pensai-je. Je lui souris.

— Tu voudrais monter ?

Jarith eut l'air surpris.

— Tu veux dire, dans ton appartement ?

— Oui.

Il rougit.

— Oh.

Puis il ajouta en souriant :

— OK.

Les autres le regardaient, puis tournèrent leur regard vers moi. Rebeka dit finalement :

— Bon. On… euh… te retrouve plus tard, Jar.

Après que Jarith eut fait oui de la tête, les autres s'inclinèrent dans ma direction, puis partirent. Tous sauf Hilt, qui était celui que je voulais le plus voir disparaître.

— J'aimerais te parler, dit Hilt avant de jeter un regard à Jarith. En privé.

Étant donné ce que j'avais failli lui faire, je lui devais au moins une discussion.

— D'accord.

Je marchai avec lui jusqu'à l'autre côté de l'escalier et m'arrêtai à l'ombre d'un arbre.

— Qu'est-ce qu'il y a ? demandai-je.

— Est-ce que tu vas nous ficher ? s'inquiéta Hilt.

Les ficher ?

— Qu'est-ce que tu veux dire ?

— Pour ce qu'on a dit. Pendant la randonnée.

Alors je compris. Il voulait savoir si j'avais l'intention de faire un rapport sur eux. C'était une question légitime. Je connaissais des officiers qui auraient fait noter leurs remarques sur leurs dossiers.

— Non, répondis-je. Je ne vais rien faire.

— Pourquoi ?

Je haussai les épaules.

— Vous avez le droit d'exprimer vos opinions.

— Vraiment ? répliqua-t-il avec amertume.

Je voulais lui répondre : « Bien sûr que oui. » Mais ça n'arrivait pas à sortir. Au lieu de cela, je dis :

— Vous avez dit des choses qu'il fallait que j'entende. Rien de tout cela ne remontera plus haut que moi.

— Jure-le.

Je fronçai les sourcils.

— Qu'est-ce que ça veut dire ?

— Vous autres Jagernautes, vous prétendez suivre un code d'honneur. Alors jure-moi sur ce code que tu dis la vérité.

De quel droit remettait-il ma parole en question ?

— Va te faire voir.

Il prit un air méprisant.

— C'est bien ce que je pensais.

Arrête, me dis-je à moi-même.

— Très bien. Je le jure sur mon honneur de Jagernaute.

Il eut un regard surpris. Mais son attitude se détendit. Après un instant, il regarda ma main.

— Comment ça va ?

— Bien.

— Tu aurais pu me tuer, n'est-ce pas ?

— Oui.

— Pourquoi ne l'as-tu pas fait ?

Je le regardai dans les yeux.

— Tu dois vraiment croire que je suis un monstre.

Il fit non de la tête.

— Crois-le ou non, je respecte les gens qui sont prêts à se battre pour ce en quoi ils croient. Mais pour moi, tu représentes ce qu'il y a de pire chez nos oppresseurs. Mes parents ont passé dix ans en prison quand Ruth-2 a été finalement absorbé dans l'Imperium. Leur seul crime était d'avoir protesté contre les Forces Spatiales Impériales parce qu'elles nous étaient tombées dessus alors que nous n'avions rien fait, sinon mener des vies paisibles et productives.

D'accord, pas étonnant qu'il ne m'aimait pas.

— Excuse-moi.

— Aucune excuse ne rendra ces années perdues à mes parents, dit-il en ravalant sa salive. Ni à moi.

Quelque chose dans sa voix provoqua un pincement dans mon estomac.

— Quel âge avais-tu quand ils ont pris tes parents ?

Il répondit sèchement :

— Quatre ans.

Je le regardai fixement. Je savais que les FSI répondaient sévèrement à toute critique, mais ce que Hilt décrivait dépassait l'entendement.

— Tu as raison, je ne peux pas te rendre ces années. Mais je n'oublierai pas ce que tu m'as dit.

— Et alors ? Qu'est-ce que ça changera ?

— Peut-être plus que tu ne le crois.

Il haussa les épaules.

— Peut-être.

Il n'avait pas l'air convaincu.

Après qu'Hilt fut parti, Jarith et moi allâmes dans le hall. Nous franchîmes des portes à double vitrage en verre opaque. Je sortis mon passe, une carte carrée avec les empreintes digitales dessinées dessus, et je le glissai dans une fente sur les portes. Un ronflement indiquait qu'un scanner lisait les motifs générés par le passage du laser sur la carte. Puis les portes s'ouvrirent en glissant.

Nous pénétrâmes dans une salle aux cloisons de verre.

— Dernier étage, commandai-je.

Les portes se refermèrent et la salle s'éleva en silence. Le cristal liquide entre le double vitrage se réorganisait en fonction des champs électriques produits par l'ascenseur, modifiant la polarisation du verre de façon à ce qu'on puisse voir au travers. En dessous de nous, le hall s'étendait, offrant une vue élégante tout en tapis moelleux et meubles dorés. Puis l'ascenseur monta à travers le toit, puis à l'extérieur, nous donnant un panorama spectaculaire sur les arbres et la campagne.

Jarith et moi restions silencieux. Sa nervosité nous entourait comme un brouillard. Après un moment, je demandai :

— Comment s'est passé ton examen ?

— J'ai eu mention assez bien, répondit-il en se détendant, affichant même un sourire. Avec de bonnes notes pour la partie théorie de la musique.

— Bien. Excellent.

Je ne savais pas quoi dire d'autre. Cela faisait plus d'un quart de siècle que je n'avais pas été préoccupée par des examens.

L'ascenseur s'ouvrit sur un couloir. Il n'y avait qu'une porte dans ce corridor, une porte à l'ancienne, en bois avec une poignée en cuivre. Quand nous arrivâmes à son niveau, je glissai ma carte dans une fente sous la serrure et j'attendis que le scanner la contrôle. Puis un cliquetis se fit entendre et la porte s'ouvrit vers l'intérieur.

En entrant, la bouche de Jarith s'ouvrit grand.

— C'est merveilleux.

Je souris. La pièce ne semblait plus sombre. Des rayons de soleil ambrés et la lumière des anneaux descendaient par les baies vitrées, faisant briller le bois doré.

— J'aime bien cet endroit.

Je fermai la porte et allai jusqu'au bar.

— Tu veux quelque chose à boire ?

Il vint se mettre de l'autre côté du comptoir.

— Tu as du jus de racinelle ?

— Foutue fusée, non. Comment peux-tu boire ce truc ?

Il rit.

— C'est très bon.

Mon cœur fondit devant ce sourire d'ange sur son visage d'ange. Pour lui, j'aurais demandé à Pako de commander du jus de racinelle.

— Et de l'eau minérale ? demanda Jarith.

— Ça, j'en ai.

Je lui versai un verre, puis je sortis le whisky pour moi. Après avoir regardé la carafe, je changeai d'avis et je me versai un verre d'eau pétillante à la place.

Puis nous nous assîmes sur le canapé. Je parvins à ne pas me jeter sur lui avant qu'il ait fini son verre, mais je ne pus pas me retenir davantage. Quand il s'avança pour reposer son verre sur la table, je passai mes doigts dans ses cheveux. Il me jeta un coup d'œil en sursautant. Puis il se rassit au fond du canapé et tendit ses bras vers moi, glissant ses mains autour de ma taille. Quand je passai mes bras autour de son cou, il pencha la tête vers moi. Et c'est ainsi que je découvris de quelle façon les buveurs de racinelles embrassent.

Pas étonnant qu'ils s'enfilent autant de ce truc.

Finalement, nous fîmes une pause et nous restâmes assis là, enlacés. Je posai ma tête sur son épaule, envahie par un soulagement incroyable. Dieux, ce que j'avais pu me sentir seule…

Jarith murmura dans mon oreille :

— Tu ne me fais pas l'impression d'une Principale.

Je frottai mon nez contre son cou.

— Je te fais quelle impression alors ?

— Une impression merveilleuse.

Je soupirai.

— Ah, Hypron, ça fait si longtemps.

Jarith se raidit. Après avoir attendu un instant qu'il se détende ou qu'il dise quelque chose, je me reculai un peu dans ses bras.

— Qu'est-ce qui ne va pas ?

Il observait mon visage.

— Pourquoi as-tu dit cela ?

J'essayai de me rappeler ce que j'avais dit : *ça fait si longtemps.*

— Je n'ai pas eu autant de compagnie dernièrement.

Il me regardait comme s'il cherchait une réponse. Puis il rougit.

— J'imagine que c'est juste que je suis un peu nerveux. Je n'arrive pas à croire que je suis là, comme ça, avec toi.

Je touchai son visage.

— Je suis contente que tu sois là.

Il prit ma main, enveloppant ses doigts autour des miens, et m'attira pour un nouveau baiser. Après une interruption pour reprendre notre souffle, je souris.

— Je crois que c'est le moment où je demande si tu veux voir mes estampes.

Jarith avait l'air intrigué.

— Demande toujours.

Alors je lui demandai. Et il ne fit aucune objection.

Ma chambre était comme un patio, ouverte et remplie de plantes vertes. Des fenêtres, avec des cadres en bois doré et des poignées en cuivre, couvraient les murs, et une large lucarne au plafond au-dessus du lit laissait entrer encore plus de lumière. Allongés sur le lit, avec tous ses gros oreillers blancs et ses couvertures cotonneuses, nous avions l'impression d'être enveloppés de nuages.

Jarith et moi étions repliés l'un dans l'autre, peau contre peau, et nous nous explorions mutuellement, prenant notre temps dans la lumière oblique de cet après-midi. Il était juste à ma taille, ses hanches caressant mes hanches et ses mains caressant ma peau. Je bougeai avec lui, puis ralentis. Je me retins, à la limite de l'ultime tentation. Je montais avec lui, suspendue encore et encore, jusqu'au moment où nous nous abandonnâmes tous les deux, nous élevant jusqu'à un sommet qui s'effondra avec une intensité pleine de satisfactions.

Après cela, nous restâmes allongés sur l'édredon, Jarith sur le dos, les yeux fermés, et moi collée au creux de ses bras.

— Soz ?

Je m'étirai lentement.

— Soz, réveille-toi.

— Hmmm… ?

— C'est l'heure du dîner, dit-il.

J'émis un son de protestation. Mais il se tapit contre moi, glissant ses mains sur mon corps. D'abord il tentait de me réveiller, mais ses gestes se transformèrent vite en caresses. Je soupirai.

— Ah, Hypron…

Ses caresses cessèrent avec une soudaineté qui me tira brusquement de ma léthargie. J'ouvris les yeux, surprise par le courant d'air froid qui soufflait contre moi. Jarith était assis à côté de moi, regardant droit devant lui.

Je l'attrapai par le bras, essayant de le faire s'allonger à nouveau.

— Qu'est-ce qui ne va pas ?

Il me regarda.

— C'est la deuxième fois que tu le fais.

— Fais quoi ?

— M'appeler Hypron.

Ma douce impression de léthargie disparut.

— Je t'ai appelé Hypron ?

Mais oui, maintenant que j'y réfléchissais, j'avais *effectivement* dit « Hypron ». Je tremblais dans l'air glacé.

— Je suis désolée.

Il s'allongea près de moi et tira l'édredon pour qu'il nous couvre tous les deux.

— Qui est Hypron ?

Allongé sous les couvertures, pelotonnée dans ses bras, je me sentais en sécurité, peut-être suffisamment pour lui dire ce qu'il voulait savoir. Je me glissai dans ce coin caché de mon esprit comme si j'ouvrais discrètement un tiroir. Là, un soleil brillait d'un feu flou et sombre. Je refermai le tiroir.

— Soz ?

Jarith m'étudiait avec un regard étrange, comme quelqu'un qui aurait pensé qu'il avait gagné le gros lot et qui apprendrait qu'en fait il s'était trompé.

— Hypron était mon mari, expliquai-je.

— Était ?

— Je ne serais pas là avec toi maintenant, répondis-je doucement, s'il y avait un autre homme dans ma vie.

La tension dans ses bras se relâcha un peu.

— Pourquoi l'as-tu quitté ?

— Qu'est-ce qui te fait croire que je l'ai quitté ?

— Quel homme sain d'esprit te quitterait ?

Je déglutis.

— Je suis contente de voir que quelqu'un dans le monde ressent ça.

— Soz…

Son esprit frôla le mien.

— Pourquoi as-tu si mal ?

— Hypron est mort voilà trois ans.

Voilà. Je l'avais dit. Le monde ne s'était pas arrêté de tourner.

— C'était moins d'un an après notre mariage.

— Je suis désolé.

J'essayai de hausser les épaules, ce qui était ma réponse habituelle, mais c'était difficile de bouger mes épaules avec Jarith qui me serrait contre lui. Alors à la place, je fis une réponse beaucoup plus sincère :

— Moi aussi.

Il hésita.

— Puis-je te demander ce qui s'est passé ?

Il me fallut un moment avant de répondre – mais je répondis.

— Mon escadron surveillait une colonie dans le secteur T-Héa. Hypron était agriculteur là-bas.

Hypron. Il m'avait fait sourire dès que je l'avais vu. Et je n'avais pas été capable de me détacher de lui. Ce n'était pas qu'il soit tellement beau, même si, pour moi, il avait vraiment l'air irrésistible avec son sourire espiègle. Mais quelque chose en lui me faisait me sentir bien, profondément bien, cette plénitude qui vous réchauffe partout.

— Nous nous sommes mariés deux semaines après notre rencontre, racontai-je. Aucun d'entre nous n'imaginait qu'il était malade. Les colons avaient des équipements médicaux minables et personne ne savait que les traitements pour le système immunitaire qu'il avait reçus pour la colonisation n'avaient pas fait effet convenablement. Le temps que nous nous en rendions compte, il était déjà dans un état grave et c'était trop tard.

Je continuai doucement.

— Alors il est mort.

Après un moment, j'ajoutai :

— Tu sais que, quand je t'ai rencontré pour la première fois, je pensais que tu étais un empathe.

— Je suis un empathe.

Il marqua une pause.

— En fait, Guérisseur Empathique est ma description officielle, selon le registre de Kyle.

J'étais allongée bien au chaud dans ses bras.

— C'est ce que je pensais.

— Quand d'autres gens souffrent, émotionnellement, dit-il doucement, je ne le supporte pas. Je dois essayer de les atteindre, de calmer leur douleur. Mais je ne sais pas vraiment si je suis utile à quoi que ce soit.

Je l'embrassai.

— Tu l'es.

Il sourit.

— Toi, tu es les trois.

— Les trois quoi ?

— Empathe, guérisseuse et télépathe.

Il porta sa main à mes cheveux.

— J'ai l'impression d'être devant une super-nova quand tu abaisses tes barrières.

— J'ai abaissé mes barrières ?

— Quand on faisait l'amour.

— Oh.

Il faudrait que je fasse attention à ça. Encore que, peut-être que je ne devrais pas y faire tellement attention. Peut-être qu'il y a des moments dans la vie d'une personne où elle doit pouvoir relâcher ses défenses.

Une voix désincarnée interrompit notre conversation.

— **Soz.**

Jarith faillit bondir hors du lit.

— Qui est-ce ?

J'éclatai de rire.

— Juste mon ordinateur.

Je parlai dans le vide.

— Pako, pas maintenant.

La voix de Pako sortait d'une console discrètement incrustée dans un mur de l'autre côté de la pièce.

— **Qox est sur le point de diffuser une intervention.**

Pour l'amour du monde. J'avais dit à Pako de me prévenir si l'actualité parlait de Qox. Et bien sûr, ce satané Empereur devait choisir de faire son discours au moment où j'étais au lit avec Jarith.

— Très bien, maugréai-je. Passe-le.

L'écran holo de l'autre côté de la chambre s'alluma, projetant l'image du puma scintillant, prêt à bondir. L'hymne troqueur retentit et ses accords lancinants emplirent la pièce. Comment un peuple si détestable pouvait-il composer un morceau de musique si magnifique ?

Jarith tressaillit.

— Pourquoi veux-tu regarder ça ?

— Je suis obligée. Je dois savoir ce qu'ils ont à dire.

C'était vrai, même si je détestais l'admettre.

— Chaque fois que je vois l'un d'entre eux, ou que j'en entends un, j'ai l'impression d'être…

Jarith s'arrêta, comme s'il cherchait ses mots.

— J'ai l'impression de me faire…

— Violer ?

Il me lança un regard étonné.

— Oui.

Le puma se métamorphosa en l'image de deux personnes. Mais aucun n'était Ur Qox. L'homme sur la gauche était Kryx Quaelen, le ministre Highton du commerce.

L'orateur, l'homme au pupitre, était Jaibriol.

Jarith sortit du lit et mit son pantalon.

— Je ne peux pas regarder ça. Pas ici. Désolé. Je t'attendrai dans le salon.

Pourquoi Jaibriol devait-il à nouveau entrer dans ma vie, maintenant, juste quand j'avais une chance de l'oublier ? Je me levai et allai jusqu'au placard, prenant la première chose que je trouvai, une simple tunique.

— Tu n'es pas obligé de partir.

J'enfilai la robe par la tête.

— Je vais aller à côté. Tu peux rester ici.

— Pourquoi on ne va pas ensemble dans le salon ?

Alors seulement je compris. Il ne voulait pas de ce Highton dans notre chambre, dans le lieu où nous avions fait l'amour.

— D'accord.

J'avais seulement raté quelques minutes du discours. Je m'assis sur le canapé pendant que Jarith se versait à boire. Il n'y avait pas beaucoup d'intérêt à ce que Jaibriol racontait, juste les histoires habituelles des Troqueurs disant à quel point ils sont merveilleux. Ça ne ressemblait pas à Jaibriol. Mais ce n'était pas la manière dont il parlait ou ce qu'il disait qui me glaçait les os. Pour quelqu'un qui ne l'aurait pas connu, ce qui était le cas de l'essentiel de la galaxie, il devait avoir l'air d'un Highton normal. Je savais que c'était faux. Je l'avais vu de l'intérieur, cette nuit sur Délos, dans sa chambre. L'homme qui faisait ce discours était drogué.

Jarith s'assit près de moi, tenant son verre. Il s'était servi un verre de whisky. Il en prit une longue gorgée, regardant l'écran comme s'il était en transe, incapable de détourner le regard. Mais il remarquait à peine Jaibriol. C'était Quaelen qui l'hypnotisait.

Quel pouvoir avait donc les Highton pour arriver à nous terroriser même par le biais de leurs transmissions ? Était-ce le langage de leur corps, la manière dont ils se tenaient, la cadence de leur voix, les gestes de leurs mains ? À un certain niveau, plus inconscient que conscient, nous les *reconnaissions*. Ne serait-ce qu'entendre le nom de Quaelen suffisait à me donner la chair de poule. Pourquoi était-il là avec Jaibriol ? Quel lien avait-il avec l'héritier Highton ?

Une pensée horrible me traversa l'esprit. Peut-être Ur Qox avait-il confié Jaibriol à la garde de Quaelen. L'empereur d'Eubée, le chef monstrueux des Troqueurs, portait les gènes récessifs des psions. Il était seulement à moitié Rhon, ayant eu les gènes de sa mère seulement, si bien qu'aucun des traits Rhon ne se manifestait vraiment. Mais il avait les gènes pour tous ces traits, du premier au dernier. Était-il possible qu'il ressente la moindre trace d'empathie ? Cela le rendait-il assez humain pour avoir de la compassion envers son fils ? Peut-être avait-il confié son héritier à Quaelen parce qu'il ne pouvait pas se forcer à faire lui-même prendre à son fils le rôle qu'il avait été engendré pour prendre.

Je ne préférais pas imaginer ce que la vie de Jaibriol serait avec Kryx Quaelen comme mentor. Je pouvais deviner ce qui s'était passé : Jaibriol avait refusé de lire le discours et Quaelen l'avait drogué pour le forcer, utilisant peut-être des menaces ou la force physique en plus. Ce qui était encore plus glaçant, c'était que je savais que Quaelen n'avait pas vraiment besoin de drogue ou de violence. Il passait sans doute beaucoup de temps autour de Jaibriol. Il pouvait facilement rassembler assez de données pour créer une simulation informatique convaincante de l'héritier Highton afin qu'il donne tous les discours voulus – dans le cas où il ne souhaitait contrôler que les paroles de Jaibriol.

À mes côtés, Jarith continuait à fixer Quaelen, devenant de plus en plus pâle. Finalement, je tranchai :

— Pako, éteins ce programme.

L'écran s'obscurcit. Jarith me regarda et son esprit semblait rayonner de soulagement.

— Tu dois vraiment regarder tous les discours qu'ils font ?

J'opinai.

— « Connaître son ennemi », et tout ça.

— C'était déjà assez dur avant, quand Qox n'avait pas d'héritier. Au moins, nous pouvions espérer qu'il serait le dernier empereur Highton. Mais maintenant, avec ce successeur surgi de nulle part…

Jarith tremblait.

— Parfois je me demande si tout ça finira un jour.

Comment cela pourrait-il finir ? Si Qox n'avait jamais eu d'héritier, un autre Highton aurait prétendu au titre. Ce nouvel empereur n'aurait pas été meilleur qu'Ur Qox, peut-être même pire. Envisager que les Highton puissent devenir un peuple plus humain était vraiment le fruit du désespoir. Les Aristos étaient génétiquement programmés pour être des Aristos. Et le temps ne diluerait pas leur patrimoine génétique. Leur obsession pour la pureté de leurs lignées n'était pas de la simple arrogance. Ils représentaient vraiment un aspect pathologique du vivant : quand ils se reproduisaient de façon à étendre leur patrimoine génétique, par exemple en ayant des enfants avec leurs donneurs, ils engendraient des descendants qu'ils étaient incités à détruire.

Et maintenant, Jaibriol se tenait là, drogué et vulnérable, et il était la seule personne dans cette guerre interstellaire haineuse qui puisse y mettre un terme, soit en venant avec la volonté de discuter à la table des négociations de paix, soit en mettant à genoux l'imperium skolien.

Chapitre 11

Un temps pour parler

— Il y a des gens qui ont survécu à bien pire, affirmai-je. Je n'ai subi ça que pendant trois semaines.

Tager me regarda.

— Vous pensez que parce que vous l'avez enduré pendant trois semaines au lieu de trois ans, cela rend les cicatrices que vous portez moins sérieuses ?

Je l'observai depuis la sécurité de mon emplacement, près de l'étagère. Pendant les cinq fois où j'étais venue le voir, je ne m'étais jamais assise. Cela me donnait l'impression d'être vulnérable. Il se tenait habituellement au même endroit que maintenant, près de son bureau, me laissant l'espace et ne m'oppressant pas.

— Écoutez, dis-je. La plupart des donneurs passent leur vie entière en captivité. Ce qui m'est arrivé n'était rien.

Il s'approcha de moi.

— Vous vous trompez.

— J'ai été formée pour…

— Foutaises.

Je cillai, surprise autant par sa violence que par sa réaction. Toutes deux ne lui ressemblaient pas, enfin, d'après ce qu'il m'avait montré de lui.

— Pourquoi dites-vous ça ?

— Aucune formation dans l'univers ne vous immunisera contre ce que Tarque vous a fait, répondit Tager. Oui, votre armure est solide. Mais un être humain vit sous cette armure. Vous avez été maltraitée physiquement et sexuellement, et le fait que vous soyez Principale, que ça n'ait duré que trois semaines, que vous êtes formée pour encaisser les difficultés, que d'autres gens aient connu pire… Rien de cela ne diminue vos blessures.

— C'était il y a dix ans, répliquai-je. Je devrais avoir dépassé ça depuis longtemps.

— Pourquoi ?

Pourquoi ? Encore cette question abrutissante qu'il aimait ressasser.

— Parce que le temps referme les blessures.

— Seulement si vous soignez la blessure, fit Tager en adoucissant sa voix. Refouler le souvenir est un mécanisme de survie, une façon de continuer à fonctionner. Mais peu importe la force avec laquelle vous refuser de l'admettre ; ce qui s'est passé vous affecte encore. Cela peut entamer votre amour-propre, diminuer vos capacités opérationnelles, rendre plus difficile vos relations sur le long terme.

— Vous croyez que j'ai des problèmes dans mes relations avec les autres à cause de ça ?

— C'est possible.

Je m'éloignai de lui, le sentant trop proche, trop présent.

— J'ai seulement une sensibilité exacerbée.

— Pourquoi dites-vous cela ?

Je fis un grognement dédaigneux.

— Je suis allé voir un holofilm le mois dernier. C'était un de ces trucs du genre « Jagernautes fous furieux ». Ça m'a mise dans une colère noire. Je suis sortie et j'ai gâché le film pour le reste des gens qui m'accompagnaient. Puis j'ai presque cogné quelqu'un en plein visage juste parce que mon attitude l'ennuyait. Vous n'appelez pas ça des réactions exagérées ?

— Non, dit Tager. Pas si on considère vos expériences de combat.

— Les gens qui m'accompagnaient m'ont trouvée folle à lier.

— Le fait qu'ils n'aient pas su pourquoi vous réagissiez ainsi n'enlève aucune légitimité à votre comportement.

Pourquoi n'arrivais-je pas à lui faire comprendre ?

— Vous ne saisissez pas. J'ai presque poignardé un homme en plein cœur uniquement parce qu'il était agaçant.

— Vous avez failli le poignarder, répliqua Tager, parce que ses gestes vous rappelaient une expérience atroce au cours de laquelle vous avez été agressée violemment à maintes reprises.

Croyait-il vraiment que Hilt avait déclenché mes souvenirs de Tarque ? Est-ce que ce Highton avait encore autant de pouvoir sur moi aujourd'hui, des années après être mort et enterré ?

— Non, ça ne peut pas être vrai.

Tager reprit calmement :

— Vous n'aviez aucun contrôle sur ce qui s'est passé quand Tarque vous a enlevée. Si on vous avait volé des biens matériels, vous auriez pu guérir ou les remplacer. Mais si on vous a volé votre amour-propre, votre dignité, votre sentiment d'être en sécurité, où allez-vous les retrouver ?

— Je connaissais le danger quand je suis allée sur Tams. J'aurais dû être plus prudente.

Je formulai l'idée qui m'écrasait depuis si longtemps.

— Ce qui s'est passé est de ma faute.

Tager secoua la tête.

— Le problème ne venait pas de vous. C'est ce que Tarque vous a fait qui est mal. Point final.

Il me regardait avec détermination.

— Ce n'est pas votre faute. Peu importe ce qu'il vous a dit, comment il vous a appelé, ce qu'on a pu vous dire à ce sujet – ce n'est pas votre faute.

J'avançais sur un terrain mental où je n'avais pas osé m'aventurer depuis des années.

— Mais pourquoi est-ce que tout ça remonte maintenant, alors que j'allais bien depuis des années ?

— Qu'est-ce qui vous fait croire que vous alliez bien ?

— Ben évidemment j'allais bien.

— Alors pourquoi, demanda Tager, il vous a fallu sept ans avant que vous puissiez avoir une relation sérieuse avec un homme ?

— Vous parlez d'Hypron ?

Il acquiesça.

— Sept ans, c'est un long moment de solitude. Pour un empathe, c'est quasiment unique.

Je faillis protester. J'avais toujours évité les groupes trop importants ou les situations dans lesquelles je devais gérer les émotions de gens que je n'aimais pas. Mais je savais ce que Tager voulait dire. En amour, l'empathie était un don, surtout avec un autre empathe qui pouvait me sentir tout comme je le sentais. L'absence de cette intimité engendrait une solitude si profonde qu'elle était aussi douloureuse qu'une blessure grave. Jarith et moi partagions un lien qui m'apportait une plénitude que je n'aurais jamais trouvée auprès d'une personne normale.

Je pensai au fichier enfermé dans mon esprit, croupissant dans l'ombre. Je savais ce qui l'avait agité, faisant remonter un rempart de souvenir que je voulais tellement refouler. Jaibriol Qox.

Pour une fois, Tager ne me contredit pas.

— Aller au combat contre des Aristos, sentir des gens mourir – ça doit être un cauchemar.

Il me regardait avec cette compassion qui semblait sans limite.

— Vous avez traversé l'enfer des milliers de fois. Le fait même que vous ayez survécu, en restant psychologiquement intacte, est un miracle.

Je le dévisageai. Il n'y avait aucun miracle en moi. J'étais seulement un vrai capharnaüm.

— Tout le monde a des problèmes dans sa vie. Mais tout le monde ne se balade pas en pointant des mélangeurs sur sa tête.

— Principale, c'est…

— Soz, le coupai-je.

— Soz ?

— C'est mon nom. Soz.

— Bien. Parfait. Soz.

Ce fut sa seule réaction apparente, un léger hochement de la tête. Mais je captai sa vraie réaction, même s'il pensait l'avoir dissimulée. Son pouls s'emballait. Il venait de faire des progrès avec moi, une vraie avancée. Et cela comptait pour lui. Cela *comptait* vraiment.

— Pourquoi ? demandai-je.

Il me regarda sans comprendre.

— Pourquoi votre nom est-il Soz ?

— Non. Pourquoi vous souciez-vous de ce qui m'arrive ?

— Parce que je crois que vous êtes quelqu'un de remarquable.

— Comment pouvez-vous croire que je suis remarquable ? Vous me connaissez à peine.

Il sourit.

— Mon métier est de comprendre les gens.

— C'est plus qu'un métier.

Il me regarda avec curiosité.

— Pourquoi dites-vous cela ?

J'hésitai, essayant de trouver le mot juste.

— Je pense que vous vous intéressez spontanément aux gens. Je ne suis pas habituée. J'ai plutôt l'habitude des Troqueurs. Ou des politiciens des FSI.

Je fis une grimace.

— Et les deux peuvent se montrer plutôt vicieux.

Je pensais à Rex, à Hypron, à mon premier mari, Jato.

— Quand je trouve l'amour, ça… ne dure pas. La seule personne avec qui je suis capable de faire durer une relation est un garçon qui a la moitié de mon âge, qui n'a aucune opinion politique et qui paraît aussi différent d'un Aristo qu'il est humainement possible.

— Et en quoi est-ce un problème ?

— Ce n'est pas normal.

— Pourquoi pas ?

— Je devrais avoir un amant plus mûr.

Comme Rex. Sauf que Rex ne voulait plus de moi.

— Pourquoi ?

Pourquoi me demandait-il tout le temps ça ?

— Je ne sais pas pourquoi. Parce que c'est gênant de voir de vieilles Jagernautes croulantes se pâmer pour de beaux jeunes gens, sans doute.

Tager éclata d'un rire franc, comme si je venais de faire une blague.

— Je ne vous qualifierais pas vraiment de croulante.

— J'ai presque quarante-huit ans.

— J'aurais cru que vous étiez plus jeune. Mais quarante-huit ans, c'est déjà jeune, pour votre grade.

Je haussai les épaules.

— Je suis douée dans mon domaine.

— Pourquoi cela vous met-il en colère ?

— En colère ? Ça ne me met pas en colère.

C'était un mensonge. Je le savais et Tager le savait. Pourtant avant cet instant, je n'avais jamais songé consciemment que mon grade me mit en colère. Pourquoi donc ?

Je parlai lentement, comme quelqu'un qui lit un livre qu'il avait depuis des années mais qu'il n'avait jamais eu le courage d'ouvrir auparavant.

— Il m'a envoyé sur Tams en sachant ce qui pouvait arriver. Il m'a envoyé là-bas sur le front avec les Troqueurs, pendant des années, bien plus longtemps que les autres officiers, et il a envoyé mon frère Althor, et il a envoyé mon frère Kelric.

Je me forçai à continuer.

— Et Kelric n'est jamais revenu.

Tager parlait avec sa compassion tranquille.

— Qui est ce « il » ?

— Mon frère.

— Althor ?

Je secouai la tête.

— Non. Mon demi-frère. Kurj. L'Imperator.

Le visage de Tager blêmit. Je l'avais plus que secoué, cette fois. Je l'avais mis au centre d'un vrai tremblement de terre. Mais il avait raison. J'étais en colère. *Furieuse*. Maintenant, les mots sortaient, brisant le barrage que j'avais construit autour d'eux.

— J'ai perdu mon premier enfant, racontai-je, le seul enfant que j'aie jamais osé concevoir, parce que Kurj m'avait dit que si je quittai le service actif, je renonçai à mes droits sur le titre. J'ai perdu mon premier mari à cause de cela, j'ai perdu Rex parce qu'il ne voulait pas être mon époux handicapé, j'ai perdu mon petit frère qui est mort et mon grand frère qui ne me fait plus confiance. J'ai perdu ma capacité à avoir des relations comme un être humain normal…

Ma voix se mit à trembler.

— Kurj prendrait mon âme s'il le pouvait. *Il n'a pas le droit.*

Tager me regardait dans les yeux. Il y eut un long silence avant qu'il ne réponde. Le fait même qu'il parlât était surprenant. Sa position était le cauchemar de tous les requinqueurs, sachant qu'il pouvait s'attirer les foudres de l'Imperator pour une parole déplacée. Je n'avais pas du tout l'intention de dire à Kurj que j'avais vu Tager, mais, quelle que soit la puissance de Tager en tant qu'empathe, il n'avait aucun moyen d'en être sûr. Pourtant il ne renonça pas, pas même maintenant qu'il avait pris conscience du danger. En cela, il venait de gagner mon respect à jamais.

— Pourquoi vous demande-t-il autant ? m'interrogea Tager.

— Parce que si je n'arrive pas à lui donner cela, je ne serai jamais assez forte pour affronter Ur Qox.

Je fis un geste d'impuissance.

— Ce n'est pas comme si je pouvais simplement dire : « Oh, j'ai changé d'avis. Je ne veux plus faire tout ça. » Si ni Althor ni moi ne devenons Imperator après Kurj, qui d'autre le fera ? Qui d'autre possède la formation militaire, les capacités Rhon, les connaissances, le tout en même temps ? Un millier de mondes, Tager. Et combien de personnes sur chacun ? Des centaines ? Un million ? Dix milliards ? Est-ce à moi de porter la charge de chacune de leurs satanées existences ?

Tager reprit calmement.

— Vous êtes l'héritière impériale.

Il le prononçait comme un constat, pas comme une question.

— *Une* d'eux. Il y a deux héritiers.

Il en restait deux. Sur trois.

— Qu'est-ce que vous en dites ? Le futur de l'univers repose peut-être dans les mains d'une folle.

— Croyez-vous que vous êtes folle ?

— Ne le suis-je pas ?

Il parlait comme s'il marchait dans une forêt d'arbres fragiles en cristal, avec des branches qui pourrait céder au moindre contact et dont les extrémités brisées, coupantes et dangereuses, s'apprêtaient à lacérer sa peau et transpercer son corps.

— Blessée, certainement. Vous souffrez de tellement de formes de désordres dus au stress que je ne suis pas certain de parvenir à les dénombrer. Et, même pour un psion, vous êtes extraordinairement sensible, à tel point que vous ne pourrez sans doute jamais supporter des foules de gens ou leurs émotions les plus sales sans vous isoler émotionnellement. Mais folle ? Non. Avoir vécu ce que vous avez traversé et avancer encore demande une force mentale phénoménale.

Je déglutis. Il se tenait là, à m'observer avec toute son empathie, et je ne savais pas quoi dire. Je me contentai donc de le regarder. Et il me laissa regarder. Il ne me poussa pas, n'insista pas, ne recula pas, ne se détourna pas.

Finalement, je dis :

— Bien.

Ce n'était pas la réponse la plus réfléchie mais c'était tout ce que je pouvais faire. Tager sourit comme si j'avais dit quelque chose d'intelligent.

J'avançai dans un coin de son bureau où les murs formaient un angle aigu. De l'autre côté du verre teinté, je voyais les couloirs de l'ambassade qui s'étendaient au loin. À l'intérieur de la pièce, un miroir reposait sur une étagère, un miroir à l'ancienne avec une glace argentée dans un cadre en jade. En regardant mon reflet, je pouvais presque imaginer Kurj derrière moi, toujours en train de me surveiller, toujours en train d'attendre, mais jamais satisfait.

Surveille attentivement, mon frère, pensai-je. *Ou je pourrais bien te surprendre.*

Quand Jarith entra dans la chambre, je venais de me réveiller. J'étais allongée dans les draps encore chauds et cette vision s'imprima lentement dans mon esprit : Jarith en train de marcher dans la pièce. C'était une belle image. Il ne portait rien d'autre que son pantalon bien ajusté. Le duvet de poil sur sa poitrine musclée semblait attirer la lumière et brillait comme de l'or.

Son visage était tout rouge, en revanche. Rouge. Vraiment rouge. En fait, il avait l'air fou de rage. Il regardait d'un air décidé la pile de nos vêtements sur le sol près du lit. Quand il l'atteignit, il la fouilla rapidement, jetant des vêtements çà et là.

Je passai un œil au-dessus du bord du lit.

— Qu'est-ce qui ne va pas ?

Il sursauta.

— Tu es réveillée.

Je souris.

— À peine. Reviens, et on se rendormira bien vite, hmmm ?

— Soz.

Son visage rougit encore plus.

— Nous avons de la visite.

— De la visite ?

Pourquoi était-il si secoué ?

— Qu'est-ce que tu veux dire ?

— Là, dit-il en indiquant le salon. Quand je me suis réveillé, je suis allé prendre un verre – et elle était là. En train de lire un hololivre.

Je l'observai.

— Quelqu'un est *dans* mon appartement ?

Par l'espace ! Je dégringolai du lit et j'enfilai les sous-vêtements et la combinaison que Jarith avait jetés au sol un peu plus tôt, après qu'il m'avait enfin déshabillée.

— Qui est-ce ?

Il trouva enfin ce qu'il cherchait, son pull.

— Elle dit qu'elle s'appelle Cya Liessa.

Je m'arrêtai et me redressai.

— Ah.

Il passa le pull sur sa tête.

— Ah ?

— Ça explique ta réaction.

— Ah bon ?

Je ris.

— Jarith, elle fait cet effet à tout le monde.

Je finis de m'habiller et allai dans le salon.

Je la vis dès que je passai l'arche qui reliait le couloir de ma chambre au salon. Elle se tenait près d'une fenêtre maintenant, observant le Comté de Jacob au-dehors. Des cheveux dorés tombaient sur ses épaules, ses bras, son dos et ses hanches, des cheveux brillants et bouclés comme des rayons de soleil tissés ou du fil d'or, ou les deux ensemble, avec des reflets cuivrés. Quand la lumière des anneaux brillait sur cette splendide chevelure, elle scintillait.

Elle portait une robe rose, dans le style de Foreshires, avec cette dentelle et ces bretelles qui m'avaient paru si déplacées sur moi. Mais sur elle, ça ne semblait pas déplacé. Rien en elle ne paraissait déplacé. Elle avait le visage d'un ange, le corps d'une déesse d'holofilm érotique et la grâce d'une danseuse de ballet, ce qui était son ancien métier, qu'elle exerçait sous le nom d'emprunt de Cya Liessa.

— Mes salutations, Mère, entamai-je.

Jarith fit un bruit étranglé derrière moi.

— *Mère* ?

Elle se tourna face à nous.

— Sauscony.

Son regard passa à Jarith qui se tenait derrière moi, un peu à ma droite, comme s'il cherchait une protection face à cette apparition qui avait surgi dans mon appartement. Un sourire se dessina sur ses lèvres.

— J'ai déjà rencontré ton ami.

Même à mon âge, je me sentais coupable que ma mère me trouve avec mon amant.

— Comment es-tu entrée ?

— Pako m'a ouvert.

Pako ? Avant que Jarith et moi allions nous coucher, j'avais dit à Pako que nous ne devions pas être dérangés. Pourquoi l'avait-il laissée entrer ? D'accord, son Intelligence Évolutive était censée anticiper ce que je souhaitais du mieux qu'elle pouvait. Mais même moi, j' avais du mal à savoir ce que je souhaitais vraiment.

— Qu'est-ce qu'il t'a dit ?

— Que tu n'étais pas disponible et que je devrais attendre.

Elle lança un coup d'œil vers Jarith.

— Je peux revenir plus tard…

— Non. Pas la peine.

J'indiquai le bar de l'autre côté de la pièce.

— Tu veux un verre ?

— *Sauscony*.

Ses pensées entraient dans mon esprit aussi clairement que des rayons de soleil, portant avec elles les parfums et les images de Lyshriol, le monde de mon père, l'endroit où j'avais grandi. Mon foyer. Je voyais les plaines argentées dont les vallons s'étendaient de la ville de Dalvador jusqu'à l'horizon vers l'est et le sud, jusqu'à la forêt du Cavalier à l'ouest et au-delà, jusqu'aux montagnes Dorsales ; enfin vers le nord, jusqu'à l'immense chaîne de montagnes qu'on appelait le Souvenir perdu du Cavalier. Des libellucioles voletaient dans les champs et leurs ailes légères chatoyaient dans la lumière solaire. Mon foyer, avec tout l'amour et la douleur, la joie et la peine, le lieu où dans mes rêves je pouvais me réfugier dans le havre de mon enfance, dans les bras nourriciers de la femme dorée qui m'avait donné naissance.

Derrière moi, Jarith fit un bruit discret, comme si on venait de lui montrer une image splendide. Il toucha mon épaule.

— Soz, j'ai un cours de musique cet après-midi. Je devrais répéter.

Je me tournai vers lui. Il souriait à présent, sans plus aucune rougeur sur le visage. Mais il semblait un peu triste aussi. Pourquoi était-il triste ? Et pourquoi devait-il répéter ? Il avait joué du lytar toute la matinée.

— Puis-je t'appeler ce soir ? demanda-t-il.

— Oui, bien sûr.

Je fis mine de l'embrasser puis je me rappelai qui nous observait et je décidai de garder le baiser pour plus tard.

— On se parle plus tard.

Jarith rassembla ses affaires dans la chambre. Mais quand il voulut quitter mon appartement, il tomba sur les gardes du corps de ma mère, deux énormes Jagernautes postés derrière la porte. Pendant qu'ils le fouillaient, Jarith me lança un regard interrogateur.

— *Désolée*, pensai-je. *C'est une danseuse. Une vraie célébrité. Ils sont juste prudents.*

C'était une excuse lamentable. Bien que ma mère soit une danseuse superbe, elle avait trop de formes pour être parmi les meilleures. Le ballet n'était pas une profession qui offrait autant de célébrité, à moins d'être au sommet.

Je cachai à Jarith la vraie raison de cette fouille. Plus d'un « ami » de notre famille avait essayé de dissimuler des holofilms ou des cassettes de notre vie privée, des informations qui pouvaient être vendues à prix d'or au marché noir des médias. Mais expliquer tout cela aurait nécessité d'expliquer également le pourquoi de l'affaire, et je n'avais aucune envie de révéler à Jarith que j'étais Rhon.

Quand Kurj aurait choisi un héritier, cette personne passerait le reste de sa vie comme Kurj, ma tante et mes parents, sous protection permanente. Je ne souhaitais pas que Kurj ou l'Assemblée m'impose cela avant que ça ne soit absolument nécessaire. Peut-être qu'un jour, je n'aurais pas le choix, mais pour l'instant, je ne faisais rien qui puisse pousser quelqu'un à décider que le risque d'assassinat était plus important que mon refus d'avoir des gardes du corps.

— Parfait, fit la garde la plus âgée en s'inclinant devant Jarith. Vous pouvez y aller.

Jarith la dévisagea sans comprendre, semblant plus étonné par la révérence que par la fouille. Puis il me sourit.

— À ce soir ?

— Ce soir, répondis-je en acquiesçant.

Après que Jarith fut parti, j'allai au bar et me versai un verre de bière. Puis je regardai ma mère.

— Tu en veux ?

Elle secoua la tête, faisant onduler sa masse de cheveux comme un liquide.

— Non, ça va.

La lumière des anneaux scintillait sur sa peau dorée, se réfléchissant sur cette teinte métallique de la même façon que les rayons se réfléchissaient sur la peau de Kurj. Ses yeux avaient des iris dorés et des pupilles noires, exactement comme les yeux de Kurj sous leur paupière interne. Elle n'avait pas hérité des paupières internes de mon grand-père, mais à part ça, Kurj et elle auraient pu être de vrais jumeaux plutôt que mère et fils.

Cependant, là où Kurj était dur, ma mère était radieuse. J'avais profondément envie d'aller à elle, de poser ma tête sur son sein, comme je l'avais souvent fait quand j'étais une petite fille en quête de réconfort. Sauf que je n'étais plus une petite fille, j'étais une femme adulte et je n'avais aucune intention de courir trouver ma mère chaque fois que je me faisais une égratignure.

— Pourquoi es-tu ici ? demandai-je.

Elle sourit.

— Eh bien, je me trouvai par hasard sur Foreshires et j'ai pensé que je pourrais…

— Mère.

Je posai violemment mon verre sur le comptoir.

— Tu n'as absolument aucune raison d'être sur Foreshires maintenant. Pourquoi es-tu ici ?

Elle s'approcha du bar et s'assit sur une des chaises hautes, s'y installant facilement malgré la hauteur du siège : avec ses un mètre quatre-vingts, elle était plus grande que moi, plus grande que mes sœurs et plus grande que mon père. Elle parlait avec la même voix douce dont elle se servait pour me rassurer quand, petite, j'avais peur la nuit.

— Kurj m'a tout dit pour Rex. Je suis désolée.

Je passai mon doigt sur le haut de mon verre.

— Il a choisi d'être un Jagernaute. Il connaissait les risques.

— Sauscony. Je ne suis pas Kurj.

Je relevai la tête.

— Qu'est-ce que c'est censé vouloir dire ?

— Tu souffres. Je le sens.

— C'est personnel.

Comme elle s'apprêtait à reprendre la parole, je levai mes mains.

— Je sais ce que je dis. N'insiste pas.

— D'accord.

Elle me regardait avec cette expression de réflexion que je lui connaissais si bien. Elle cherchait un sujet qui ne m'énerve pas, tentant de trouver un moyen de parler avec sa fille. Plus je vieillissais, plus je trouvais cet air sur son visage.

— Ton ami Jarith est très séduisant, déclara-t-elle finalement.

— Sans doute, répondis-je en haussant les épaules.

— *Un peu jeune, néanmoins,* pensa-t-elle, cherchant l'intimité du lien mental.

— *N'insiste pas, Mère.*

— *Sauscony, je ne suis pas ton ennemie.*

— *Blocage*, ordonnai-je.

La psicône synapse-et-mur s'alluma, effaçant son inquiétude.

Ma mère se mordit la lèvre. Elle n'en dit pas plus, m'observant seulement avec sa douce inquiétude. Je poussai un son de dédain et plaçai mon verre sous le robinet, le remplissant de bière. Puis je sortis de derrière le comptoir et allai m'asseoir sur le divan. Après un instant, ma mère vint s'asseoir sur un des fauteuils. Elle avait l'air d'un tableau, la vision de la beauté d'après un artiste, le corps délié en des courbes parfaites, un visage pensif d'ange, une magnifique femme dorée avec une chevelure qui déferlait sur tout le fauteuil. Je me demandai si elle imaginait à quel point il était difficile d'être sa fille.

— À quoi ça ressemble ?

Elle sourit.

— À quoi ressemble quoi ?

— D'être aimé par tous ceux qu'on rencontre.

De l'incrédulité. Elle s'abattit sur moi comme une vague.

— D'où sors-tu l'idée que tous ceux qui me rencontrent m'aiment ?

— Ce n'est pas le cas ?

— Non.

Je soupirai.

— Puis-je te poser une question personnelle ?

— Ce qui est valable pour moi ne l'est pas pour toi, c'est ça ?

Je me crispai.

— Très bien. Ce n'est pas grave.

— Sauscony, dit-elle en écartant les bras. Vas-y.

— Qu'est-ce que ça fait d'être aimée par un psion Rhon ?

Le changement qui s'opéra sur son visage fut aussi spectaculaire que discret. Je ne m'étais pas rendue compte à quel point elle était tendue pendant notre conversation avant que je la voie se détendre, comme de l'eau coulant d'un verre.

Elle parla doucement.

— Ton père me complète. Me remplit.

— Et le sexe ?

Elle rougit.

— Je pense que ça fait assez de questions personnelles pour aujourd'hui.

— Désolée.

Les coins de sa bouche se soulevèrent un peu.

— Disons juste qu'il n'a pas été très difficile d'avoir dix enfants.

— *Je peux te demander autre chose ?* pensai-je.

Elle sourit encore.

— *Ça dépend.*

— *C'est au sujet de Kurj.*

Soudain, elle se raidit à nouveau.

— *Quoi ?*

— *Était-ce vraiment un accident ?*

— *Qu'est-ce qui était un accident ?*

Sa nervosité ondulait contre mon esprit.

— *Comment puis-je te parler, Sauscony, si tu ne me poses que des demi-questions ?*

— *La mort de grand-père,* demandai-je mentalement. *Était-ce vraiment un accident ?*

Ma mère bondit quasiment de son siège, comme une corde trop tendue qu'on relâche brusquement. Elle alla jusqu'à la fenêtre et regarda le Comté de Jacob.

— Évidemment, c'était un accident.

— Kurj devait savoir qu'il pouvait provoquer une surcharge dans le lien.

C'était il y a cinquante-cinq ans. Maintenant, aujourd'hui, c'était un des trois esprits du groupe au pouvoir qui maintenait le Réseau skol en activité : Kurj, ma tante et mon père. Le Poing, le Cerveau et le Cœur du Réseau. Ce n'était pas une coïncidence si leurs esprits étaient si différents. Si les trois dans ce lien étaient trop similaires, cela créait une résonance comparable à une oscillation forcée, obligeant leurs esprits à subir des fluctuations de plus en plus grandes jusqu'à ce que le lien se brise.

Il y a cinquante-cinq ans, mes grands-parents avaient été les seuls dans le lien. Kurj avait essayé d'être le troisième.

— Il devait savoir, insistai-je. Les chances que lui et grand-père survivent tous deux étaient trop faibles. Kurj savait cela. Il le *savait*. Et il était plus jeune. Bien plus jeune. Bien plus fort. Les chances que ce soit lui qui survive étaient bien plus grandes que pour grand-père.

Ma mère pivota d'un coup.

— Arrête.

Je ne pouvais pas m'arrêter. Peut-être qu'un jour ma vie allait dépendre du fait que je savais la vérité.

— Pourquoi était-il si déterminé à organiser l'opposition entre Althor et moi ? Parce qu'il croit que nous serons trop occupés à nous combattre pour nous retourner contre lui ?

Je forçais les mots à sortir.

— Parce qu'il craint qu'un d'entre nous ne tente de s'emparer du titre d'Imperator en commettant un fratricide ? Comme Kurj a commis un parricide ?

Ma mère s'approcha et me gifla. Elle tremblait, son corps entier s'agitant quand elle s'écroula dans son fauteuil. Je portai la main à ma joue, posant ma paume sur la peau brûlante. Je me détestais à cause de ce que j'avais besoin de savoir.

Ses yeux étaient pleins de larmes.

— Tu ne répéteras jamais ces paroles, *jamais plus*. Finies tes sales accusations et tes sales insinuations. Le *père* de Kurj était un éclaireur des FSI, un homme bon et humain qui est mort en service.

Je déglutis.

— Mère… J'ai lu les dossiers.

Elle se tendit.

— Quoi ?

— Les dossiers. Les archives. Celles-là même que Kurj a découvertes le jour où il a tué l'homme qui l'avait engendré.

— De quoi parles-tu ?

Dieux, je détestais ça. Kurj avait raison : nous apprenions à survivre – non seulement contre les Troqueurs, mais aussi les uns contre les autres. Ces mêmes talents que Kurj avait utilisés tant de fois quand il m'avait envoyé espionner les Troqueurs s'étaient avérés tout aussi efficaces contre lui.

— Le père officiel de Kurj n'aurait pas pu l'engendrer. Ce n'était pas un psion Rhon.

Elle détourna son regard.

— Mon premier mari portait au moins une copie de chacun des gènes Rhon. Les docteurs ont sélectionné ceux qui étaient les bons parmi les siens. Puis nous avons eu un enfant. Kurj.

Combien de fois avais-je entendu cette explication « officielle », justifiant pourquoi Kurj était un Rhon même si son père ne l'était pas. L'Imperium avait besoin d'héritiers Rhon et nous étions leurs reproducteurs. Mais nos dangereux traits récessifs rendaient risqués les croisements, et l'élimination de ces gènes récessifs éliminait également ce qui nous rendait Rhon.

Après de longues recherches, on trouva un homme qui portait des variantes des gènes Rhon. Les siens étaient assez différents pour diminuer la probabilité que les traits récessifs pourraient tuer ou déformer les enfants qu'il aurait avec n'importe quelle femme de la famille impériale. Il n'avait pas deux de chacun des gènes, donc il n'était pas un psion Rhon, mais il avait au moins une copie de chaque. Avec l'aide d'interventions génétiques, il pourrait donc engendrer un enfant Rhon. Mes grands-parents avaient arrangé un mariage entre ma mère et lui.

Peu importait la probabilité quasi-nulle de découvrir un tel homme. Kurj était considéré comme la preuve vivante que cet homme avait bien existé.

Je regardai ma mère sans ciller.

— Ces archives incluent l'analyse de l'ADN de ton premier mari. Il n'avait presque aucun des gènes Rhon. Tu le sais. Tu sais que Kurj ne peut pas être son fils.

— Quelle différence cela peut faire, à présent ?

Des larmes coulaient sur son visage.

— C'est fini. Oublié.

Je voulais cacher ma honte, prétendre que tout cela était une erreur, que je m'étais trompée. La dernière fois que je l'avais vue pleurer si ouvertement, devant d'autres, avait été pendant la cérémonie à la mémoire de mon frère Kelric. Mais refouler la vérité ne permettait pas de l'effacer. Kurj ne faisait confiance ni à Althor, ni à moi, et j'avais besoin de comprendre pourquoi. Je ne me faisais aucune illusion à propos de Kurj : si jamais je commettais la moindre erreur avec lui, je le paierais de ma vie.

Je repris doucement :

— S'il te plaît. J'ai besoin de savoir.

Ma mère essuya son visage avec ses mains et frotta ses mains sur ses genoux. Puis elle resta assise, fixant le sol devant son siège, les yeux obscurcis par les larmes.

Elle finit par me regarder. Puis elle se mit à parler.

— Quand mon père était Imperator, il a choisi Kurj comme héritier.

Elle soupira.

— Kurj convoitait ce pouvoir. La seule chose qui le retenait de tenter de renverser mon père était la loyauté familiale. L'amour familial. Des valeurs qu'il a apprises de l'homme qu'il pensait être son père, un homme qu'il avait aimé profondément.

— Ton premier mari.

Ma mère acquiesça.

— C'était un bon père. Un bon mari.

Elle fit un geste d'impuissance.

— Mes parents avaient mieux choisi que moi. Je n'étais pas comme toi quand j'étais jeune, Sauscony, tellement forte et sûre de toi. J'ai fait des erreurs idiotes. Plusieurs années après la mort de mon premier mari, je me suis remariée. Mais je… il était violent. Je ne savais pas, avant de l'épouser, comment il était. Quand je l'ai découvert, j'avais honte.

— Alors tu l'as quitté ?

— Les héritiers impériaux ne divorcent pas.

Je pensai à mon premier mariage, celui que j'avais raté si lamentablement.

— Explique ça à Jato.

Sa voix se fit plus douce.

— J'étais vraiment bête d'avoir eu cette impression, je m'en rends compte maintenant. Mais à l'époque, je croyais que je n'avais pas le choix.

Elle déglutit.

— Kurj était si jeune en ce temps, si vulnérable. Il voyait tout ce qui se passait et se sentait tellement impuissant ; il aurait voulu tout arrêter.

Kurj vulnérable, impuissant ?

— C'est difficile à imaginer.

— Ce n'était encore qu'un jeune garçon.

Elle s'interrompit un instant.

— D'abord, mon mari le laissait tranquille. Puis quand Kurj atteignit la puberté, tout changea. Il grandissait si vite, il était déjà plus grand que moi. Mon mari croyait… je ne sais pas. Enfin si, je sais. Il voyait Kurj comme un… un…

— Un concurrent ?

Elle se raidit, m'observant avec ses grands yeux, comme une colombe surprise dans sa cachette.

— Oui.

Sa voix se durcit.

— Cet homme a battu mon enfant. Alors je l'ai quitté.

— Que lui est-il arrivé ?

— Il est allé en prison.

— Et Kurj ?

— Après cela, il détestait tous ceux qui, selon lui, pouvaient me blesser d'une façon ou d'une autre. Ce que je n'ai pas compris, c'est pourquoi il se détestait autant. À l'époque, je ne me rendais pas compte de quelle manière ma présence… l'affectait.

Elle se frottait les bras comme si elle avait froid.

— Ou bien peut-être que je ne voulais pas l'admettre consciemment. Parfois, je crois que son seul équilibre lui venait des souvenirs de mon premier mari. Pendant près d'un quart de siècle, pendant que Kurj montait en puissance en tant qu'héritier impérial – pendant tout ce temps, il s'accrocha aux souvenirs de son père comme s'ils étaient un gilet de sauvetage.

Je commençais à comprendre.

— Et c'est alors qu'il a découvert ces dossiers avec l'identité de son véritable père.

Elle hocha la tête.

— Dieux, il était dans une vraie rage. Il n'a jamais cru que c'était une confusion du laboratoire entre mes ovules et ceux de ma mère. Il avait l'impression d'avoir été trahi par tous ceux qu'il aimait.

Sa voix grelottait.

— Dans sa vision de l'univers, l'homme qui avait ce qu'il désirait tellement – le titre d'Imperator – lui avait aussi pris de force la seule chose qu'il convoitait autant que le pouvoir d'Imperator. Une chose qui lui était interdite. Qui leur était interdite à tous deux.

Ses mains tremblaient quand elle repoussa une mèche de devant ses yeux.

— Est-ce qu'il s'est dit : « Je vais tuer cet homme » ? Je ne… je ne le crois pas. Mais il connaissait les risques… et malgré tout, il entra de force dans le lien du réseau.

Une larme coula sur son visage.

— Je l'ai retrouvé à genoux devant le corps de notre père. Il pleurait.

Sa voix s'étrangla.

— Malgré tout – quand Kurj était un bébé, je le tenais, je le pouponnais, je l'aimais. Oy, Sauscony, c'était une telle fierté pour moi, mon premier enfant, ma lumière éclatante. Mais il a changé. Peu à peu, jour après jour, année après année, décennie après décennie.

Elle ferma les yeux, puis les rouvrit.

— Jusqu'à ce que, finalement, je le perde complètement.

Je soufflai doucement :

— Je suis désolée. Pour tout ça.

Des larmes se frayaient un chemin luisant sur ses joues.

— Moi aussi.

Chapitre 12

Un temps pour semer

— Voulez-vous devenir Imperator ? demanda Tager.

Un terrain glissant. Je continuai à inspecter les figurines sur l'étagère, les prenant une à une, retournant chaque statuette de glace dans ma main avant de la reposer à sa place. Il avait une collection de paysans, chacun façonnés et peints dans les moindres détails, jusqu'aux cils et aux ongles. Le laboureur était penché, tenant une charrue dans ses mains noueuses. La semeuse portait une robe à jupons qui bouffait au niveau des mollets. Elle tenait l'avant de sa robe relevé, formant un creux pour transporter les graines. La moissonneuse marchait le long d'une rangée de plants de maïs aussi hauts qu'elle. Le poids des épis bien mûrs leur courbait la tête. Elle tenait un épi dans sa main et portait un sac bien rempli de sa récolte.

— Où avez-vous acheté tout cela ? demandai-je.

— Il y a une communauté de fermiers cammishs qui vivent au sud du Comté de Jacob, expliqua Tager. En plus des travaux de la ferme, ils subviennent à leurs besoins en fabriquant ces statuettes.

Je me retournai pour lui faire face. Il se tenait à son bureau, à moitié assis sur le bord.

— Elles sont belles, déclarai-je.

Il avait encore ce regard, observant tous ses bibelots.

— On peut labourer, semer et récolter. Vivre au rythme de la terre et des saisons, s'intégrer au cycle de la vie.

Je m'interrompis et le regardai.

— Ou on peut tout supprimer et installer une usine de production alimentaire.

Ainsi que Kurj procédait. Les gens. Les villes. Les planètes. Tout n'était que des matières brutes qu'il devait adapter à ses besoins.

— Faire pousser sa nourriture en terre n'est pas assez efficace.

Tager sourit.

— Ça a bien meilleur goût.

— Peut-être que c'est un luxe qu'on ne peut pas se permettre.

— Pourquoi ?

— Nous n'en avons pas besoin. L'alimentation est un besoin, pas un art.

— Ce n'est pas pour rien que notre sens du goût a évolué. Et ce n'est pas non plus pour rien que nous avons appris à tirer notre subsistance de la terre. Le fait que nous ayons d'autres options n'invalide pas le désir qu'ont certaines personnes de vivre comme avant.

Tager me regardait.

— Peut-être qu'il y a là plus que le simple fait de labourer, semer et récolter. Peut-être que cela satisfait des aspects plus profonds de ce qui nous rend humains.

— Mais finalement, m'exclamai-je, peut-être que c'est juste une énorme perte de temps.

— Est-ce ce que vous croyez ?

Je me remis à déambuler dans la pièce.

— Je pense que Skolia a besoin des deux. Des laboureurs et des usines.

— Et lequel vous correspond ?

Je m'arrêtai devant lui.

— Les deux.

Il ajouta doucement :

— Cela résout la question du « Comment ? ». Mais pas celle du « Est-ce que vous le voulez ? ».

Est-ce que je voulais devenir Imperator ? Je connaissais la réponse – mais je n'étais pas encore prête à l'affronter. Mon esprit tournoyait autour, s'approchant, s'éloignant, incapable de s'engager.

Après un long moment, pendant lequel je restai immobile, Tager tenta une autre approche.

— Et votre frère Althor ?

Je croisai les bras.

— Qu'est-ce que vous voulez que je vous dise à son sujet ?

Tager parlait comme s'il marchait sur des coquilles d'œuf.

— Et si l'Imperator Skolia ne faisait jamais de choix ? Et s'il mourait en laissant la question de son successeur sans réponse ?

Il marqua une pause.

— Et s'il attendait que la réponse vienne toute seule ?

— Althor est mon frère.

Mon *frère*, que j'avais aimé depuis l'enfance, que j'aimais encore malgré tout ce que Kurj avait fait pour nous séparer.

— L'Imperator aussi, rétorqua Tager.

— De nom seulement.

Tager s'assit tranquillement, patiemment, sans me presser. Après un instant, je repris :

— Althor est le second enfant de mes parents. Le deuxième sur dix. Il a quitté la maison à dix-huit ans. Il est parti de la planète pour aller à l'AMD.

— Donc c'est un Jagernaute.

J'acquiesçai.

— J'avais onze ans quand il est parti. Je ne l'ai pas revu avant qu'il rentre à la maison pour nous rendre visite.

Mon visage se détendit et je souris.

— Il était tellement heureux de revoir Lyshriol.

— Lyshriol ?

— C'est la planète de mon père.

— Je ne crois pas que je la connaisse.

Il n'y avait aucune raison pour. Nous la gardions à l'abri.

— C'est une des anciennes colonies. Elle est restée coupée de tout pendant quatre mille ans avant que l'Imperium ne la redécouvre. Avant ce nouveau contact, ils avaient tellement régressé qu'ils ne se souvenaient plus de leurs origines.

— On dirait que c'est une planète plutôt primitive.

— J'imagine. Les seuls ordinateurs de la planète sont ceux que ma mère avait installés dans la maison.

— La maison ?

— Là où nous vivions.

Tager sourit.

— Vous voulez parler du palais ?

— Non. La maison. Il y avait à peine l'électricité.

Il me regarda avec de grands yeux.

— C'est là que vous avez grandi ?

— Tout à fait. Ma mère avait fait construire une école et un hôpital près du village, mais à part ça, elle n'a rien changé.

Sa curiosité venait couler sur moi comme des vagues.

— Pourquoi pas ?

— Pourquoi aurait-elle dû s'en mêler ? C'est un lieu idyllique. C'est même impossible d'y aller sans la permission de ma famille.

— Lyshriol vous manque ?

Je soupirai.

— Parfois. Mais j'y étais tellement peu à ma place. J'ai toujours su que je voulais être Jagernaute. Quand j'avais dix ans, je pouvais démonter un mélangeur et expliquer comment il fonctionnait. À douze ans, je pouvais dériver les équations de l'inversion. Et tout cela, sur un monde où les armées s'affrontaient avec des épées et des arcs.

Mon frère avait quasiment mis fin à toute guerre sur Lyshriol quand, à l'âge de seize ans, il était allé au combat en portant non seulement une épée, mais aussi un fusil laser.

— Je crois que c'était aussi le cas pour Althor.

— Parlez-moi de lui, dit Tager.

Ma mémoire se déroulait comme un morceau de parchemin manuscrit trouvé dans un vieux livre relié en cuir. Je voyais Althor dans son uniforme jagernaute, un mélangeur à la ceinture, s'inclinant sur un genou devant mon père, la tête baissée en signe de respect. Sur Lyshriol, c'était le salut traditionnel qu'un fils donnait à son père quand il rentrait de la guerre. Notre père se tenait là, si fier qu'on avait l'impression qu'il allait le crier à tout le village – et si troublé, luttant pour comprendre ce fils qui était rentré à la maison en descendant du ciel.

— J'avais dix-sept ans à l'époque. Je pensais qu'Althor était la personne la plus admirable que j'aie jamais vue. Je voulais devenir exactement comme lui.

Je fis un geste d'impuissance.

— Puis un jour, je ne sais comment et je ne sais où, je l'ai dépassé. J'étais Principale et il était Second.

Maintenant, Kurj surveillait pour voir ce que nous ferions, Althor et moi, tournant l'un autour de l'autre. Il y avait tant de non-dit entre nous, tant de silence.

— Est-ce que vous le voyez encore ?

— Pas beaucoup. Nous n'avons pas grand-chose à nous dire.

Trop de méfiance nous séparait désormais pour pouvoir retrouver la proximité que nous avions partagée étant enfants. Mais nous avions trop de souvenirs de cet amour pour laisser la situation nous séparer plus que cela. Kurj se trompait. Althor et moi ne conspirerions jamais l'un contre l'autre pour qu'il n'en reste plus qu'un. Si Kurj attendait que nous prenions la décision pour lui, il attendrait à jamais.

Au final, c'est ma mère qui souffrait, obligée de regarder cet atroce jeu de pouvoir et de mort auquel se livraient les enfants qu'elle aimait si tendrement.

Je me remis à marcher.

— Ma mère est venue me voir.

Tager embraya sans attendre sur ce nouveau sujet.

— Qu'est-ce que vous ressentez à ce sujet ?

J'étudiai un des vases sur les étagères. Il était sublime, fait en verre rose avec des volutes dorées qui tournoyaient dedans. La surface scintillait, réfléchissant des couleurs différentes quand je l'observais de différentes directions. Il était façonné si finement, soufflé si délicatement…

Je regardai Tager en fronçant les sourcils.

— Pourquoi mettez-vous ça ici ? Si vous frôlez votre étagère, vous pourriez faire tomber le vase.

Et cette œuvre si belle se briserait sur le sol, détruite par la personne qui l'appréciait tant.

Il me regarda encore avec cet air, comme si j'étais un code qu'il voulait déchiffrer.

— Je suis très prudent avec.

— Comment pouvez-vous savoir que personne d'autre ne va le détruire ?

Je secouai la tête.

— Certains trésors sont trop précieux pour être laissés là où on peut les atteindre.

— Parce qu'ils peuvent être endommagés ?

— Oui.

— Le vase est plus solide qu'il n'en a l'air. Il est déjà tombé. Il ne s'est pas brisé.

Je croisai mes bras, frottant mes mains dessus comme si j'avais froid.

— Ça ne veut pas dire qu'il n'a pas été endommagé. Il ne peut tomber qu'un certain nombre de fois avant de se casser. Il devrait être chéri. Protégé.

Je désignai le vase du doigt.

— Supposez que quelqu'un entre et se batte avec vous pour le prendre, quelqu'un qui soit obsédé par lui au-delà de la raison ? Et que pendant le combat, vous le renversiez tous les deux. Que ferez-vous quand il explosera sur le sol ? Comment le réparerez-vous ?

— Je ne me battrai pas.

J'essayai de sourire, mais quelque chose sonnait faux dans la façon dont mes lèvres si serrées tentaient de s'étendre sur mon visage.

— Mais vous n'êtes pas un Rhon.

— Non, concéda-t-il doucement, je ne le suis pas.

Je refis quelques pas. Tager m'observait, me donnant le temps, et l'espace, qu'il me fallait. Finalement, je dis :

— Kurj pense que mon père est un idiot.

— Votre père est le beau-père de l'Imperator, n'est-ce pas ?

Cette remarque me stoppa net. J'étais au milieu de la pièce et j'éclatai de rire. Mais ce n'était pas drôle.

— Mon père avait dix-huit ans quand ma mère l'a épousé. Dix-huit ans. Kurj en avait trente-cinq. Le mariage eut lieu quelques jours seulement après la mort de mon grand-père.

Quelques jours seulement après que Kurj était devenu Imperator.

— Kurj le déteste.

— Votre père ?

— Oui.

Mais quoi que Kurj ressentît, il n'avait pas commis un second parricide. Il s'était retenu. Et maintenant, il avait besoin de mon père, qui pouvait alimenter le Réseau skol sans le moindre effort, sans aucun danger pour le reste de la Triade.

Le Poing, le Cerveau et le Cœur de Skolia. De même que deux particules ne pouvaient jamais avoir les mêmes variables quantiques, deux esprits ne pouvaient jamais occuper la même région du psiber-espace. L'esprit de Kurj était trop semblable à celui de mon grand-père, brut et frontal. L'esprit de ma tante était tout en finesse et en éclat intellectuel, c'était un véritable entrelacs de complexité. Aucun recoupement n'existait entre Kurj et elle dans le psiber-espace. Ils pouvaient utiliser les mêmes fonctions, aller aux mêmes « endroits », mais les façons dont ils existaient étaient si différentes que leurs présences n'entraient jamais en interférence.

L'Imperium avait besoin de trois esprits pour ce lien. Skolia était certes plus petite avant que mon père ne rejoigne la Triade, mais même ainsi, Kurj et ma tante avaient dû lutter pour parvenir à remplir leurs fonctions. Kurj commandait une armée qui maintenant devait protéger plus de mille mondes. Ma tante était la liaison entre l'Assemblée et le réseau informatique qui s'étendait non seulement sur Skolia, mais sur les mondes alliés et troqueurs également. Et c'était en plus des exigences qu'ils devaient remplir pour le Réseau skol même, qui ne se reposait jamais, ne s'arrêtait jamais, ne se calmait jamais et ne faisait que grandir d'année en année, remplissant un véritable océan insatiable, aussi profond que les étoiles.

Aucun d'entre eux n'aurait renoncé volontairement à son poste. Mais personne, quelles que soient son ambition, sa dévotion ou sa force, n'avait les moyens d'assumer cet équilibrage très longtemps. Cela aurait fini par les tuer. Et c'est ce qui se produisait, lentement mais sûrement, avant que mon père ne les rejoigne pour former la Triade.

Quels que soient les problèmes de ma famille, nous devions garder le Réseau skol en état de marche. Les alternatives étaient insupportables. J'aurais préféré mourir plutôt que de vivre dans un univers où tout le monde, à part une poignée d'Aristos, était domestique ou donneur.

Je me sentis soudain fatiguée. J'allai jusqu'à une chaise et je m'assis, m'enfonçant dans son coussin en tissu. Je me penchai vers l'avant et reposai mes coudes sur mes genoux, observant le sol.

Tager s'approcha et s'assit dans le siège près de moi, sur le bord de façon à être à mon niveau.

— À quoi pensez-vous ?

— À ma famille, dis-je en le regardant. C'est un vrai fouillis.

Il parla gentiment.

— Vous êtes comme des gens écorchés vifs qui tenteraient de vivre dans un monde qui n'a rien de prévu pour cela. La plupart des autres gens ont des protections, donc ils n'ont aucun moyen de savoir à quel point leur mode de vie normal est dangereux pour vous. Pour survivre, vous devez soit vous isoler, soit développer des mécanismes d'adaptation draconiens.

Je pensais à Jaibriol et à sa vie de solitude. Il était sans doute le seul psion vivant qui soit normal. Mais le prix qu'il avait payé pour cela, cette solitude oppressante, était trop élevé pour moi.

— Ces mécanismes d'adaptation nous mettent en pièce.

— On vous a mis la responsabilité de défendre un empire sur les épaules, non pas parce que vous êtes mieux équipés pour le faire, mais plutôt parce que les capacités qui vous rendent l'adaptation si difficile sont la source de notre seule défense contre les Aristos. Dieux, ça éprouverait n'importe quelle famille.

J'y réfléchis.

— Quand nous vivions tous ensemble, mes parents et nous les enfants, nous avions quelque chose. Je ne sais pas comment l'appeler. Une communauté Rhon ? Nous étions heureux. Puis nous avons grandi et quitté la maison. La réalité nous a rattrapés.

Je dévisageai Tager.

— Mes parents sont ensemble. Mais la communauté est finie. Ils vivent et nous autres, nous survivons. Je veux *plus* que de la survie.

— Si vous voulez dire un compagnon Rhon, une société Rhon…

— Oui, je sais. Je ne vais pas le trouver.

L'image de Jaibriol apparut fugitivement dans mon esprit. *Si seulement vous saviez, docteur requin-cœur.*

— Mes parents sont des gens, pas des machines reproductrices. Ils ne vont pas fournir du carburant pour le Réseau skol pour toujours. Vous croyez qu'ils veulent voir tous leurs enfants mourir ? Et si Althor et moi mourons tous les deux ? Que faire ensuite ?

— Je ne sais pas.

Je me levai et j'allai jusqu'à l'étagère des statuettes cammishs.

— Moi non plus, dis-je avant de me retourner vers lui. Je ne veux pas mourir. Je veux trouver une réponse. À tout ça. À la douleur, la colère, la terreur. À cette guerre qui n'en finit plus. Je veux une réponse aux Aristos.

Je pris une inspiration :

— Je veux une réponse à Tams.

— Pensez-vous que vous pouvez la trouver ?

— Je pense que j'ai plus de chances qu'Althor.

Ou Kurj. J'ajoutai amèrement :

— Et oui, je veux le pouvoir en tant que tel. C'est foutrement mieux que d'être une victime.

Je le regardai droit dans les yeux.

— Oui, je veux être Imperator.

Quand j'entrai dans le hall de l'immeuble où j'habitais, je découvris un visiteur qui m'attendait. Elle était assise sur un fauteuil, en train de lire un holozine, ses pieds appuyés sur une table terriblement coûteuse devant elle. Au moment exact où je la vis, elle releva la tête de sa lecture.

— Helda !

J'accourus vers elle.

— Qu'est-ce que tu fais là ?

Elle se leva, un sourire narquois s'étalant largement sur son visage.

— Heya, Soz.

— J'ai failli ne pas faire attention à toi.

Je n'avais pas l'habitude de la voir sans son uniforme. Et dans une tenue des plus étranges – elle portait un jean bleu. Elle devait l'avoir acheté dans une de ces boutiques d'import qui vendait des jeans alliés et du café, les produits exportés pas la Terre les plus populaires auprès de mon peuple. Ça et leurs hamburgers. Je doutais qu'il existe une ville importante sur n'importe quelle planète bien peuplée qui n'ait pas un de ces endroits où l'on faisait des hamburgers. Parfois, dans mes moments de grand cynisme, j'étais convaincue que pendant que les Troqueurs et nous étions occupés à nous opposer avec des armées capables de détruire des mondes, la Terre allait nous conquérir tranquillement en nous inondant de « fast-food » et en nous convainquant que nous ne pouvions pas vivre sans.

Helda eut un petit rire.

— Certaines personnes font tout pour ne pas faire attention à moi. Je viens juste d'intimider un beau blond.

Elle inclina sa tête vers le haut.

— Il a dit qu'il attendrait en haut.

Est-ce que Jarith était venu me voir ? Mais où était-il allé ? Bien que le hall soit ouvert dans la journée, il n'avait aucun moyen d'aller plus loin dans l'immeuble sans un passe. Et je ne lui en avais pas donné.

— Monte avec moi, l'invitai-je en souriant. Peut-être que nous retrouverons ce type mystérieux.

En entrant dans l'ascenseur, j'ajoutai prudemment :

— Comment va Rex ?

— Bien. Il est appareillé aux jambes. Cela lui permettra de marcher, dès qu'il apprendra à s'en servir.

— Est-il heureux ?

Ce que je voulais vraiment savoir, c'était s'il avait une femme dans sa vie. Mais je ne pouvais pas demander ça.

— Ya, il va bien, répondit-elle avec un petit éclat de rire. Comme d'habitude. Toutes les infirmières sont amoureuses de lui. Et il y en a une qu'il appelle souvent.

Je me dis que ce n'était pas plus mal. Après tout, j'avais Jarith maintenant. Puis je songeai *Oh, laisse tomber. Tu sais que ça te blesse. Alors accepte la douleur. Tu ne vas pas en mourir. Et c'est vrai, tu as Jarith.*

Quand l'ascenseur s'ouvrit à mon étage, je vis Jarith au bout du couloir assis près de ma porte avec sa sacoche sur les genoux, en train de lire un hololivre. Nous marchâmes jusqu'à lui, nos pas étouffés par le tapis.

Quand il releva la tête, je souris.

— Comment as-tu fait marcher l'ascenseur ?

Il se leva, regardant Helda.

— Je ne sais pas. Pako m'a juste laissé monter.

C'était intéressant. Je n'avais jamais dit à l'ordinateur d'autoriser Jarith à prendre l'ascenseur. Non pas que j'y sois opposée. Pako aurait même pu le laisser entrer dans l'appartement, s'il voulait.

Helda l'étudiait avec un sourire en coin.

— Heya hoyia. Nous nous retrouvons.

Jarith rougit.

— Bonjour.

— C'est Helda, expliquai-je. Elle vole dans mon escadron.

— Volait.

Helda me lança un regard ennuyé pendant que j'ouvrais la porte.

— Nous n'avons pas volé depuis des mois.

Je l'observai.

— Kurj ne vous a pas transférés, Taas et toi, dans un autre escadron ?

Jarith laissa tomber sa sacoche et ses hololivres, et ses holofeuilles se répandirent sur le sol. Il rougit, tombant à genoux pour ramasser ses affaires.

Helda et moi nous agenouillâmes pour l'aider à rassembler ce fouillis. Mais quand je lui adressai un regard interrogateur, il ne répondit pas. Qu'avais-je fait pour le contrarier ? Parfois, j'avais du mal à comprendre ses humeurs.

Avec un geste un peu brusque, Helda lui remit le denier livre dans les bras.

— Il a envoyé Taas dans le huitième escadron.

Elle se leva avec Jarith et moi.

— Il m'a mis dans une cellule de réflexion. Stratégie militaire. Mais voler me manque.

Je refermai la porte.

— À moi aussi.

Jarith traversa la pièce, nous laissant seules. Helda le regarda déposer ses livres sur la table. Puis elle murmura :

— L'Imperator Skolia m'a demandé de te remettre un message.

Un message ? Pourquoi Kurj me l'envoyait-il par messager? Utiliser le réseau aurait été bien plus efficace. S'il voulait que le message soit protégé, il pouvait l'accorder à mon cerveau avec un verrouillage que moi seule pourrais ouvrir.

Je jetai un regard vers Jarith.

— Peut-être devrions-nous attendre ?

— Il n'y a que treize mots.

— Quoi ?

— Il a dit : « Reviens immédiatement au Quartier général. Discrètement. Ne parle de cet ordre à personne. »

— C'est tout ?

Elle hocha la tête.

— C'est tout.

C'était donc ça. Kurj tendait le bras et me rappelait. Je pouvais l'imaginer, métallique, dans son uniforme, en train de calculer dans son esprit protégé, nous plaçant tous sur des trajectoires qui terminaient là où lui seul savait.

Mais peut-être était-il temps que je lui fasse face. Peut-être était-il temps que je calcule mes propres trajectoires.

— Pourquoi t'a-t-il envoyée pour me le dire ?

— Je ne sais pas.

Le regard de Helda passa par-dessus mon épaule et sa voix changea.

— On sort jouer les touristes ?

Je me retournai et découvris Jarith qui venait vers nous. Quand il arriva, je souris.

— Tu veux venir visiter les environs avec Helda et moi ?

Il regardait Helda avec méfiance.

— D'accord.

Nous partîmes donc vers le port, nous promener sur les quais sur les planches près de la plage. Nous achetâmes des ballons gonflés en forme de cube, nous les lâchâmes, nous rîmes beaucoup et nous courûmes sur la plage.

Mais pendant tout ce temps, j'avais une drôle d'impression, le sentiment inexplicable que j'arrivais au bout, même si je ne savais pas au bout de quoi.

Jarith s'assit sur mon lit.

— J'aime bien ton amie.

Je laissai mon pull au plus proche bras robotique du placard, qui l'accrocha à sa place.

— Je pensais que tu allais t'enfuir comme une antilope la première fois que tu l'as vue.

— C'est vrai, répondit-il en souriant. Mais elle est vraiment bien.

— C'est pour ça que tu as laissé tomber tes livres cet après-midi ?

— Oh… ça, fit-il en détournant le regard. Non, c'était juste une maladresse.

J'approchai et je m'assis en tailleur près de lui.

— Ce n'est pas la vraie raison.

— Pourquoi dis-tu ça ?

— Quelque chose n'allait pas. Je l'ai senti.

— Je… ce n'était rien.

Il étudiait les motifs de l'édredon qui couvrait le lit.

— Jarith.

Je posai ma main sous son menton et tournai son visage pour qu'il me regarde.

— Qu'est-ce qui ne va pas ?

— Ce que tu as dit m'a surpris. C'est tout.

Je laissai retomber mes bras.

— Qu'est-ce que j'ai dit ? Qu'est-ce que tu veux dire ?

— Ce nom.

— Quel nom ?

— Kurj.

Je me raidis. Ce n'était pas un nom dont je souhaitais parler, ni avec Jarith, ni avec personne d'autre. Tager avait déjà pris tout ce que j'avais à dire sur le sujet.

— En quoi est-ce un problème ?

— Dans le contexte de votre discussion, ça ne pouvait se référer qu'à une seule personne.

— Je suis un soldat. C'est mon supérieur.

Il me lança un regard incrédule.

— Même les Principaux n'appellent pas l'Imperator de Skolia par son prénom.

Cette remarque m'arrêta net. Bien sûr que je n'appelais jamais Kurj par ce nom quand je le traitais comme mon supérieur hiérarchique. Mais dans une discussion informelle avec Helda, il ne m'était pas venu à l'esprit d'utiliser son titre, pas plus que je n'aurais appelé un de mes frères Prince Machin.

— Tu habites dans un appartement somptueux, même pour un Principal impérial, continua Jarith. Tu as un grade aussi prestigieux qu'un Amiral bien que tu aies à peine trente ans. Et tu appelles l'Imperator par son prénom.

Je sortis du lit et j'allai jusqu'à la fenêtre. Dehors, le Comté de Jacob s'étendait au loin comme un royaume enchanté, une terre de conte de fée, dorée dans le soleil couchant.

— Soz ? appela Jarith.

— Je ne sais pas ce que tu veux que je réponde.

Jarith prit une inspiration.

— L'Imperator Skolia… est-ce que lui et toi… Est-ce que j'ai outrepassé… ?

Foutue fusée. Il croyait que Kurj était mon petit ami. Je faillis éclater de rire. Mais au lieu de cela, je revins jusqu'au lit et m'assis près de lui.

— Non. Tu n'as rien outrepassé. C'est seulement que je connais le Seigneur Skolia depuis de nombreuses années.

— Tu es plus vieille que tu en as l'air, n'est-ce pas ?

— J'aurais quarante-huit ans dans quelques jours.

Il me regarda, bouche bée.

— Tu plaisantes ?

— Non, dis-je, en lui lançant un regard en biais. Est-ce que ça te gêne ?

Jarith changea de position sur le lit.

— Je ne sais pas. Tu es plus vieille que ma mère.

Par les dieux. J'imaginais déjà une brigade des mœurs des FSI débarquer. *Vous êtes en état d'arrestation, madame. Pour détournement de nourrisson.*

Mais ce qu'il disait me blessait d'une autre façon. Je n'avais toujours pas d'enfant et une femme plus jeune que moi avait déjà un fils assez vieux pour avoir ses propres enfants. Bien que ma durée de vie allongée me permette de repousser le moment où je ne pourrais plus porter d'enfants, je ne pouvais pas attendre pour toujours. Mais je n'avais pas voulu fonder une famille pendant que je volais avec mon escadron, pas après ce qui s'était passé la première fois, pas en sachant pertinemment que mes enfants pourraient perdre leur mère chaque fois que je partais.

Jarith regardait mon visage.

— Soz ?

Je soupirai.

— Je ne suis pas certaine de savoir comment te le dire.

Il se tendit.

— Tu n'as qu'à parler.

— Helda m'apportait un message de ma famille. Je dois partir pour Diesha cette nuit.

— Tu quittes la planète ? Cette nuit ?

— Dès que j'ai fait mes valises.

Il mit ses mains sur mes épaules.

— C'est à cause de ce que j'ai dit ? Je peux apprendre à assumer la différence d'âge. Vraiment.

— Ce n'est pas à cause de ce que tu as dit.

Il s'apprêta à continuer, puis s'arrêta. Je sentais ce qu'il n'avait pas exprimé. Il voulait venir avec moi. Et une partie de moi voulait qu'il vienne. Mais cela aurait impliqué de lui demander de repartir à zéro sur un monde étrange où il ne connaissait personne. Je ne pouvais pas l'obliger à faire ce changement, à moins de vouloir lui offrir plus que ce que nous avions maintenant. Et je n'en avais pas l'intention. Il y avait encore trop de choses à régler dans ma vie.

— Tu comptes beaucoup pour moi, dis-je.

— Ne fais pas ça.

— Faire quoi ?

— Dire des choses qui sonnent comme un préambule à : « Je crois que tu devrais commencer à voir d'autres gens. »

— Je crois que tu devrais.

Jarith jura dans son souffle.

— Soz, arrête.

— Est-ce que tu comprends vraiment ce que je fais dans la vie ? Chaque fois que je pars, je peux mourir. Est-ce que tu veux vivre comme ça ?

— Non. Mais je veux bien essayer.

— Je ne sais pas si moi, je veux, répondis-je doucement.

Il soupira. Puis il me prit dans ses bras.

— Reviendras-tu sur Foreshires ?

Je posai ma tête sur son épaule.

— J'espère.

Nous restâmes enlacés pendant un long moment. Puis finalement, Jarith s'allongea sur le lit et m'attira contre lui. Nous fîmes l'amour au milieu des nuages, flottant ensemble une dernière fois.

TROISIÈME PARTIE

DIESHA

CHAPITRE 13

LE POING DU RÉSEAU

Helda et moi prîmes un vol commercial pour Diesha, voyageant en civil, ne faisant rien pour attirer l'attention. Bien que Kurj n'ait pas précisé comment je devais venir, il était clair qu'il souhaitait que je prenne un profil bas. Pourquoi ? Que préparait-il ?

Notre vaisseau atterrit sur une rampe loin de tout terminal de l'astroport. Une fois au sol, je sortis de mon hamac et me rendis dans le local exigu que quelqu'un avait très généreusement baptisé le salon du vaisseau. Il y avait trois fauteuils et une table fixés de façon à être utilisables quand le vaisseau se trouvait dans un champ de gravité. Je regardai par un hublot et vis un aérobus qui approchait, en provenance d'un terminal éloigné, accélérant sur son coussin d'air comme un projectile de métal noir et argenté.

— Préparez-vous à débarquer, dit le steward dans l'interphone d'un ton sensuel qui contrastait agréablement avec les voix d'ordinateur sèches des transports militaires que je prenais habituellement pour venir sur Diesha.

Pendant que nous étions dans la file devant le sas, le steward, un jeune homme en uniforme bleu pimpant, nous rejoignit. Quand il ouvrit le sas, de l'air frais s'engouffra dans le vaisseau. C'était un soulagement délicieux, après des jours passés à respirer l'air recyclé pendant le vol.

L'aérobus démarra le long du vaisseau. Pendant qu'il montait, je vis un officier debout près de la porte ouverte. C'était une femme portant l'uniforme rouge sombre de la police de sécurité des FSI. Elle portait un fusil laser.

Une passerelle en accordéon se déplia de l'aérobus et s'arrêta au niveau du sas. Après que le steward l'eut fixé à sa place, il nous sourit.

— Bienvenue dans l'Aéro-Astroport de Diesha, Terminal civil. Nous espérons que vous ferez un bon séjour ici.

L'officier de la sécurité contrôla chacun de nous quand nous entrâmes dans le bus, passant son scanner sur nos corps et nos bagages. Elle ne regardait même pas nos visages. Quand nous eûmes tous embarqué, le bus replia sa passerelle, ferma ses portes, redescendit vers le sol et se dirigea vers les bâtiments du port. Nous étions tous assis sur les sièges de nervoplex, regardant par les fenêtres ou vers le sol, n'importe où pour éviter les regards des autres.

Un deuxième aérobus nous croisa à mi-chemin du terminal. Pendant que les deux véhicules reposaient sur le tarmac comme deux missiles géants discutant ensemble, nous quittâmes le premier et montâmes à bord du second, repassant une nouvelle fois par tout ce satané contrôle de sécurité.

Helda grommela pendant que nous attendions d'être sondées par l'officier de la sécurité.

— Plus jamais ça, murmura-t-elle dans un souffle.

Le second bus nous conduisit à dix mètres du terminal. Nous marchâmes sur le reste du trajet entre des pylônes qui clignotaient et sonnaient quand nous passions devant. Le chemin menait à un portail de sécurité qui encadrait l'entrée du terminal.

Le comptoir de l'autre côté du portail était tenu par un homme costaud et une femme large d'épaules, tous deux en uniforme des FSI. La femme se tenait devant une console d'ordinateur derrière le comptoir et l'homme était devant, son attention fixée sur notre groupe. Au moment où je passai sous l'arche, il me fit signe de m'arrêter.

— Contrôle des bagages.

D'un mouvement de balancier, je lançai mon paquetage sur le comptoir. La femme toucha des boutons sur sa console et des holos apparurent au-dessus, tournant lentement pour montrer l'intérieur de mon sac, dans le moindre détail, notamment mes sous-vêtements et mes autres affaires personnelles.

— Ouvrez-le, dit l'homme.

Est-ce que chaque civil qui venait sur Diesha devait en passer par là ? Je défis les rabats et le sac s'ouvrit. Pendant que l'homme fouillait dans mes affaires, des informations défilaient sur l'écran de la console devant la femme.

— Valdoria, Sauscony, lut-elle. Comté de Jacob, Éos, Camp Foreshires.

Elle me dévisagea.

— Loin de chez vous, non ?

— Oui, concédai-je.

Quelqu'un me poussa l'épaule, m'écrasant contre le comptoir. Je jetai un coup d'œil derrière moi et aperçus une autre passagère qui avançait en me bousculant pour entrer dans le terminal. Bien qu'elle soit habillée en civil, des épaulettes indiquaient une affectation militaire. Je la reconnus : elle était sur le vaisseau et s'était retrouvée au bout de la file d'attente quand nous avions commencé à faire la queue pour entrer dans le terminal. Dehors, les autres passagers attendaient, debout sous le soleil qui tapait dur.

Je me retournai à temps pour voir l'officier de la sécurité prendre mon portefeuille dans mon sac. Il l'ouvrit et le mini-album s'alluma, faisant défiler ses holos. Une image de Jarith apparut, suivie par d'autres de nous deux ensemble, puis une avec Helda et Jarith et finalement une de ma mère. L'homme arrêta l'affichage, laissant une image miniature de ma mère flotter au-dessus de l'écran holo cousu dans mon portefeuille. Il tenait le portefeuille à plat dans sa main et on aurait dit que ma mère était debout sur sa paume.

— Qui est-ce ? demanda-t-il.

— Ma mère.

— Vous plaisantez…

Il tendit le portefeuille à la femme derrière le comptoir, son bras créant des ondulations lumineuses quand il traversa le champ de sécurité qui entourait la console.

— Peux-tu faire une identification ?

Elle posa mon portefeuille sur un écran horizontal. L'holo de ma mère flottait là, souriant et doré. Puis il se troubla quand un laser le balaya.

— Corrélation complète, récita l'ordinateur. Nom : Cya Liessa. Profession : danseuse, Ballet impérial de Parthonia. Aucune adresse connue.

— Une ballerine, hein ? fit l'homme en souriant. Elle est mignonne.

Mignonne ? Est-ce tout ce qu'il avait à dire après avoir envahi la vie privée de ma mère comme si c'était simplement une page d'un holozine qu'il lisait ?

La femme fourra mon portefeuille dans mon paquetage et referma le sac.

— Très bien. Avancez.

Je fermai mon poing sur mon sac et le jetai sur mon épaule. Puis j'avançai vers les portes des arrivées. Une foule de gens encombrait la salle de chrome et de verre ; certains discutaient debout, d'autres étaient assis, regardant l'holovid dans un coin, d'autres encore montaient sur les tapis-roulants express.

Helda arriva à côté de moi.

— Peuh.

— Ils t'ont ennuyée, toi aussi ?

Elle fit un grognement dégoûté.

— Ils ont de la chance que nous ayons l'ordre d'être aussi discrètes que des petites souris.

Je souris en imaginant Helda en petite souris.

— Combien de temps avant le départ de ton vol en correspondance ?

Elle pencha la tête et l'expression vide si familière apparut sur son visage pendant qu'elle se connectait à sa jonction nerveuse.

— Environ vingt minutes.

Vingt minutes. Puis elle repartait en permission.

— J'aimerais que tu puisses rester.

Helda rit.

— Heya, Soz, tu deviens sentimentale ?

Elle m'indiqua un tapis express.

— Accompagne-moi jusqu'à la porte d'embarquement.

Je ne voulais pas y aller avec elle. Je ne savais pas pourquoi, si ce n'est que j'avais cette étrange impression que si elle partait maintenant, je ne la reverrais jamais. En montant sur le tapis roulant, je parlai calmement.

— Rex et toi, et Taas aussi, à la fin – j'étais habitué à être avec vous jour et nuit, tout le temps. Et la moitié du temps, nous n'étions qu'un seul esprit. Maintenant, c'est fini.

Je m'efforçai d'exprimer mes sentiments qui tourbillonnaient comme de la brume, à la limite de mon champ de vision.

— Quelque chose est en train de finir, Helda. Mais je ne sais pas quoi.

— De finir ?

Le mur derrière elle défilait pendant que le tapis express fonçait vers sa porte d'embarquement.

— Tu as l'air bizarre aujourd'hui.

Je me forçai à sourire.

— J'imagine.

Nous ne parlâmes pas beaucoup plus en chemin, évoquant seulement des sujets légers. Elle me raconta ce qu'elle savait sur Taas, qui volait maintenant dans un autre escadron et qui avait la réputation d'être un pilote émérite.

— Quand tu le reverras, souhaite-lui bonne chance de ma part, fis-je.

— Si tu veux, répondit-elle en haussant les épaules. Tu as plus de chances de le voir avant moi, ici au Quartier général.

— Je sais. Mais fais-le quand même. Au cas où.

— Au cas où quoi ?

Je ne savais pas quoi répondre à ça. Donc à la place, je me forçai à rire.

— Ben, on ne sait jamais quelle histoire pourrait me prendre mon temps.

Quand nous arrivâmes au portail, les passagers du vol d'Helda faisaient déjà la queue pour l'aérobus qui les mènerait au vaisseau. Après qu'Helda eut passé l'arche de sécurité, elle me fit un signe de la main. Debout près du portail, devant un mur de verre teinté épais comme le poing, à l'épreuve des balles, des lasers et des chocs, je lui renvoyai son au revoir. Puis elle embarqua dans le bus. Après quelques instants, ce n'était plus qu'un autre missile vrombissant à toute vitesse sur le tarmac, comme tous les autres projectiles chromés qui fonçaient sur les pistes.

Je revins au tapis express. Cette fois, je marchai dessus, ajoutant ma vitesse à la sienne, si bien que j'avançais à plus de dix kilomètres heure. Je ne savais pas pourquoi j'étais pressée, je savais seulement que je voulais sortir de cet astroport, de ce lieu d'adieux et de conclusion.

Il me fallut seulement quelques minutes pour atteindre l'arrêt de MagTrain à côté du terminal. La plate-forme était perchée sur une tour de plaston aussi haute que l'astroport. Des rails géants descendaient du ciel vers la plate-forme, restant à son niveau pendant plusieurs mètres avant de s'élancer à nouveau vers le haut, au-dessus du port, dans une grande courbe argentée, véritable sculpture en rails.

Je pouvais apercevoir le MagTrain au loin, une file de wagons fuselés chromés bleus.

Le train arriva en vrombissant devant la plate-forme où j'attendais avec quelques autres voyageurs et dans un bruit de succion, ses portes s'ouvrirent comme l'iris d'un appareil photo, nous permettant de monter. Quelques instants plus tard, nous nous élevions déjà avec le train, fonçant au-dessus du port.

La plupart des civils descendirent en banlieue. À la limite du Quartier général des FSI, nous nous arrêtâmes devant une plate-forme quadrillée par des gardes en armure armés de fusils laser. Les armures leur couvraient tout le corps et leur faisaient mesurer deux mètres cinquante de haut, pareils à des géants sans visage, faits de métal brillant noir et argenté, avec des écrans opaques là où auraient dû se trouver les yeux.

À ce moment, j'étais la seule « civile » du train. Quand les gardes entrèrent dans le wagon, nous nous levâmes tous. Un géant s'avança jusqu'à moi, ses bottes claquant sur le sol métallique. Il ou elle – je ne pouvais pas savoir – parlait dans un filtre vocal qui donnait à sa voix l'air de sortir d'une machine.

— Identification.

Quand je tournai ma paume vers le haut et que je contractai mon poignet, ma puce d'identité sortit de son étui sur ma manche et tomba dans ma main. La prise sur mon poignet était en évidence, indiquant que j'étais une télops ou une Jagernaute. Il était impossible de déchiffrer les réactions de l'officier : l'armure cachait ses attitudes et ses expressions, et le filtre enlevait toute nuance d'émotion de sa voix. Bien que je fus souvent passée par ces contrôles, la procédure me paraissait étrange, cette fois-là, comme si mon essence s'était concentrée dans cette petite carte carrée.

Tout le monde dans le wagon reçut l'autorisation d'entrer dans le Quartier général. Ce n'était pas surprenant. Seul quelqu'un de très naïf ou de très stupide aurait essayé de pénétrer dans la ville sans des papiers en règle.

Le train nous emmena au cœur du Quartier général. Je descendis sur une plate-forme près du centre ville. Pendant que le train s'éloignait, un essaim de taxis automatisés s'approcha, rivalisant tous pour leurs tarifs. Je les ignorai, préférant prendre l'aérotube pour aller à la base de la tour. Il me fit descendre, employant des jets d'air pour ralentir ma chute. Se faire ainsi bombarder d'air déstabilisait beaucoup de monde, pour ne pas dire plus, et bien peu faisaient confiance aux tubes pour ne pas les laisser tomber. Mais j'aimais ça, sans doute pour la même raison que j'aimais les vrilles et les boucles quand je pilotais un avion. C'était lié au risque, au défi ou peut-être seulement à la montée d'adrénaline.

Et à ce moment, il me fallait une montée d'adrénaline. L'étrangeté de la requête de mon frère, les procédures de sécurités si impersonnelles pour venir sur Diesha, le départ de Helda et puis les gardes sans visage dans leurs armures – tout cela me laissait avec une sensation gênante, comme si je me transformais moi aussi en machine, comme si mon humanité était arrachée et concentrée dans une carte d'identité.

Au distributeur en bas de la tour, j'achetai une visière réfléchissante. Elle était translucide de mon côté, me permettant de voir la ville à travers un halo ambré qui atténuait l'éclat de la lumière du soleil de Diesha. Ceux qui me regardaient ne pouvaient voir qu'une bande sombre et réfléchissante devant mes yeux.

Une circulation dense glissait sur les rues de plaston, mais je pris les tapis express plutôt que d'appeler un taxi. Il y avait des piétons partout, tous du personnel militaire. Leurs yeux cachés par des visières étaient des masques vides, indéchiffrables, comme le visage de Kurj quand ses paupières internes étaient fermées.

La tour où j'habitais n'avait pas de hall d'entrée, juste une porte qui s'ouvrait avec ma puce d'identité, donnant sur un ascenseur. La cage de verre me conduisit au dernier étage, dans un couloir aux murs faits de verre ambré. À l'extérieur, le Quartier général s'étendait dans toutes les directions, formant un paysage impitoyable tout en carrés et en rectangles horizontaux ou verticaux, sans aucune touche de vert nulle part, seulement du noir, de l'argent et du blanc. Un planeur surgit de derrière une tour, volant si près que le verre trembla. Puis il vira sur l'aile et s'éloigna au-dessus des larges étendues de plaston.

Seules deux personnes habitaient cet étage : moi et un général à la retraite qui était maintenant un des principaux conseillers de mon frère pour l'espionnage. Ma porte contrôla ma puce d'identité, mes empreintes digitales et mon schéma rétinien avant de finir par s'ouvrir. Le salon était comme d'habitude, tout en chrome et en verre, avec ses meubles blancs et ses tables luisantes.

— **Bienvenue chez vous, Principale Valdoria,** dit une voix alors que la porte se refermait.

— Heya, Mak.

Ce nom était la seule chose que j'avais faite pour personnaliser l'IE FSI-MA4K qui s'occupait de cet appartement. Je laissai mon paquetage au sol et m'écroulai dans le canapé.

— Est-ce que j'ai des messages ?

Bien que Mak m'ait fait suivre mes messages pendant les cinq mois que j'avais passés sur Foreshires, peut-être que tout n'avait pas encore été envoyé.

— **Deux messages,** confirma Mak.

— Y en a-t-il un de l'Imperator Skolia ?

— **Non.**

Peut-être ne savait-il pas encore que j'étais là. Cela semblait peu probable, en fait : s'il voulait tellement que je rentre, comme Helda l'avait indiqué, il avait sans doute fait guetter mon arrivée. Étant donné les mesures extrêmes prises pour garder sa convocation secrète, je ne croyais pas qu'il veuille que je fasse annoncer ma présence.

— Mak, envoie un message à mes parents au palais.

Ils n'étaient sans doute pas là ; aucun d'eux n'aimait venir sur Diesha. Mais Kurj y était sans doute, à moins qu'une crise quelconque lui demande de rester près du Quartier général. Le palais était le seul endroit assez sûr pour lui permettre de renvoyer ses gardes du corps. En altitude dans les montagnes, il était entouré de toutes parts par des terrains inhabités et des systèmes de sécurité dissimulés. Ses fonctions étaient entièrement automatisées. Il n'avait pas besoin de personnel humain. C'était le seul endroit où Kurj pouvait trouver ce que nous chérissions tous : l'isolement – un isolement complet et total.

— **Texte du message ?** s'enquit Mak.

— « Bonjour, Mère et Père. Je suis de retour sur Diesha pour rendre visite à Rex. Retrouvons-nous pendant que je suis ici. Bises, Sauscony. » Fin du message. Envoi.

— **Envoyé.**

Un peu tard, je me souvins de la fille, celle de l'hôpital, que Kurj avait « invitée » au palais. Comment s'appelait-elle ? Cyliessa ? Non… Charissa. C'était ça. Charissa Deirdre. Si elle trouvait le message, il se pourrait qu'elle le renvoie vraiment à mes parents.

— Mak, qui vit au palais actuellement ?

— **L'Imperator Skolia.**

— Personne d'autre ? Soit maintenant, soit dans ces cinq derniers mois ?

— **Une femme appelée Charissa Deirdre est restée avec lui pendant cent six jours.**

Cent six. Elle avait dû plaire à Kurj. Je me demandais ce qu'elle avait ressenti. Est-ce qu'il la répugnait ? Est-ce qu'elle avait fini par l'apprécier ? Par l'aimer ? J'imaginai que c'était possible. L'amour était une émotion assez bizarre pour frapper même aux endroits les plus improbables.

— Où est Deirdre à présent ? demandai-je.

— **Elle travaille à la maternité de l'hôpital des FSI et elle habite avec ses parents dans la banlieue quatorze.**

Ses *parents* ?

— Quel âge a-t-elle ?

— **Dix-sept ans.**

Grands dieux. Elle était huit ans sous l'âge adulte légal. Je me demandai si Kurj se souciait de toutes les lois qu'il avait enfreintes en la prenant là-haut. Ses parents avaient-ils su pourquoi elle avait disparu ? Il était difficile d'imaginer ce qui avait été le plus dur pour eux, ne pas savoir ce qui se passait ou savoir qu'elle était prisonnière du seigneur de guerre nonagénaire de Skolia.

Mais Deirdre était libre désormais, et de plus, ce n'était pas mon problème. Elle était retournée à sa vie, après tout. Peut-être même qu'elle aimait bien Kurj.

Mais bon, peut-être que non.

— Mak, est-ce que tu as d'autres informations sur Deirdre ?

— **Je vérifie.**

Puis :

— **Avant son séjour avec l'Imperator Skolia, Charissa Deirdre était une étudiante en licence au Collège professionnel de la banlieue vingt-trois, où elle étudiait pour devenir puéricultrice. Un peu plus tôt dans l'année, elle avait gagné un prix du collège pour ses résultats académiques exceptionnels. Elle était secrétaire d'une association caritative et était également membre d'un club d'athlétisme. Un garçon appelé Jayms Procal s'était inscrit pour obtenir l'autorisation de l'épouser quand ils atteindraient leur vingtième anniversaire.**

Il semblait qu'elle n'ait absolument rien en commun avec Kurj.

— Que s'est-il passé après son séjour au palais ?

— **Elle a été renvoyée du collège pour absentéisme et refus de répondre aux convocations de l'administration. L'expulsion a été modifiée en « personne disparue » après que ses parents eurent contacté l'école. À la demande de l'Imperator, elle a été reprise dans le collège quand elle est rentrée chez elle. Elle obtient des notes insuffisantes depuis et elle fournit actuellement un travail jugé inférieur au niveau requis pour continuer les cours. En revanche, aucune tentative de renvoi n'a été enregistrée.**

Personne de sensé ne renverrait une étudiante qui avait été réinscrite sur ordre de l'Imperator.

— Et pour ses autres activités ?

— **Elle a perdu son travail à l'hôpital puis elle a été reprise grâce à l'Imperator Skolia. Son inscription à l'association caritative est toujours en cours, mais elle n'a pas reconduit son inscription au club d'athlétisme. Je n'ai trouvé aucune trace indiquant sa participation à ces activités depuis son retour. Le garçon qui s'était inscrit pour le permis de mariage a vu sa candidature refusée.**

— Est-ce que son nom à elle est aussi enregistré dessus ?

Il aurait pu s'inscrire sans qu'elle soit au courant, en espérant obtenir un permis accordé à lui offrir, quand il ferait sa demande en mariage. Mais sans leurs deux signatures, le permis était inutile.

— **Les deux noms apparaissent,** affirma Mak. **Le permis était initialement approuvé. Par contre, le permis a été annulé le jour où son séjour au palais a commencé.**

— Quel est son statut actuel ?

— Ils se sont réinscrits il y a onze jours. Le permis a été refusé.

— Pour quelles raisons ?

— Parce que le denier permis avait été refusé.

Eh bien, ce n'était pas une surprise. Si Kurj s'était occupé du premier, personne ne prendrait le risque d'en accorder un second.

Je me demandai si Kurj avait la moindre d'idée de la manière atroce dont il avait gâché la vie de cette fille. Je ne pouvais pas soigner ses blessures émotionnelles, mais il y avait une chose que je pouvais faire.

— Mak, connecte-toi au Bureau des mariages et fais envoyer un accord à Deirdre et à son jeune ami, sous mon autorité.

Bien sûr, Kurj pourrait l'annuler. Mais je le connaissais. S'il s'était lassé de la fille, il n'allait pas insister, particulièrement si elle l'avait quitté avec des sentiments suffisamment bons pour qu'il intervienne en sa faveur à l'école et au travail. Il n'y aurait qu'à moi qu'il en voudrait.

— Accord envoyé.

Mak s'arrêta un instant.

— Une analyse même succincte de la situation suggère que l'Imperator Skolia n'appréciera pas votre intervention dans sa vie privée.

Je fis une grimace. J'avais sans doute trouvé une méthode bien plus efficace de lui faire savoir que j'étais arrivée, que de faire semblant de croire que mes parents étaient au palais. Je mis mes pieds sur la table devant le canapé, essayant de me détendre. Mais ça ne marchait pas. J'étais tendue comme un ressort.

— Lis-moi les deux messages en attente. Laisse tomber les en-têtes.

— Message un.

Un déclic retentit, suivi d'une voix neutre.

— À l'attention de tous les résidents. Les ascenseurs aériens seront éteints le 30.6.383 d'une heure à trois heures pour leur entretien. N'essayez pas de les utiliser pendant cette période.

— Mak, efface-le.

Ce message datait de plusieurs mois.

— Effacé. Message deux.

Une voix d'homme se répandit dans la pièce.

— Mes salutations, Principale Valdoria. Je n'étais pas sûr de savoir où envoyer ceci, alors je l'ai posté au service des Informations générales de Diesha. J'espère qu'il vous atteindra. Je pensais que vous auriez aimé savoir que mon entretien avec le Second Blackstone et vous a débloqué la situation. L'université d'Athènes m'a donné une bourse pour venir sur Parthonia pour le dépistage. Et devinez quoi ? Je suis à 7.2 sur votre échelle psi. Bien sûr, je ne sais pas vraiment ce que je vais en faire. Mais l'Institut de Parthonia m'a inscrit en formation. En tout cas, merci. Au plaisir de vous revoir. Tiller Smith.

— Alors, qu'est-ce que tu dis de ça ? demandai-je.

— **Je n'ai aucune réaction émotionnelle à ce message,** répliqua Mak.

Je souris.

— Eh bien moi, si. Une réaction agréable. Pourquoi tu ne me l'as pas fait suivre sur Foreshires ? C'est arrivé il y a combien de temps ?

— **C'est arrivé aux Informations générales il y a cinquante-trois jours. Les Informations générales l'ont envoyé aux Informations militaires, qui l'ont envoyé aux Documents non classés, qui l'ont envoyé aux Documents civils, qui l'ont envoyé aux Informations générales, qui…**

— Mak, tu pourrais faire plus court ?

— **Le message est revenu trois fois aux Informations générales, après quoi un observateur l'a repéré et l'a envoyé aux Investigations. De là, l'expéditeur a été soumis à un contrôle de sécu…**

— Attends un peu ! m'exclamai-je. Tu veux dire que la Sécurité a fait une enquête sur Tiller seulement parce qu'il m'a envoyé une lettre ?

— **Oui. Voulez-vous voir les résultats de l'enquête ?**

— D'accord, mais reste bref.

— **Tiller Smith, trente-deux ans, citoyen des Mondes Alliés de la Terre, résident de Délos. Aucun casier d'activités subversives. En revanche, il a reçu une amende il y a deux ans pour avoir garé une aéromobile dans une zone à stationnement interdit sur les Arcades pendant une parade, et quand il avait quatre ans, il a dû être récupéré dans un bar dans lequel il s'était retrouvé après s'être perdu.**

— Pour l'amour de l'espace !

Est-ce que les Investigations n'avaient pas mieux à faire ?

— Quand est-ce qu'ils ont fini par se décider à me laisser savoir que j'avais un message ?

— **Après que les Investigations l'ont approuvé, ils l'ont envoyé au Central militaire, qui l'a envoyé ici. Il est arrivé il y a quatre jours, à partir de quoi je l'ai soumis aux Autorisations Extraplanétaires pour un transfert vers Foreshires. J'attends toujours leur accord. Dois-je annuler la demande ?**

— Oui, bien sûr.

Je réfléchis un moment.

— Peux-tu accéder aux données de l'Institut de Parthonia ?

— **Oui. Que voulez-vous que je trouve ?**

— Je veux savoir qui parraine Tiller.

— **Connexion aux télops de transfert extraplanétaire,** m'informa Mak.

Je ne connaissais pas le détail des procédures de l'Institut. J'y avais reçu ma formation psiber quand j'étais enfant, de précepteurs personnels. J'étais quasiment sûre que Tiller avait besoin de parrains pour suivre les cours de l'Institut. Malheureusement, en tant que citoyen allié, et particulièrement avec peu ou pas de soutien auprès de son propre peuple, et encore moins parmi le mien, il n'aurait aucun parrain. Sans eux, il ne tiendrait pas longtemps sur Parthonia. Le réseau psiber était le pouvoir – politique, militaire, académique, social et économique –, ce qui signifiait que tout ce qui le concernait impliquait des enjeux élevés et des règles non écrites. Tiller était complètement hors-jeu.

— **Informations reçues,** dit Mak. **Tiller Smith a un parrain, une femme appelée Marya Pulivok, la testeuse qui a déterminé son score.**

Un seul parrain ? Et un parrain sans influence politique ? Ils allaient bouffer Tiller tout cru et le recracher jusqu'à Délos.

— Inscris-moi sur la liste des parrains de Tiller.

— **Message envoyé,** confirma Mak avant d'ajouter après une pause : **et réception confirmée.**

— Bien.

Avec un héritier impérial comme parrain, Tiller les verrait tous se battre pour avoir l'honneur de le prendre comme étudiant préféré.

J'allai jusqu'à une bibliothèque, près du mur. Le livre que Tiller m'avait donné était coincé entre un dragon en jade et un ouvrage pesant traitant des théories mystématiques sur les dimensions parallèles. Je sortis *Poèmes à la fenêtre* et je l'ouvris à la page que Tiller avait sans doute lue ce jour-là dans son bureau, avec le poème qu'il avait marqué d'un ticket des Arcades :

Un cadre de pierre.
Verre argenté
Couvert du givre de larmes glacées.

Mon poing se ferme
Sur le miroir ;
La chair emprisonne la glace.
Craquements fragiles
Des larmes de rupture.
Je te vois maintenant
Debout derrière moi :
Observant encore,
Attendant encore,
Jamais satisfait.

Je rengaine mon cœur,
Sa douceur nue.
Préservée par la glace.

À quoi Tiller avait-il pensé quand il cherchait ce poème ? Était-ce ce que je faisais, protéger mon cœur de murailles de glace qui se refroidissent et s'épaississent jusqu'à ce que, un jour, je devienne finalement comme Kurj ?

Je refermai le livre en un claquement. Non. Je n'étais pas Kurj. Je ne le deviendrais jamais.

N'est-ce pas ?

Je n'avais pas l'énergie d'affronter ce cauchemar. Bien qu'il fût seulement midi sur Diesha, j'étais épuisée. Le vol avait décalé mon horloge interne.

Je quittai le salon et allai dans ce que j'appelais mon lieu de mémoire, un couloir avec des écrans holo sur les murs. Quand je marchais dans ce corridor, mes pas activaient des lasers qui balayaient chacun des écrans, faisant apparaître des holos. Ils représentaient des scènes du paysage autour de la maison de mon père : des montagnes aux sommets bleutés se détachant sur le ciel comme la colonne vertébrale d'un géant, des champs d'herbe vert-argent qui ondulait sur des kilomètres sous le grand dôme céleste, des forêts aux arbres larges et solides du fait de la forte gravité, et dont le feuillage formait une voûte qui parsemait le sol de taches claires et sombres…

Ma planète.

Quand j'arrivai au bout du couloir et que les holos derrière moi disparurent, s'effaçant après que je fus passée, je touchai un interrupteur au mur et une porte s'ouvrit sur ma chambre. Quelques instants seulement après m'être couchée, je dormai profondément.

— Désolée, dit l'infirmière. Le Second Blackstone n'est pas là.

Elle était debout sur l'estrade de ma cabine holo. Derrière elle, des écrans holo courbes encadraient la cabine, reliés à mon ordinateur par des câbles en fibre optique. J'étais assise sur une estrade bien plus petite où des lasers balayaient tout mon corps, générant des motifs d'interférence que mon ordinateur transmettait au sien. Cela permettait à sa cabine holo de donner une image de moi aussi précise que celle que ma cabine me donnait d'elle.

Je n'avais aucun désir de regarder cette image, et surtout pas en détail. Elle était bien trop belle. Qu'est-ce que Rex faisait avec une aussi jolie infirmière ?

— Savez-vous quand il reviendra ? demandai-je.

— Désolée, je ne sais pas, répondit-elle en souriant. Il est parti dans le parc. Dois-je lui dire que vous avez appelé ?

Et s'il ne voulait pas me voir ? Et s'il était en fait juste là avec elle, mais qu'il lui demandait de ne pas le dire ? Oh zut. Ça ne rimait à rien.

— Oui. Dites-lui que Soz a appelé et que je suis dans mes quartiers ici.

— D'accord. Je lui dirai. Bye.

Bye ? *Bye ?* Qu'est-ce qui prenait aux jeunes, de nos jours, de dire des choses comme « bye » ? Qu'est-ce qui n'allait pas avec les phrases skoliennes correctes comme « Au plaisir de vous parler encore, madame » ? « Bye » était un mot terrien, pour l'amour de l'espace… Les jeunes ne savent pas apprécier leur propre culture. Qu'est-ce que Rex faisait avec une infirmière pareille ?

La console sonna, attirant mon attention sur un voyant bleu qui brillait dans un coin de l'écran. Quand je touchai le voyant, une voix familière sortit du haut-parleur.

— Bonjour Soz.

Mon pouls s'accéléra.

— Rex ?

— Fleur m'a bipé pour me signaler ton appel.

— Fleur ?

— L'infirmière.

C'était logique qu'elle porte un nom comme Fleur.

— Et tu es avec elle ?

— Non, je suis dans le parc.

Le parc. Mais lequel ? Bien sûr, Diesha n'en avait pas beaucoup. L'eau était trop précieuse pour être dilapidée sur des plantes n'ayant rien d'essentiel, chaque banlieue avait donc droit à un seul parc. Mais il y avait dix-neuf banlieues, donc il pouvait être dans dix-neuf endroits différents. Peut-être qu'il ne voulait pas que je sache où il était.

— Soz ? demanda Rex. Tu es toujours là ?

Je rougis.

— Oui.

— Quand es-tu arrivée ?

— Hier. Je suis venue pour…

Pour quoi ? Ma couverture était que j'étais venue le voir.

— Je me demandais si – enfin, je veux dire, je sais que je suis partie longtemps…

La voix de Rex se détendit un peu.

— On dirait vraiment que ça fait plus de cinq mois.

— Je me demandais… enfin bon, comment tu allais.

— Mieux.

— Je suis contente.

Que dirait-il si je lui demandais de passer lui rendre visite ?

— Soz… ?

— Oui ?

— Peut-être que tu pourrais… Je suis au parc quinze. Si tu voulais venir.

Rapidement, il ajouta :

— Si tu es occupée, je comprendrais.

Je fermai les yeux, tellement soulagée que pendant un moment, je fus incapable de répondre. Puis je répondis :

— Oui, j'aimerais venir te voir.

Il faisait chaud dans le quinze, une chaleur éblouissante. De larges avenues de plaston séparaient des pelouses de la couleur des feuilles mortes. Pendant que j'empruntai le tapis express qui traversait le parc, des gens en uniforme passaient près de moi, les yeux couverts de visières miroitantes.

Rex était exactement là où il avait dit, assis à l'ombre d'un cact-arbre. Je descendis du tapis express et marchai vers lui sur la pelouse, l'herbe épaisse craquant sous mes bottes. Il avait l'air tellement détendu et en forme… Le seul signe visible que quelque chose avait changé était la résille argentée qui lui moulait le corps des pieds jusqu'à la taille, comme un pantalon en grillage métallique.

Il observait les tapis express et les pelouses. Quand il me vit, il leva la main. Comme je lui répondais d'un signe, il appuya sa main contre le cact-arbre. Puis il l'ôta brusquement et je sentis la piqûre de l'épine comme si elle avait percé ma propre paume. Il essaya encore, prenant cette fois appui sur l'arbre sans incident.

Puis il se leva.

Je m'arrêtai et le regardai bouche bée. Puis je repris mon chemin, parcourant les quelques derniers mètres qui nous séparaient.

Il hocha la tête quand je m'approchai de lui.

— Soz.

— Tu es debout !

Un sourire illumina son visage.

— On dirait bien.

— Mais comment ?

Non, c'était idiot.

— Je veux dire… je pensais que…

Il se tourna et mit sa main libre sur son dos, indiquant la base de sa colonne vertébrale. Je regardai de plus près et vis un psiphon attaché à la résille. La prise était enfoncée dans sa colonne vertébrale.

— Ça remonte au-dessus des parties sectionnées, expliqua Rex. Jusqu'à des fibres optiques qui vont jusqu'à mon cerveau.

Je regardai la prise.

— Les docteurs disaient que ce serait dangereux de tenter d'autres manipulations sur ton circuit bioméca.

— Il y avait un risque. Mais j'ai décidé de le prendre parce que la procédure était très simple. Tout ce qu'ils ont fait, c'est de réparer les câbles et de faire pousser une autre prise plus haut sur ma colonne. J'ai eu de la chance, ça a marché.

Il tapota un petit disque attaché à la résille sur sa taille.

— Quand cette puce interprète un signal de mon cerveau, elle l'envoie à tout le grillage.

Il fit un pas un peu lourd, s'éloignant du cact-arbre en tendant les bras.

— Le grillage bouge et m'emmène avec lui.

— Tu marches !

Je ne pouvais pas retenir ma joie.

Il sourit, fit un autre pas maladroit – et commença à pencher d'un côté. J'essayai d'attraper son bras, mais il me repoussa et tomba sur un genou, le visage convulsé de… de quoi ? De colère ? De douleur ? De frustration ?

Lentement, précautionneusement, il se releva. Pendant un instant, quand il ne dit rien, je crus que je l'avais offensé au-delà de ce qu'il pouvait supporter venant de moi. Puis il soupira.

— Ces fonctions devraient me donner des mouvements réguliers. Mais je suis encore en train d'apprendre à le faire fonctionner.

— Tu arriveras à le faire obéir en un rien de temps, affirmai-je.

— J'espère.

Puis nous restâmes là, à nous regarder. Je repris :

— Comment est-ce, ici ?

Et au même moment, Rex dit :

— Comment était Foreshires ?

Nous rîmes, un bref éclat sonore qui s'éteignit rapidement. Puis je répondis :

— C'était bien.

Et au même moment, Rex déclara :

— Parfait.

Cette fois, mon rire me sembla plus spontané.

— Ma mère est venue me voir.

Il sourit.

— J'imagine que ça a fait un choc aux gens autour de toi.

Je ris encore, me souvenant de la réaction de Jarith – et je tentai immédiatement de bloquer ce souvenir. Mais c'était trop tard. L'image de Jarith avait déjà bondi de mon esprit.

Rex parla tranquillement.

— C'est bon, Soz.

— On s'est dit au revoir, justifiai-je en parlant trop vite. Il est resté sur Foreshires.

— Tu n'as pas à t'excuser.

— Rex…

Rex, quoi ? Pourquoi devais-je toujours être aussi bête et maladroite quand il s'agissait de parler ?

— Est-ce que tu veux marcher un peu ? s'enquit Rex.

Je répondis presque : « Est-ce que tu le peux ? » Mais je me retins avant de le dire.

— Oui.

Il fit un pas, ses jambes avançant par à-coups. Une pause. Un autre pas. Je marchai près de lui, les yeux fixés sur la résille. Elle se contractait autour de sa jambe droite, poussant le membre vers l'avant.

— Ça a l'air plus confortable que des jambes mécaniques.

— Mais ce n'est pas aussi puissant. J'ai envisagé de prendre des mécaniques.

J'essayais de l'imaginer avec ses jambes gainées dans des biomécanismes extérieurs. Ça ne lui aurait pas offert un usage de ses jambes comparables à celui que lui donnait le grillage.

— Qu'est-ce qui t'a fait renoncer ?

— Je ne suis pas sûr.

Il fit un pas de plus.

— Mon corps est déjà tellement plein de systèmes bioméca. L'idée d'en ajouter encore autour ne me paraissait pas bonne.

— Une merveille biosynthétique.

— Quoi ?

— Quelqu'un m'a appelé comme ça un jour. J'aurais préféré qu'il ne le fasse pas.

Rex acquiesça.

— Oui.

Il indiqua un banc à une dizaine de mètres de nous.

— Tu veux t'asseoir ?

— D'accord.

Il nous fallut quelques minutes pour atteindre le banc. Quand nous arrivâmes finalement, Rex s'effondra dessus.

— Je ne savais vraiment pas que la marche demandait tellement d'énergie.

Je souris.

— Ben il faut bien que tu fasses quelque chose de toute cette énergie.

Juste après avoir parlé, j'aurais voulu mourir. C'était une blague que nous avions faite des centaines de fois avant, une référence à ses nombreuses petites amies. C'était sorti sans même que j'y pense. Dieux, j'étais une abrutie. Vu la situation, c'était comme de le frapper avec un panneau disant : « Hé, regarde comme je suis insensible. »

— *N'en sois pas si sûre, Soz*, pensa Rex avec un sourire. *J'ai beaucoup plus d'énergie que tu ne crois.*

Je le regardai avec de grands yeux, heureuse qu'il me confie cela, mais aussi gênée par ce qu'il avait capté venant de moi.

— *Tu m'espionnes ?*

— *C'est difficile de faire autrement, quand tu émets aussi fort. Autant crier.*

Je rougis.

— *Je ne criais pas.*

— *Oh que si. Et à pleins poumons, en plus.*

— *Peuh.*

Je l'observai.

— *Tu es toujours aussi mignon.*

Il rit.

— *C'est ce que me dit mon infirmière.*

— Tu parles de la remarquable Miss Fleur ?

— Miss ? Qu'est-ce que ça veut dire ?

— C'est un mot terrien démodé.

Après tout, c'était bien Fleur qui aimait les mots terriens.

— C'est en rapport avec le statut marital d'une femme.

Je lui jetai un regard en coin.

— Ou plutôt avec l'absence dudit statut.

— Si tu veux savoir, tu n'as qu'à demander.

— C'est juste que je... je ne veux pas m'en mêler. Ce ne sont pas mes affaires.

— Est-ce que ça changerait quelque chose à notre amitié ?

Ah oui, merde. Non, ce n'était pas juste. Pourquoi ne devrait-il pas avoir une maîtresse ? Parce que. Pourquoi est-ce qu'il la voulait elle et pas moi ?

Rex me dévisageait.

— Soz... Elle est ce que je peux assumer pour le moment.

Comme Jarith. Après un long silence, je dis :

— Je comprends.

Puis j'ajoutai en grondant :

— Mais est-ce qu'elle ne peut rien faire pour ce nom atroce ?

— Je l'aime bien.

— Bien sûr.

Il rit.

— Tu n'as pas changé, Soz.

Malgré moi, je souris.

— J'imagine.

Mais ce n'était pas vrai. Foreshires avait tout changé.

Nous passâmes le reste de l'après-midi au parc à nous promener, nous asseoir, nous parler. Aucun de nous ne parla de Jarith, de Fleur ou de Délos. Un jour, nous réglerions cela. Mais pour l'instant, c'était suffisant de retrouver sa compagnie.

Il était tard quand je rentrai chez moi. Le salon était plongé dans l'obscurité, mais au moment où la porte s'ouvrit, je sus que quelqu'un attendait à l'intérieur. Ma main se porta à la ceinture de ma combinaison, où j'avais dissimulé un lance-aiguille.

— Lumière, ordonnai-je.

Les lampes aux murs et au plafond s'allumèrent, faisant apparaître mon visiteur : Kurj se tenait près d'une porte, les bras croisés, ses yeux couverts braqués sur moi.

Je fermai la porte.

— Majesté.

— Pourquoi as-tu envoyé une autorisation pour que Charissa se marie ?

Cela me prit par surprise. Je m'étais attendue à un savant jeu de manœuvres et d'attaques subtiles. Mais pas à un simple « Pourquoi ».

— Personne n'aurait jamais laissé cette fille se marier, répondis-je. Sauf si l'autorisation venait de l'un d'entre nous.

— L'un d'entre qui ?

— Les Rhon.

Il haussa les épaules.

— Elle aurait pu venir me trouver. Je m'en serai occupé.

— Étant donné vos… dernières relations, elle n'a probablement pas eu l'impression qu'elle pouvait demander.

— Mais quel intérêt as-tu pu trouver à l'aider ?

Un intérêt ?

— Aucun.

— Qui est Tiller Smith ?

— Il travaillait au poste de police de Délos. C'est lui qui a pris notre premier rapport sur Qox.

— Et ?

Et quoi ? Qu'est-ce qu'il cherchait ?

— C'est tout.

Kurj fronça les sourcils.

— Alors pourquoi est-ce que ta jonction nerveuse s'est focalisée sur un livre qu'il t'a offert, interrompant tes préparations juste avant la bataille près de Tams ?

Qu'est-ce qui lui prenait de noter tout ce que je faisais ?

— C'était un livre de poèmes. Il m'a fait réfléchir à la façon dont le combat m'affecte.

Il resta silencieux pendant un moment, comme une machine qui dévore l'information, l'analyse et la trie.

— Ça n'explique pas pourquoi tu le parraines pour l'Institut.

— Si je ne l'avais pas fait, ils l'auraient bouffé tout cru.

— Sans doute.

— Je ne voulais pas que ça se produise.

— Je peux voir l'intérêt pour lui. Mais pas pour toi.

— Je ne saisis pas.

En fait, je saisissais parfaitement. Mais cela me mettait suffisamment en colère pour que je ne veuille pas l'admettre. Qu'est-ce que ça faisait que je n'ai aucun intérêt à aider Tiller ou Charissa ?

Kurj alla jusqu'à la bibliothèque et en sortit *Poèmes à la fenêtre*. Il s'ouvrit à la page marquée par le ticket des Arcades. Pendant qu'il lisait, je pouvais presque l'entendre enregistrer les mots dans son cerveau : observant encore, attendant encore, jamais satisfait.

Il reprit sèchement.

— Ce genre de poésie m'aurait incité à l'envoyer aussi loin que possible.

C'était une plaisanterie ? Est-ce que Kurj venait de plaisanter ? Non, ce n'était pas possible. Mais pourquoi pas ? Il pouvait avoir un sens de l'humour enfoui profondément quelque part. Au cas où, je souris.

— Ça ne me bouleverse pas non plus.

Il reposa le livre sur l'étagère.

— Mais tu l'as quand même aidé.

— Oui.

— Est-ce qu'il t'a été agréable ?

— Si tu es en train de me demander si j'ai couché avec lui, la réponse est non.

— Est-ce que tu le voulais ?

— Non.

Kurj plissa le front.

— Je suppose qu'il n'a aucune prise sur toi.

— Bien sûr que non.

— Et Charissa ?

Je le regardai droit dans les yeux.

— Je n'ai jamais vu cette fille, à part l'autre jour, à l'hôpital.

— Tu n'as pas besoin de rencontrer les gens pour qu'ils affectent ta vie.

— Ce que tu cherches n'existe pas. Je les ai aidés parce que j'en avais envie. Et pour aucune autre raison.

Kurj parla doucement.

— Alors tu es idiote.

— Je ne vois pas les choses comme ça.

— Pourquoi ?

Ça devenait de plus en plus bizarre. J'avais plus l'impression de passer un entretien d'embauche que d'être rappelée à l'ordre pour mes agissements.

— Je n'y voyais aucun inconvénient non plus. Et puis, au final, il vaut mieux avoir une population aussi satisfaite de sa vie que possible. Cela la rend plus productive.

— Ce n'est pas ton travail de te préoccuper du bonheur de chaque citoyen impérial.

— C'étaient des situations où je pouvais faire la différence, sans difficulté.

— Tiller Smith n'est pas un citoyen impérial, répliqua Kurj. Non seulement il n'y a aucun intérêt à l'entraîner, mais cela pourrait même s'avérer un inconvénient. Il portera notre connaissance aux Alliés.

— Pas si nous lui donnons de bonnes raisons de rester ici. Alors nous pourrons utiliser son talent à la place des Alliés.

Qui n'auraient pas su quoi en faire de toute façon.

Kurj m'étudia un instant.

— Très bien.

J'attendis, mais il ne dit rien de plus. C'était tout. Aucun avertissement de ne plus me mêler de sa vie privée, aucune réprimande, rien. Au lieu de tout cela, il alla jusqu'à un fauteuil et s'y installa. Puis il m'indiqua le canapé.

Je m'assis. La tête de Kurj était tournée vers moi, mais ses paupières internes étaient toujours devant ses yeux, comme des boucliers dorés opaques. Il attendit là, silencieux, semblant calculer mais ne disant rien. Que se passait-il ?

— *Je ne veux prendre aucun risque,* pensa Kurj.

Je faillis me relever d'un bond. Ses pensées étaient remarquablement claires et puissantes, ce qui suggérait qu'il s'était sérieusement préparé à cette discussion silencieuse. Mais pourquoi donc ?

— *Sécurité*, ordonna Kurj.

Il avait déjà la meilleure sécurité de l'empire. Qu'y avait-il de si sensible chez Tiller Smith et Charissa Deirdre pour que nous ne puissions en discuter qu'en psi-lien personnel ?

— *Ça n'a rien à voir avec eux,* précisa Kurj.

Je formai dans mon esprit une image représentant Helda en train de me donner le message de retour à Diesha.

— *Oui*, pensa Kurj.

— *Qu'est-ce qui ne va pas ?*

Il marqua une pause.

— *Nous avons un invité.*

Ça n'avait aucun sens. Je savais déjà qu'il était le seul à demeurer au palais.

— *Pas ce genre d'invité.*

Ses pensées avaient un goût étrange, comme un parfum de victoire.

— *Qui ?* demandai-je.

Le sourire qui apparut sur son visage me fit penser à l'expression d'un bourreau qui trouverait une satisfaction macabre dans son travail. Puis il me montra une image de l'homme qui était notre « invité ».

Jaibriol Qox.

Ma première réaction fut un réflexe que j'avais programmé dans ma jonction nerveuse, une routine faite pour s'enclencher quand j'entendais le nom de Jaibriol. Mon esprit lançait une procédure qui masquait mes réactions, les bloquant sélectivement sans paraître suspecte. Mais mes pensées s'envolaient furieusement : comment avaient-ils capturé Jaibriol, où était-il, que savaient-ils ? Même avec ma jonction fonctionnant intensément, je ne pouvais pas cacher la violence de ma réaction.

Alors, au lieu de tenter de supprimer mes réactions, je les réorganisai, ne laissant que celles qui étaient adéquates là où Kurj pouvait les lire.

— *L'héritier Highton est ici ?* demandai-je. *Au Quartier général ?*

Kurj m'observait, interprétant, enregistrant.

— *Oui. Il est à nous, désormais.*

— *Mais comment ?*

— *Il était sur un vaisseau, seul, sans un seul Solo ou Escorte, voyageant en inversion à plusieurs milliards de fois la VL,* raconta Kurj en se penchant vers l'avant. *Une de nos sentinelles supraluminiques a repéré le vaisseau et a envoyé une note sur le Réseau. Le sixième escadron l'a mis en stase et l'a traîné jusqu'ici.*

Je le fixai du regard.

— *Qu'est-ce que Jaibriol Qox faisait seul, sans un seul garde ?*

— *Nous ne savons pas. Il ne nous a rien dit.*

Les boucliers sur les yeux de Kurj étincelèrent un moment.

— *Pour l'instant.*

Je préférais ne pas imaginer ce que les interrogateurs faisaient à Jaibriol. J'étais déjà allée là où ils voulaient pénétrer : cette nuit-là, quand Jaibriol et moi avions fusionné, il m'avait permis d'entrer dans les sanctuaires les plus reculés de son esprit. Je savais ce que ses questionneurs découvriraient bientôt, s'ils ne l'avaient pas déjà fait. Des blocages encore plus puissants que ceux d'un Jagernaute protégeaient l'héritier Highton. Sur Délos, pour moi, il avait relâché ses défenses. Mais si les siennes étaient un tant soit peu comme les miennes, alors sous la contrainte, son conditionnement prendrait le dessus, l'empêchant d'abaisser ses barrières même s'il le souhaitait.

J'avais essayé d'oublier pourquoi ses blocages s'étaient si facilement dissipés pour moi. J'avais tenté d'oublier le désir dans sa voix, la chaleur dans ses bras. Mais une seule pensée et je le désirais à nouveau. Les semblables s'attirent. Je me souvins de lui et mon pouls s'emballa. Même s'il était l'héritier Highton, même s'il était un quart aristo. Je voulais un compagnon Rhon. Je le voulais *lui*. Mince. Mince alors !

Kurj me regardait.

— *Qu'est-ce qui ne va pas ?*

Prudence. Terrain miné.

— *Je pensais à ma dernière rencontre avec un Highton.*

— *Tarque.*

Je ne répondis pas et il ne sonda pas. C'était ainsi que nous procédions toujours au sujet de Tarque. Je formulai la prochaine question prudemment.

— *Pourquoi tant de secret ? Capturer l'héritier Highton est un triomphe. Rendre cela public entamera le moral des Troqueurs et regonflera le nôtre à bloc.*

— *Je n'ai pas confiance en cet heureux hasard,* expliqua Kurj mentalement. *C'est peut-être un piège. Jusqu'à ce que nous en soyons sûrs, je n'ai pas l'intention de courir de risque.*

Bien pensé en effet. Qu'est-ce que Jaibriol pouvait bien faire à foncer seul en plein espace, sans protection ? Est-ce qu'il était fou ? Il n'y avait aucune chance pour que quelqu'un d'extérieur au Réseau skol ait pu le trouver. Même avec le Réseau, nous avions eu de la chance de l'avoir capturé. À la vitesse à laquelle il se déplaçait, il aurait pu voyager pendant des années et seulement un instant se serait écoulé pour nous autres. En allant assez vite, il aurait même pu passer toute sa vie et mourir avant même que quiconque remarque qu'il avait disparu.

Puis je réalisai. C'était exactement ce que Jaibriol recherchait. Il essayait de se suicider. Sauf que ça n'avait pas marché. Le Réseau skol l'avait capturé comme une libellucIole dans un filet.

Dans les couches extérieures de mon esprit, je laissai une question émerger :

— *Qu'avez-vous tiré de Qox pour l'instant ?*

— *Rien*, répondit Kurj en bouillonnant de frustration. *Il réagit comme s'il avait dans le corps un circuit bioméca programmé pour l'aider à résister aux interrogatoires. Mais nous n'avons trouvé aucune trace de circuit. Son seul implant est le cyberverrou dans son cerveau.*

Ils étaient si près de la vérité.

— *Qu'est-ce que vous allez faire ?*

— *Trouver un interrogateur qui puisse briser son conditionnement.*

Est-ce qu'il se rendait bien compte de ce que cela signifiait ? L'esprit de Jaibriol avait été conditionné pour bloquer sous la contrainte les processus nerveux qui lui permettaient de communiquer ses émotions et ses pensées aux autres. Dans des cas extrêmes, comme des interrogatoires, l'effet pourrait devenir si important qu'il ne pourrait communiquer d'aucune façon, même pas par la parole. Je connaissais ce conditionnement parce que je l'avais moi aussi. Mon circuit bioméca me permettait de le contrôler : je pouvais le programmer pour améliorer ou supprimer toute formation mentale, qu'elle soit psi ou autre. Mais je doutais que Jaibriol ait le moindre contrôle sur le processus. Il ne *pouvait* pas répondre à ses interrogateurs, même s'il le voulait.

Briser ce conditionnement revenait à briser n'importe quelle autre défense : cela nécessitait un bélier plus fort que la barrière, et dans ce cas, un Jagernaute avec un esprit plus puissant. Kurj pouvait y arriver, mais sa force brute écraserait l'esprit de Jaibriol comme un bélier qui raserait une forteresse au lieu d'en briser le portail. Mon frère Althor possédait plus de subtilité, mais je ne croyais pas que cela suffirait. Ma tante était celle qui avait du doigté, et même plus qu'assez. Bien que mon père eût probablement assez de force et de précision, il n'avait aucune connaissance militaire spécialisée pour pratiquer ce genre d'interrogatoire. Aucun de nous ne l'avaient à part Kurj, mon frère Althor, et ma tante.

Et moi.

Je me forçai à rester calme.

— *Pourquoi m'as-tu rappelée ici ?*

Kurj m'observait avec son regard masqué.

— *Je t'ai affectée à l'affaire Qox.*

— *Tu as d'autres interrogateurs bien plus expérimentés.*

— *Aucun d'eux ne peut le briser. Aucun d'eux. Réfléchis à ce que ça veut dire.*

— *Il a un esprit puissant.*

— *Trop puissant.*

Je restai assise, craignant de respirer de peur de me trahir.

— *C'est un psion*, pensa Kurj.

— *Impossible. C'est un Highton.*

— *Peu importe. C'est un psion. Plus puissant que nos meilleurs cerveaux.*

— *Je ne vois pas comment c'est possible.*

— *Moi non plus*, remarqua Kurj en plissant le front. *Mais j'ai aussi travaillé sur lui, Soz. Même moi, je ne peux pas le briser.*

— *Tu peux briser n'importe quel esprit.*

— *La seule façon d'y parvenir serait d'employer une telle force que je le réduirais à l'état de légume.*

Je ne savais pas ce qui me dérangeait le plus, savoir que Kurj était à deux doigts de la vérité ou sentir sa satisfaction morbide à la simple pensée de transformer Jaibriol en amas de chair hurlant. C'était la première fois de ma vie que j'avais ressenti le poids de la haine de Kurj, et je priai les dieux de n'avoir jamais à la sentir dirigée contre moi.

— *Je ne suis pas sûre d'avoir saisi ce que tu penses que je peux faire.*

— *Je veux que tu le brises. Pénètre dans son esprit. Dis-moi ce qui s'y trouve.*

Kurj se leva.

— *Retrouve-moi au matin dans le palais à 0600. Donne l'impression que tu viens pour une visite privée.*

Je voulais hurler que je ne le ferais pas. Mais je ne fis que me lever.

— *Oui, majesté.*

Après le départ de Kurj, je me laissai tomber dans mon siège et me pris la tête dans les mains. Puis je la relevai, me demandant si mon appartement était sous surveillance. Je n'osais pas donner des signes du trouble qui s'agitait dans mon esprit.

Je comprenais pourquoi Kurj pensait que la présence de Jaibriol était un piège: c'était la seule façon qu'avait Ur Qox d'obtenir un accès direct à Kurj. Mon frère n'aurait pas pris le même intérêt personnel dans cette affaire si nous avions capturé quelqu'un de moins important que l'héritier Highton. C'était une idée horrible que celle que Ur Qox aurait envoyé son propre fils à la torture, dans l'espoir que Jaibriol puisse assassiner Kurj. Pourtant, si quelqu'un était capable d'une telle chose, c'était l'empereur troqueur.

Mais j'étais certaine que Qox ne l'avait pas fait. Jaibriol était trop précieux à ses yeux, et pas seulement à cause de ses gènes Rhon. J'étais convaincue que, à sa manière, Qox aimait son fils. Je n'avais pas de faits pour étayer cette opinion, seulement mon intuition. Mais malgré le peu de preuves, j'y croyais. Ur Qox n'enverrait jamais son fils pour une mission d'assassinat. La seule personne que Jaibriol voulait tuer était lui-même.

Je me levai et contournai le canapé. Bien que le mur derrière ait l'air opaque, c'était en fait une fenêtre à deux battants. Quand j'appuyai sur une touche sur une table voisine, la polarisation de la fenêtre changea, me permettant de voir au travers. Aujourd'hui, je l'éclaircis juste assez pour apercevoir les immeubles en contrebas. Des planeurs flottaient dans les airs et leurs formes élancées étaient les seules lignes courbes dans cette ville tout en angles et en arêtes. Au-delà des banlieues, le désert rouge s'étalait jusqu'à l'horizon.

Où Kurj avait-il mis Jaibriol ? Dans un abri sous la ville ? Un site enterré dans le désert ? Une base éloignée quelque part sur la planète ? Je n'en avais aucune idée. Mais il devait être surveillé par une sécurité inviolable. Qu'est-ce que j'allais faire ? Même si je le trouvais effectivement, je ne pouvais pas le renvoyer à Ur Qox et Kryx Quaelen.

Je pouvais faire ce que Kurj voulait, mais en facilitant les choses pour Jaibriol. Je pouvais « découvrir » que l'héritier Highton était fou, ou qu'il avait l'esprit d'un enfant, que son père l'avait répudié et que son seul choix était le suicide. Si mon frère croyait que Jaibriol n'avait aucune connaissance utile à nous donner, qu'il n'était même pas capable de comprendre pourquoi il était torturé, Kurj le laisserait sans doute mourir. L'avantage d'une exécution publique de l'héritier Highton l'emporterait sur les satisfactions que Kurj aurait pu tirer en le gardant en vie pour le punir.

Sauf que je ne voulais pas que Jaibriol meure. Je voulais qu'il vive. Libre. Avec moi.

J'appuyai mes mains sur le verre. Le seul moyen pour Jaibriol et moi de vivre ensemble était l'exil. Comment pouvais-je seulement y songer ? Ce que Tager avait dit était exact, je n'avais jamais demandé les responsabilités de mon héritage. Mais je voulais tellement le titre d'Imperator que je pouvais le sentir. Renoncer à tant de pouvoir… Eh bien, Rex avait raison, je n'étais pas une sainte. Quelle personne saine d'esprit se détournerait de la chance de commander un empire ?

Jaibriol, sans doute.

Peut-être qu'il était meilleur que moi. Ou plus sage. Ou plus faible. Je ne savais pas. Pour je ne sais quelle raison, Tager avait l'impression que j'étais plus que ce que je voyais quand je me regardais, plus qu'une guerrière amère avec un cœur engoncé dans tellement de glace qu'elle n'avait plus rien à donner à personne. Il me traitait comme si j'avais une valeur plus grande et plus importante que mon héritage. Il m'avait même incité à croire que peut-être, peut-être seulement, il avait vraiment raison.

Mais j'entendais encore la voix de ma mère, douce et blessée, quand elle parlait de Kurj : *Mais il a changé. Peu à peu, jour après jour, année après année, décennie après décennie. Jusqu'à ce que, finalement, je le perde complètement.* Combien de temps avant qu'elle me perde aussi ?

Non. *Non*. Je n'étais pas obligée de finir comme lui. Je pouvais faire venir Tager ici, sur Diesha – non, c'était dans le style de Kurj. J'inviterais Tager. S'il ne voulait pas quitter Foreshires, j'irai voir un requinqueur d'ici. Mais j'espérais que Tager viendrait. Je le connaissais maintenant, et je me fiais à lui, autant que je pourrais jamais me fier à un requin-cœur.

Et il y avait Rex. Avec suffisamment de temps, suffisamment d'efforts, peut-être que nous pourrions recoller les morceaux que nous avions laissés tomber après Délos. Avec Rex à mes côtés et Tager pour me garder saine d'esprit, peut-être que tout irait bien. Peut-être.

Ce que mes parents avaient fait – créé une communauté Rhon –, c'était un coup de chance, un rêve qui ne pouvait pas se reproduire. Jaibriol et moi ne pourrions jamais nous offrir cette chance l'un à l'autre. Je ne pouvais pas partir en exil avec lui.

Mais quand bien même. Je pouvais quand même le libérer. Le problème de l'endroit où il irait restait entier, en revanche. Je ne pouvais pas demander asile aux Alliés. Personne ne prendrait l'héritier Highton. Personne ne croirait qu'il était autant une victime des Aristos que nous autres.

À moins que.

À moins que je ne me porte garante pour lui. Si les autorités de Délos ne chaviraient pas sous le choc, cela pouvait marcher. Mais d'abord, je devais amener Jaibriol sur Délos, en secret, sans m'impliquer.

Je relevai mes manches. J'avais beaucoup de travail devant moi.

Chapitre 14

Le Cerveau du Réseau

Il se tenait au beau milieu d'une place en plaston, ce bâtiment que nous appelions simplement le Pivot. Il était trompeusement dépouillé, une simple structure de deux étages avec des murs en plaston blanc. Des lampes couvertes éclairaient l'endroit, même à cette heure tardive de la nuit, et leur lumière se réfléchissait sur les surfaces de la place et de l'immeuble.

La seule entrée était une porte nue. Quand je posai ma main sur sa serrure, un scanner lut mes empreintes digitales et la porte s'ouvrit, révélant un habitacle qui ressemblait à un sas. Sauf qu'au lieu de retenir l'air, ce sas retenait des secrets.

Dès que j'entrai, la porte extérieure se referma. Les murs brillaient avec juste assez de lumière pour que j'aperçoive un psiphon reposant dans un creux dans le mur près de la porte intérieure. Je branchai la prise dans mon poignet et attendis pendant que l'ordinateur de jonction qui y était relié sondait mon cerveau.

La porte intérieure s'ouvrit en glissant.

Un couloir aux murs de verre s'étendait devant moi. Il y avait quatre bureaux de chaque côté, chacun avec une personne à l'intérieur. Des télops. Ils portaient des exosquelettes complets comme psiphon. Ces structures étaient encore plus développées que celles de nos Jags. Elles couvraient leur utilisateur de la hanche jusqu'au menton, branchant des psiphons aux poignets, à la colonne vertébrale et au cou. Quelques télops portaient aussi des casques qui couvraient leurs yeux ou leur tête entière. Les télops n'avaient pas besoin de bouger. Seulement de penser. La plupart restaient assis, totalement immobiles, même si un homme à ma droite balançait lentement sa tête d'avant en arrière, les yeux fermés. Plus loin dans le couloir, une femme était penchée en arrière dans son exosquelette, fixant un amas d'holos qui tournait au-dessus de sa tête.

— *Menu de sécurité*, pensai-je. *Personnel, télops sécurité, Pivot, actuel.*

Le visage d'une femme aux cheveux gris et aux traits tirés apparut dans mon esprit. Des statistiques apparurent sous l'image : nom, âge, accréditations et autres données pertinentes de son dossier FSI.

— *Affichage simultané*, ordonnai-je.

L'image de la femme rétrécit jusqu'à occuper seulement un huitième de mon horizon mental. Sept autres images apparurent, toutes représentant des télops chargés de la sécurité du Pivot. En avançant dans le couloir, ma jonction nerveuse associa les images aux hommes et aux femmes dans les bureaux, me donnant les informations concernant chacun d'eux. Je rangeai ces données dans un fichier mémoire. Bien que j'eusse appris à gérer le « double affichage » induit quand mon horizon mental générait des images en même temps que mes yeux voyaient une scène, c'était quand même déroutant de voir les télops dans mon esprit tout en les regardant.

Le couloir débouchait sur un autre sas de sécurité. J'y entrai comme précédemment. Cette fois, quand je me branchai au psiphon à l'intérieur de l'habitacle, une pensée métallique pénétra mon esprit.

— **Nom ?**

— *Sauscony Valdoria, Principale.*

— **Motif ?**

Je gardai mon esprit aussi lisse que la surface d'un lac par un jour sans vent.

— *Recoder T12.*

La porte intérieure s'ouvrit.

J'entrai dans un hall circulaire avec des murs blancs et un tapis bleu. Des chaises bleues étaient posées contre les murs, comme des poufs moulés. Au centre de la pièce, un escalier métallique en colimaçon s'élevait jusqu'au plafond.

Le tapis étouffait le bruit de mes pas pendant que je m'avançais vers l'escalier. Même quand je commençai à monter, tournant encore et encore, le son du talon de mes bottes sur le métal semblait assourdi. Un mur uni me fit face, une fois au sommet, avec seulement un psiphon dans un creux au centre, brisant la grande surface plate. Je pris le psiphon et branchai sa prise.

Une nouvelle voix entra dans mon esprit, froide et impersonnelle.

— **Je n'ai aucune trace de votre affectation pour travailler sur la jonction informatique T12.**

— *Ordre prioritaire : ouverture.*

J'étais debout, relaxée, employant des routines préprogrammées de mon circuit bioméca pour empêcher mes muscles de se tendre. Le hall en dessous, les murs blancs, l'escalier… Je savais ce que toutes ces surfaces lisses cachaient. Des senseurs vérifiaient tout, de mon rythme respiratoire à mes ondes cérébrales. Toute réaction suspecte activerait l'alerte.

Une alarme pourrait se déclencher même si je n'activais pas les senseurs. Cette porte ne s'ouvrait qu'à des utilisateurs sur la liste d'accès que Kurj donnait. Parfois, j'étais sur la liste, parfois non. Ma jonction nerveuse avait estimé à soixante-seize pour cent la probabilité qu'il m'y ait inscrite en ce moment, au cas où j'aurais eu besoin de venir ici pendant mes préparatifs pour l'interrogatoire de Jaibriol. Mais je ne pouvais pas en être certaine.

Donc j'attendis.

Le mur s'ouvrit comme un obturateur d'appareil photo ultra rapide, révélant un tunnel de plus d'un mètre de long. Je penchai la tête pour entrer, puis me redressai et marchai jusqu'au bout. J'entrai dans une autre salle aux murs blancs et avec un tapis bleu. Derrière moi, le mur se referma avec un claquement sec, ne laissant qu'une surface parfaitement lisse.

Cette salle n'avait aucun meuble. Rien que des ordinateurs. Chacun était placé à un endroit précis sur le tapis bleu, certains à part, d'autres connectés par des équipements. L'acoustique de la pièce étouffait le bourdonnement des opérations de la même façon que le hall atténuait le bruit de mes pas.

Le réseau informatique utilisé par les Forces Spatiales Impériales était réparti à travers tous les emplacements militaires de l'Imperium, avec de nombreuses redondances intégrées et de multiples systèmes auxiliaires, le rendant aussi invulnérable aux attaques que possible. Il y avait dix ordinateurs ici. EM16 était un cylindre en verplex noir qui se dressait au centre de la pièce. Il faisait deux mètres de haut, un mètre de large et un doigt d'épaisseur. De faibles lueurs brillaient à l'intérieur, quelques-unes clignotaient. Il y avait une ouverture sur un côté du cylindre, un « portail » d'un demi-mètre de large. En passant le seuil, j'entrai dans une cavité couverte par un toit en dôme et avec un banc faisant le tour de la paroi intérieure. J'enlevai mes bottes et retirai ma combinaison et mes sous-vêtements, laissant ma peau nue au contact de l'air frais. Quand j'allai me placer au centre du cylindre, un tube s'éleva autour de moi, montant toujours plus haut jusqu'à se refermer en atteignant le dôme au-dessus de ma tête. Les murs argentés du tube étaient juste assez translucides pour me permettre d'apercevoir mes vêtements, une sorte de tas sombre sur le banc. Mais je n'arrivai pas du tout à voir mes bottes.

Un cadre métallique surgit du sol et, dans un bruit de vibration, des bracelets se refermèrent sur mes chevilles et insérèrent des psiphons dans les prises qui s'y trouvaient. Quand le cadre arriva au niveau de mon torse, une ceinture encercla ma taille et son psiphon se brancha dans l'alvéole à la base de ma colonne vertébrale. Des bandes de métal emprisonnèrent mes poignets, connectant leurs psiphons. Le cadre s'éleva encore plus haut et un collier s'attacha autour de mon cou, plaçant un psiphon dans la prise à la base de mon tronc cérébral.

J'essayai de ne pas tenir compte de l'image mentale très présente qui me montrait prisonnière, immobilisée et nue dans un tube de la taille d'un cercueil. Je devais dissimuler ma peur. N'importe qui ayant une raison légitime de se relier à EM16 n'avait aucune raison de se sentir menacé par une cage conçue pour emprisonner les intrus. La seule raison pour laquelle il pourrait refuser de me libérer quand j'aurais fini serait que j'ai donné à EM16 une raison de me suspecter.

La salle s'effaça de mon esprit. Je m'écoulai obscurément dans EM16, glissant le long des collines et des vallées de potentiel du psiber-espace comme un fantôme flottant sur un paysage virtuel.

— **Accréditation système**, pensa EM16.

Je lâchai un souffle de soulagement. Ça avait marché. Le pari que j'avais pris en venant ici allait payer. Il n'y avait que deux façons d'avoir l'accréditation système sur le Réseau. L'une était d'être un membre de la Triade. La deuxième était d'entrer par le Pivot.

Je drapai un manteau de sécurité autour de mon esprit et maintins un silence mental, ce qui, sur le Réseau, revenait à se tenir immobile. Aujourd'hui, je le voyai comme une grille de fibres translucides qui s'illuminaient d'étincelles iridescentes dont les couleurs parcouraient tout le spectre visible, du rouge au violet. Les fichiers psi s'étendaient sur les carreaux de la grille comme de la dentelle transparente qui scintillait quand un utilisateur y accédait. Ces lueurs étaient trop faibles pour être détectées par la plupart des utilisateurs, y compris Kurj. Mais je pouvais les voir nettement.

Cette nuit, je ne sentais pas l'immense flux de puissance que Kurj engendrait sur le Réseau. Pourtant, il avait été présent un peu plus tôt : ses opérations avaient laissé une signature intense. Mais il devait dormir maintenant, seul avec ses systèmes de sécurité et ses gardes du corps au sommet de sa tour en ville. Le fait que Mak avait déclaré qu'il vivait au palais devait être une couverture : jusqu'à ce que Kurj en ait fini avec Jaibriol, il resterait aussi proche que possible de son centre opérationnel.

Non, le danger ici ne venait pas de Kurj. Une signature bien plus subtile imprégnait le réseau, une qui était toujours présente, y compris les fois où, comme en ce moment, celle qui l'émettait n'était pas connectée. Ma tante – le membre le plus ancien de la Triade – était bien plus dangereuse que Kurj, ici. Kurj était un chalutier géant qui traversait tout le psiber-espace avec un fracas terrible, utilisant le Réseau pour attraper ce qu'il voulait. Mon père était l'océan qui le soutenait, le berçant au gré de ses vagues. Mais c'était ma tante qui avait tissé le Réseau pour en faire la toile de pouvoir qu'il était aujourd'hui. Elle mettait, en terme de finesse dans ses opérations, ce que Kurj mettait comme force brute dans les siennes. Si je n'avais pas su où chercher, je ne me serais jamais rendu compte qu'elle était passée par ici.

Elle avait des senseurs de sécurités partout. Presque rien ne lui échappait. Au moment où EM16 m'avait admise, un des surveillants de ma tante avait capté cette information et l'avait stockée dans un fichier sécurisé. J'avais vraiment vu cela se produire : les mots ACCRÉDITATION SYSTÈME clignotèrent sur un des carreaux de la grille, coincé dans la dentelle comme un papillon dans une toile, puis ils disparurent.

Je me concentrai sur le carré qui avait capté l'information de mon intrusion. Il gonfla, grandissant dans mon champ de vision pendant que le réseau défilait autour de moi comme un tunnel de filaments rose pastel. Quand je « m'arrêtai » devant le carré, je vis les données captives placées dans une cellule à l'intérieur, sous un film de dentelle laiteuse, bloquées à cet endroit de la mémoire. Je me glissai dans la cellule, prenant soin de ne déranger aucun des fichiers psi qui flottaient tranquillement autour de moi, comme des algues-dentelles sous la mer. Puis j'effaçai la mémoire. Ma sortie fut tout aussi discrète que mon entrée, si bien que pas un scintillement ne vint marquer mon passage.

Ensuite, j'effaçai toute trace de mon entrée dans le Pivot. Puis je sortis mon fichier sur les télops et je m'en servis pour les trouver sur le Réseau. En manipulant la grille, je créai de faux souvenirs pour leur faire oublier ce qu'ils avaient vu. C'était plus difficile d'effacer la mémoire des télops que celle des ordinateurs conventionnels, mais j'avais assez d'expérience pour y parvenir suffisamment pour que, à moins qu'ils ne cherchent spécifiquement des traces de la manipulation, ils ne la détectent pas. Si ma tante avait équipé EM16 pour surveiller mes gestes, je n'aurais probablement pas pu les dissimuler. Mais elle n'avait aucune raison de soupçonner que je fasse quelque chose d'aussi absurde que m'infiltrer dans EM16 avec l'intention délibérée de violer la sécurité qui entourait Jaibriol Qox.

— *Sauscony ?*

Je me figeai. Mon *père* ? Que faisait-il là ? La couleur du Réseau s'éclaircit et j'eus l'étrange impression que les filaments *souriaient*. Rien ne bougeait sur la grille, mais l'impression demeurait.

Mon père était la dernière personne que je m'attendais à croiser. Il était à la maison sur Lyshriol, son monde d'origine, maintenant. Ma mère et lui rendaient visite à la multitude de petits-enfants à laquelle, ils ne cessaient de me le rappeler, je n'avais pas encore contribué. Je n'avais pas imaginé un instant qu'il se connecterait de là-bas. La seule façon dont il pouvait le faire était en se servant de la salle des consoles. C'était ma mère qui avait fait construire cette extension vraiment incongrue dans la demeure ancestrale de mon père. C'était une pièce aux murs en pierre, au sommet de la tour nord. La salle, qui n'était accessible que par un escalier en colimaçon abrupt, avait servi à emmagasiner des accessoires agricoles endommagés avant l'époque de ma mère.

Mon père détestait ces consoles. Bien que le psiber-espace en lui-même l'ait toujours fasciné, il préférait avoir le moins affaire possible à ces machines qui lui permettaient d'y accéder. Il les utilisait seulement quand il le devait, ce qui n'était certainement pas le cas pendant ses visites à ses petits-enfants.

Pourtant, il était vraiment là. Je ne l'avais pas remarqué avant parce qu'il emplissait tout le psiber-espace, entourant tous les filaments, les films et les étincelles. Si je n'avais pas été mieux renseignée, j'aurais pensé qu'il était sur Diesha, branché directement sur une de ces jonctions centrales dont se servait la Triade pour alimenter le Réseau.

Je me cachai pour ne pas qu'il me voie, traçant des routines de sécurité autour de ma présence comme un épais manteau noir. Il me cherchait et la grille ondulait à cause de ses efforts, comme un filet dans l'océan qui oscille dans le ressac. Peu à peu, la certitude qu'il avait de m'avoir sentie se changea en doute, puis en gêne d'avoir pu faire une telle erreur. Finalement, il tourna son attention ailleurs.

J'avançai, faisant attention à l'éviter maintenant, tout en cherchant les données que j'étais venue trouver. Mais elles n'apparaissaient pas. Je ne trouvais aucun chemin, aucun lien, aucun indice menant à des informations au sujet de la capture de Jaibriol.

Je découvris finalement une petite incohérence. C'était une psicône parmi des centaines groupées dans une partie de la grille consacrée à nos accords commerciaux avec les Alliés. Chaque psicône représentait un monde. Placée innocemment avec le reste se trouvait une image colorée d'une île de la Terre, un lieu appelé Délos.

Eh bien, c'était raisonnable. Nous utilisions ce symbole pour représenter la planète alliée Délos, qui avait été baptisée d'après cette île de la Terre. Sauf que nous n'avions aucun accord commercial avec la planète Délos. J'étais une des quelques personnes qui savaient que Kurj avait rompu les traités parce qu'il n'aimait pas leur politique d'offrir un droit d'asile aux citoyens impériaux. Il gardait secrète cette décision pour éviter de lancer une controverse au cas où l'on découvrirait qu'il avait agi pour empêcher les citoyens de trouver là-bas refuge.

Je me concentrai sur la psicône de Délos et elle grandit jusqu'à ce que je puisse voir tous les détails de l'île, des rochers gris et marron qui parsemaient la côte jusqu'aux eaux turquoise de la mer Égée qui déferlait sur les plages.

— *Ouverture*, pensai-je.

L'île se coupa en son milieu et s'ouvrit comme une double porte. L'odeur du sel et des algues-dentelles me chatouillait les narines et le murmure des vagues se faisait entendre. Un affichage de psicônes me montra quelles fonctions je pouvais utiliser sur ces fichiers Délos.

Je reportai mon attention sur un petit parchemin attaché avec un ruban rouge. *Liste des fichiers. Textes uniquement.* Cela aurait été plus simple de voir les fichiers en se servant d'une simulation interactive de leur contenu. Mais plus je demandai de tâches à la jonction, plus j'avais de chance d'attirer l'attention sur moi. Lire des fichiers sur EM16 était comme d'utiliser des épées pour combattre alors que des croiseurs de guerre étaient disponibles. Mais les épées étaient bien moins voyantes que les croiseurs quand il s'agissait de se cacher.

Le ruban se dénoua d'un coup et le parchemin se déroula dans un craquement de vieux papier, remplissant mon champ de vision avec une liste de fichiers accessibles. Tout était écrit avec l'écriture de ma tante, une police aux lettres bien formées et avec juste assez de fioritures pour être agréable à regarder. Puis la police changea et les lettres d'ambre que je préférais apparurent.

Mince. EM16 aurait aussi bien pu prendre un porte-voix pour annoncer ma présence à la prochaine personne qui ouvrirait le fichier.

— *Annulation du changement de police*, ordonnai-je.

La liste réapparut avec l'écriture de ma tante.

— *Psicône*, pensai-je.

L'affichage s'éteignit, me laissant sur la grille. La psicône de l'île restait dans un coin en bas de mon horizon mental, avec un point vert brillant au-dessus pour indiquer qu'elle était activée.

Je sortis du Réseau. Des filaments de lumière brillants défilaient autour de moi, couche après couche, étincelants, scintillants, changeant de luminosité, de couleur et de texture. Même les odeurs variaient : métalliques, violentes, douces, piquantes.

Finalement, j'atteignis la couche externe que je cherchais. Un amas de psicônes supérieures était là, représentant chacune une fonction spécifique des programmes qui fonctionnaient derrière l'environnement de la grille. Je me concentrai sur le docteur tenant un laser chirurgical…

Mon esprit se vida : aucune image, aucun mot, aucun son, odeur, goût ou texture.

— **Préciser l'emplacement mémoire,** demanda EM16.

— *Psicône « Délos », changement de police le plus récent,* pensai-je.

Une ligne de chiffres et de lettres se forma, en blanc sur un fond noir.

— **Préciser le changement.**

— *Remplacer le troisième A par 0.*

Le A se transforma en le chiffre 0, effaçant toute trace du fait que EM16 avait modifié la police quand j'avais ouvert le fichier Délos.

— *Changement accompli. Effacer Enregistrement.*

Je fis suivre l'ordre d'Effacement du mot de passe dont EM16 avait besoin pour opérer.

Le Réseau réapparut. Pendant qu'il m'y renvoyait, EM16 effaçait toutes les traces de mes manipulations sur sa mémoire. Ma tante avait installé l'option d'Effacement comme une précaution, afin qu'elle puisse interagir avec EM16 et ne laisser aucune trace de ses activités. Je le savais parce qu'elle me l'avait faite utiliser quand j'avais reprogrammé le système de sécurité d'EM16 l'année dernière.

Je redescendis au milieu des psicônes commerciales. Quand je rouvris la psicône de Délos, j'entendis les vagues se briser sur un rivage invisible. Une brise fraîche souffla sur mes joues pendant que le parchemin se déroulait à nouveau. Je restais « silencieuse », lisant seulement les fichiers inscrits sur la liste. Mais le Réseau savait que j'étais là : la liste défilait vers le haut au rythme exact qu'il fallait pour que je voie une nouvelle information quand j'étais prête pour la lire.

Les fichiers avaient l'air d'être exactement ce qu'ils étaient supposés être, l'enregistrement de négociations commerciales avec Délos. J'ouvris Secrétaire A-S et je trouvai un RV-gramme du secrétaire au commerce allié essayant de convaincre notre secrétaire au commerce de réétablir les traités. Je fermai le fichier et continuai à faire défiler la liste. Que devais-je chercher ? Ouvrir chaque fichier me prendrait trop de temps. Kurj passait rarement plus de quelques heures à dormir et je devais être sortie d'EM16 quand il se réveillerait.

Un fichier attira mon attention. *Artémis*. Ce nom venait de la mythologie alliée. Artémis était une déesse née sur l'île de Délos avec son frère Apollon. Il semblait parfaitement raisonnable de trouver ce nom ici ; c'était, après tout, des fichiers sur la planète Délos.

Mais Artémis avait une signification particulière pour Kurj, une que moi seule connaissais. La mythologie de la Terre l'avait toujours fasciné, particulièrement les légendes grecques : l'Iliade et l'Odyssée, Hercule, Médée, Agamemnon, Œdipe. Pendant chacune de ses visites à ma mère, quand j'étais encore une enfant, il m'avait vu courir dans les bois autour de la maison de mon père. Je n'étais alors qu'une fillette de quatorze ans s'entraînant avec un arc et des flèches. Il me dit plus tard qu'il n'oublierait jamais cette image, la fille sauvage aux jambes nues qui tirait sur les arbres. Il m'avait alors appelé Artémis, d'après la déesse de la chasse.

— *Ouvre Artémis*, commandai-je.

Le rouleau disparut, remplacé par un holoscrit de mon arrestation sur Délos. Peuh. C'était bien la dernière chose que je voulais voir.

— *Ferme*, pensai-je.

— **Fermé**, confirma EM16.

Je continuai à regarder les fichiers. Mais rien ne semblait hors de propos. Finalement, je pensai :

— *Ferme Délos.*

— **Ferm**…

— *Non ! Attends.*

Qu'est-ce qu'un fichier sur mon arrestation faisait au milieu des enregistrements de nos négociations commerciales ? Oui, d'accord, si un officier impérial haut-placé se mettait à dos le gouvernement de Délos, cela pouvait nuire aux discussions que nous menions avec eux. Mais le comportement – ou plutôt les méfaits – des officiers militaires était la responsabilité de Kurj. Et il était scrupuleusement tatillon quant à son organisation des fichiers. Il aurait mis le fichier sur mon arrestation au même endroit que ses autres fichiers sur les arrestations des officiers haut-placés qui pouvaient nuire aux négociations avec les Alliés.

Ma tante avait dû faire cette copie. Je pouvais comprendre pourquoi elle voulait une note de l'incident ici. Mais l'enregistrement complet ? Pour quelle raison ?

— *Ouvre Artémis*, pensai-je.

L'holoscrit s'activa, recréant dans mon esprit le poste de police sur Délos de façon si réaliste que j'avais l'impression d'y être. Une nouvelle fois.

Je regardai la totalité de cet humiliant fichier. Tous les détails étaient là, même le fait que Zabo, l'ordinateur de mon vaisseau, avait intercepté la transmission satellite parlant de mon arrestation pendant que la police de Délos la transmettait aux Forces Spatiales Impériales. Mais c'était tout. Le fichier était exactement ce qu'il prétendait être : un rapport de ma visite imprévue chez la police alliée de Délos.

Quelque chose continuait à aiguillonner mon esprit, malgré tout. Un petit détail… Taas ? Oui, je me souvenais maintenant. Quand Zabo avait largué cette transmission dans mon horizon mental, les données avaient débordé jusqu'à l'ordinateur du vaisseau de Taas. Que s'était-il passé ? Taas avait tenté de se débarrasser de la transmission mais – quoi ? Il avait utilisé les mauvais ordres. C'était ça. Il avait essayé tous les ordres qu'il pouvait imaginer pour se débarrasser du débordement et aucun n'avait marché.

Je vérifiai ma jonction mentale. Elle avait toujours la liste des ordres que Taas m'avait donnée : *Stop, Annulation, Rupture, Quitter, Sortie, Échappe, Au revoir, Système, Coupe, Écrase, Vide, Largue et Juron.* Et je lui avais dit – quoi déjà ? D'utiliser l'ordre Efface. Oui, maintenant je m'en souvenais. Efface avait finalement fonctionné.

Je plissai le front. Ce fichier aurait dû inclure un rapport de l'incident. Mais il n'y était pas. Je repassai tout l'enregistrement, détail après détail, avec finalement le même résultat. Il n'existait aucune mention du débordement de donnée. J'étais venue chercher des informations et au lieu de cela, je découvrais un manque d'information.

Les données n'avaient pas disparu par accident. Les quatre chasseurs de mon escadron l'avaient enregistré et j'avais du mal à croire que la même omission se produirait dans les quatre rapports. Mais je ne pouvais pas non plus imaginer Kurj les effaçant. Dans sa conception de l'univers, une telle omission serait un signe de négligence, ce qu'il évitait avec une quasi-obsession.

Ce devait donc être ma tante. Mais pourquoi effacerait-elle des informations si banales ? Elle était trop intelligente pour avoir fait cela par accident. Elle était sacrément trop intelligente, un point c'est tout. Essayer de la suivre dans ses processus mentaux me donnait toujours l'impression d'avoir le cerveau d'une limace.

Je refermai le fichier Artémis et fouillai dans le reste des enregistrements de Délos, cherchant quelque chose qui soit lié à Taas. Rien de spécialement intéressant n'en sortit. Je commençai à manquer de temps et je n'en savais pas plus qu'au début. Taas. Artémis. Délos. Satellite. Débordement. Qu'est-ce que je cherchais ?

La *psicône*. Après que Taas avait utilisé l'ordre Efface pour se débarrasser du surplus de données, il m'avait envoyé l'image de sa psicône d'effacement, une femme à peine vêtue avec une forte poitrine dont les bouts de vêtements disparaissaient au fur et à mesure qu'elle les peignait. Elles *disparaissaient* quand elle *apparaissait*. Bien sûr ! C'était ça. Quel meilleur moyen de cacher des données que de les rendre auto-dissipables, de sorte que le simple fait de les ouvrir les effaçait. C'était exactement le genre de solution qui satisferait ma tante.

Maintenant, je savais où elle avait caché les fichiers de Jaibriol. Ils n'étaient pas dans EM16. Elle avait laissé à Kurj un indicateur à titre de précaution, au cas où il viendrait chercher les fichiers. C'était un indice efficace : seul quelqu'un qui savait que ces faits manquaient pourrait le comprendre. Mais l'information que je voulais était sur la clé du cyberverrou dans son cerveau.

N'importe qui pouvait avoir un cyberverrou implanté dans son cerveau. Il n'y avait pas besoin d'être psion. C'était pour cela qu'on l'appelait « cyber » et pas « psiber ». Chacun des membres de ma famille qui avait subi les opérations nécessaires pour se faire implanter un circuit bioméca avait aussi reçu un cyberverrou. L'Assemblée insistait sur ce point. C'était pour cela que j'avais reconnu les arcs-en-ciel autour de la villa de Jaibriol sur Délos. Son rideau scintillant de couleurs indiquait que le cyberverrou était activé.

Aucun de nous ne les appréciait. Le champ interférait avec le fonctionnement du cerveau et pouvait causer des dégâts s'il était utilisé trop souvent. La clé pour mon cyberverrou était sur une psiber-puce, une carte avec des circuits neuronaux créés à partir de mes propres cellules cérébrales. Pour la plupart des gens, une telle puce était inutile. Personne ne pouvait l'activer à moins d'être un psion. Mais quand je m'y reliais via le psiber-espace, elle devenait une partie opérationnelle de mon cerveau. Si un autre psion essayait de s'y connecter, la puce saurait que ce n'était pas moi, de la même façon que je savais quand un intrus commençait à penser dans mon esprit.

Ma tante avait conçu les psiber-puces parce qu'implanter les clés dans notre cerveau était trop dangereux. Une blessure à la tête pouvait endommager la clé ou son verrou, ou les deux. En séparant les deux, on diminuait les risques que le système ait un problème quand on en avait le plus besoin. Même si cela facilitait aussi les possibilités de vol de la clé, l'emploi des psiber-puces résolvait ce problème. Une puce reconnaissait le cerveau de son possesseur – donc elle pouvait être réglée pour s'effacer si un esprit étranger essayait d'y accéder.

Quel meilleur endroit ma tante pouvait-elle trouver pour cacher l'information sur Jaibriol, si ce n'est sur une de ses psiber-puces ? Si quelqu'un tentait de voler les données, la puce s'effacerait. C'était aussi un système d'alarme ingénieux, puisque si sa puce s'effaçait, cela activerait une alarme dans sa jonction nerveuse.

Mais si je ne pouvais pas avoir accès à ces informations, Kurj ne pouvait pas non plus. Donc à quoi cela servait de lui laisser un indice qui donnait une piste qu'il ne pouvait pas suivre ?

Un instant. Peut-être que les données n'étaient pas sur ses puces. Peut-être qu'elle les avait mises sur celles de Kurj. Mais comment ? Elles étaient tout aussi efficacement protégées que les siennes et elles s'effaceraient si elle tentait de s'y relier.

Le Réseau skol. Évidemment. Renforcés par le psi-lien de la Triade, Kurj et elle pouvaient fusionner leurs esprits encore plus totalement que Jaibriol et moi ne l'avions fait sur Délos. Avec leurs esprits entremêlés comme s'ils n'étaient qu'un, elle pouvait se brancher sur ses puces. Je ne pensais pas qu'il puisse faire l'inverse : cela nécessitait bien trop de subtilité. Seule ma tante avait les connaissances, le doigté et le niveau d'accès nécessaires. Elle avait probablement réussi à le faire sans que Kurj s'en soit même aperçu.

Mais ça ne changeait pas grand-chose pour moi. Je ne pouvais pas entrer dans le psi-lien de la Triade. L'énorme flux d'énergie qu'il générait augmentait exponentiellement avec le nombre de psions Rhon liés. Deux esprits ne causaient aucun danger. Trois pouvaient opérer simultanément s'ils n'étaient pas trop semblables. Ajoutez-en un quatrième, et il surchargerait le Réseau skol en un gigantesque court-circuit galactique.

Je comprenais pourquoi Kurj nous craignait, Althor et moi. Si l'un d'entre nous essayait un jour de suivre son exemple, imposant notre présence dans le lien de la Triade sans prévenir et sans se préparer, cela pourrait le tuer non seulement lui, mais aussi tous ceux qui étaient dans le lien.

Et maintenant ?

Il me vint une pensée inquiétante. Et mes puces ? Kurj y avait accès. Il déclarait que c'était pour ma protection, mais je savais que ce n'était pas tout. Il voulait contrôler mon cyberverrou. C'était une autre de ces précautions prises pour minimiser les chances que l'un de ses héritiers se retourne contre lui. Donc mes psiber-puces comportaient aussi des circuits neuronaux développés à partir de ses cellules cérébrales, pour s'assurer que mes clés ne s'effaceraient pas s'il s'y connectait.

Et si je me liais à une de mes puces et que je fusionnais avec la partie de son cerveau qui s'y trouvait ? Est-ce que cette fusion serait suffisante pour tromper une de ses puces et lui faire penser que j'étais lui ? Je ne croyais pas qu'il pourrait remarquer cette tentative, à moins qu'il ne tente de se connecter à la puce en même temps. Ce qu'il n'avait aucune raison de faire s'il dormait.

Mais le risque d'être détectée n'était pas ce qui me dérangeait le plus dans ce plan. Et si je ne pouvais plus me dissocier de son esprit quand j'aurais accompli mon travail ? L'idée d'être emprisonnée dans les visions si dirigistes de l'existence selon Kurj me terrifiait.

J'avais besoin de sortir d'ici, d'y réfléchir plus sérieusement.

Je refermai les fichiers de Délos et effaçai toute trace de mon travail sur EM16. Après avoir réglé les senseurs du Pivot pour qu'ils n'enregistrent pas mon départ du bâtiment, je quittai le Réseau. Puis je restai un moment debout dans l'obscurité, attendant que la cage du psiphon me libère.

J'attendis.

Et attendis.

La sueur perlait sur mes tempes. Non, je ne pouvais pas montrer ma peur. Cela, plus que tout ce que j'avais fait sur le Réseau, me trahirait.

Le collier du psiphon s'ouvrit en un claquement sec et se dégagea de mon cou. Le tube qui m'avait entouré glissa dans le sol, laissant de l'air frais souffler sur ma peau nue.

Je pris une longue inspiration. Puis je remis mes vêtements et je partis.

La psiber-puce était dans ma main. C'était un simple carré de la taille de ma paume. J'étais assise devant la console de ma chambre et j'observais la puce. La sortir de son coffre-fort avait été simple. Mais c'était tout ce que j'avais réussi à faire pour l'instant.

Vivante. Cette carte était vivante. Des nano-méd entretenaient les circuits neuronaux, les conservant prêts à se lier à mon cerveau. J'avais dix puces, deux dans la maison de mon père, trois sur Foreshires, quatre au Quartier Général et une ici dans mes quartiers.

La console attendait. Tout ce que j'avais à faire était d'insérer la carte. Ma jonction nerveuse estimait à quatre-vingt-quatorze pour cent la probabilité que je puisse fusionner mon esprit avec le morceau de cerveau de Kurj sur ma puce – un morceau que, ironiquement, il avait voulu mettre là pour sa propre protection. Que cela me permette ou non d'accéder à sa propre puce était une autre histoire, mais je ne pourrais le découvrir qu'en essayant.

Si je le faisais. Si je pouvais me forcer à le faire. Je regardais la carte dans ma main. Une minute passa. Puis trois. Cinq. Les précieuses heures dont je devais profiter pendant que Kurj dormait filaient peu à peu.

Dix minutes.

Quinze.

Je pris une profonde inspiration. Puis je glissai la carte dans la fente de la console et je me connectai sur mon compte personnel, celui que j'utilisais pour mes affaires d'ordre privé et non militaire. J'atteignis d'abord la couche extérieure du Réseau, le circuit électronique que n'importe qui pouvait utiliser. Et de là, j'entrai dans le psiber-espace.

Mon esprit s'étendit sur les quatre jonctions qui s'occupaient de la partie civile du réseau psiber sur Diesha. Elles œuvraient de concert comme une seule machine, alternant l'une ou l'autre selon ce qui se passait pour être disponible quand un utilisateur lançait un ordre.

Aujourd'hui, je commençai avec Alto. Le quadrillage était calme, d'une vague couleur dorée. Il n'y avait aucun signe de mon père. Tout le Réseau changeait de personnalité quand il s'en retirait, devenant moins intense. Je ne percevais pas non plus les délicates étincelles de la présence de ma tante ou l'immense flux de pouvoir de Kurj. Pour l'instant, Alto ressemblait juste à Alto, une des quatre voix dépouillées chantant ensemble, sans aucun soliste de la Triade pour agrémenter l'instrumentation.

— **Bonjour Soz**, pensa Alto.

— *Bonjour. Connecte-moi à ma psiber-puce.*

— **Puce activée.**

Je ne sentis rien. Mais il n'y avait aucune raison pour que je sente quoi que ce soit, en fait, vu que c'était une partie de mon cerveau.

— *Localise les circuits neuronaux du Seigneur Skolia.*

Soprano répondit :

— **Localisé.**

— *Ajuste mon activité cérébrale sur la sienne.*

— **Tentative d'ajustement**, pensa Soprano.

J'attendis, observant le Réseau qui clignotait. C'était charmant, cette beauté féerique qui n'était jamais deux fois semblable. La grille d'or infinie flottait dans une atmosphère scintillante, plus liquide que gazeuse, tout en or pâle et en étincelles. Elle ondulait autour de moi, douce et sensuelle. Les sons des jonctions civiles étaient plus agréables que ceux du Pivot : c'étaient de douces mélodies qui allaient et venaient comme les vagues de l'océan. L'odeur était un mélange de blé-miel et d'épices.

— *Soprano ?* appelai-je. *Est-ce qu'il se passe quelque chose ?*

Ténor répondit :

— **Votre cerveau résiste.**

Ce n'était pas vraiment une surprise. Bien que je n'eusse jamais fusionné avec Kurj, j'avais suffisamment partagé de pensées avec lui pour savoir que nos processus mentaux étaient totalement incompatibles.

— *Essaie encore*, ordonnai-je.

Je continuai à attendre. La grille s'organisait en un quadrillage bien ordonné, mais de nombreux défauts apparaissaient. Je connaissais ces discontinuités. Elles venaient de connexions mal entretenues et d'utilisateurs négligents. Des fluctuations se manifestaient aussi dans la qualité de l'environnement, des concentrations de couleurs et de lumières formant des taches asymétriques. Les civils étaient peu efficaces. Notre organisation des grillages militaires était bien plus ordonnée.

Ténor prenait trop de temps, utilisant de précieuses minutes.

— *Où en est la procédure d'ajustement ?* demandai-je.

Basse répondit :

— **Ajustement complet.**

Complet ?

— *Quel pourcentage de différence existe-t-il entre mon activité cérébrale et celle de l'Imperator Skolia, d'après ses circuits sur ma puce ?*

— **Un virgule six pour cent**, affirma Basse.

Je ne ressentais rien. Mais le fait que je ne perçoive aucune différence ne prouvait pas que rien ne s'était passé. Par contre, une différence de un virgule six pour cent n'était pas négligeable. Il y avait toujours une possibilité pour que sa puce s'efface si j'essayais de m'y connecter, laissant des preuves irréfutables que j'avais enfreint les procédures de sécurité.

J'avais besoin de repenser les risques d'interférer avec la stratégie de Kurj pour l'interrogatoire de Qox. Qox s'était mis bien trop près du cerveau du Réseau skol. S'il s'échappait, il pourrait tout à fait accomplir la mission pour laquelle il avait été engendré. En se connectant au Pivot, il pourrait surcharger le psi-lien de la Triade, assassinant ainsi la Triade et paralysant le Réseau skol. S'il y parvenait sans se tuer lui-même, il serait parfaitement bien placé pour s'emparer des fonctions de la Triade décédée. Ce qui le mettrait à la tête des Forces Spatiales Impériales, de Diesha et du Réseau skol.

— *Basse, arrête l'ajustement.*

— **Arrêt**, annonça Basse.

Je me retirai du Réseau comme il fallait, m'élevant jusqu'aux niveaux où je pouvais atteindre l'interface avec les systèmes électroniques. Après être sortie, je réfléchis à ce que j'allais faire ensuite. Si j'allais voir Kurj maintenant et que je lui disais ce que je savais, je risquais d'être exécutée pour la trahison que j'avais commise en cachant la vérité sur Qox. Mais Kurj avait besoin de cette information. La meilleure procédure serait d'interroger Qox, de briser ses barrières puis d'informer Kurj que l'héritier Highton était Rhon. Je présenterais l'information comme si je venais aussi de la découvrir pour la première fois. Ainsi, je me protégeais aussi bien moi-même que l'Imperium.

Je devrais être prudente en brisant les défenses de Jaibriol, en revanche, pour être sûre de ne pas lui faire de mal.

Je me frottai les yeux. La fatigue de mes travaux de cette nuit m'avait épuisée aussi bien physiquement que mentalement. Et maintenant, j'étais sur le point de faire en sorte que la tentative de suicide de Jaibriol se réalise.

Suicide. *Le suicide*. Pourquoi avais-je oublié cela ? Qu'est-ce qui m'avait pris de croire que Jaibriol était venu ici pour nous tuer ?

Je me levai et marchai dans la pièce, essayant de clarifier mes pensées. Il y a un instant, j'avais pensé avec une lucidité apparemment parfaite. Et pourtant maintenant, j'avais l'impression d'avoir eu un étranger dans ma tête. Mon intention était de libérer Jaibriol et non pas de le livrer à Kurj. Comment allais-je avoir l'information dont j'avais besoin pour trouver Jaibriol si ce que je faisais pour l'obtenir me faisait refuser de l'avoir ?

Je pris un morceau de papier et j'écrivis : *Ce n'est pas ton esprit. Si tu écoutes, tu le regretteras. Va chercher l'information.*

Le dédale de couloirs sous le complexe des Archives des FSI s'étendait sur des kilomètres. Ses lignes austères et ses éclairages fiables lui avaient valu depuis longtemps le nom de Catacombes. Mes psiber-puces étaient dans une chambre forte des Catacombes, protégées par une IE appelée un béta-scanner, qui analysait les schémas rétiniens, les empreintes digitales, l'empreinte vocale, la taille, le poids, la composition chimique corporelle, la structure osseuse et les ondes cérébrales. Il n'ouvrait qu'à moi, ou à Kurj qui gardait aussi une de ses puces ici. Cette chambre forte était à l'intérieur d'une chambre forte protégée par un béta-scanner, à l'intérieur d'une enceinte protégée par un béta-scanner, au bout d'un couloir protégé par un béta-scanner. C'étaient les meilleures mesures de sécurité que l'Imperium pouvait proposer. Toute effraction était impossible.

À moins d'être la personne que cette sécurité était conçue pour protéger.

Chacune des serrures s'ouvrit pour moi. Dans la chambre la plus protégée, je trouvai nos puces sur le coussin rembourré d'un coffret posé sur une étagère. Je m'assis près d'une console au mur et insérai ma carte dans une des fentes pour psiber-puces.

Cette fois, Basse me donna un ajustement à un virgule deux pour cent avec le cerveau de Kurj. Je pris la carte de Kurj – et je m'arrêtai.

J'étais sur le point de commettre un acte qui pourrait détruire ma famille et l'Imperium. J'étais idiote. J'agissais dans un état émotionnel qui nuisait à ma capacité de raisonner efficacement.

Je jetai un coup d'œil au papier que je tenais. *Ce n'est pas ton esprit.*

Incorrect. Il n'était pas exact de dire que fusionner avec le cerveau de Kurj avait fait sien mon esprit. Une définition plus juste était que cela avait altéré mes processus mentaux, m'offrant des perspectives qui me manquaient habituellement. Mais mon esprit restait à moi.

Si tu écoutes, tu le regretteras.

Non. La seule source de regret que je trouverais au terme de ces actions serait les actions elles-mêmes. Il était temps que j'arrête cette trahison.

Va chercher l'information.

L'information ne m'était pas disponible. Ma tante l'avait protégée avec son génie habituel: même si quelqu'un s'en approchait, il ne pourrait pas aller plus loin car en essayant de l'atteindre, il comprendrait pourquoi elle ne pouvait pas être atteinte.

Ce n'est pas ton esprit.

Mon esprit était soumis à des tensions. Je le savais. Tager l'avait bien dit pendant nos discussions.

Mais voir Tager avait été une preuve de faiblesse.

Non !

Je serrai la console si fort que mes phalanges devinrent blanches. Le papier était froissé dans ma main, ses bords dépassant de mes doigts serrés. Voir Tager n'avait pas été une preuve de faiblesse. Mon esprit était sensé. Si j'avais écrit ces mots sur le papier, c'est qu'ils étaient sensés.

Je pris la carte de Kurj et la plaçai dans la fente de la console. Sa puce me résista, comme un corps humain rejetant un organe greffé. Je me crispai, attendant cette impression de vide qui viendrait quand elle s'effacerait totalement.

Mais au lieu de cela, je ressentis une étrange relaxation. Puis je me souvins où trouver Jaibriol.

J'entrai une nouvelle fois dans EM16 comme précédemment, dissimulant une fois de plus mes opérations. Cette fois, j'allai droit vers le quadrillage de la sécurité. Je passai en mode visuel et la grille s'effaça, remplacée par le désert. Des terres arides m'entouraient sur des milliers de kilomètres, rouges et mouchetées de rochers saillants qui découpaient le paysage comme des doigts pointus montant vers le ciel. Des pousses grises hérissées de brosses-terres pointaient hors du sable. Le relief ne s'adoucissait que loin au nord, là où les plaines montaient vers un halo de montagnes sombres. Le ciel au-dessus de moi était une table de pierre bleue lavée de tout nuage.

Personne ne construisait d'habitation ici. Les FSI avaient d'autres intérêts dans ce désert. Nous l'avions criblé d'installations souterraines, notamment le Bloc Trois, un complexe qui se trouvait juste quelques mètres à ma droite, caché sous la surface du sol.

— *Réduction en psicône*, commandai-je.

Le désert se retira comme un décor en toile tiré au loin par une main géante. Il devint de plus en plus petit pendant qu'il s'éloignait et s'arrêta quand il ne fut pas plus grand qu'une petite image dans un carré brillant de la grille.

J'ouvris le fichier de ma jonction nerveuse où j'avais enregistré les informations sur Jaibriol. Gardes : trois unités surveillaient sa cellule, six gardes par unité. Chaque unité connaissait l'emplacement d'une autre unité seulement. Je reprogrammai EM16 pour qu'à la prochaine relève, les unités un et trois connaissent leur existence mutuelle et que l'unité deux ne connaisse qu'elle. Puis je réaffectai l'unité deux dans une nouvelle zone de façon à ce que son emplacement d'origine semble être affecté à une autre unité. Là où l'unité deux était supposée être, il restait un trou béant dans la cage de sécurité qui entourait Jaibriol.

Je reprogrammai les systèmes d'alarme et de défense du Bloc Trois pour ne pas tenir compte de certaines données à certains moments. Je réglai les senseurs médicaux qui surveillaient la cellule de Jaibriol pour que, au même moment, ils surveillent le garde stationné devant la cafétéria du Bloc Trois. Je réglai encore les senseurs de surveillance pour basculer sur la chambre noire holo quand les senseurs médicaux se reporteraient sur le garde. Je changeai les horaires des relèves pour enlever certaines personnes de certains endroits et les éloigner de certains ordinateurs et je réglai le robot d'entretien pour qu'il évite certains couloirs. Puis j'installai un programme qui, quelques minutes après que mes changements auraient pris effet, les déferait tous un par un, remettant chaque système sur son réglage d'origine, effaçant toute trace de mes changements, se détruisant et effaçant des archives tous ces effacements.

Il allait y avoir beaucoup de confusion, ce matin-là.

Chapitre 15

Les chaînes et la soie

Je fis atterrir le planeur dans le silence et la pénombre. Aucune lune ne lançait ses doux rayons sur le désert. Il n'y avait que la lumière froide et sèche des étoiles, d'une multitude d'étoiles qui brillait au-dessus de cette terre aride. Je courus sur le sol rocailleux jusqu'à un point situé à quelques mètres du planeur. Puis j'appuyai sur un bouton de l'émetteur dans le bracelet de cuir que je portais au poignet.

Une partie circulaire de la pierre, d'environ deux mètres de large, s'enfonça dans le sol. Après être descendue sur un mètre environ, elle pivota sur le côté, révélant une surface métallique plane : la porte blindée du Bloc Trois. Une nouvelle pression sur mon poignet et la porte s'abaissa dans le sol, descendant dans le plus parfait silence. Finalement, elle s'écarta pesamment d'un côté, laissant voir qu'elle était en fait un cylindre de métal de plus d'un mètre d'épaisseur. En dessous, je pouvais distinguer le sommet d'un escalier métallique qui s'enfonçait en spirale dans les ténèbres. Juste devant moi, un puits circulaire d'environ deux mètres de profondeur plongeait jusqu'à l'escalier.

Je retouchai mon bracelet. En réponse, une fente verticale s'ouvrit dans le mur du puits, révélant une échelle qui s'étirait jusqu'à l'escalier en contrebas. Je descendis jusqu'au palier puis dévalai l'escalier.

Le sas de sécurité en bas s'activa sur mon ordre. Quand la porte intérieure s'ouvrit, la lumière m'éblouit un instant. Devant moi, des tuyaux couraient le long des murs et du plafond du couloir : certains grands tubes assez larges pour ramper dedans, des tuyaux plus fins de la largeur de mon bras, et des conduits minuscules pas plus grands qu'un doigt. Je traversai le couloir à toute vitesse, mes bottes résonnant sur le sol. L'endroit aurait pu être abandonné. Je passai au travers de quelques-uns des systèmes de sécurité les plus avancés des FSI et pas une alarme ne se déclencha.

En courant avec ma vitesse augmentée, il me fallut moins d'une minute pour atteindre la cellule de Jaibriol. Je la déverrouillai avec un passe-laser que j'avais réglé pour copier les motifs lumineux prévus pour la serrure. La porte s'ouvrit immédiatement, laissant apparaître une petite salle avec un rebord le long d'un mur.

Jaibriol était allongé sur ce rebord, endormi.

Il était pieds nus, vêtu seulement du pantalon gris et de la chemise à manches courtes de l'uniforme carcéral. Des hématomes et des zébrures lui couvraient les avant-bras, et je vis aussi les marques d'une E-source, un appareil qui envoie des décharges électriques. Les lacérations sur ses poignets et ses chevilles semblaient avoir été causées par des chaînes frottées à même la peau.

Je me demandai comment ses interrogateurs justifiaient leurs méthodes, étant donné que nous avions des moyens bien moins violents d'arracher des informations que les chaînes et la torture. J'étais certaine que les interrogateurs pouvaient utiliser toutes les méthodes à leur disposition. Alors pourquoi employer la torture ?

Mais enfin, ils avaient certainement l'impression de ne pas avoir besoin de se justifier, étant donné l'identité de celui qu'il interrogeait. La vengeance les dispensait de toute bienveillance.

Je courus à son côté et lui secouai le bras.

— Jaibriol ! Réveille-toi.

Il se jeta sur le côté et dit en Highton :

— Non.

Je le pris par les épaules.

— Réveille-toi !

Jaibriol se redressa en s'asseyant et lança son poing, me frappant dans le ventre d'un coup violent qui me jeta au sol.

Je me relevai en titubant.

— C'est moi, Sauscony.

Il se leva, serrant encore les poings.

— Jaibriol, c'est m…

— Qox.

Bien qu'il me regarde droit dans les yeux, son regard semblait ailleurs.

— Qox. Jaibriol Qox.

— Je sais qui tu es, dis-je en le prenant par le bras. Viens.

Il me repoussa avec une telle force que je basculai en arrière et me cognai contre le mur. Je m'efforçai de rester détendue, essayant de ne pas penser au temps qui nous manquait. Comme il levait son bras au-dessus de ma tête, je parlai avec une voix aussi amicale que possible.

— Si c'est comme ça que tu accueilles toutes tes petites amies potentielles, tu dois vraiment avoir une vie sentimentale de merde.

Il s'arrêta.

— Quoi ?

— Jaibriol, c'est moi. Sauscony. De Délos.

Il resta un moment à m'observer, le visage impassible. J'étendis les bras pour lui montrer que je n'avais aucune arme.

— Sauscony. Tu te souviens ? Nous nous sommes rencontrés sur Délos.

Il baissa son bras.

— Sauscony ?

— Sauscony Valdoria. Je suis entrée par effraction dans ta chambre. Puis nous nous sommes revus sur le port.

Son regard se concentrait.

— C'est toi. Comment es-tu entrée ici ?

— Ce n'était pas simple. On doit partir. Vite.

Il tourna la tête et fixa la porte ouverte. Puis il commença à courir. Je me hâtai à sa suite. Il alla là où je lui indiquai, titubant sur ses pieds blessés, tombant presque, parfois, puis retrouvant son équilibre et trébuchant encore. Mais il ne ralentit pas une seule fois.

Nous atteignîmes le puits de sortie en quelques minutes. Jaibriol grimpa l'escalier en colimaçon, ses pieds nus tambourinant sur les marches métalliques. Il parvint au palier et agrippa un échelon de l'échelle. Mais en essayant de se tirer vers le haut, ses mains enflées glissèrent. Il tomba, se cognant la tête contre l'échelle pendant qu'il s'effondrait sur le sol. Il s'écroula sur le palier et resta affalé là, les yeux fermés.

Non ! J'attrapai son bras, essayant de soutenir son poids. Même avec mes augmentations, je ne pouvais pas porter quelqu'un de sa taille sur une échelle. Être arrivés si loin, si près de la liberté et être finalement arrêtés par une échelle... Non ! Je le secouai aussi fort que je pus.

— *Debout !*

Il ouvrit les yeux. Il se tortilla un peu puis referma sa main sur l'échelon le plus bas. Son autre main continua le mouvement. Pendant qu'il se tirait pour se relever, je le tins par la taille et l'aidai en le soulevant.

Il nous fallut une minute de plus pour grimper l'échelle et courir jusqu'au planeur. Si Jaibriol se rendit compte que les brosses-plantes épineuses lui lacéraient les pieds, il n'en montra rien. Arrivé au planeur, il se jeta dans l'habitacle ouvert et s'étala sur le pont pendant que je lui passai maladroitement par-dessus. Je refermai la trappe d'accès et courus au cockpit.

Je démarrai dans le désert, cahotée par les rochers. Je décollai à la lumière des étoiles, à peine suffisante pour voir la route. Nous volions dans la nuit et le silence, comme je l'avais si souvent fait avec le Jag. Mais cette fois, je n'avais ni horizon mental, ni psi-lien, ni connexion au Réseau skol : je n'avais que ma formation et mon expérience pour guider ma main. Mais c'était suffisant. Nous quittâmes le Bloc Trois et nous élevâmes dans la nuit.

Et finalement, après que l'installation se fut éloignée, j'osai enfin me détendre. Nous avions réussi. Jaibriol était libre et nous serions bientôt à l'astroport. J'avais accompli l'impossible, enlevant l'héritier Highton sous les yeux implacables des FSI.

Je mis le planeur en pilotage automatique et me tournai vers Jaibriol. Il s'était effondré dans le siège du copilote et était couché sur le ventre, la tête penchée sur le côté, sa poitrine se soulevant et s'abaissant au gré de sa respiration irrégulière.

— J'ai une fausse puce d'identité pour toi, déclarai-je. Tu en auras besoin à l'astroport.

Le seul déguisement dont il aurait besoin était des lentilles colorées, une visière et de la teinture pour cheveux que j'avais achetées. Personne n'imaginerait jamais que l'héritier Highton se promènerait librement au cœur de l'astroport du Quartier général des FSI.

Il se tourna pour me regarder.

— Qu'est-ce que tu vas faire de moi ?

— Je t'amène sur Délos. Tu pourras demander asile aux Alliés.

Il rit durement.

— Asile ? Ils me feront un procès pour crimes de guerre.

— Quels crimes ? le rassurai-je en grimaçant. Avoir fait de mauvais discours après que Kryx Quaelen t'avait drogué ?

Il se redressa dans son siège.

— Comment savais-tu qu'il m'avait drogué ?

— Je l'ai compris dès que je t'ai vu parler.

— Personne ne le croira.

— Ils le feront si je me porte garante.

— Et qu'est-ce que tu attends en échange ?

— Que tu n'essaies plus de te tuer une autre fois.

Il fit un grognement de dérision.

— Ne joue pas avec moi, Sauscony. Quel sera le prix de ce soi-disant sauvetage ?

J'étudiai son visage.

— Que, quand ton père mourra, tu reviennes d'exil pour devenir empereur d'Eubée.

Ce ne serait pas facile, mais avec suffisamment de préparations, il pourrait s'en sortir.

— Puis tu tenteras de faire la paix avec nous. Je veux dire, essayer pour de vrai. Pas les mensonges que ton père ose appeler des négociations.

— Les mensonges viennent de vous.

— Tu penses que c'est une ruse ?

Sa voix était glaciale.

— Encore une méthode de torture ingénieuse à mettre au crédit de ton frère, je dois le reconnaître. Faire croire à un prisonnier qu'il est libéré par une belle femme et conduit en lieu sûr. Ça devrait rendre la réalité de ma prison bien plus pénible quand nous retournerons là-bas.

— Tu te trompes.

Même si je travaillais pour le compte de Kurj, il n'aurait jamais utilisé une méthode aussi subtile. Il préférait la force brute.

Jaibriol haussa les épaules.

— La force brute a échoué. Pourquoi ne pas tenter la subtilité ?

— Pourquoi dis-tu ça ?

— C'est exact, n'est-ce pas ?

— Jaibriol, si j'essaye de te tromper, pourquoi tes barrières viennent-elles de tomber alors que tous les interrogateurs de Kurj, et même Kurj lui-même, ne sont pas parvenus à te les faire abattre ?

Son front se barra d'un pli.

— De quoi parles-tu ?

— Je n'ai rien dit au sujet de force brute ou de subtilité. Je n'ai fait que le penser.

— Je t'ai entendu le dire.

— Tu l'as entendu dans ton esprit.

Il poussa un grognement moqueur.

— Bien sûr.

— Tu sais que je n'ai rien dit sur Kurj à haute voix.

Un silence.

Je réessayai.

— Tes barrières sont activées par la tension, n'est-ce pas ? Ou la douleur, ou la colère, ou le danger. Toutes les situations que ton esprit enregistre comme une menace.

— Tout à fait.

— Alors pourquoi s'abaisseraient-elles avec moi ?

Il me dévisagea avec une expression indéchiffrable. Puis il appuya sa tête contre le siège et ferma les yeux. Son visage était blême dans la lumière de la cabine, les traits pâles et tirés. J'attendis, mais il resta silencieux. Finalement, je me retournai vers le tableau de bord.

Jaibriol finit par reprendre la parole.

— C'est toi qui vas avoir besoin d'un refuge. L'Imperator va t'exécuter quand il découvrira ce que tu as fait.

Je le regardai.

— J'ai dissimulé mes traces.

Il se tourna vers moi et me fixa du regard.

— Il n'y a aucun moyen de dissimuler toutes les traces que tu as dû laisser pour me sortir de là.

— Mon frère croit que ta capture était arrangée, que c'était un piège pour te faire entrer au Quartier général. Il pensera que ce sont tes agents qui t'ont fait sortir.

— Ça paraît peu probable, vu les mesures de sécurité.

Je souris.

— C'est bien plus probable que de croire que je suis responsable.

Il eut un léger mouvement des lèvres dont les extrémités se soulevèrent à peine. Mais c'était malgré tout un sourire.

— C'est vrai.

Ma voix s'adoucit.

— Les Alliés trouveront un monde où tu pourras aller en exil. Un endroit désert, où il n'y aura personne pour te reconnaître. Un endroit où tu pourras rester jusqu'à ce qu'il soit temps pour toi de revenir assumer ta fonction d'empereur.

— Qu'est-ce qui te fait croire que je veux être empereur ?

— Tu le dois.

— Pourquoi ?

Je fis une grimace.

— Parce que cette guerre nous détruit, voilà pourquoi. Je ne vois aucun moyen d'y mettre un terme sans toi. Peux-tu seulement imaginer ton père et mon frère faisant la paix ? Moi, en tout cas, je n'y arrive pas.

— L'Imperator Skolia ne négociera jamais avec moi, remarqua Jaibriol avec une certaine tension dans la voix. Après ces derniers jours, je ne suis pas certain que je puisse même supporter d'être dans la même pièce que lui.

— Kurj ne sera pas toujours Imperator.

— Donc tu veux que je parte en exil et que je revienne un jour chez les Highton.

— Oui.

— Non.

— Jaibriol, je n'en fais pas la condition de ta libération. Mais je te demande d'y réfléchir, insistai-je en faisant un geste d'impuissance. Que se passera-t-il si Skolia tombe devant les armées de ton père, ou celles du prochain empereur, ou celle du suivant ? Sans nous, les Alliés ne tiendront pas dix ans face à votre puissance militaire. C'est vraiment ce que tu veux ? Une galaxie entière sous le contrôle des Highton ?

— Non.

— Alors tu…

— Non, répondit-il en tendant un bras. Si je retourne à eux, c'est ce qui m'attend.

Bien que la manche de son uniforme de prisonnier recouvrît la moitié supérieure de son bras, le reste était visible. Des bleus le couvraient, ainsi que des zébrures, des coupures et des brûlures d'E-source. La peau lacérée était couverte de croûtes de sang autour du poignet, formant un affreux bracelet.

— Tu parles des interrogatoires ?

— Non, regarde mieux.

J'étudiai son bras. La plupart des traces étaient récentes, mais je pouvais aussi en distinguer de plus anciennes, de fines marques blanches qui ressemblaient à des égratignures mal soignées ou à des cicatrices de coupures antérieures. Je touchai du doigt une ligne qui serpentait jusqu'à sa paume. Cela ne faisait pas assez de temps que Jaibriol était prisonnier de Kurj.

— Je ne comprends pas, fis-je en relevant la tête pour le regarder. Tu n'avais pas ces cicatrices sur Délos.

— Non. C'est exact.

— Comment les as-tu eues ?

Il serra les dents.

— Qu'est-ce que tu crois ?

— Je ne sais pas.

— Toi plus que tout autre, tu devrais savoir. Tu as vécu ça. Comment s'appelait-il ? Tarque ?

Je le regardai avec de grands yeux.

— Tu étais un *donneur* ?

Son rire était amer.

— Bien sûr que non. J'étais l'héritier Highton. Personne n'aurait pu même y penser, et encore moins essayer.

— C'était Quaelen, n'est-ce pas ? Kryx Quaelen, le ministre du commerce.

— Il a uniquement fait ce qu'il fallait pour me former pour l'avenir.

On aurait dit que Jaibriol grinçait des dents en parlant.

— Ton père ne l'a pas arrêté ?

— Il ne savait pas, répondit Jaibriol en haussant les épaules. Mon père ne peut pas supporter ma présence. Peut-être qu'il me déteste, à cause de mes échecs. Je ne suis pas sûr que ça compte encore pour moi, maintenant.

— Peut-être qu'il ne peut pas s'approcher de toi parce qu'il ne supporte pas de vouloir faire du mal à son propre fils.

Jaibriol se tordit les mains, les ouvrant et les fermant tour à tour.

— Il m'a dit de ne jamais faire une erreur, de ne jamais faiblir d'une façon qui pourrait laisser entrevoir la vérité sur mes défauts. Mais je ne peux pas toujours être une vraie forteresse. C'est impossible.

Personne ne le pouvait. Mon frère était la personne que je connaissais qui était le plus près de s'être coupé de tout contact humain. Et Kurj ne devait pas vivre parmi les Highton.

— En tant qu'empereur, ne pourrais-tu pas t'organiser une existence plus supportable ?

Il pourrait se débarrasser de Quaelen, pour commencer.

— Tu pourrais travailler avec la caste des contremaîtres. L'armée, ce sont surtout des contremaîtres, n'est-ce pas ? Il doit bien y en avoir certains en qui tu puisses avoir confiance.

— Je ne sais pas.

Il pencha sa tête en arrière contre le dossier du siège et regarda le plafonnier au-dessus de lui.

— Quaelen est puissant, plus que je ne l'étais en tant qu'héritier. Se débarrasser de lui ne serait pas simple.

Il me regarda.

— Ni toi ni moi ne sommes obligés d'être prisonniers de notre héritage, Sauscony. Viens avec moi. Nous trouverons un endroit où nous n'aurons plus à nous soucier de Kurj, de Quaelen ou de qui que ce soit.

Viens avec moi. Juste comme ça. Jeter ma vie, tout ce pour quoi j'avais œuvré.

Seule dans ma chambre, un peu plus tôt, j'avais été certaine de ce que je voulais. Mais maintenant, face à Jaibriol, mes certitudes s'effondraient. Les semblables s'attiraient. Je me retournai, vers le tableau de bord, incapable de le regarder. Le planeur volait sans encombre avec le pilotage automatique, ses routines pour les manœuvres au milieu de la circulation s'étaient activées comme nous approchions de la ville. Encore quelques minutes et nous serions à l'astroport.

— Sauscony ?

Je continuai à étudier les cadrans d'affichage.

— Je ne peux pas partir en exil. J'ai d'autres plans.

Il ne dit rien de plus. Au lieu de cela, il forma une image dans son esprit, nous deux en train de faire l'amour dans un champ d'herbe agitée par le vent.

— Arrête !

Je me tournai brusquement vers lui.

— Nous ne pourrons jamais avoir ça.

— Pourquoi pas ?

— Tu sais bien !

Il me lança un regard incrédule.

— Tu n'as pas demandé à être une héritière impériale. Tu n'as pas à torturer ton esprit pour ça.

— Ne fais pas comme si c'était un sacrifice pour une cause supérieure. Il n'y a rien de noble dans mes intentions. Je veux être Imperator. Je veux le pouvoir.

— Peut-être…

Je laissai échapper un petit grognement énervé.

— Qu'est-ce que c'est censé vouloir dire ?

— Tu crois que tu as une responsabilité. Que tu ne veux pas fuir.

— Ce que je crois est mon problème.

— Les gens ne sont pas faits pour porter un tel poids, Sauscony. Si tu essaies de te rendre responsable de tous les Skoliens vivants, la pression va te tuer.

Ma colère s'enflamma.

— Donc tu veux que je m'enfuie pour baiser au milieu des fleurs pour le restant de mes jours ?

Il ne se dégonfla pas.

— Rabaisser ce que tu désires ne changera pas le fait que tu le désires.

— Je veux plus que cela.

L'ordinateur du planeur prit la parole.

— **Nous recevons un signal.**

J'observai le tableau de bord. Une lumière clignotait et j'aurais préféré qu'elle ne s'allume jamais.

— Qu'est-ce qui se passe ? demanda Jaibriol.

— Je ne suis pas sûre.

J'allumai le communicateur à neutrino, sondant les différentes fréquences des FSI. La voix de Kurj résonna brusquement.

— ... au sud de la ville dans un planeur de classe 4B ou 4C. Arrêtez tous les véhicules correspondants à cette description.

Je répète, arrêtez *tous* les véhicules correspondants à cette description.

Non ! Pas maintenant. Mais écouter seulement quelques secondes de la transmission de Kurj suffisait. Il savait que Jaibriol s'était évadé. Un cordon planétaire allait se mettre en place autour de Diesha : tous les vols resteraient au sol, tous les passagers seraient suspects. Pendant que Kurj débitait ses ordres, je penchai le manche à balai et virai vers l'est, loin de l'astroport.

Nous y étions presque. Mais presque ne suffisait pas. Qu'est-ce qui nous avait trahis ? Une des sentinelles de ma tante, comme celle qui avait enregistré mon entrée dans EM16 ? Ou peut-être qu'un garde avait décidé de faire un contrôle supplémentaire de la cellule de Jaibriol, ou que j'avais oublié un système de sécurité, ou déclenché une alarme que je ne connaissais pas. Quelle que soit la cause, mes plans étaient foutus en l'air, maintenant.

La transmission de Kurj continuait, coordonnant les unités de recherche. Au moins, ils cherchaient un commando troqueur, pas moi. Nous étions au-dessus des banlieues à présent, plongés dans la circulation aérienne, et nous n'étions qu'un des planeurs parmi des centaines qui correspondaient à la description de celui que Kurj voulait. Mais je connaissais l'efficacité des FSI. Une fois que Kurj aurait lancé la machine, même moi, je ne pourrais pas m'évader. Il n'y avait nulle part où nous pourrions échapper à son étreinte inexorable.

Presque nulle part.

Je fis tourner le planeur sur un virage étroit, la cité pivotant sous nous jusqu'à ce que nous volions vers le nord. En quelques instants, les bâtiments s'espaçaient, laissant d'abord la place aux banlieues, puis au désert.

Un planeur des FSI apparut sur mon plan holo, s'ajustant à notre trajectoire et notre vitesse. Une voix s'éleva du communicateur en craquant.

— Identifiez-vous.

— Regardez vos senseurs, soldat, dis-je.

Il marqua un temps d'arrêt.

— Pardon, Principale Valdoria. Identification vérifiée. Continuez, Principale.

— Vous faites partie du cordon de surveillance de la ville ? demandai-je.

— Oui, Principale.

— Est-ce qu'ils ont déjà été découverts ?

— Nous pensons qu'ils sont partis vers l'astroport.

— Très bien. Continuez. Fin de transmission.

— Bien reçu. Fin de transmission.

Nous fûmes contrôlés encore deux fois avant d'atteindre les montagnes. Même après avoir survolé les contreforts, un planeur nous intercepta encore. Je n'avais pas pensé que Kurj mettrait des planeurs ici, étant donné les nombreux systèmes qui protégeaient déjà la zone. Ils protégeaient le domaine impérial, la seule résidence dans un rayon de plusieurs milliers de kilomètres. Actuellement, des centaines d'installations nous sondaient depuis leurs pics ou leurs vallées. Des satellites planant en orbite basse au-dessus de nous étaient disposés selon un schéma qui leur permettait de surveiller toute la zone à tout moment.

Tout ça, juste pour garder un palais vide.

Pendant que les plus hautes montagnes refermèrent sur nous leur présence protectrice, mon communicateur se fit encore entendre, cette fois avec une voix plus douce que j'aurais pu prendre pour humaine si je n'avais pas su d'où elle venait.

— **Veuillez vous identifier, s'il vous plaît.**

— Transmission du fichier identité, répondis-je.

— **Bonjour Sauscony,** entonna l'ordinateur. **Bienvenue à la maison.**

Il me fallut encore six minutes pour atteindre le palais. Nous passâmes au-dessus des meilleures protections que l'Imperium pouvait offrir sans être arrêtés une seule fois. Pourquoi nous auraient-elles arrêtés ? J'étais une des personnes qu'elles étaient censées protéger.

Mais même là, nous ne pourrions pas nous cacher longtemps. Tôt ou tard, le puissant Imperator de Skolia allait rentrer chez lui.

Ma chambre dans le palais donnait l'impression que mon appartement sur Foreshires était un taudis. La poignée de porte était en or massif, comme la clé qui la déverrouillait, une clé à l'ancienne, le genre qu'il fallait mettre dans la serrure et tourner pour ouvrir. Toute la pièce était bleue : le plafond, les murs, les tapis, même le lit sur l'estrade surélevée. Des filigranes d'or s'enroulaient tout autour des fenêtres. De grands vases étaient posés contre les murs, avec d'autres œuvres d'art sans prix d'une civilisation antique d'une planète dont j'avais oublié le nom. Le placard était aussi grand qu'un salon. Des robes y étaient pendues, des choses douces et sensuelles que j'avais commandées mais que je n'avais jamais portées.

Parfois je soupçonnais que tout cela correspondait plus à l'idée que je me faisais de ce que j'étais censée aimer plutôt qu'à ce qui me mettait vraiment à l'aise. Ce n'était pas que je n'appréciais pas la beauté de cette pièce. Elle me comblait autant aujourd'hui que le premier jour où je l'avais vue achevée. Mais je n'avais jamais vraiment eu l'impression qu'elle m'appartenait.

Jaibriol boita dans la chambre et grimpa les marches de l'estrade. Quand il s'allongea sur le lit, le couvre-lit en soie se froissa bruyamment sous son poids.

Je montai m'asseoir à côté de lui, mon mélangeur pendant inutilement dans ma main. L'arme ne servait à rien ici. Toute ma formation, mes années d'expérience – à quoi cela allait-il me servir maintenant ? Oui, le dernier endroit où quelqu'un penserait à chercher Jaibriol Qox était le palais désert de l'Imperator. Mais même ce dernier endroit finirait bien par être fouillé.

Je jetai un coup d'œil à Jaibriol.

— Je suis désolée. Je n'ai fait que retarder l'inévitable.

Il tendit le bras et toucha mon mélangeur.

— Au moins comme ça, je n'aurais pas à mourir lentement.

— Je ne vais pas te *tirer* dessus.

— Même si ma seule alternative est de me faire recapturer par ton frère ? Aucun de nous ne peut s'enfuir maintenant, Sauscony. Il nous exécutera tous les deux.

Je regardai le pistolet. Puis je le laissai tomber sur le sol. Nous étions arrivés si près du but. *Si près*. Encore un peu de temps et nous aurions pu quitter la planète. Mais être près du but ne suffisait pas.

Je me couchai sur le ventre à côté de Jaibriol. Le couvre-lit en soie me caressait agréablement la joue. Il parla d'une voix plus calme.

— Quand je t'ai vue dans ma cellule, j'ai cru que je faisais encore un de ces rêves.

— Un rêve ?

— Après cette nuit sur Délos, quand je t'ai rencontrée – chaque fois que je me sentais seul, je rêvais que tu viendrais me trouver.

Donc je n'étais pas la seule à lutter avec le souvenir de cette nuit. D'une certaine façon, cela me soulageait de l'apprendre.

Je me relevai sur les coudes de façon à pouvoir observer son visage. J'avais oublié combien il était extraordinairement séduisant, surtout selon les critères Highton. Je n'aurais pas été surprise si Ur Qox avait fait subir de la chirurgie esthétique à Jaibriol quand il était encore jeune. Tout était bon pour améliorer encore l'image de son fils et en faire le héros des Troqueurs. Tout était bon pour détourner l'attention de l'incapacité de Jaibriol à agir comme un vrai Highton.

Des cernes sombres lui entouraient les yeux et ses cheveux étaient ébouriffés. Ses cheveux scintillants, ses cheveux si noirs et si brillants. D'un noir Highton. C'était étrange de les voir chez quelqu'un qui était si différent des Highton. Je touchai ses lèvres, passant mon doigt sur celle du dessus, puis celle du dessous. Je sentais qu'elles étaient gercées. Sèches et crevassées. Mais aussi chaudes. Si chaudes. Des lèvres Rhon, chaudes et généreuses. Je baissai la tête, posant mes lèvres sur les siennes…

Jaibriol me repoussa.

Je rougis. Qu'est-ce qui me prenait d'essayer de séduire celui qui venait de subir pendant des jours des interrogatoires violents organisés par mon propre frère ?

— Désolée.

Il me regardait, silencieux. De l'autre côté de la chambre, une vieille horloge à aiguilles cliquetait doucement, tic-tac, marquant chaque seconde.

Puis il glissa le bras autour de mon cou et attira ma tête contre la sienne. Je pouvais sentir son odeur, un parfum musqué, pareil à une étreinte, forte et masculine. Je fermai les yeux pendant que nous nous embrassions, laissant mes lèvres s'attarder sur sa bouche. Je la sentais aussi parfaite qu'elle en avait l'air, aussi chaude, aussi attirante. Mais il était couché sous moi, raide comme une planche de bois et pas comme un homme avec une femme qu'il désire.

Je relevai la tête.

— Qu'est-ce qui ne va pas ?

Il se releva à moitié, sur ses coudes, mettant ses yeux au niveau des miens.

— Ce n'est pas toi. C'est n'importe qui.

— N'importe quelle maîtresse ?

— Oui. Enfin non. Aucune maîtresse.

— Tu veux dire que tu n'en as jamais eu ?

Sa voix se fit plus sèche.

— C'est ça.

— Mais pourquoi ? J'aurais cru que toutes les femmes disponibles parmi les Highton se seraient jetées à tes pieds.

— Je ne voulais pas coucher avec une Highton, répondit Jaibriol avec une grimace de dégoût. Toi, tu le voudrais ?

Je tressaillis.

—Non.

Je pouvais le sentir maintenant. Ses barrières s'abaissaient bien plus lentement que sur Délos, mais cela se produisait encore. Je reconnaissais cette impression de solitude que j'avais sentie cette nuit-là quand je l'avais rencontré sur les docks, sous l'aile sombre des ténèbres bercées par la marée. Seul. Il se sentait seul, péniblement, douloureusement *seul*. La blessure était même plus profonde maintenant, cicatrisée sur les bords, mais à vif au centre.

— Ne pouvais-tu pas prendre une donneuse ? demandai-je.

— Non.

— Tu n'étais pas obligé de lui faire du mal.

— Je n'en voulais pas.

Il appuya sa paume sur ma poitrine, entre mes seins, comme s'il voulait m'empêcher de m'approcher de lui.

— Si tu laisses quelqu'un devenir à ce point intime, tu deviens vulnérable.

— Comment un donneur pourrait te faire du mal ?

— En me reconnaissant.

— Tout le monde sait qui tu es.

— Pas de cette façon, Sauscony. En se reconnaissant en moi.

Puis je compris.

— En comprenant que tu es comme eux.

— Oui.

— Tu n'avais aucun ami ?

Son visage se crispa.

— Il y avait Quaelen, mon « bien-aimé » mentor.

— Tu veux dire Kryx Quaelen ? Le ministre troqueur du commerce ?

— Il n'aimait pas que je m'intéresse à qui que ce soit.

De la haine frémissait dans sa voix.

— Quand je le faisais, il trouvait une bonne raison pour me punir.

Je déglutis.

— Tu ne pouvais pas te débarrasser de lui ?

— C'est un maître des intrigues Highton, plus doué même que mon père.

La voix de Jaibriol craquait.

— Quaelen était vide, comme un gouffre qui attendait de m'aspirer. Ils étaient tous comme ça – mon père, ma soi-disant mère l'Impératrice, tous.

— Je suis désolée.

Dieux, quel lieu commun.

Il me fixait du regard, l'air concentré, comme s'il voulait, je ne sais comment, m'absorber en lui. Puis, sans prévenir, il m'attira violemment contre son corps sur le lit, m'enveloppant de ses bras, guidant ma bouche contre la sienne. Mes lèvres s'entrouvrirent et sa langue pénétra dans ma bouche, d'abord hésitante, puis me fouillant avec plus de force.

Mais quelque chose n'allait pas. Pas chez lui, mais chez moi. Je voulais me débattre, me dégager. Qu'est-ce qui m'arrivait ?

Il fit un bruit, un léger son d'excitation. Puis il arrêta de m'embrasser et glissa ses lèvres sur mon oreille.

— Sauscony. Ma douce Sauscony.

Sa voix murmurait sur un rythme familier, un air léger que je reconnaissais…

Puis je les entendis encore, de la façon dont je les avais si souvent entendues dans mon esprit pendant les combats, ces pensées brûlantes comme de l'acide que me déversaient les pilotes aristos que j'affrontais : *Crève, petite Jagernaute. Crève.*

Je me redressai si vite que mes ongles égratignèrent les coupures mal cicatrisées de ses bras. Il s'assit sur le lit également et un déluge confus d'émotions se lisait sur son visage : la surprise, la gêne, l'incompréhension et le désir, tous mélangés.

— Qu'est-ce qui se passe ?

— Non.

Un Highton. Highton. *Highton.*

— Sauscony ?

Il posa sa main sur mon épaule.

— Qu'est-ce qu'il y a ?

— Je… C'est…

J'inspirai un grand coup. Évidemment que ses gestes et sa voix me rappelaient un Highton. Il était Highton. Mais c'était culturel. Seulement culturel. *Juste* culturel.

— Je ne… C'est… rien.

— Pourquoi es-tu tellement bouleversée ?

— Rien. Ce n'était rien. Je suis juste à bout de nerfs.

À l'autre bout de la pièce, le bruit de l'horloge semblait plus fort.

Jaibriol me serra l'épaule.

— Essayons plutôt ça.

— Essayons quoi ?

— Allonge-toi, dit-il en se serrant contre moi. Je vais te montrer.

Prudemment, je m'allongeai sur le ventre. Il passa une jambe par-dessus mes hanches de façon à s'asseoir sur mes fesses, plaçant ses genoux de part et d'autre de ma taille. Puis il commença à me masser le dos.

Il y avait eu une époque où j'aurais aimé me faire masser, où cela aurait eu l'effet qu'il escomptait. Mais plus maintenant. Tarque m'avait trop souvent placée ainsi, exactement comme Jaibriol l'avait fait, jusque dans le moindre geste.

Du calme, pensai-je. **Reste calme. Ce n'est pas Tarque.**

J'enfonçai ma tête dans l'oreiller et essayai de me détendre. C'était agréable. Puis il s'arrêta.

Je jetai un coup d'œil par-dessus mon épaule.

— Pourquoi as-tu arrêté ?

— Je prends juste un moment pour te regarder.

— Mon dos ? Qu'est-ce qu'il a de si intéressant ?

Jaibriol fit un sourire complice.

— Eh bien, peut-être que ce n'est pas intéressant pour toi.

Il commença à me masser les hanches.

— C'est parce que tu peux le voir quand tu veux.

Aïe. Un si beau sourire. J'avais oublié ça, la façon dont cela illuminait son visage. Quand il souriait, il n'était plus l'héritier endurci d'un empire. Au lieu de cela, il ressemblait à ce qu'il aurait dû être si son héritage n'avait pas gâché sa vie : c'était un jeune homme en pleine forme, profitant de sa première expérience avec une femme. Je soupirai et reposai ma tête sur l'oreiller.

Jaibriol continua à me masser, me frottant partout. Ses mains fermes et sensuelles traçaient des cercles sur tout mon corps. Peu à peu, malgré tout, mes muscles se détendirent. Je laissai mes yeux se fermer, m'abandonnant à la pression de ses mains, m'imprégnant de son odeur musquée et appétissante qui me donnait envie d'un massage sur des parties plus intimes…

Puis il s'allongea sur moi, son érection pressant le tissu rugueux de son uniforme carcéral contre mes fesses. Il empoigna mes cuisses, d'une main sur chaque jambe, et les écarta.

Comme Tarque.

— **Mode de combat activé**, pensa ma jonction nerveuse.

— Jaibriol, ARRÊTE !

Il souleva immédiatement son corps, se relevant sur les bras.

— Qu'est-ce qui ne va pas ?

Je me retournai sur le dos.

— *Mode de combat désactivé.*

— **Mode désactivé**, confirma la jonction.

— Sauscony ? demanda Jaibriol, le visage rouge de gêne. Qu'est-ce que j'ai fait ?

— Je… rien.

Maudit Tarque. Est-ce que ces cicatrices allaient me poursuivre à jamais ?

Non. Je n'avais pas passé tous ces mois chez un requinqueur pour rien. Je n'allais pas laisser Tarque me faire ça. Je n'allais pas le laisser revenir gâcher ma vie dix ans après sa mort. Jaibriol et moi n'avions plus que quelques heures devant nous, quelques heures trop précieuses pour être gâchées.

Je pris le visage de Jaibriol entre mes mains et l'attirai à moi pour un baiser. Son odeur flottait autour de nous, plus forte qu'avant. Masculine. Intense. Je savais que les Rhon produisaient des phéromones différentes des autres humains, mais puisqu'il était le premier Rhon avec qui j'eusse jamais fait l'amour, je n'étais pas préparée à leur puissance. Son parfum embaumait l'air comme s'il avait une substance propre, provoquant dans mon corps des réactions bien plus violentes que ce que j'avais pu éprouver auparavant.

Jaibriol s'assit et mit un doigt entre mes seins, fouillant la fermeture magnétique de ma combinaison. Quand il glissa sa main le long de mon corps, la combinaison s'ouvrit, laissant ma peau nue à l'air libre. Quand il attrapa mes seins et frotta ses pouces sur mes tétons, ils se raidirent immédiatement, se dressant pour l'inviter à continuer.

Nous nous déshabillâmes lentement. Jaibriol grimaça quand sa chemise arracha des croûtes des entailles sur son dos. Il laissa tomber mes bottes au pied du lit et les talons résonnèrent en tombant sur mon mélangeur. Nous nous glissâmes sous les couvertures, entre les draps de soie, peau contre peau.

Je fis descendre ma main, pour le guider… là. Comme il bougeait contre moi, je fermai les yeux, murmurant dans son oreille des sons tendres et inintelligibles. Et finalement nous nous fondîmes dans une fusion Rhon totale, une union comparable à celle qui nous était venue si facilement sur Délos. Elle grandissait pendant que nous grandissions, devenant plus grande, plus étroite, plus forte – jusqu'à ce qu'enfin je monte en haut de la vague, dans une explosion libératrice d'une violence qui me surprit et me combla.

Mais cela ne s'arrêta pas là. Jaibriol continuait, son esprit mêlé au mien. Je continuais à grandir avec lui-même après que mon corps se fut perdu dans l'orgasme. Son excitation montante me tenait, me tirant toujours plus haut. Elle grandit jusqu'à ce que je ne tienne plus. Mais je ne pouvais plus m'arrêter. Nous continuâmes à monter, encore et encore – et sa jouissance déferla sur nous, projetant nos corps dans des spasmes si délicieux que j'arrêtais complètement de penser.

Je ne sais pas combien de temps il fallut avant que je reprenne conscience d'être dans la chambre. Jaibriol était couché sur moi, sa joue posée contre la mienne, respirant doucement. Des gouttes de sueur coulaient de sa poitrine jusque sur mes bras. Quand je bougeai, sa tête se souleva et une seconde après, je sentis ses lèvres se poser sur mes yeux clos.

— Ça valait le coup d'attendre, fit-il.

Je souris.

— Oui. Vraiment.

— À ton avis, combien de temps encore avant que… ?

J'ouvris les yeux.

— Avant que Kurj ne nous trouve ?

— Oui.

— Sans doute cette nuit. Peut-être avant. Peut-être dans quelques heures.

Je n'étais pas certaine de ce que Kurj ferait quand il comprendrait à quel point je l'avais trahi. Ça n'allait pas être beau à voir, en tout cas, et je ne croyais pas que ça finirait rapidement.

— Sauscony, reprit Jaibriol en me regardant. Je ne veux pas qu'ils te fassent ce qu'ils m'ont fait.

Il se pencha vers le sol et se releva avec mon mélangeur à la main. Il le posa entre mes seins et s'allongea sur moi de façon à ce que le pistolet soit comme une masse froide prise entre nos deux corps. Puis il prit mon doigt et le posa sur la détente.

Je soutins son regard.

— Non.

— Nous allons mourir de toute façon. Tu le sais.

Sa voix était sur le point de craquer.

— Et nous savons l'un comme l'autre ce que c'est que d'avoir mal encore et encore au point de se demander si tu peux en supporter plus. Je ne veux pas mourir comme ça. Au moins, de cette façon, nous mourrons dans l'amour et pas dans la douleur.

Je serrai le pistolet. Je savais qu'il avait raison, mais mon instinct de survie était trop fort. Je ne pouvais pas le faire.

Il parla contre mon oreille.

— Je ne peux pas tirer. Il n'y a que toi qui le puisses.

J'enlevai le cran de sûreté à tâtons et je posai mon doigt sur la détente. Une seule pression et…

On frappa à la porte.

Je me dégageai de dessous Jaibriol et du lit si rapidement que les draps s'envolèrent. Je me déplaçai par pur réflexe, saisissant la chemise de Jaibriol et l'enfilant rapidement. Je ne voulais pas affronter les gardes avec la vulnérabilité de ma nudité. Puis je levai le mélangeur et je visai la porte.

Et quand la porte s'ouvrit, je faillis tirer sur mon propre père.

Chapitre 16

Le Cœur du Réseau

Il restait là, debout, m'observant en faisant cligner ses yeux violets derrière ses lunettes. Il les portait parce qu'il ne faisait pas assez confiance aux docteurs skoliens pour les laisser opérer ses yeux. Il gardait ses cheveux longs, à la mode de son peuple, et ces longues mèches argentées encadraient son visage et lui balayaient les épaules. C'était un homme bien proportionné, ni trop grand ni trop petit, avec des traits d'une beauté fascinante que le public adorait et que Kurj trouvait utiles pour contraster avec sa propre image, plus sévère.

D'abord, il me regarda avec de grands yeux surpris. Puis il observa Jaibriol qui était assis, nu, sur mon lit. Finalement, il se retourna vers moi. Il parla dans la langue de son peuple, qui était ma langue d'origine.

— Est-ce que tu vas me tuer, Sauscony ?

L'idée que j'aurais pu lui faire du mal était si bouleversante que je pouvais à peine parler. Je baissai le pistolet, remettant le cran de sûreté.

— Non. Jamais. Tu le sais bien.

Il s'approcha de moi.

— C'était bien toi que j'avais senti sur le Réseau la nuit dernière, n'est-ce pas ?

— Oui. Je me cachais.

Il avait toujours cet air, comme s'il ne savait pas quoi faire.

— J'ai reçu un message de Kurj il y a peu de temps. Il me demandait de rester au palais, en lieu sûr. Il croit que des terroristes troqueurs ont infiltré la zone.

Il jeta un coup d'œil vers Jaibriol, qui enfilait son pantalon. Puis il se tourna vers moi.

— C'est exact ?

— Non, répondis-je. Mais Kurj pense que ça l'est.

— Je vois.

C'était clair, d'après son expression, qu'il ne voyait rien du tout.

Heureusement, Jaibriol resta sur le lit : mon père avait déjà assez à faire pour l'instant et il n'avait vraiment pas besoin de se faire surplomber par l'intimidante grandeur de l'héritier Highton. Extérieurement, mon père ne montrait aucune réaction. Il se tenait seulement là, à nous regarder. Mais je sentais qu'il attaquait la situation comme un lutteur affrontant un adversaire bien plus lourd que lui.

Puis finalement, il reprit la parole, en iotique cette fois. Cette langue était presque morte, utilisée uniquement par les érudits et les classes skoliennes supérieures. Mon père l'avait apprise parce que c'était la langue maternelle de ma mère. J'imaginai qu'il s'en servait pour Jaibriol : de même que j'avais appris le Highton, Jaibriol avait probablement appris l'iotique.

— Sauscony, dit-il en ajustant ses lunettes. L'homme sur le lit ressemble à Jaibriol Qox.

— C'est lui.

— L'héritier Highton ? Ce Jaibriol Qox-là ?

— Oui. Celui-là.

J'étais sûre qu'il n'y en avait aucun autre.

Il s'avança vers le lit et observa Jaibriol, qui portait son pantalon, maintenant.

— Que faisiez-vous assis tout nu sur le lit de ma fille ?

Alors que Jaibriol ouvrait la bouche, mon père le coupa :

— Non. Pas la peine. Je ne crois pas que je veuille entendre la réponse.

Je vins près de lui.

— Qu'est-ce que tu vas faire ?

— Faire ? dit mon père avec un ton ironique. Avant ou après que j'ai une attaque cardiaque ?

Je ne pus m'empêcher de sourire.

— Avant, j'espère.

— Ce n'est pas amusant, Sauscony.

Je ravalai ma salive.

— J'imagine que non.

Il désigna Jaibriol d'un geste de la main.

— Veux-tu bien m'expliquer ça ?

— Je l'ai aidé à s'évader. C'est pour cela que Kurj croit qu'il y a des terroristes troqueurs sur Diesha.

— Kurj a capturé Jaibriol Qox ? Et tu l'as libéré ?

Je hochai la tête.

— Après que l'alarme s'était déclenchée, le seul endroit sûr pour nous était de venir ici.

— Le palais de l'Imperator.

— Oui.

— Et qu'est-ce qui t'a poussé au juste à libérer Jaibriol Qox ?

Je parlai doucement.

— Touche son esprit. Puis tu comprendras.

Il ne se retourna même pas. Mais je sentis son attention se reporter sur Jaibriol. Bien que je ne fusse pas certaine que Jaibriol se soit rendu compte consciemment de ce qui se passait, il réagit néanmoins, levant ses défenses plus instinctivement que volontairement.

Le front de mon père se creusa de lourds plis. Il s'assit sur une chaise à la table près de mon lit, ne regardant plus ni Jaibriol ni moi. Il se concentra plus – et Jaibriol le bloqua une nouvelle fois.

Mon père retira donc son esprit. Puis il revint, changeant d'approche comme s'il essayait un bébé lyrin encore joueur. Il fit pression sur l'esprit de Jaibriol ici, puis là et là, des touches subtiles qui allaient et venaient si doucement que Jaibriol ne les sentaient sans doute même pas. Même en étant désormais si intimement liée à Jaibriol, je ne pouvais pas suivre parfaitement l'exploration de mon père.

Mais cela ne marcha pas. Finalement, mon père vint donc interroger mon esprit, essayant d'atteindre Jaibriol via le lien que j'avais déjà avec lui. Je fis se détendre mon esprit et mon père se coula dans le lien…

… et se releva si vite qu'il renversa sa chaise. Jaibriol se redressa immédiatement sur les genoux, agrippant un pied du lit comme s'il se préparait à sauter pour se défendre. Je ne croyai toujours pas qu'il se soit rendu compte que ses barrières avaient été franchies.

Mon père le regarda.

— Vous n'êtes pas un Aristo.

Jaibriol répondit dans un iotique irréprochable :

— Bien sûr que je suis un Aristo.

— Non, dit mon père. C'est faux.

Jaibriol s'agrippa un peu plus au lit.

— Êtes-vous en train de me dire que vous ne me considérez pas comme votre égal ?

Mon père secoua la tête.

— Non. Je suis en train de vous dire que je crois que vous êtes comme moi.

— Jaibriol.

Je m'assis près de lui sur le lit et je posai ma main sur sa jambe.

— Il ne te fera pas de mal.

Il se tourna vers moi, sa fatigue s'abattant comme une couverture sur mes épaules. Bien qu'il ne lâchât pas le pied du lit, ses mains se décrispèrent et ses doigts reprirent une couleur normale.

Mon père me jeta un regard en coin.

— Est-ce que Kurj sait qu'il est Rhon ?

— Pas encore. Mais quand il le découvrira, il sera certain que Jaibriol est venu ici pour détruire le Réseau skol.

Il se tourna vers Jaibriol.

— Et c'est le cas ?

— Non.

Mon père l'étudia un moment. Puis il hocha la tête. C'était tout. Un simple hochement de tête. Plus de question. Plus d'incrédulité. Plus de menace. Plus rien. Un simple *hochement* de tête. Je ne pouvais pas le croire.

— *Tu ne serais pas avec lui, comme ça, si tu ne lui faisais pas confiance*, pensa mon père.

— *Tu sais*, répondis-je mentalement. *Tu es très différent de Kurj.*

— *C'est ce que me dit ta mère.*

— Je pensais qu'elle allait te retrouver à la maison, dis-je à haute voix, me rendant compte à quel point notre silence devait paraître étrange à Jaibriol. Pour voir les petits-enfants et tout le reste.

Mon père remonta ses lunettes sur son nez.

— Mes plans ont changé.

Cela ne lui ressemblait pas. Si on lui laissait le choix entre rentrer à la maison et voir ma mère, les deux choses qu'il aimait le plus au monde, ou bien venir sur Diesha et passer du temps près de Kurj, je ne pouvais pas imaginer qu'il choisisse Kurj.

— Pourquoi ?

— J'ai eu une crise.

Quoi ? Je me levai du lit et m'approchai de lui.

— Tu ne suis pas ton traitement ?

— Bien sûr que si. Je ne sais pas pourquoi c'est arrivé.

Il marqua une pause.

— En fait, ce n'était pas une crise. J'en ai eu plusieurs.

Mon pouls s'emballait.

— Combien ?

— Je ne sais pas. Je me sentais… bizarre. Tout ce dont je me souviens ensuite, c'est de m'être réveillé dans ce petit hôpital que ta mère a fait construire près du village. Cette doctoresse venue d'une autre planète en a fait toute une histoire. Elle répétait tout le temps que j'avais eu une série d'attaques tonico-cloniques généralisées. Elle m'a envoyé ici. Je ne voulais pas venir, mais elle a insisté.

Il fit un petit bruit nerveux pour marquer sa désapprobation.

— Elle a contacté Kurj et il a envoyé un vaisseau pour me chercher.

Je lui pris les mains.

— Tu vas bien maintenant ?

— Je me sens bien. Aucun médecin n'a trouvé quoi que ce soit qui cloche.

— Et tu ne sais pas pourquoi tu as eu ces crises ?

— Elles sont arrivées juste après que je me suis réveillé. C'est probablement juste le cauchemar que j'ai fait, c'est tout.

Il me serra les mains.

— Arrête de me regarder avec cet air inquiet. Tu es pire que les médecins.

Je n'avais jamais entendu parler de cauchemar lui déclenchant des crises d'épilepsie.

— De quoi as-tu rêvé ?

— Quelqu'un me donnait des chocs avec une E-source. Je ne pouvais rien arrêter parce que j'étais attaché.

Il me jeta un regard en coin.

— C'est à cause de toutes ces machines, Sauscony. Je connais à peine le nom de la moitié d'entre elles. Ces ordinateurs, ces robots, toutes ces choses. Elles me donnent des cauchemars. Mais ça n'est pas important.

J'écoutais à peine ce qu'il disait pour finir. Un seul mot avait saisi mon attention. E-source.

— Qui t'avait attaché ?

— Je ne sais pas.

Il fit un geste de la main pour éluder la question.

— Les vieux soldats font souvent ce genre de rêve.

Avec des E-sources ? Je ne m'étais même pas rendu compte qu'il savait ce que c'était. Il avait passé le plus clair de sa vie dans ce qu'on pourrait qualifier, selon des critères skoliens, de misère noire. Je n'étais pas certaine qu'il y ait quoi que ce soit ressemblant à une E-source sur toute sa planète.

— Tu as parlé d'E-source avec Mère ? demandai-je.

Il secoua la tête.

— Non. Ce n'était vraiment rien, Sauscony.

— Rêver de décharges électriques, ce n'est vraiment rien ?

— Je rêvais qu'on me faisait subir un interrogatoire.

Sur le lit, Jaibriol prit une brusque inspiration.

Je ne sais comment, je parvins à garder une voix posée.

— Est-ce que tu te souviens pourquoi ?

Mon père haussa les épaules.

— Quelqu'un n'arrêtait pas de m'interroger sur l'armée de mon père. Sur leurs plans militaires. Je ne sais pas pourquoi j'ai rêvé d'un truc pareil. Mon père est mort quand j'avais à peine quelques mois.

Il se frotta les poignets, les massant à l'endroit exact où la peau de Jaibriol avait été arrachée.

— C'était tellement criant de vérité. J'avais l'impression que c'était réel, quand je me suis réveillé.

Avait-il capté l'interrogatoire de Jaibriol ? Comment ? Au travers de Kurj ? *Au travers de moi ?*

Je connaissais Kurj. Quand il se rendrait compte de ce que j'avais fait, sa haine s'abattrait sur moi autant que sur Jaibriol. Il me ferait interroger consciencieusement, autant pour me punir que pour découvrir pourquoi j'avais agi ainsi. Si la torture de Jaibriol avait causé tellement de douleur à mon père, que se passerait-il quand ce serait moi qui passerais à la question ? Bien que mon père déclare que ses crises n'étaient « vraiment rien », je connaissais la vérité. S'il avait des attaques d'épilepsie – des symptômes du « grand mal » – alors qu'il était sous traitement, c'est qu'il était bien plus en danger qu'il ne voulait l'admettre.

— *Sauscony.*

Mon père indiqua Jaibriol d'un signe.

— *Tu désires vraiment cet homme ?*

Je me concentrai sur l'image de ma mère.

— *À quoi ressemblerait ta vie sans elle ?*

— *Ta mère n'est pas un quart Highton.*

— *Est-ce que ce que tu as vu dans l'esprit de Jaibriol t'a paru si monstrueux ?*

Il soupira.

— *Non, au contraire.*

— *Il ne sera jamais mon ennemi.*

Il dévisagea Jaibriol, qui essayait visiblement de comprendre ce que nous faisions, nous observant l'un comme l'autre dans le plus grand silence pendant que nous faisions des gestes de la main et que les expressions changeaient sur nos visages, comme si nous étions en pleine conversation.

Mon père prit la parole.

— Alors vous devez tous les deux demander asile aux Alliés.

Si seulement la vie pouvait être aussi simple.

— Nous ne pouvons pas quitter Diesha, dis-je.

— Tu ne peux pas demander à un pilote de te conduire d'ici jusqu'à l'astroport ?

Il me regarda.

— Pilote toi-même un vaisseau pour Délos. Personne à part nous trois ne saura que tu avais un passager.

Comment expliquer un cordon de sécurité planétaire à un homme qui ne comprenait la guerre qu'en termes de cavalerie et d'infanterie ?

— Nous ne pouvons pas prendre un vaisseau maintenant, pas sans une autorisation de Kurj. Et jamais il ne la donnera.

— Si j'avais une autre crise, suggéra mon père, tu devrais appeler un médecin.

Mon cœur se mit à battre plus fort.

— Tu crois que tu vas avoir une nouvelle attaque ?

Il sourit un peu.

— Ça pourrait s'arranger.

Ah. Voilà qui ferait certainement venir quelqu'un ici. Malgré l'antipathie de Kurj envers mon père, il avait besoin de lui en bonne santé.

— Mais même si nous avions un vaisseau, Kurj ne nous donnerait l'autorisation que pour des voyages planétaires, certainement jusqu'à un hôpital sur un autre continent, à un endroit qu'il jugera plus sûr qu'ici. Mais il ne laissera personne quitter Diesha tant qu'il n'aura pas attrapé Jaibriol.

— Ça ne signifie pas que tu ne pourras pas t'échapper de toute façon.

— Je ne vois pas comment.

— Tu as libéré le seigneur Qox.

— C'était avant que les FSI ne soient en état d'alerte. Je ne crois pas que quiconque puisse sortir maintenant.

— Je ne te demande pas si quiconque pourrait sortir. Je te demande si *toi,* tu le peux.

Je le regardai avec de grands yeux. Dire qu'il n'avait jamais été enthousiasmé par mes choix professionnels était un doux euphémisme. Il ne m'était jamais venu à l'idée qu'il pourrait avoir une haute opinion de mes capacités.

— Je ne sais pas si je peux y arriver.

— Est-ce que tu veux essayer ?

— Oui.

— Très bien. Alors c'est décidé.

— Ce n'est pas si simple.

Comme s'il y avait quoi que ce soit de simple dans ce qu'il venait de proposer.

— Même si nous quittons Diesha – ce qui sera presque impossible – et même si nous y parvenons, nous nous enfuirons aussi vite que possible, sans grand espoir, poursuivis par je ne sais combien de vaisseaux de guerre. Ils lanceront l'alerte à toutes les sentinelles d'ici jusqu'à Délos. Nous n'arriverons jamais jusque là-bas.

Il remonta ses lunettes.

— Alors tu dois déjà avoir un lieu où aller quand tu partiras. Un endroit inconnu des FSI et des Troqueurs.

— Si ce lieu doit être inconnu des FSI, comment est-ce que toi et moi allons le découvrir ?

— Nous pourrions demander aux Alliés.

Comment pourrais-je lui faire comprendre ?

— Nous ne pouvons rien demander à personne. Les communications extraplanétaires entrantes ou sortantes sont coupées.

— Alors j'utiliserai la ligne privilège.

— Tu ne peux pas.

— Pourquoi pas ? Si je comprends bien, les systèmes de sécurité de Kurj ne pourront pas l'alerter de mes utilisations.

— Ils ne s'en rendront même pas compte. Pas plus que tu ne pourrais savoir si l'un des deux autres membres de la Triade utilisait son privilège. Mais ce n'est pas la question. Tu ne peux pas t'en servir pour ça.

— Je ne vois pas pourquoi.

— Père, tu ne peux pas utiliser ta ligne directe avec le président allié afin de demander de l'aide pour résoudre un problème personnel. Elle doit uniquement servir pour des crises qui menacent la stabilité de la galaxie.

Il articula doucement :

— Si l'exécution imminente des héritiers Highton et skolien ne menace pas la stabilité de la galaxie, alors je ne sais vraiment pas ce qui le fera.

Sa remarque me coupa brusquement. J'avais été tellement prise dans les événements que je n'avais pas eu le temps de réfléchir à leurs conséquences. Nos exécutions déchireraient les Rhon. Au milieu de ce chaos, un Ur Qox furieux lancerait toute sa puissance militaire sur nous, voulant venger la mort de son fils pendant que nous nous épuiserions en des luttes intestines. Tous nos efforts pour convaincre les Alliés que les Rhon et l'Assemblée formaient un gouvernement juste plutôt qu'une dynastie instable de tyrans seraient réduits à néant. Nous justifierions leurs plus grandes peurs à notre égard, détruisant le peu de confiance que nous étions parvenus à construire avec eux.

Mon père m'indiqua la table.

— Tu dois établir la ligne pour moi, Sauscony. Je ne sais pas le faire.

Je m'assis, me demandant s'il réalisait seulement à quel point il était absurde pour nous tous qu'il soit celui qui alimentait le

Réseau mais qu'il ne sache pas se connecter dessus. Il était illettré, autant pour l'écrit que pour les ordinateurs. Parfois, son refus d'apprendre me mettait en colère, parfois il m'inquiétait seulement, d'autres fois encore, je me demandais s'il n'avait pas une incapacité à apprendre qu'il refusait d'admettre. Il avait peut-être peur de paraître encore moins adapté qu'il ne le croyait, chaque fois qu'il devait affronter le monde de ma mère. Le psiber-espace était son terrain de jeu, un endroit où il n'avait pas besoin de lire ou d'écrire, ni de comprendre comment marchaient les ordinateurs. Tout ce qu'il avait à faire était penser.

J'appuyai sur un coin de la table et sa surface laquée se gonfla au centre, avec un ronflement sonore. Une sphère d'un demi-mètre de diamètre se forma et s'ouvrit pour révéler une console réseau. Une partie encore plate de la table s'illumina, laissant apparaître un écran holo.

Je me tournai vers mon père.

— J'ai besoin du nom et des codes de sécurité de ton compte privilège.

— Le nom du compte est Valdor. Les codes sont les noms de vous tous, les enfants, convertis en code par le fichier de sécurité de niveau quatre d'EM16.

J'acquiesçai, m'efforçant d'agir comme si ce qu'il venait de faire – révéler les précieux codes de sécurité du privilège en présence de l'héritier Highton – était la chose la plus normale du monde et non pas l'acte de trahison dont nous étions tous deux conscients.

Je me connectai d'abord sur son compte courant, et de là, je lançai les protocoles qui me relieraient au privilège. Il existait trois ordinateurs privilèges seulement, un pour chaque membre de la Triade, chaque machine étant totalement indépendante des deux autres. Pendant que j'attendais de passer les mesures de sécurités, j'entendis des bruits de pas. En me retournant, je vis Jaibriol debout derrière moi. Mais il n'essayait pas de voir ce que je faisais, ce que moi, à sa place, j'aurais tenté de faire. Il se contentait de regarder mon père.

Mon père l'observa en plissant le front.

— Oui ?

— Je me demandais pourquoi vous aviez besoin de voir les médecins, dit Jaibriol. Vous avez l'air très en forme.

— Je suis épileptique.

Jaibriol ouvrit de grands yeux.

— Comment est-ce possible ? Ce n'est pas mentionné dans les dossiers que nous avons sur vous.

— Pourquoi devrais-je en parler aux vôtres ?

— Je suis seulement surpris que nos services de renseignement ne l'aient pas découvert.

Mon père semblait l'écouter à peine. Il se concentrait à nouveau, sondant l'esprit de Jaibriol. Puis il parla plus doucement.

— Ma famille est morte quand j'étais encore enfant, tuée dans une avalanche pendant un voyage. C'est là que j'ai eu ma première attaque. Les docteurs pensent que mon esprit n'était pas encore bien séparé de celui de ma mère, et donc que le choc de sa mort a endommagé mon cerveau.

Je le regardai avec incrédulité. Qu'est-ce qui lui prenait de révéler tout cela ? Il en parlait rarement. Si les neurones de son cerveau étaient trop stimulés, ils émettaient un flux anormal de décharges électriques, le plongeant dans l'inconscience pendant que son corps se raidissait et que ses mâchoires se crispaient. Puis il devenait tout bleu et cessait de respirer. Quand ses neurones commençaient à fatiguer, son corps se convulsait puis finalement, ils s'épuisaient et tous ses muscles se relâchaient. Quand il finissait par se réveiller, il était toujours fatigué et désorienté.

La première fois que j'avais vu cela se produire, toute jeune, j'avais été terrifiée en croyant qu'il allait mourir, ou que les spasmes violents indiquaient qu'il souffrait horriblement. Les médecins m'expliquèrent plus tard qu'il était devenu bleu parce que les vaisseaux sanguins de sa peau s'étaient contractés, pour que le sang alimente plus son cerveau. Mon père disait qu'il ne se souvenait jamais des attaques, et *a fortiori,* qu'il ne ressentait aucune douleur.

Ce que les docteurs ne me disaient pas, ce que je n'appris pas avant d'être plus âgée, c'était que ses attaques étaient les plus violentes qu'ils aient jamais vues. Les structures nerveuses supplémentaires de son cerveau – ces centres para qui faisaient de lui un télépathe si doué – le rendaient aussi affreusement sensible à la décharge nerveuse d'une attaque. Quand ses para eurent fini de grandir, à l'adolescence, ses attaques étaient devenues si graves que sans traitement, il serait probablement mort du fait de leur fréquence et de leur violence. Il avait survécu sans traitement jusqu'à dix-huit ans uniquement grâce à la surveillance sans faille de son tuteur. Mais ils savaient tous deux qu'il n'atteindrait sans doute jamais l'âge de vingt ans.

Ma mère n'avait eu qu'à voir une de ses crises pour comprendre que ce qu'il prenait pour une « affliction mentale » était une sorte d'attaque cérébrale. Même maintenant, alors qu'il savait que l'épilepsie était un état curable qui ne l'empêchait pas d'avoir une vie normale, il n'en parlait qu'avec sa famille ou avec les quelques docteurs auxquels il avait fini par faire confiance. Le fait même qu'il en parle seulement à Jaibriol m'étonnait. Quelque chose se passait entre eux deux, quelque chose que j'avais du mal à suivre.

— Ce n'est pas héréditaire, ajouta mon père.

Jaibriol répondit calmement :

— Ça ne changerait pas mes sentiments pour Sauscony. Mais si elle et moi allons en exil, il y a peu de chances pour que nos enfants aient accès au type de traitement médical que vous recevez ici. Si cela peut les tuer, nous devons le savoir.

Pour l'amour de l'espace ! Nous étions sur le point de mourir et Jaibriol s'inquiétait de notre progéniture imaginaire. Mais c'était une pensée rassurante, finalement. Nos enfants, si nous étions capables d'en avoir, seraient à la fois Rhon et Qox. Les dieux seuls savaient ce que ces héritages impliqueraient.

Une lumière s'alluma sur la console, accompagnée par le bip d'un communicateur. Mon père m'observa.

— Est-ce que le privilège est activé ?

— Non.

Zut !

— C'est Kurj. Il essaie de te joindre.

J'activai le communicateur, mais en laissant le mode visuel éteint. Puis j'indiquai à mon père d'approcher et je lui montrai la touche « Accepter ».

Il pressa le bouton.

— Oui ?

La voix de Kurj retentit soudain.

— Eldri, as-tu vu Soz ?

Mon père se crispa. Son nom complet était Eldrinson Althor Valdoria. Eldri était son surnom d'enfant, que seuls ma mère, son ancien tuteur et Kurj utilisaient encore. Mon père aimait que ma mère l'appelle ainsi et cela ne le gênait pas, venant de son tuteur. Mais avec Kurj, c'était une autre affaire.

Il répondit froidement.

— Oui, elle est là.

Jaibriol le regarda comme un homme trahi. Mais alors qu'il commençait à parler, j'attrapai son poignet et secouai la tête. Les pilotes qui avaient intercepté notre planeur avaient dû faire leur rapport. Mon père n'aurait pas osé nier que j'étais là.

— Passe-la moi, exigea Kurj.

Je me penchai vers le haut-parleur.

— Oui Majesté ?

— Je veux que tu restes avec lui, dit Kurj. Jusqu'à ce que nous trouvions Qox.

Mes épaules se détendirent. Il pensait que j'étais venue pour protéger mon père. C'était une conclusion logique, ou cela l'aurait été si j'avais su que mon père était là. Même avec l'importante sécurité qui protégeait le palais, il était normal que Kurj ne voulût pas laisser un membre de la Triade seul en ce moment. Quel meilleur garde du corps pourrait avoir mon père qu'une Principale Jagernaute accordant un intérêt bien plus que militaire à sa survie ?

— Oui Majesté, répondis-je.

— Parfait. Fin de transmission.

Je regardai mon père.

— Il semblait penser que je savais que tu serais là.

— Tu ne le savais pas ? Ton message est arrivé au palais hier.

J'avais oublié ça.

— C'était une ruse. J'essayais de faire savoir à Kurj que j'étais arrivée sur Diesha.

Il sourit.

— Eh bien, j'étais sur le point d'y répondre. J'allais suggérer que nous dînions ensemble après que Kurj aura fait son annonce.

— Quelle annonce ?

— Sauscony, pas la peine de jouer les modestes.

— Modeste à quel sujet ?

— Il ne t'a pas encore parlé ?

— De quoi ?

Il soupira.

— Je suis désolé. Je pensais que tu étais au courant.

De quoi diable parlait-il ?

— Au courant de quoi ?

— Il a choisi son héritier, expliqua mon père. C'est toi.

J'eus l'impression qu'une locomotive de MagTrain venait juste de s'écraser contre un mur de plaston à trois cents kilomètres-heure.

— Quoi ?

— C'est toi. Kurj t'a choisie comme successeur.

— Je n'y crois pas.

— J'ai vu les documents. Il les a signés ce matin.

Je ne pus que rester là, assise, à le regarder. Puis je posai mon coude sur la table et j'appuyai mon front sur ma paume. Mon esprit était comme une éponge sèche sur laquelle on fait couler de l'eau. Je ne parvenais pas à absorber ses paroles. Ça ne rentrait pas.

Mais lentement, progressivement, l'éponge réagit. Peu à peu, la compréhension imprégnait mon esprit. Le choix. Kurj avait fait son choix. Ce n'était plus un combat. Je n'avais plus à affronter mon frère Althor. Je n'avais plus à craindre chaque jour le moment où nous serions forcés de faire le choix de Kurj à sa place. C'était fini. J'avais gagné. *Gagné.*

Le moment était bien choisi. Je ne pouvais pas concevoir une méthode plus efficace pour miner le moral des Troqueurs que de voir Kurj annoncer qu'il avait choisi son successeur dans le même discours où il révélerait qu'il avait capturé l'héritier Highton. Voilà qui, en comparaison, rendrait bien pâle l'annonce dramatique par Ur Qox de l'existence de Jaibriol.

Sauf qu'il n'y aurait pas de discours triomphants maintenant. Seulement de la déloyauté, de la trahison et de la fureur.

— Je ne…

Ma voix s'étouffa.

— Oh. Dieux.

Mon père s'assit sur le siège près du mien.

— Je sais que je me suis opposé à ta décision de t'engager dans l'armée. Mais tu dois comprendre que c'était difficile à accepter pour moi.

Je ne fis que secouer la tête. Que pouvais-je dire ? D'ailleurs, lui et moi avions depuis longtemps enterré ce sujet. Ou plus exactement, nous nous étions lassés de nous disputer à ce propos.

— Sauscony, écoute-moi.

Il me prit par les bras, me forçant à le regarder.

— Je t'ai observée ces dernières années. J'ai vu ce que la vie a pu te faire. Ce que tu en as fait. Tu n'es pas Kurj. Tu ne le seras jamais.

Je me raidis.

— Et tu ne crois pas que je peux faire son travail ?

— Non. Ce n'est pas du tout ce que je voulais dire.

Je devais lutter pour ne pas serrer les dents.

— Alors qu'est-ce que tu voulais dire ? Que tu crois qu'Althor aurait été un meilleur choix ? Parce qu'il ressemble plus à Kurj ?

— Ressembler à Kurj n'est pas vraiment une garantie de la capacité à commander.

— Alors je ne vois pas où tu veux en venir.

— Ce que j'essaie de dire, sans grande réussite, je le crains, c'est que je crois que Kurj a fait le bon choix.

Il m'arrêta, m'arrêta net. Dans le peuple de mon père, les femmes n'avaient jamais combattu comme soldat, et encore moins comme chefs de guerre. C'était très différent de la culture bien plus équilibrée de l'Imperium en général. Bien que j'eusse toujours su que mon père m'aimait autant que mes frères, il y avait une différence : il les voyait comme des guerriers et moi comme une bizarrerie. La dernière chose que je m'attendais qu'il me dise était qu'il me considérait comme un meilleur choix que mon frère Althor pour le poste d'Imperator.

Je ne savais pas quoi dire, alors à la place, je le pris dans mes bras. Il me serra fort, posant sa tête au-dessus de la mienne.

Finalement, je me penchai en arrière, pour le regarder.

— Comment ça, tu as vu ce que la vie m'avait fait ?

— Elle t'a transformée. T'a endurcie.

Il prit un moment pour ravaler sa salive.

— Encore vingt ans comme ça et je ne te reconnaîtrai plus. Encore un siècle, et que seras-tu devenue ?

Je pensai à la vie que j'avais imaginée la veille : protégée nuit et jour par des Jagernautes, et souvent aussi par un cyberverrou, sauf quand je viendrais ici, dans cet antre glacé en forme de palais ; vivant avec une méfiance permanente envers tout le monde, y compris Rex, qui méritait mieux que de se rappeler pourquoi il était infirme chaque fois qu'il regardait sa femme.

Non, je ne voulais pas que cela se passe ainsi. Mais tout cela faisait partie de la fonction – et je voulais cette fonction.

Sauf que ce poste n'était plus pour moi. Plus maintenant.

Mon père fit une grimace de dépit.

— Quoi, tu abandonnes ? Des chefs renversés sont partis en exil depuis la nuit des temps. Le Seigneur Jaibriol et toi serez loin d'être les premiers à vous enfuir pour revenir quand la situation vous sera plus favorable.

— Si nous disparaissons, nos droits à nos titres disparaîtront avec nous.

Mon père soupira.

— Je ne dis pas que ça ne sera pas difficile de revenir. Mais chacun de vous *est* l'héritier légitime de votre poste. Vous aurez droit d'y prétendre quand votre prédécesseur sera mort.

Je vis les larmes dans ses yeux et j'entendis les mots qu'il ne prononçait pas. *Reviens. Reviens pour que je sache que tu es vivante.* Mes propres yeux se brouillèrent.

— Tu es vraiment un homme très bien, tu sais.

Il rougit.

— Je suis juste un fermier arriéré venu d'une planète arriérée.

Puis il indiqua la console.

— Si nous ne contactons pas le président allié, je serai bientôt un fermier avec une fille en moins.

Son compte avait fini de mettre en place son privilège. Je vérifiai deux fois le lien vers la Terre puis j'émis l'appel. Il passerait droit par le Réseau skol, via des liens de télops, jusqu'à une nanopuce implantée dans le corps du président allié. La liaison dans le psiber-espace entre le compte privilège et la Terre était protégée ; les télops ne sauraient même jamais qu'ils avaient transmis un message.

Je me levai, laissant la place à mon père. Pendant qu'il s'y glissait, Jaibriol et moi nous reculâmes, nous éloignant de la table pour ne pas être visibles quand le président allié passerait en visuel. Puis mon père brancha le psiphon dans son poignet.

La voix sèche du compte privilège s'éleva dans l'air.

— **Ligne activée. Préparez-vous à recevoir la transmission.**

J'attrapai la main de Jaibriol. Nous y étions. Si les Alliés nous rejetaient, nous n'aurions nulle part où aller.

— Prêt, dit mon père.

L'écran holo de la table s'inclina jusqu'à être vertical. Une image apparut, le visage et le buste d'une femme. Elle avait l'air d'avoir la cinquantaine, bien que je sache qu'elle avait plus de soixante-dix ans. Quelques rides marquaient ses traits distingués et des boucles grises tombaient le long de ses joues.

J'avais vu ce visage des centaines de fois, à la fois aux actualités et en personne. Elle avait l'air différente ce soir, fatiguée et tendue, comme si elle était en train de dormir quand le privilège l'avait contactée.

Elle adressa un signe de la tête à mon père.

— Seigneur Valdoria.

Il lui répondit d'un hochement de tête.

— Président Calloway.

Elle parla en skolien, allant droit au but.

— Qu'est-ce qui ne va pas ?

— Deux personnes ici ont besoin d'un refuge. Ils doivent aller à un endroit où personne ne peut les trouver, un endroit inconnu des renseignements impériaux et troqueurs.

Mon père s'interrompit un instant.

— Un endroit inconnu des renseignements alliés également, si possible.

— Pourquoi ? demanda Calloway. Qui sont ces gens ?

— Le pourquoi est plus simple que le qui. S'ils ne reçoivent pas asile, ils seront exécutés.

— En quoi cela concerne-t-il la Terre ?

— Si les exécutions ont lieu, cela provoquera de sérieuses complications dans notre guerre contre les Eubiens.

Calloway l'étudia pendant un moment.

— Seigneur Valdoria, vous devez certainement réaliser que je ne peux pas interférer dans des affaires militaires concernant la guerre eubéo-skolienne. Si je le faisais, cela reviendrait manifestement à déclarer une alliance qui n'existe pas actuellement entre votre peuple et le mien.

— Et vous réalisez certainement, répliqua mon père, que si nous tombons face aux Troqueurs, vous serez les suivants.

— Vous pensez que les exécutions de ces deux personnes menacent vraiment l'Imperium tant que cela ?

— Oui.

— Je dois savoir qui ils sont.

— Je ne peux pas vous donner cette information avant que nous ayons un accord.

— Je ne peux pas vous donner un accord tant que je ne comprends pas le problème.

Mon père resta silencieux pendant un long moment. Puis il reprit :

— Madame le président, avant que je vous donne leur identité, j'ai besoin que vous me donniez votre parole que vous ne parlerez de cette conversation à personne.

La main de Jaibriol se serra sur la mienne. Comme moi, il devait avoir été présent pendant des négociations de son gouvernement avec Calloway. Il devait savoir ce que je savais : sa parole valait beaucoup – et c'est pour cela qu'elle la donnait aussi rarement. Et si elle la refusait à mon père maintenant ? Dès qu'elle nous verrait, elle réaliserait qu'on lui demandait d'intervenir dans une affaire qui pourrait déchirer les Rhon au plus haut niveau. Comment pourrait-elle savoir si ce serait à son avantage de prendre le parti de mon père ?

— Vous me demandez beaucoup, réfléchit-elle.

— Mais pas sans raison.

— Et si je ne promets pas de me taire ?

Il ne répondit pas tout de suite. Mais je sentis sa nervosité. Il allait tout lui dire de toute façon, même sans sa promesse. Si elle contactait Kurj ensuite, vu ce qu'elle savait – non, nous ne pouvions pas laisser cela se produire. Il saurait que je n'étais pas la seule à avoir commis une trahison, et Kurj avait bien moins de désir de laisser la vie sauve à mon père qu'à moi.

— *Père, non !* pensai-je. *Ne fais pas ça.*

Il ne réagit pas. Au lieu de cela, il dit à Calloway :

— Si vous ne pouvez pas me donner votre parole, des gens vont mourir. Des membres des Rhon.

— Et si je la donne ?

— Personne à part vous et moi ne le saura.

— Et les deux personnes en question ?

— Eux aussi. Mais nous les enverrons là où personne ne pourra les trouver.

Elle le regarda avec une expression pleine de réserve.

— Ce que vous me demandez, c'est de passer un pacte avec un seul membre de la Triade, un accord que vous avez l'intention de cacher aux autres.

— Oui.

— Mais vous ne me direz pas pourquoi avant que je passe ce pacte.

— Je dois vous demander de vous fier à votre jugement.

— Le jugement et la politique font rarement bon ménage, Seigneur Valdoria.

— Néanmoins, je dois en appeler à votre confiance.

Quoi qu'elle pensât, elle n'en laissait rien paraître. Si mon père captait quoi que ce soit par le psiphon, il n'en donnait aucun signe non plus. Je ne croyais pas qu'elle abaisserait suffisamment ses barrières pour qu'il puisse même capter le moindre indice. Malgré la position « officielle » des Alliés au sujet de la psibernétique, j'étais certaine que leur président était bien entraînée à se protéger contre les Rhon.

Pendant que le silence s'appesantissait, je regardais Jaibriol. La sueur s'accumulait sur ses tempes et descendait sur son cou. Je pouvais sentir la moiteur de ma main là où je serrais la sienne.

— Très bien, répondit Calloway. Je vous donne ma parole.

Je fis un petit bruit, à peine audible, juste un souffle relâché entre mes dents. Les épaules de mon père s'affaissèrent, quittant la position voûtée qu'il avait adoptée sans que je le réalise jusqu'à ce qu'il se détende.

Il nous fit signe. Comme nous nous approchions de la console, il se poussa sur le côté. Puis Jaibriol et moi nous tînmes devant l'écran. J'étais habillée seulement de la chemise de prisonnier qui faisait visiblement la paire avec le pantalon que Jaibriol portait. Nous étions là, à moitié nus, nous tenant la main, et nous regardions le président Calloway.

Sa bouche s'ouvrit malgré elle.

— Mon Dieu.

Mon père se plaça près de moi, revenant dans le champ de vision de Calloway.

— Allez-vous les aider ?

Elle souffla longuement, envoyant voler une mèche de cheveux gris qui tombait sur son visage.

— Je ne comprends pas.

— Ils pensent qu'ils s'aiment, expliqua mon père.

— Je ne comprends toujours pas, répondit Calloway. Principale Valdoria, voulez-vous vraiment partir en exil avec un Highton ?

Elle s'interrompit.

— Pourrez-vous seulement survivre en sa compagnie ?

— Il n'est pas Highton, dis-je.

— Non ?

Elle se tourna vers Jaibriol.

— Alors pourquoi au nom du ciel portez-vous le titre d'héritier Highton ?

Il répondit calmement :

— Je suis aussi un psion Rhon.

Les sourcils de Calloway se soulevèrent. Il fallut attendre cinq bonnes secondes avant qu'elle reprenne :

— Ça a dû demander pas mal d'efforts.

Elle jeta un coup d'œil à mon père.

— Il me semble qu'il représente une bien plus grande menace pour vous vivant que mort.

Elle fit une espèce de grimace.

— Pour nous tous.

Mon père secoua la tête.

— Ce que l'empereur Qox attend de son fils, il lui sera sans doute impossible de lui donner, madame le président.

— Vous lui faites confiance parce qu'il est un Rhon ?

— Oui.

Il marqua une pause.

— Un jour, j'ai entendu parler d'un poisson qui existe sur votre planète. Pour se reproduire, il doit remonter les cours d'eau pour atteindre l'endroit où il est né, ou bien il doit mourir en essayant. Les Rhon sont similaires pour ce qui est de notre pulsion de nous unir avec nos semblables, de former notre propre communauté. Quelles que soient les barrières, nous luttons jusqu'à ce que nous les ayons surmontées.

Il me regarda et sa voix dérailla un peu.

— Ou nous mourons en essayant.

— Pourquoi ne peuvent-ils pas aller sur Délos par leurs propres moyens ? Pourquoi voulez-vous que j'intervienne en leur faveur ?

— Nous ne pouvons pas quitter Diesha, dis-je. La planète est en alerte militaire globale.

Calloway me lança un long regard sévère. Puis elle se retourna vers mon père.

— Vous me demandez d'entrer dans une conspiration qui vise à défier directement l'autorité de l'Imperator.

— Je vous demande de m'aider à éviter une crise qui pourrait menacer la stabilité de nos trois gouvernements.

— Si je vous aide et si jamais cela vient à se savoir…

Elle ne finit pas sa phrase.

Mon père saisit l'occasion.

— Ma fille est une experte des opérations secrètes. Elle peut effacer toutes traces de ces négociations.

Calloway m'observa attentivement. Elle devait savoir qu'il disait la vérité au sujet de mes manipulations des archives. Ses services devaient avoir un dossier sur moi aussi complet que ceux que nous avions sur ses officiers haut placés.

Le président se renfonça dans son siège. Elle posa les coudes sur les bras du fauteuil et appuya sa joue sur sa main. Elle ne nous regarda pas pendant qu'elle réfléchissait, se contentant de fixer un point quelque part entre Jaibriol et moi. Le silence étouffant était seulement rompu par le tic-tac de l'horloge. Tic-tac. Tic-tac. Tic-tac. Je souhaitais que ce son qui me rendait folle se taise enfin.

Calloway reprit la parole.

— Je vous aiderai.

CHAPITRE 17

D'ICI DEMAIN

Le vaisseau atterrit sur le toit du palais. C'était un véhicule médical rapide, conçu pour amener d'urgence les gens à l'hôpital. Il descendit dans un grondement de gaz brûlants, arrosant la piste d'atterrissage de ses rejets d'échappement. Des lumières d'alerte brillaient dans la nuit, clignotant en rythme avec les systèmes de défenses du palais. Leur lueur laissait apercevoir les sommets environnants. C'était la seule chose qui rappelait que nous étions sur le toit d'un palais isolé au milieu des montagnes plutôt qu'à l'astroport.

Près de moi, Jaibriol et mon père protégeaient leurs yeux de l'éclat. Ils avaient trouvé refuge derrière un mur de soutènement de l'autre côté du toit. Pendant que le vaisseau descendait, je courus vers lui, fonçant dans le vent qui faisait battre ma veste contre moi.

Le sas s'ouvrit et de la lumière en sortit. Une femme sauta sur le toit. Elle portait l'uniforme blanc d'un médpilote d'urgence, une tenue blanche avec un insigne triangulaire portant le symbole de la Triade sur son épaule gauche. La porte se referma derrière elle, coupant la lumière aussi soudainement qu'elle était apparue. Je m'arrêtai devant elle.

Elle s'inclina.

— Principale Valdoria ?

— Tout à fait, dis-je. Mon père se repose.

— A-t-il eu d'autres convulsions depuis que vous nous avez prévenus de la première ?

Je secouai la tête.

— Mais il n'est plus vraiment stable maintenant.

— J'ai un brancard gonflable pour lui.

Jusque-là, elle avait donné les bonnes réponses.

— Comment vous appelez-vous ?

— Erin O'Neill.

C'était le nom que Calloway nous avait donné. Le badge sur son uniforme disait *Lyra Merzon*. Un vrai bon nom skolien. Nous avions sans doute un dossier sur Lyra Merzon qui couvrait toute son existence. Mais tout était faux. D'un bout à l'autre. Cette femme était Erin O'Neill de la Terre. Si je n'avais pas d'autres problèmes en tête, j'aurais pris un moment pour m'offusquer que les Alliés fussent parvenus à l'infiltrer si discrètement dans le Quartier Général.

— Qu'est-ce qu'on vous a dit ? demandai-je.

— Que je devais emmener deux personnes hors-planète, à un endroit précisé dans un fichier téléchargé dans mon véhicule par le président Calloway.

— Est-ce que quelqu'un d'autre que le président a eu vent de vos ordres ?

— Non, Principale.

— Je suis une des deux personnes que vous emmenez.

Elle hocha la tête.

— Bien, Principale.

— Le président Calloway m'a dit que, selon les lois alliées en vigueur, les capitaines d'un vaisseau sont autorisés à célébrer des mariages dans l'espace, étant reconnu légalement par votre peuple. Est-ce exact ?

Elle me regarda avec de grands yeux.

— Euh… Oui. C'est exact.

— Parfait.

Les lois de l'Imperium et des Troqueurs reconnaissaient toutes deux les mariages alliés. Ainsi, si Jaibriol et moi avions un jour des enfants, ils seraient nos héritiers légaux. Je n'avais aucune idée de ce que cela impliquerait, mais au moins, ils ne seraient pas illégitimes.

Je parlai dans l'intercom incrusté dans le bracelet à mon poignet.

— Nous sommes prêts.

Les lumières sur le toit s'éteignirent, nous plongeant dans les ténèbres. Le vent soulevait ma veste et faisait battre l'uniforme d'O'Neill contre son corps. Je me retournai et levai la main. Pendant qu'O'Neill scrutait le toit obscur, deux silhouettes, méconnaissables dans les ténèbres, apparurent.

Elles s'approchèrent lentement, la silhouette la plus petite boitant comme mon père le faisait quand il n'avait pas sa canne. O'Neill plissait les yeux pour percer les ténèbres, mais avec uniquement la lumière des étoiles pour éclairer le toit, ils ne furent visibles qu'au moment où ils arrivèrent juste à côté de nous. Jaibriol vint se mettre près de moi, habillé de vêtements pris au palais.

O'Neill dévisagea Jaibriol longuement. Puis, reprenant ses esprits, elle salua en s'inclinant d'abord mon père puis Jaibriol.

J'indiquai le vaisseau.

— Allons à l'intérieur.

Elle laissa le passage à mon père qui monta dans la cabine obscure. Jaibriol monta ensuite, suivi par O'Neill puis moi. Dès que le sas se referma, des lampes inondèrent l'habitacle de lumière.

Le vaisseau d'urgence était construit comme un Jag, conçu pour la vitesse et pour les économies d'énergie. Sa cabine regorgeait d'équipement : des caisses avec des insignes de matériel de survie collés dessus, des paquets de vêtements, du nervoplex, du caoutchouc, de la toile, des tuyaux, des barils cerclés de métal, des boîtes de petite taille, marron, grises, vertes, noires, toutes portant des étiquettes imprimées indiquant du matériel informatique ou médical. Un fusil laser était arrimé contre une cloison, avec une boîte qui contenait ses batteries. Je vis aussi une hache de survie, une boîte de bombes aiguilles, plus utiles pour faire des excavations qu'en tant qu'armes, et une boîte de couteaux standard des FSI. Un brancard était accroché à la coque et un filet médical le recouvrait, prêt à s'enrouler autour d'un patient.

Jaibriol s'assit sur le brancard et ferma les yeux en s'adossant à la coque.

Je m'assis près de lui.

— Tu vas bien ?

Il rouvrit les yeux.

— Juste un peu fatigué.

Mon père s'approcha et se tint près du brancard en fronçant les sourcils. Jaibriol rougit. Puis il agrippa un des câbles qui maintenait le brancard contre la coque et il se hissa sur ses pieds.

Qu'est-ce que ça signifiait ? Un autre échange silencieux entre Jaibriol et mon père, comme cette histoire sur les enfants ? Je me levai, les regardant l'un après l'autre.

Mon père fixait Jaibriol avec un regard sévère.

— Êtes-vous prêt à vous occuper convenablement de ma fille ?

Je ne pouvais pas y croire.

— Pour l'amour de l'espace, Père.

Il me regarda. Puis il rougit et se retourna vers Jaibriol.

— Peut-être que ce n'était pas la question la plus appropriée.

Il resta un instant là, debout, à se gratter le menton. Puis finalement, il reprit :

— N'êtes-vous pas un peu jeune pour Sauscony ?

C'était presque pire. Pourquoi fallait-il que ma mère et lui se sentent systématiquement forcés de faire des remarques sur l'âge des hommes qui entraient dans ma vie ?

Mais quoi que mon père ait voulu demander avec ses questions, Jaibriol parut comprendre.

— Je ferai tout ce que je pourrai pour la rendre heureuse, monsieur.

— Veillez à ne pas faillir.

O'Neill se tenait près du cockpit, observant la discussion la bouche grande ouverte. Quand elle remarqua que je la regardais, elle se redressa et ferma la bouche.

Je me retournai et découvris mon père qui m'observait. Il parla d'une voix bien plus aimante.

— Au revoir, ma fille.

Je commençai à m'approcher de lui au moment même où il leva les bras vers moi. Nos mains se cognèrent, puis je fus dans son étreinte, serrée dans ces mêmes bras qui m'avaient tenue quand j'étais petite. Je me collai contre lui, posant ma tête sur son épaule en fermant les yeux.

— Au revoir, *hushpa*.

— Porte-toi bien, murmura-t-il. Je t'aime.

Une larme coula sur ma joue.

— Moi aussi.

Je me reculai de façon à pouvoir voir son visage.

— Tu diras à Mère que je t'ai dit que j'étais désolée pour ce qui s'est passé sur Foreshires. Que j'ai dit combien je l'aimais, et combien j'aurais voulu…

Je ravalai un sanglot.

— Combien j'aurais voulu que ça ne soit pas si difficile pour moi de lui avouer.

Il passa sa main sur mon visage pour essuyer mes larmes.

— Je lui dirai.

O'Neill s'éclaircit la gorge avec un son discret, presque inaudible. Quand nous la regardâmes, elle annonça :

— Je suis désolée – mais nous ferions bien de partir. Plus nous restons, plus nous risquons d'être découverts.

Je me forçai à acquiescer. Puis mon père et moi allâmes jusqu'au sas et restâmes près de la porte intérieure, les yeux dans les yeux. Finalement, il appuya sur le bouton qui ouvrait le sas. Les lumières s'éteignirent encore et aucune lueur ne s'échappa de la cabine quand la porte s'ouvrit sur la nuit à l'extérieur. Il se laissa descendre sur le toit, ne laissant voir qu'une simple silhouette dans l'ombre.

Je levai la main.

— *Au revoir.*

Il leva le bras pour faire un signe d'adieu.

— *Au revoir, Sauscony.*

Puis je fermai le sas.

Quand les lumières se rallumèrent, je me tournai vers O'Neill qui attendait près du siège du copilote. Le vaisseau d'urgence n'avait pas de cockpit à proprement parler, mais seulement une zone à l'avant de la cabine avec deux sièges, un pour le pilote et un pour le copilote.

Elle me désigna le siège du pilote.

— On m'a dit que vous pouviez nous faire franchir le cordon autour de la planète.

— Je vais essayer.

Que je puisse le faire ou non était une autre histoire.

Elle hocha la tête et se glissa dans le siège du copilote. Bien qu'aucune tension ne fût visible sur son visage, je sentais sa nervosité. C'était une étrange mission qui lui avait été confiée, devoir risquer sa vie pour aider des gens qu'elle était censée espionner. Jaibriol s'était rassis sur le brancard, appuyé contre la cloison, les yeux fermés.

— Jaibriol, dis-je d'une voix plus calme. Tu ferais bien de t'attacher.

Il ouvrit les yeux. Puis il s'abaissa sur le brancard et étendit ses jambes, bougeant avec lenteur comme si chaque contraction de ses muscles était une souffrance.

O'Neill étendit son bras et toucha un bouton de l'exosquelette qui était grand ouvert autour de mon siège, comme des pétales métalliques.

— C'est ce qui contrôle le filet médical.

Elle appuya sur le bouton et un froissement s'éleva du brancard. Je me retournai pour voir le filet médical s'attacher autour du corps de Jaibriol. Un fil serpenta jusqu'à son bras, s'insérant dedans – et ses yeux s'ouvrirent brusquement. Il attrapa le fil et l'arracha de son corps.

O'Neill l'observait sur l'écran au-dessus du siège du pilote. Elle parlait rapidement.

— Ce n'est que du glucose liquide, Seigneur Jaibriol. Selon les senseurs du brancard médical, vous êtes sérieusement déshydraté.

Jaibriol l'étudia un moment. Puis il lâcha le fil. Dès qu'il fut libéré, il rampa à nouveau vers le bras et s'y rattacha. Jaibriol se raidit, mais cette fois, il laissa le tube en place. Le filet médical réagissait à sa tension en lui massant le corps, se contractant et se détendant autour de lui sur un rythme régulier.

Quand je me glissai dans le siège du pilote, il replia son cocon et son exosquelette autour de moi. Les psiphons ne se mirent pas en place, mais dès que je les activai, ils se glissèrent dans mon cou et ma colonne vertébrale.

L'exosquelette d'Erin se refermait aussi sur son corps.

— **Ligne-méd connectée,** pensa le vaisseau d'urgence.

Entrer dans le Réseau par Ligne-méd me semblait bizarre et un peu emprunté. L'ordinateur de mon Jag m'aurait immédiatement propulsé dans le psiber-espace. Je devais faire prendre à Ligne-méd toute la procédure, lui donnant des instructions à chaque jonction.

J'entrai dans le Réseau comme un paquet d'ondes drapé de noir. La grille fourmillait de mouvements ondulants ; ses fils brillaient puissamment, comme les rayons du trop luisant soleil dieshan. La présence de Kurj était partout, omniprésente. Inévitable ? Je m'enveloppai dans mon manteau.

— *Psiber-simulation RV,* pensai-je. *Orbite haute.*

La grille disparut – et je fus dans l'espace. La planète Diesha flottait devant moi, comme une boule de turquoise et d'ambre, emmaillotée dans du coton sale. Je me tenais « debout » dans le quasi-vide qui s'étendait à la limite de la planète.

Pivotant lentement, j'inspectai tout l'espace du regard. La psi-sim utilisait les données rassemblées par les senseurs de Lignemed pour créer une « réalité » si complète que j'avais l'impression d'y être, en train de tourner et d'analyser ce que je voyais au gré de mes mouvements. Cela me donnait une lecture de la situation bien meilleure que ce que j'aurais pu avoir sans un lien au psiber-espace, restant limitée à des affichages visuels et des écrans. C'était une vision bien meilleure même que l'horizon mental que j'employais normalement dans mes liens avec le psiber-espace.

Senseurs visuels ; horizon mental ; psi-sim – trois niveaux successifs de capacité sensorielle, chacune plus efficace que la précédente, mais chacune plus coûteuse. Une psi-sim épuisait si rapidement les ressources mentales et physiques de l'utilisateur qu'après quelques minutes de ce traitement, je pourrais bien perdre conscience. Mais pour sortir d'ici, nous avions besoin du moindre avantage que nous pourrions trouver. Si nous ne nous échappions pas, eh bien, mon état physique n'aurait alors que peu d'importance.

Un point lumineux apparut à la frontière de Diesha. Je me concentrai, et m'élançai à toute allure vers lui, l'ordinateur envoyant les données à la simulation plus vite qu'aucun vaisseau n'aurait pu voyager, si près de la planète. Le point lumineux se révéla être un croiseur de guerre des FSI, un géant massif, assez grand pour avaler un millier de vaisseaux d'urgence et avoir encore de la place. Des batteries d'armes recouvraient toute sa surface comme des cratères. Les gueules de ses canons étaient assez grandes pour qu'on y fasse entrer un MagTrain. Une escorte de vaisseaux plus petits l'encadrait. D'autres vaisseaux entraient et sortaient des hangars d'arrimage qui s'ouvraient comme de larges mâchoires, avec des traverses pointues et des équipements surgissant des bords, pareils à de grotesques dents de métal. La scène était étrangement silencieuse, l'atmosphère étant trop ténue pour transmettre des ondes sonores notables.

Je m'approchai jusqu'à ce que le croiseur emplisse mon champ de vision : encore plus près, et j'aurai pu voir la moindre bosse et le moindre creux de son fuselage. La coque s'incurvait au-dessus et au-dessous de moi comme une falaise métallique. Un peu plus près, et je pus passer ma main dessus. Je savais que je sentais en fait l'intérieur du cocon de mon exosquelette et que Ligne-méd se servait de ses données sur le croiseur de guerre pour recréer les sensations tactiles du contact avec le fuselage. Mais cette surface rugueuse paraissait si réelle que j'aurais pu jurer que j'étais là.

Je m'éloignai du croiseur et plongeai vers la planète. La vue changeait à une vitesse ahurissante : une boule dans l'espace, un paysage courbe, un terrain plat. Je descendis dans les nuages humides, les traversais, tombant toujours plus près de la surface jusqu'à ce que les ombres massives de sommets de montagne s'élèvent autour de moi. Aucune lumière n'était visible, à part dans la vallée où le palais impérial étincelait comme une pierre précieuse.

J'« atterris » sur le toit du palais, près du planeur que j'avais utilisé pour amener Jaibriol ici. Le vaisseau d'urgence restait là, attendant sur sa piste d'atterrissage. Je passai au travers de la coque pour entrer dans la cabine, où je me vis dans le siège du pilote, les yeux fermés, le corps enfermé dans l'exosquelette.

Me voir ainsi était magique, comme si j'étais sortie de mon corps. Je secouai la tête et la tête du pilote s'agita. Je sentais le mouvement faire frotter mes joues sur l'exosquelette et son cocon. Mes cheveux bruissèrent, faisant un son que j'entendis à la fois dans mes oreilles et dans la simulation.

— Prête à partir ? demandai-je.

C'était une drôle d'impression de parler ; habituellement, quand je pilotais un vaisseau, j'étais en psi-lien, ce qui rendait toute communication verbale superflue.

— Prête.

Le front d'O'Neill se barra d'un pli soucieux pendant qu'elle m'observait.

— Un problème ? l'interrogeai-je.

— Je n'avais jamais vu avant un pilote faire les préparations pour le vol les yeux fermés.

— Je suis en psi-sim.

— Vous voyez vraiment le cockpit ?

— Je fais mieux que le voir.

Je me concentrai sur elle et un affichage translucide apparut, en surbrillance rouge.

— Vous êtes assise à 48,32 centimètres de moi, selon un angle de 23 degrés par rapport à la droite passant par votre plexus solaire et par l'écran holo qui est situé devant vous. Une mèche de cheveux s'est détachée de votre tresse et descend juste sous votre œil gauche.

O'Neill ouvrit de grands yeux et remit ses cheveux derrière son oreille. Je pris le manche à balai du vaisseau, le voyant dans la sim et le sentant dans ma main. Quand je le poussai vers l'avant, je retirai ma conscience du vaisseau, retournant dans la nuit. Les propulseurs planétaires de l'appareil d'urgence s'allumèrent et les rejets d'échappement tourbillonnaient autour de moi, éclatants et brûlants, pendant que le grondement du décollage faisait vibrer la piste d'atterrissage. Nous nous élevâmes sur plusieurs centaines de mètres, puis nous restâmes suspendus là, notre poussée s'équilibrant avec la gravité.

— *Sauscony…*

— *Jaibriol ?*

Comment pouvait-il être dans le psiber-espace avec moi ? Non seulement il n'avait pas de connexion au vaisseau, mais il n'avait même pas de circuit bioméca dans le corps qui aurait pu lui permettre de se brancher.

— *Je ne peux pas… me dissocier de toi.*

— *Essaie de rester en retrait, alors.*

Sans préparation d'aucune sorte pour ce genre d'expérience, son cerveau pourrait bien griller.

— *En retrait ?*

— *Imagine que tu es un programme fonctionnant sur Ligneméd. Essaie de rester en tâche de fond.*

Une impression de rire vint illuminer sa sensation d'épuisement.

— *Je serai aussi silencieux qu'une petite souris de jonction.*

Il se représenta l'image d'un gant utilisé pour les vieilles installations de réalité virtuelle. Puis une queue sortit du gant, suivi par deux oreilles velues, deux yeux et un museau. L'animal courut se dissimuler sous l'appareil de RV.

Je souris. Puis je pensai :

— *Ligne-méd, récupère le planeur.*

Nos propulseurs bâbords s'allumèrent, pour nous placer au-dessus du planeur. Les gaz brûlants chauffaient la piste d'atterrissage et le planeur tremblait sous l'effet du choc. Mais son fuselage renforcé restait intact dans les rejets d'échappement. Dans un claquement métallique, des pinces surgirent du ventre de l'appareil d'urgence. Elles se refermèrent sur le planeur, le saisissant comme un aigle capturant sa proie et le soulevant contre le ventre du vaisseau d'urgence.

— **Planeur fixé**, énonça Ligne-méd mentalement. **Les systèmes de défense du palais se préparent à tirer sur nous.**

Par tous les diables ?

— *Montre-moi ça.*

De nombreux points lumineux rouges apparurent dans toutes les montagnes, des pointeurs indiquant les positions des installations qui protégeaient le palais. Quelques points ne formaient qu'une lueur rouge isolée, d'autres brillaient comme de grandes flammes. Pendant que je m'avançai vers un des amas lumineux, il se changea en une batterie de canons lasers pivotant vers nous. En se déplaçant, elle faisait des vibrations qui résonnaient dans la nuit en un grondement grave.

Que se passait-il ? Je contactai l'ordinateur qui gérait les systèmes de sécurité du palais, une Intelligence Évolutive qui avait choisi de s'appeler Zos.

— *Zos, répond*, ordonnai-je mentalement.

— **Ici Zos**, pensa l'IE.

— *Laisse-nous partir.*

— **Je ne peux pas faire cela.**

— *Pourquoi pas ?*

— **Cela va à l'encontre de ma programmation.**

Qu'est-ce que ça voulait dire ? J'étais celle qui l'avait programmée.

— *Vérifie mes schémas cérébraux. Puis exécute l'ordre.*

— **Je sais qui tu es. Retourne au point de décollage ou je fais sauter ton vaisseau.**

Je ne pouvais pas le croire. Comment Zos pouvait-il refuser d'obéir à mes ordres ? J'étais sa foutue mère.

— **Tu m'as programmé pour protéger ta famille,** pensa Zos. **La fuite de Jaibriol Qox la met en danger. Donc j'empêche sa fuite.**

— *Écoute, si Jaibriol et moi ne sortons pas d'ici, beaucoup de gens pourraient mourir, y compris moi. Si je suis exécutée, cela pourrait aussi tuer mon père. Alors arrête de te mêler de tout ça et laisse-nous passer.*

Aucune réponse.

Merde ! Qu'est-ce que faisait ce satané ordinateur ?

— *Zos, réponds.*

Le grincement des canons s'arrêta.

— *Zos ?*

— **Tu peux partir.**

— *Je veux que tu effaces toute trace de cet échange.*

— **C'est fait.**

Je reportai mon attention sur l'ordinateur de bord du vaisseau médical.

— *Ligne-méd, montre-moi le cordon de sécurité planétaire.*

Une grille de lignes dorées apparut dans le ciel.

— **Les intersections indiquent les vaisseaux du cordon**, précisa Ligne-méd.

La grille était organisée selon un motif de carrés incurvés comme s'ils étaient posés sur une surface sphérique qui enfermerait Diesha. La disposition était parfaite, témoignant de l'ordre irréprochable avec lequel Kurj envisageait l'univers. Chaque intersection était marquée par au moins un point rouge et certaines en avaient tellement qu'ils se fondaient en une lueur pourpre. Quand je me concentrai sur une de ces taches enflammées, elle laissa la place à un croiseur de guerre Maxar avec sa multitude d'auxiliaires. L'ordinateur du vaisseau m'inonda de données, notamment des rapports des services de renseignements que seul quelqu'un avec mon autorisation d'accès à la sécurité stratosphérique pouvait obtenir.

Mais ma connaissance des FSI était inutile maintenant. Elle me permettait simplement d'être consciente qu'aucun moyen de fuite n'existait. Comment pourrions-nous passer ? Ces vaisseaux étaient prêts à éliminer n'importe quel vaisseau qui montrerait la moindre intention de tenter de traverser le cordon.

Dans ce cas, il restait à faire l'inconcevable.

— *Ligne-méd*, pensai-je. *Inversion.*

— **Reformulez l'ordre.**

— *Inverse-nous. Active les moteurs d'inversion et sors-nous de là.*

— C'est impossible.

— *Peu importe. Fais-le.*

— Pour atteindre la vitesse nécessaire à l'inversion, nous devons quitter le voisinage d'une planète puis accélérer. Si nous essayons de quitter le voisinage de la planète, nous serons détruits par le cordon.

— *Je ne t'ai pas dit d'accélérer. Je t'ai juste demandé de nous inverser.*

— Pour nous inverser, nous devons accélérer.

Je n'avais aucune idée de ce qui se passerait si nous tentions de nous inverser en étant au repos ici. Le bon sens populaire supposait que nous ne pourrions pas achever le processus et que nous finirions évaporés dans les limbes entre les univers réel et imaginaire. Puisque personne n'était jamais revenu de telles tentatives, personne ne savait si c'était vrai ou non.

— J'ai intercepté un message du Central Militaire, pensa Ligne-méd. **Le vaisseau attendant pour nous escorter à l'hôpital veut savoir pourquoi nous restons là. Ils veulent aussi savoir pourquoi nous tenons le planeur.**

Nous manquions de temps.

— *Ligne-méd, inversion.*

— Nous n'avons pas assez de vit…

— *Inverse-nous, nom d'un chien. Maintenant !*

— Moteurs activés.

C'est alors que la torsion se fit sentir.

La nausée m'envahit. J'avais l'impression que mon intestin essayait de se tordre pour former un ruban de Mœbius. Les étoiles et les montagnes disparurent de ma vue. Non, ce n'était pas exact. Les montagnes disparurent, mais les étoiles étaient encore là. Elles s'étalaient sur le ciel comme des taches de peinture coulant dans un liquide noir. Puis je réalisai que les montagnes étaient également là, mais étalées sur tout le ciel, noir sur noir. Nous ne nous étions pas inversés, nous étions coincés quelque part entre les univers.

J'entrai à nouveau dans le vaisseau d'urgence en suintant au travers du fuselage. Je me vis dans le siège du pilote, les mains serrées sur les accoudoirs et les yeux fermés. La psi-sim était mon seul lien avec la réalité et je m'y tenais à peine. Si je perdais ce dernier fil me rattachant à l'univers auquel nous appartenions, nous allions nous dissoudre dans cet autre monde à la réalité en fusion.

Mais la sim m'avait déjà trop épuisée. Je ne pouvais plus m'y accrocher. La cabine se mit à onduler autour de nous et commença à disparaître.

C'est alors que Jaibriol se mit en mouvement. Il fit fondre les cloisons comme la pluie dissolvant de la peinture. Le tube intraveineux s'échappa de son bras avec un bruit étouffé de succion. Il marcha dans la cabine au ralenti, son visage pareil à un masque flou au-dessus du flou plus sombre de ses vêtements. Son corps paraissait trouble aux bords puis semblait dégouliner sur le pont.

La cabine se déformait, la poupe partait vers tribord et l'arrière glissait vers bâbord. Pendant que le vaisseau se contorsionnait ainsi, O'Neill et moi coulions de nos sièges, nos corps sortant goutte-à-goutte des exosquelettes ramollis. Le devant du corps de Jaibriol courait d'un côté et son arrière d'un autre, le dispersant dans deux directions différentes. La cabine continuait à se tordre, jusqu'à ce que je réalise qu'elle essayait de se refermer sur elle-même comme un ruban de Mœbius.

Quand Jaibriol s'approcha de moi, la moitié avant de son corps s'étala sur les rigoles noires qu'étaient mes avant-bras. Ses mains se fondirent dans le manche à balai et celui-ci se déversa vers l'avant, éclaboussant le tableau de bord. Je sentis plus que je n'entendis les propulseurs se mettre en marche. L'accélération nous colla à nos sièges, répandant nos corps aux alentours. Jaibriol se fondit sur mon exosquelette et coula sur le pont comme le cauchemar d'un peintre surréaliste.

Je ne pouvais plus maintenir la psi-sim activée. Je me glissai hors du vaisseau d'urgence, traversant sa coque comme si c'était une fine pellicule. Seule une part de moi parvint à passer, mais c'était suffisant pour voir le cauchemar au-dehors. La grille du cordon s'était dégénérée pour laisser place à une voûte céleste pleine de lignes dorées dégoulinantes et de taches rouges qui s'étalaient. Des vaisseaux nous tiraient dessus, envoyant leurs missiles et leurs rayons converger vainement dans l'atmosphère. Des bruits de vibrations surnaturels résonnaient dans mes oreilles. L'air me frôlait comme de l'huile, plein de l'odeur des rejets d'échappement.

Nous avancions, nous dirigeant droit vers le cordon.

— *Liigneee-mééééédd,* pensai-je. *Caaalcuuule laaaa traaajeeect…*

Les mots s'écoulaient au loin. J'essayai une autre approche, formant dans mon esprit l'image d'un espace libre au milieu de la grille déformée au-dessus de nous. Ligne-méd réagit en nous dirigeant vers l'ouverture. Pendant que nous approchions, les lignes dorées s'étalaient de plus en plus largement, comblant le trou. Quand nous l'atteignîmes, l'ouverture avait disparu. Nous nous infiltrâmes au travers des coulures dorées comme de l'huile imprégnant et traversant une éponge.

Je me concentrai près du vaisseau et repénétrai le fuselage, rassemblant mon identité dans la cabine. Je pouvais voir Jaibriol couché dans une flaque sur le pont, son corps étalé sur toute sa surface. Sa surface sombre. Tout était sombre. Vague. Tellement. Vague. S'effaçant…

… pour réapparaître. Les données déferlant dans mon esprit me disaient que nous venions de sortir de stase. Ligne-méd nous avait assez éloignés de la planète pour utiliser les propulseurs à photons. La partie réelle de notre vélocité était maintenant de soixante pour cent de la vitesse de la lumière…

… quatre-vingt-seize pour cent…

… quatre-vingt-dix-neuf virgule neuf neuf neuf neuf… pour cent. Notre masse en liquéfaction venait d'augmenter d'un facteur 7000. Le moteur tirait son énergie d'un flux de rayonnements cosmiques qui traversait à la fois les univers réel et imaginaire, mais dont la densité était bien plus élevée que ce que nous avions l'habitude de voir dans l'univers subluminique. Le vaisseau dévorait cette énergie comme un mastodonte insatiable, nous projetant les Dieux seuls savent où. Pendant dix-huit minutes, ou peut-être était-ce dix-huit millénaires, nous fendîmes l'espace, fonçant vers la limite de la vitesse de la lumière, tentant de nous inverser, tentant et échouant.

— *Liiiiigne-méééééééééééééd… subluuumiiiiin…*

La cabine floue sombra dans l'obscurité…

Et la torsion cessa.

Je poussai un bruit étranglé, sous le choc de la sensation brutale de ma matérialité. Mes yeux s'ouvrirent brusquement dans une lumière vive. J'étais à nouveau entière. Nous n'étions pas vraiment sortis de stase, nous étions encore en train d'accélérer à plus d'un

g. Mais nous étions matériels et solides. Normaux. Non, pas tout à fait normaux. Des bouts de mon uniforme étaient incrustés dans le siège, là où Jaibriol était tombé sur mes bras, et je pouvais aussi voir certains morceaux mélangés à ma peau par endroits.

— Jaibriol !

Ma voix était grinçante. J'écrasai ma paume sur une projection dans l'exosquelette. Il se déplia, me permettant de me pencher pour regarder dans la cabine.

Il était affalé au sol, glissant sur le pont. Ses jambes étaient à plat sur le sol, comme s'il était allongé sur le dos, mais son torse était tordu si bien que, à partir de la taille, il était allongé sur le côté. Un de ses bras partait vers l'arrière, s'écartant du reste du corps. Tout cela lui donnait l'air déformé, brisé en deux.

Je me débattis pour sortir du siège du pilote. Prise par un vertige, j'avançai à tâtons entre le siège et la paroi. Puis je me traînai jusqu'à Jaibriol. *Pitié, qu'il ne soit pas mort,* pensai-je. *Ni horriblement déformé, ni avec des organes internes fondus ensemble comme des peintures qu'on aurait mélangées dans un même pot et qu'on aurait laissées sécher.*

Je soulevai son bras, celui qui était tordu derrière lui, et je le ramenai sur son torse. Il grogna et se roula sur le dos, son corps reprenant une position normale. Ses yeux s'ouvrirent lentement. Pendant que je me glissai sur le pont avec lui, il regarda la paroi au-dessus de lui, le regard trouble. Puis il commença à se masser les bras et à faire travailler ses muscles.

Je rampai de façon à m'allonger à côté de lui.

— Tu me vois ?

Son regard se posa sur mon visage.

— Oui.

— Tu vas bien ?

— Je crois.

— **Principale Valdoria,** dit Ligne-méd. **Si nous continuons à utiliser le carburant, nous allons épuiser l'essentiel de nos réserves.**

— Arrête l'accélération, commandai-je.

La vibration des moteurs changea de ton et Jaibriol et moi cessâmes de glisser sur le sol.

Un gémissement sortit du siège du copilote. Je repoussai le pont, me propulsant dans les airs vers Erin. Quand j'atteignis mon siège en flottant, l'exosquelette saisit mon corps et m'agrippa dans son étreinte, me fixant à cet endroit. O'Neill était assise dans son propre exosquelette, le visage blême et les yeux grands ouverts.

— Nous avons réussi, gémit-elle.

— J'espère.

Les plans holo représentaient des images de régions de l'espace dans lesquelles nous étions en train de voyager, avec également des graphiques tridimensionnels mesurant la consommation de carburant, la trajectoire, les coordonnées, la date…

Je sifflai.

— Nous avons sauté de presque trois mois dans le futur.

Jaibriol nous rejoignit en flottant et il attrapa l'accoudoir de mon fauteuil.

— Ce n'est pas possible, nous n'avons voyagé que quelques minutes.

— Nous ne nous sommes jamais inversés, expliquai-je. J'ai ramené le vaisseau dans l'espace normal. Donc nous n'avons jamais compensé la dilatation temporelle.

Je m'interrompis un instant.

— Ils vont nous chercher au mauvais endroit. Je devrais plutôt dire au mauvais moment. Ils vont nous chercher il y a trois mois.

— Ce qui veut dire que je n'ai pas fait de rapport au président Calloway pendant trois mois, fit remarquer O'Neill avec une grimace. Elle doit croire que nous sommes morts.

— Espérons qu'ils le pensent tous, déclara Jaibriol.

Trois mois perdus pour nos existences. Trois mois depuis que mon père avait raconté son « histoire » : Jaibriol avait atteint le palais et s'était emparé du planeur ; désespéré, il avait tenté d'adapter ses moteurs pour l'inversion ; « Lyra Merzon » et moi l'avions poursuivi avec le vaisseau d'urgence ; nous avions été prises dans le contrecoup des moteurs d'inversion mal réglés… et après ça, personne ne savait ce qui s'était produit.

— Ligne-méd, dis-je. Libère le planeur.

Le grincement des pinces qui s'ouvraient transmettait des vibrations au pont. Mes plans holos présentaient le planeur qui volait toujours à côté de nous, continuant à la même vitesse. Je manipulai les pinces pour qu'elles poussent le planeur, ajoutant à son vecteur vitesse une composante suffisante pour le faire s'éloigner du vaisseau d'urgence.

— Active le détonateur, commandai-je.

Le planeur explosa. Des morceaux volèrent dans toutes les directions, quelques-uns foncant droit sur nous avant d'être déviés en rebondissant sur le fuselage renforcé du vaisseau d'urgence. D'ici que quelqu'un découvre l'épave, elle serait dispersée sur une si grande zone de l'espace que personne ne pourrait déterminer qu'aucun d'entre nous n'avions explosé avec elle.

Et ce fut terminé.

Je me renfonçai dans mon siège et fermai les yeux, terrassée par la fatigue maintenant que la montée d'adrénaline se dissipait dans mon organisme.

— Je pense que je ferais mieux de prendre le relais, dit O'Neill.

Je parvins à hocher la tête. Pendant qu'O'Neill prenait les commandes, je me laissai flotter jusqu'au brancard avec Jaibriol. Dès que nous nous installâmes convenablement dessus, le filet médical glissa sur nous et maintint nos corps en position.

Jaibriol et moi nous assoupîmes un peu, enlacés dans les bras l'un de l'autre, à moitié endormis ou réveillés selon le moment. O'Neill nous fit passer en inversion si habilement que je le remarquai à peine. Quand nous nous inversâmes vraiment, mon ventre protesta, mais cette fois, la sensation de torsion ne dura qu'un instant.

Quand je repris conscience, je découvris O'Neill flottant près du brancard.

— Comment allez-vous ? demanda-t-elle.

— Très bien.

Ma voix était encore pâteuse, mais je me sentais plus en forme qu'avant.

— Qui pilote le vaisseau ?

— Je l'ai mis en pilote automatique. Il nous faudra encore quelques heures, en temps relatif, avant d'atteindre notre destination.

Jaibriol s'agita à mes côtés.

— Où allons-nous ?

O'Neill attrapa le bord du brancard et le tira pour se placer un peu plus bas, au niveau de nos yeux.

— Sur une planète appelée Gamma IV.

— Ce n'est pas un vrai nom, dis-je. Quelle étoile? Quelle constellation?

O'Neill ne répondit pas. Au lieu de cela, elle déclara:

— Personne ne la connaît à part nous, le président Calloway et la sonde d'exploration qui l'a découverte il y a quatre jours…

Elle s'interrompit.

— Il y a quatre jours et trois mois. Le président Calloway a intercepté les données de la sonde avant qu'elles n'atteignent leur destination de sorte qu'elle seule était au courant de cette découverte. Elle a dû effacer toute trace dans les archives depuis.

C'était donc ça. Elle n'allait pas révéler, pas même à nous, où la planète était.

— Y a-t-il des gens sur cette planète?

Toutes ces précautions ne seraient pas utiles si quelqu'un nous reconnaissait.

— La seule espèce intelligente n'est pas humaine, expliqua O'Neill. Ils ont vaguement l'air humanoïde et sont encore des nomades, à peu près au niveau de développement de l'âge de pierre. Ils vivent à plusieurs milliers de kilomètres de l'endroit où je vous conduis.

Elle pencha la tête.

— Il y a des étendues sauvages vraiment magnifiques, comme les montagnes où nous allons atterrir. Mais c'est tout ce que nous savons. Nous n'avons aucune étude, aucune analyse, rien d'autre sur ce monde.

Elle fit un geste pour désigner toute la cabine.

— J'ai pris autant de matériel de survie que je pouvais récupérer sans attirer l'attention. Je vous ai aussi pris un ordinateur à énergie solaire avec une bibliothèque de données. Mais à part ça, vous serez livrés à vous-mêmes.

C'était peu de le dire. Bien sûr, en tant que Jagernaute, j'avais eu un entraînement à la survie. Ma vitesse et ma force améliorées seraient aussi très utiles, tout comme la jeunesse et l'intelligence de Jaibriol. Mais ça ne serait pas facile. Il y avait une certaine logique dans tout cela, j'imagine, au moins du point de vue allié. Quel meilleur moyen de tirer de danger les héritiers Highton et impérial si ce n'était en les mettant sur une planète sauvage non répertoriée où toutes nos énergies seraient consacrées à rester en vie?

O'Neill s'éclaircit la gorge, l'air un peu mal à l'aise.

— Si vous le souhaitez… Je peux faire la cérémonie maintenant.

— La cérémonie ? demandai-je.

— Le mariage, répondit-elle avant d'hésiter un instant. Vous m'aviez demandé si… ?

Je me tournai sous le filet pour faire face à Jaibriol.

— Veux-tu m'épouser ?

Il sourit.

— D'accord.

O'Neill n'avait pas grand-chose dans ses fichiers informatiques sur le mariage, à part les cérémonies traditionnelles skolienne et Highton, que nous ne voulions pas choisir. Puis quelque chose attira mon attention. C'était une vieille cérémonie terrienne, inspirée par les Indiens mayas. Je la remarquai parce qu'elle était enregistrée avec l'image d'une femme qui me rappelait les holos de ma grand-mère. Elle avait la même peau sombre comme le crépuscule et la même natte luxuriante de cheveux noirs qui lui descendait dans le dos.

Les seules paroles que nous pûmes trouver pour cette cérémonie étaient en tzotzil. Comme aucun de nous ne parlait cette langue et comme nous ne voulions pas avoir un ordinateur faisant la traduction au milieu de notre mariage, O'Neill inventa des paroles en skolien, la seule langue que nous avions tous en commun, et elle fit de son mieux pour conserver l'esprit de la cérémonie.

Nous avions besoin de trois bougies, d'un ruban, de treize pièces de monnaie et de deux alliances. Pour les bougies, O'Neill dégotta des stylos lumineux dans un tiroir d'une paroi. Elle trouva un mètre de cordelette qui pouvait nous servir de ruban, et elle avait une poignée de pièces dans ses poches. Les alliances nous donnèrent plus de difficulté. Nous finîmes par prendre deux anneaux de fixation d'un appareil accroché à une cloison. Nous devions nous agenouiller devant un autel, mais comme nous n'avions ni autel, ni gravité, nous nous contentâmes de flotter devant le brancard.

O'Neill alluma les stylos lumineux et nous en donna un à chacun, gardant le troisième pour elle. Elle parla doucement :

— Que ces lampes éclairent votre avenir.

Puis elle attacha les bouts de la cordelette ensemble et passa la boucle sur nos têtes.

— Que ce ruban unisse vos vies.

Elle compta les pièces.

— Que vos âmes restent protégées en vous.

Les tendant à Jaibriol, elle murmura :

— Dites-lui : « Je te les donne, chère femme. »

Jaibriol posa et maintint les pièces dans ma main en disant :

— Je te les donne, chère femme.

Doucement, il ajouta :

— C'est tout ce que j'ai et j'ai bien peur que ça ne soit pas vraiment à moi. Mais je te les donne avec tout l'amour que j'éprouve pour toi, et tout mon cœur.

Je soulevai sa main et posai ses doigts sur ma joue. Le mouvement nous envoya flotter contre un des câbles soutenant le brancard.

— Alors tu fais de moi une femme riche et comblée.

O'Neill consulta ses notes.

— En fait, vous devez dire : « Je les accepte, cher mari. » C'est la première fois que vous vous appelez mari et femme.

J'embrassai la main de Jaibriol.

— Je les reçois, cher mari.

Je tournai les yeux vers O'Neill.

— Je ne lui donne rien ?

Elle regarda encore ses notes.

— Ça n'en a pas l'air, au moins pas dans cette version de la cérémonie. Vous devez donner les pièces à la personne qui vous marie.

Je lui donnai les pièces.

— Merci.

Elle sourit.

— Gardez-les. Comme souvenir.

Elle sortit les alliances de sa poche et ce geste l'envoya se cogner contre un carton de provisions. Levant la main gauche de Jaibriol, elle glissa une alliance à son annulaire. Puis elle lui tendit la deuxième alliance.

— Vous pouvez la donner à votre épouse maintenant.

Jaibriol passa l'anneau à l'index de ma main gauche, là où il allait le mieux. Cela me fit une drôle d'impression : je ne portais que rarement des bijoux. Mais tout allait bien. J'allais m'y habituer.

— Si j'étais un prêtre, dit O'Neill, je dirais la messe maintenant. Mais puisque je n'en suis pas un…

— Nous comprenons, l'assurai-je.

— Bien, je crois que c'est fait, alors.

Elle décrocha un ordinateur de poche de sa ceinture.

— En tant que capitaine de ce vaisseau, je vous déclare mariés.

Elle me tendit l'ordinateur.

— Vous devez signer tous les deux.

Je me crispai un peu, prenant appui sur le brancard.

— Vous voulez enregistrer tout cela ?

— Bien sûr. Sinon, ce n'est pas légal.

— Si une trace existe, rappela Jaibriol, quelqu'un pourrait la trouver.

— Je donnerai l'enregistrement au président Calloway.

O'Neill me retendit l'ordinateur.

— Il n'y a pas beaucoup d'intérêt à se marier si ça n'a pas de valeur.

— Ça a une valeur pour nous, répliqua Jaibriol. C'est tout ce qui compte.

— Non, elle a raison, intervins-je en souriant faiblement. C'est comme cela qu'on mettait fin aux guerres, non ? En mariant ses enfants à ceux du camp adverse. Et pense à nos enfants, si jamais nous en avons un jour. Être illégitimes affaiblirait leur position. Si quelque chose devant nous arriver, cela pourrait être beaucoup plus important pour eux que nous ne pouvons l'imaginer.

Jaibriol dévisagea O'Neill.

— Seul le président Calloway verra ce document ?

Elle hocha la tête.

— À moins que vous n'ayez jamais une raison de le lui demander.

Il l'étudia un instant.

— Très bien.

Et nous signâmes tous deux. Puis nous fûmes mariés.

Jaibriol se tenait près de moi et nous regardions ensemble le ciel du soir. Longtemps après que le vaisseau de O'Neill fut devenu un petit point, puis eut disparu, nous restâmes là, immobiles, comme si en ne bougeant pas, nous n'aurions pas à admettre que désormais, nous étions seuls, coupés du reste de l'humanité.

Finalement, Jaibriol soupira. Il prit ma main et pencha sa tête vers l'entrée d'une grotte dans la colline près de nous.

— Nous devrions mettre en place une espèce de défense.

Il désigna d'un geste l'immense forêt qui nous entourait.

— Au cas où il y aurait quelque chose là-dedans.

Je hochai la tête.

— Oui, bien sûr.

Mais après être entrés dans la grotte, nous restâmes à observer autour de nous. La faible lueur de nos lampes de poche éclairait les parois rocheuses, révélant une cavité à peine plus grande que la cabine du vaisseau d'urgence. Des caisses, des barils, des boîtes et des sacs étaient amoncelés, avec l'émetteur à neutrinos de O'Neill nous avait laissé, notre seul lien avec le reste de l'univers au cas où nous déciderions de nous en servir.

Jaibriol s'avança jusqu'à une pile de couvertures et en prit une.

— Sortons, Sauscony. Juste un instant.

L'idée de fuir cette grotte obscure me plaisait à moi aussi.

— D'accord.

Je passai le fusil laser à mon épaule.

Dehors, nous installâmes un écran électrifié pour protéger l'entrée de la grotte. Il y avait encore assez de lumière pour voir les environs. Une forêt d'arbres épineux nous entourait, laissant place, à l'ouest, à une clairière calcinée, là où le vaisseau avait atterri. Au nord, la forêt s'éclaircissait aussi, donnant sur ce qui ressemblait à une autre clairière.

Nous allâmes vers le nord, nous imprégnant de cette terre en faisant cette courte reconnaissance. À la place d'une clairière, nous débouchâmes sur la crête dénudée d'une falaise. Des sommets rocheux tapissés de forêts s'étendaient aussi loin que nous pouvions voir et leurs pentes vertigineuses plongeaient vers des vallées avant de s'élancer fièrement vers le ciel. Ici et là, des falaises verticales apparaissaient, leurs surfaces nues formant des taches blanches au milieu de l'étendue unie verte des forêts. Audessus des montagnes, le soleil couchant brillait aussi radieusement que ce que j'avais pu voir ailleurs : des éclats rouges enflammés léchaient les nuages accrochés aux sommets. Loin audessus de nos têtes, le ciel s'était obscurci, laissant apparaître quelques scintillements d'étoiles ici et là. À l'est, un quartier de lune brisé flottait au-dessus des cimes.

— C'est merveilleux, souffla Jaibriol.

— Oui.

Merveilleux. Sauvage. Inconnu.

Après nous être assurés que la zone était sûre, nous nous assîmes au bord de la falaise, enveloppés dans la couverture, le fusil posé sur nos genoux. Le vent susurrait à nos oreilles pendant que les ombres tombaient lentement sur les montagnes. D'autres étoiles apparurent, une à une, puis par dizaines, et par centaines, et par milliers.

Jaibriol me murmura :

— C'est chez nous.

Je touchai sa joue. Nous avions perdu tant de choses : tout ce que nous connaissions, tous ceux que nous aimions. Et malgré tout ce qui s'était passé, je savais que Jaibriol aimait son père, qu'il ne reverrait jamais, ou en tout cas pas vivant. Mais en échange de ces sacrifices, nous avions gagné l'espoir qu'un jour, nous, ou peut-être nos enfants, nous pourrions apporter un changement à cette guerre que, pour l'instant, nous avions abandonnée. Il n'y avait aucune garantie, aucune promesse, aucune certitude.

Mais il y avait l'espoir.

Jaibriol posa sa tête contre la mienne et nous restâmes assis là, ensemble, bien au chaud sous la couverture. Bientôt, nous retournerions dans la grotte pour faire l'amour, dormir et retrouver des forces pour le lendemain et pour tous les lendemains qui viendraient après cela. Avec le temps, nous apprendrions à connaître ce monde et à nous connaître l'un l'autre, nous préparant non seulement à survivre, mais aussi à guérir pour cet avenir possible, pour ce jour où nous quitterions cet endroit pour retrouver nos héritages.

Mais pour l'instant, nous restions assis ensemble, paisiblement, et nous regardions la nuit déplier ses ailes.

ICARES SF

Ludovic ALBAR

Né en 1969, Ludovic Albar s'est beaucoup intéressé au monde anglo-saxon et aux États-Unis, à leur culture et leur littérature. Des influences manifestes dans son roman, un space opera *vaste et ambitieux.*

La science-fiction trouve ici l'une de ses plus intéressantes missions : proposer une interprétation de l'avenir du monde, et questionner ainsi le présent.

Quantex

1. Le Songe des Immortels

Quantex (contraction de *Quantum Cortex*): Réseau de communication quantique instantanée déployé entre tous les mondes naturels ou artificiels habités par l'Homme dans le Système solaire, et fonctionnant comme un réservoir d'informations de tous types, une voie de transport de données et une mémoire virtuelle globale de l'espèce.

Au XXXe siècle de notre ère, le Système solaire est conquis par la race humaine. Lewis Khandra est un des meilleurs espions de la Fédération martienne. Il a une mission: infiltrer le MRVO, un mouvement révolutionnaire et religieux qui combat sur Terre une dictature eugéniste composée d'Immortels, et déstabilise peu à peu toute la communauté solaire. Mais Lewis Khandra va découvrir que les ennemis de l'humanité ne sont pas forcément ceux qu'on lui avait désignés…

Quels chemins trouvera-t-il pour accomplir un destin qu'il n'aurait jamais pu imaginer ?

Une intrigue politique et planétaire de grande ampleur.

(20 € — ISBN 2-911618-90-4)

ICARES SF

Jennie DORNY

Jennie Dorny habite à Paris, mais elle est née dans le Massachusetts, aux États-Unis. Terres et falaises d'Irlande, paysages aquatiques, lacs et îles l'inspirent.

Eridan *est un* planet opera*, l'histoire d'un monde onirique où l'homme vit en symbiose avec l'eau, un roman emprunt de poésie, qui fait la part belle aux rapports humains.*

Eridan

Sur Eridan les hommes se déchirent.
Il y a d'abord Declan, le charismatique Maître des Changeurs de Visages, alternativement homme ou femme, et ses disciples qui apprennent l'art des apparences. Puis il y a Nand, la jeune adolescente des Abysses, mystérieusement enfermée dans la cité sous-marine d'Abuion, qui étudie les textes des origines. Il y a aussi Theo, l'étrangère rebelle et impulsive, qui veut passer l'épreuve du rite de Wansha pour devenir guerrière et semble posséder d'étranges pouvoirs… Enfin il y a Keith, l'ambitieux cousin de Declan. Trop ambitieux peut-être.
Car le rythme de Flocéan, l'entité aquatique vivante qui régule la vie de la planète, est bouleversé. Et ce lien vital risque d'être rompu…

Entre rêve et émotion,
plongez dans l'univers marin d'Eridan !

(20 € — ISBN 2-911618-82-3)

ICARES SF

Nicolas BOUCHARD

Entre polar et science-fiction...

Hommage à John Dickson Carr et clin d'œil à Darwin, Le Réveil d'Ymir *déroule une intrigue haletante d'où ne sont pas absentes les aventures sentimentales... En filigrane, c'est aussi une réflexion sur la langue et la culture qui est ici proposée.*

Né en 1962 dans l'Indre, Nicolas Bouchard est juriste. Amateur d'opéra et de romans policiers, il a déjà publié plusieurs ouvrages de science-fiction.

Le Réveil d'Ymir

Europa II, satellite de Jupiter et lune glaciaire.
Les hommes ont creusé dans son antre d'immenses cavités où se dressent leurs cités, reflets des splendeurs et des misères de l'ancienne Terre.

Les universitaires, organisés en loges rivales et gardiens jaloux de la connaissance, intriguent pour la jouissance du pouvoir et le contrôle de l'économie du satellite. Ambitieux et arrogants, les étudiants complotent et abusent des Hors Cursus, ces inférieurs qui ont échoué à la sélection des Compétences Premières. Parqués dans les quartiers insalubres des villes basses et soumis pas des années de conditionnement, ils épuisent leurs forces sur les chantiers spatiaux.

Quand un cadavre est découvert dans les glaces d'une station de surface, non loin des cylindres gris et inquiétants du CERC qui régulent la production d'hydrogène, la vie du tranquille linguiste Élie Merrivale est bouleversée... Chargé de l'enquête, secondé pour la cause par Éléonore, une jeune et séduisante étudiante, Élie parviendra-t-il à percer le secret qui entoure le « Réveil d'Ymir » ?

(16,77 € — ISBN 2-911618-71-8)

ICARES

Johan HELIOT

Johan Heliot est né en 1970. Considéré comme un des auteurs les plus prometteurs de la jeune génération francophone, son écriture lumineuse et son imagination prolifique trouvent leur pleine expression dans ce premier roman, aux frontières du steampunk et du space-opera.

La Lune seule le sait

Printemps 1889. Un vaisseau hybride de chair et de métal fait irruption dans le ciel de Paris, stupéfiant la foule venue célébrer la clôture de l'Exposition Universelle. L'humanité entre en contact avec les extraterrestres Ishkiss et découvre une technologie qui surpasse tout ce que les esprits les plus audacieux ont pu rêver jusque-là…

Dix ans plus tard, l'Europe s'est transformée grâce à l'alliance rendue possible entre la vie et la métallurgie. Pourtant la révolte gronde, menée par les artistes et les écrivains exilés en Amérique. La science fabuleuse apportée par les créatures d'outre-espace est devenue un redoutable instrument d'oppression entre les mains de l'Empereur français. Les droits des peuples sont bafoués, les opposants déportés grâce à la nef ishkiss vers le nouveau bagne que Louis Napoléon vient d'inaugurer dans les entrailles de la Lune... L'Enfer de Dante.

Quels sont les véritables desseins des alliés du maître de l'Empire ? La réponse offre la clé de l'éternité ; un seul homme sur Terre est peut-être capable de l'entrevoir. Celui dont les rêves à présent dépassés ont à longueur de pages fasciné les semblables…

Prix Rosny-Aîné 2001,
prix des lecteurs de
science-fiction francophone

(17 € — ISBN 2-911618-63-7)

ICARES

Xavier MAUMÉJEAN

Né en 1963, Xavier Mauméjean est un auteur éclectique : Prix Gérardmer Fantastic'Arts 2000 pour Les Mémoires de l'Homme-Éléphant *– sorte de Freaks victorien –, il a depuis publié* Gotham*, un psycho-thriller urbain.*

La Ligue des Héros

Ou comment Lord Kraven ne sauva pas l'Empire

1969 : banlieue londonienne.
Un vieil homme est ramené dans sa famille par deux hommes en blouse blanche.
D'où vient-il ? Qu'a-t-il fait ces dernières années ? Nul ne le sait.
Jusqu'au jour où disques de rock et lecture de comics lui font redécouvrir l'aventure, l'héroïsme, l'honneur… et deux ou trois souvenirs.
1902 : Londres.
L'Angleterre victorienne imaginaire est en proie aux agressions de Peter Pan et des créatures du Pays de Nulle Part. Lord Kraven, membre prestigieux de la Ligue des Héros combat pour l'Empire et la Reine, sous les ordres de l'intrigant Baycroft…
Entre merveilleux et réalité, les deux destins finiront par se rejoindre pour connaître un dénouement inattendu…

**Une histoire originale et foisonnante,
empruntant aux comics, à la culture pop,
à la Féerie et à l'Histoire…**

(17 € — ISBN 2-911618-78-5)

ICARES

Thomas DAY

Né en 1971, Thomas Day vit à Paris quand il ne voyage pas aux quatre coins du monde. Il est l'auteur de nombreuses nouvelles et de quatre romans.

Il propose ici une grande aventure dans la tradition de la littérature populaire du début du siècle, avec dans les rôles principaux : Conan Doyle, Sherlock Holmes, Jack l'Éventreur, Jack London, le docteur Moriarty, le professeur Watson, Oscar Wilde...

Un hommage décalé et foisonnant au créateur et à sa créature.

L'Instinct de l'équarrisseur

Vie et mort de Sherlock Holmes

Londres, 1888.
Rattrapé par le personnage qu'il a lui-même créé, Arthur Conan Doyle est surpris par l'arrivée tonitruante du professeur Watson au beau milieu de son bureau. Après un saut spatio-temporel approximatif, les deux compères retrouvent le célèbre détective afin de l'aider à résoudre une série de crimes...
Une enquête qui aurait pu être simple, mais qui les mènera de Londen à la mystérieuse cité interdite de York, où complote le pire ennemi de Sherlock Holmes, puis de la Californie aux crêtes de la Cordillère des Andes.
Il sera alors question de l'habituelle quête de l'immortalité, et d'une poignée d'aventuriers délirants, prêts à tout pour trouver l'Arche des Worsh et percer le secret de l'Instinct de l'équarrisseur...

(19,50 € — ISBN 2-911618-77-7)

Achevé d'imprimer sur les presses
de l'Imprimerie France Quercy
113, rue André Breton, 46001 Cahors
d'après montages et gravure numériques
(Computer To Plates)
Dépôt légal : mars 2003
N° d'impression : 30425/